Ullstein

DAS BUCH

Einige Tage nachdem der Luxusliner *Adventurer* mit einem hochkarätigen Politiker, den Söhnen und Töchtern von Wirtschaftsmagnaten und vielen Schönen und Reichen zu einer Kreuzfahrt ausgelaufen ist, übernehmen politisch-motivierte Hijacker das Kommando an Bord. Gleichzeitig bricht eine Flutwelle von brutalen Attentaten los: Bohrinseln werden mit Mann und Maus in die Luft gesprengt, eine international organisierte »Freiheitsoffensive« kündigt weltumspannende Gewalttaten in nie gekanntem Maßstab an. Die Drahtzieher operieren ebenso in den Ölfeldern der Nordsee wie im Eisgürtel der Antarktis. Und die Geheimdienste wissen wieder einmal mehr, als sie zugeben wollen ...
»Ich bin heute hier, um Ihnen zu sagen, daß Auge um Auge und Zahn um Zahn viel zu lange gegolten hat. Wir müssen Falsches richtigstellen. Das Recht der Palästinenser, nicht ihrer Terroristen, muß anerkannt werden. Meine Regierung ...«, beginnt die Rede des britischen Premierministers, als der Schuß fällt ...

DER AUTOR

Richard Woodman segelte schon 1960 als Deckshand das Tall Ships Race mit, die Transoceanregatta der großen Rahsegler. Danach begann er seine seemännische Ausbildung zunächst als Kadett und fuhr dann als Offizier auf den Schiffen der Alfred Holt's Blue Funnel Line und der Glen Line vor allem nach Fernost, auf der Route der alten Teeklipper. Nach dem Abschied von der großen Fahrt führte er als Kapitän zwanzig Jahre lang einen Versorgungstender in englischen Küstengewässern. In seiner Freizeit segelt er mit seiner Familie einen 98 Jahre alten Gaffelkutter.
Woodman ist Autor mehrerer Sachbücher und veröffentlichte neben seinen beliebten modernen See-Romanen seit 1982 die erfolgreiche marinehistorische Serie um den Helden Nathaniel Drinkwater, die komplett bei Ullstein erscheint.

Richard Woodman

Satan der See

Roman

Ullstein

Ullstein Buchverlage GmbH & Co.KG,
Berlin
Taschenbuchnummer: 24401

Titel der Originalausgabe:
Act of Terror
Aus dem Englischen von
Dieter Bromund

Deutsche Erstausgabe
Juni 1998

Umschlaggestaltung:
Hansbernd Lindemann
Illustration:
Silvia Christoph

Printed in Germany 1998
Gesamtherstellung:
Ebner Ulm
ISBN 3 548 24401 7

Gedruckt auf alterungsbeständigem
Papier mit chlorfrei gebleichtem
Zellstoff

Vom selben Autor in der Reihe
der Ullstein Bücher:

Die Wette (22808)
Die Kollision (24172)
Gezeiten der Nacht (Bd. I):
Schlacht ohne Sieger (23663)
Gezeiten der Nacht (Bd. II):
Ein nasses Grab (23664)
Die Drinkwater-Romane:
Die Augen der Flotte (23528)
Kutterkorsaren (22776)
Kurier zum Kap der Stürme (23247)
Die Mörserflottille (23689)
Die Korvette (23694)
Die Wracks von Trafalgar (23690)
Der Mann unterm Floß (20881)
In fernen Gewässern (22124)
Der falsche Lotse (22375)
Unter falscher Flagge (24060)
Das fliegende Geschwader (23230)
Unter dem Nordlicht (23785)
Die Abenteuer des Nat Drinkwater
(23528)

Die Deutsche Bibliothek –
CIP-Einheitsaufnahme

Woodman, Richard:
Satan der See : Roman / Richard
Woodman. [Aus dem Engl. von Dieter
Bromund]. – Dt. Erstausg. – Berlin :
Ullstein, 1998
(Ullstein-Buch ; Nr. 24401)
ISBN 3-548-24401-7

Teil I ENTFÜHRUNG

Und and're Geister zeigen sich bereits,
Da neue Zeiten kommen werden.
In ihnen schlägt das neue Herz der Welt
Voll ungestümer Kraft. Mächtiges tönt bereits.
Hört hin ihr Völker und schweigt still.

John Keats »Für Haydon«

1

DOWNING STREET, LONDON

»Glauben Sie an Neuanfänge, ich meine an richtige Neuanfänge in dieser müden alten Welt?«

»Nun ja, der neue Premierminister glaubt daran. Und Sie, als seine Frau, dachte ich, sollten ebenfalls daran glauben.«

»Seien Sie nicht albern, Johnnie! Sie sind sein Privatsekretär und sollten mehr wissen als jeder andere.«

»Danach haben Sie eben nicht gefragt, oder? Was Sie wirklich wissen wollen ist doch: Kann Ihr Mann einen neuen Anfang schaffen?«

»Hören Sie mit Ihren Haarspaltereien auf! Sie verstehen sehr genau, was ich herauskriegen möchte, und Sie wissen ebensogut, daß die Frau eines Politikers immer die letzte ist, die erfährt, was ihr Mann vorhat.«

»Also gut. Meiner Meinung nach glaubt er daran. Aber die meisten Politiker glauben an einen Neuanfang.«

»Das müssen sie auch!«

»Natürlich.«

»Ich bin sicher nur müde nach dem Wahlsieg.«

»Vermutlich. So wird es sein.«

»Sie können so verdammt falsche Spuren legen, Johnnie, wirklich ...«

»Mrs. Fraser, Ihr Mann und ich kennen uns jetzt wirklich

schon sehr lange, aber ich kann Ihnen nicht sagen, was in ihm vorgeht.«

»Also irgendwas Besonderes?«

»Ich glaube, Sie wissen es!«

»Noch eine Tasse Kaffee?«

»Ja, gern.«

»Aber Sie werden es mir nicht verraten?«

»Wenn Ihr Mann nichts sagt, kann ich es schon gar nicht!«

»Gestern hat er sich die Fotografie seines Vaters angesehen. Ziemlich lange. Das war reichlich ungewöhnlich ...«

»Was ist daran ungewöhnlich? Ihr Mann ist eben erst in die Downing Street Number Ten eingezogen. Ich würde sagen, es beweist eine gewisse Verehrung für seinen Vater ... Er verneigte sich vor dem Mann, dem er all dies verdankt. Vielleicht kommt dazu auch eine gewisse Zufriedenheit, daß er die Erwartungen des Vaters weit übertroffen hat. Andererseits war die Fotografie eben gerade ausgepackt worden, als sein Blick auf sie fiel ...«

»Machen Sie sich nicht über mich lustig, Johnnie!«

»Entschuldigung.«

»Wirklich? Kannten Sie übrigens seinen Vater?«

»Er ist gefallen – im letzten Krieg, nicht wahr?«

»Sie haben Ihre Hausaufgaben nicht gemacht. Ich nahm an, Sie wissen alles ... Hallo, David, endlich bist du da. Kaffee?«

»Danke. Welch fürchterlichen Verbrechens klagt Jill Sie an, Johnnie? Bleiben Sie sitzen, wir sind doch unter uns, um Himmels willen. Nur weil ich jetzt Premierminister bin, müssen Sie doch nicht aufspringen.«

»Hier ist der Kaffee!«

»Danke. Lieber Gott, bin ich geschafft. In dem Augenblick, in dem ich nach diesem wahnsinnigen Wahlkampf eigentlich einen Erholungsurlaub antreten sollte, muß ich die Regierung übernehmen.«

»Das wolltest du doch immer, Liebling, Zucker? Oder bist du jetzt auf einem Gesundheitstrip?«

»Nein, heute abend kann ich Zucker gebrauchen.«

»Was wollte denn der amerikanische Botschafter?«

»Nur das Übliche. Er meinte, unser Parteiprogramm sei in seiner Außenpolitik ein bißchen verschwommen, ganz besonders in bezug auf den Nahen Osten. Das hat im Weißen Haus wohl für einige Unruhe gesorgt.«

»Ich glaube, wir haben an unserer Position keinen Zweifel gelassen.«

»Besonders auf dem Parteitag. Aber jetzt, nach dem Wahlsieg, erwartet Washington wohl, daß wir am gleichen Strang ziehen. Wie unsere Vorgänger ... Aber es ist gut zu wissen, daß wir die Amis immer noch ein bißchen beunruhigen können.«

»Allianzen haben ihre Probleme.«

»Laß ihn reden, David. Johnnie ist heute abend nicht in bester Laune. Hast du dem Botschafter deinen Standpunkt in bezug auf den Nahen Osten erklärt?«

»Nein. Nicht exakt. Johnnie?«

»Herr Premierminister?«

»Haben Sie die Sache erledigt, um die ich Sie bat?«

»Natürlich.«

»Haben Sie den richtigen Mann gefunden?«

»Ich denke schon. Er wurde mir sehr empfohlen.«

»Gut. Und die anderen?«

»Wir haben noch ein paar Tage Zeit. Ich werde die richtigen Leute finden.«

»Worum geht es, David? Das klingt alles reichlich geheimnisvoll.«

»Ist es auch. Nennen wir es unseren ersten Geheimauftrag. Mehr kann ich dir nicht verraten.«

»Es hat etwas mit dem Nahen Osten zu tun, nicht wahr? Der amerikanische Botschafter! Und dann hast du dir das Foto deines Vaters angeschaut – seit Jahren zum erstenmal.«

»Das Bild stand immerhin zwanzig Jahre lang auf meinem Schreibtisch.«

»Das weiß ich auch. Aber du hast es in all den Jahren nie angeschaut.«

»Liebling, warum soll es von Bedeutung sein, daß ich ein Familienfoto anschaue?«

»Weil du ein sehr kühler Kopf bist. Du machst nie etwas ohne Grund.«

»Herr Premierminister, jetzt spricht Ihre verläßliche Ehefrau zu Ihnen ...«

»Hat es irgend etwas damit zu tun, Johnnie, daß Sie Ihre Hausaufgaben nicht gemacht haben?«

»Stimmt, David. Erzähl Johnnie, wie dein Vater starb.«

»Was zum Teufel soll das denn jetzt?«

»Erzähl's ihm!«

»Warum?«

»Weil es wichtig ist. Ich wette, du hast auch dem amerikanischen Botschafter nichts davon erzählt ...«

»Was soll das alles? Ich verstehe überhaupt nichts mehr. Ich bin sehr müde. Wenn ihr euch über mich lustig machen wollt, dann besser ohne mich.«

»Also gut, Johnnie, dann werde ich es Ihnen sagen. Sie müssen das schließlich wissen. Davids Vater war einfacher Soldat. Nach dem Krieg war er in Palästina stationiert. Dort wurde er erschossen, nicht wahr, Liebling?«

»Er wurde von der Irgun ermordet ... Meinst du nicht auch, wir sollten das Haus hier neu tapezieren lassen?«

CHARLESTON, SÜDCAROLINA

Das Taxi nahm die Steigung zur Brücke schnell, und das Meer glänzte plötzlich auf der linken Seite. Tim Palmer rieb sich, müde nach dem langen Flug, die Augen und starrte über den Hafen. Im strahlenden Licht von Südcarolina fiel ihm sofort das Schiff mit seinen vielen weißen Decks auf, dessen höchstes ein phantastisch schräg stehender Schornstein krönte mit dem auffallenden Markenzeichen der Reederei in Blau und Orange.

»Was für ein Scheiß!« murmelte er. Es war schlimmer, als er sich vorgestellt hatte.

»Ihr Schiff?« Der Taxifahrer hob sein schwabbeliges Kinn in Richtung Wasser und musterte seinen Fahrgast im Rückspiegel.

»Ja.«

»Ein Tommy-Schiff, nicht wahr?«

»Ja ... mehr oder weniger.« Palmer hatte keine Lust zu erklären, warum der ferne Passagierdampfer eine billige Handelsflagge an seinem eleganten Heck trug. Er hatte in der Tat britische Eigner, und damit stimmte, was der Taxifahrer gemeint hatte. Trotz der ungewöhnlichen Umstände, die ihn so übereilt zum Zweiten Offizier auf dem Schiff gemacht hatten, und trotz seiner fast zwölfmonatigen Arbeitslosigkeit hatte Palmer sich innerlich noch immer nicht mit dem abgefunden, was er im Grunde für ein Zeichen höchster Illoyalität hielt – unter einer Billigflagge zu fahren.

»Ich versichere Ihnen, das ist eine reine Formsache, Mr. Palmer«, hatte ihm der Personalchef im Haus der Reederei offen erklärt. »Hochsee-Abenteuer-Reisen sind so britisch wie P&O oder Cunard. Das Ausflaggen hilft lediglich, unsere Kosten wettbewerbsfähig zu halten. Und es verhindert Komplikationen mit den Argentiniern ..., außerdem sind alle Offiziere Briten.«

Palmer hatte seine Verachtung für den Mann unterdrückt, hatte seinen Stolz gebeugt und den Job angenommen. In seiner Lage konnte er kaum etwas ablehnen. Zweiundsiebzig Stunden und ein paar Drinks später hatte er am Flughafen von Charleston das Taxi bestiegen, als eilig verpflichteter Ersatz für einen Erkrankten.

»Sind Sie Offizier?« wollte der Taxifahrer wissen und

lenkte den großen, weich gefederten Ford geradeaus auf die Hängebrücke zu, deren Halterungen und Geländer jetzt vor ihnen sichtbar wurden. Vergebens versuchte Palmer seinen Blick auf die Mündung der beiden Flüsse zu werfen, die den Hafen bildeten.

»Ja, der Zweite.«

»Haben Sie ein Glück.« Der Fahrer hob mit einer geschickten Bewegung seiner Zunge einen Kaugummi aus seiner Hülle und begann zu kauen.

»Meinen Sie das ernst ...?« antwortete Palmer abwesend. Er fragte sich, was wohl sein Vater, wenn er noch leben würde, zu diesem Job gesagt hätte. Ein Leben lang hatte er auf Schiffen der britischen Handelsmarine geschuftet, die es inzwischen längst nicht mehr gab. Dabei hatte sich ihm die Überzeugung tief eingegraben, daß Passagierdampfer keine richtigen Schiffe und ihre Offiziere und Besatzungen keine richtigen Männer seien. Sein Großvater hätte sogar noch verächtlicher geurteilt. Er hatte sein ganzes Leben auf Seglern verbracht, hatte schließlich als Kapitän eine Viermastbark von der Clyde geführt und zweimal im Jahr Kap Hoorn gerundet. Palmer seufzte. Sei lebten beide nicht mehr, um ihn zu schelten. Aber beide hätten ihn sicher lieber auf See gesehen als an Land, wo er Arbeitslosengeld bezog. Was beide zu diesem besonderen Job gemeint hätten ..., das würde er nie erraten können.

»Klar«, meinte der Fahrer weiter, »das beschissene Schiff ist voller Witwen. Solide amerikanische Witwen, die alle auf einen Schwanz lauern.« Eine rosa Kaugummiblase erschien im Mundwinkel des Mannes und zerbarst obszön. »Junger Tommy-Schwanz. Toll, was? Mann, haben Sie ein verdammtes Glück.«

Palmer nickte lächelnd. Die anbiedernde ordinäre Vertraulichkeit ging ihm auf die Nerven. Aber er hatte seine Erfahrungen gesammelt aus Wortwechseln mit Taxifahrern vom Rücksitz aus. Die glichen sich auf der ganzen Welt.

»Sicher«, sagte er deshalb nur.

»Ein verdammter Glückspilz.«

Palmer konnte das Schiff nur kurz mustern, während der Ford von der Brücke herabrollte. Dann waren seine Aufbauten, die an eine Hochzeitstorte erinnerten, hinter Hafengebäuden verschwunden. Der Fahrer lenkte den Wagen von der Schnellstraße auf die Hafenstraße. Er suchte in seiner Tasche nach den Papieren, als das Taxi quietschend am Sicherheitszaun zum Stehen kam.

Alles was er von dem Sicherheitsmann sehen konnte, war ein zugeknöpftes, fast bis zum Platzen gespanntes Hemd über einem gewaltigen Bauch. Es verschwand abrupt, wurde durch eine Sonnenblende und einen Helm ersetzt, als der Dicke die Papiere zurückreichte. Der Posten nickte mit dem Kopf, und das Taxi fuhr weiter. Wenige Augenblicke später rollte es um einen Schuppen und an einem Poller vorbei, von dem orangefarbene Kunststofftampen nach oben führten. Über ihnen wuchs die nackte weiße Schiffswand empor.

Das Taxi hielt, und durch die Windschutzscheibe starrte der Fahrer nach oben. »Jesus Christus, ist das beschissene Ding da ein Schiff?«

»Muß man wohl sagen«, meinte Palmer, stieg aus und ließ die Tür offenstehen. Träge bewegte sich der Fahrer von seinem Sitz ins Freie, um den Kofferraum zu öffnen. Schwer atmend entschloß er sich schließlich, die schweren Koffer herauszuheben, und stellte sie in den Staub auf den Kai.

»Jesus Christus . . .«, sagte er wieder und kratzte sich auf eine Art, die klar machte, daß er seinen Teil des Geschäfts erledigt hatte.

Palmer zog Scheine von einer Rolle Dollarnoten und gab sie ihm. »Danke«, sagte er ironisch lächelnd.

Der Fahrer zählte die Noten genau nach.

»Könnten Sie mich in ein paar Stunden wieder abholen . . . Ich muß noch ein paar Dinge besorgen, ehe wir ablegen . . . sagen wir, um zwei?«

Der Fahrer sah zu ihm hoch und kaute seinen Kaugummi so herausfordernd langsam und antwortete so zögernd, daß der Tommy wirklich begreifen mußte, welche Gnade ihm da gerade widerfuhr.

»Können Sie das nicht auf dem verdammten Schiff da kaufen?«

Palmer lächelte. »Nein.« Er bückte sich und hob die Koffer hoch. »Also um zwei Uhr?«

»Okay.«

Der Fahrer watschelte zur offenen Tür zurück, und der Ford sackte unter seinem Gewicht nach unten. »Arschloch ...«, sagte er nur, drückte aufs Gas und schoß mit quietschenden Reifen davon.

Palmer drehte sich zu dem großen Schiff um. Durch die Bordwand konnte er das Summen der Hilfsgeneratoren hören. Er blickte den Kai entlang. Eine nackte Gangway ohne Verdeck führte weiter vorn an Bord, sie war für die Mannschaft bestimmt. Eine Gruppe Stewards und Matrosen lud Vorräte von zwei Lastwagen ab. Palmer entschied sich für die nächstgelegene Gangway. Sie hatte ein Verdeck, und über dem Eingang hing ein Schild, das Ankommende auf der *Adventurer* willkommen hieß. Zwei Palmen standen in Kübeln neben dem Schild.

»Zum Teufel noch mal«, sagte Palmer und ging an einem Steward vorbei, den er unfreundlich anfunkelte.

Der Steward tat, als bemerke er den schwer beladenen Ankömmling nicht, und wartete darauf, ein zweites Taxi, das gerade um die Ecke des Schuppens bog, in Empfang zu nehmen.

Palmer quälte sich die Gangway empor. Er schwitzte trotz der kühlen Luft, die ihm das Airconditioning-System des Schiffes die Gangway hinunter entgegenblies. Das Grummeln der Generatoren wurde lauter und wurde dann durch die verführerischen Töne von Konservenmusik von Muzak ersetzt, die ihm aus dem Foyer entgegenströmte, in dem er sich plötzlich befand. Blumen und noch mehr Pflanzen erinnerten ihn an ein Gewächshaus in Kew Gardens, zu dem der tiefe Teppich allerdings sowenig paßte wie die beiden Palmen, die da unten im Staub des Kais standen. An einem Empfangstisch tratschte eine Gruppe attraktiver junger Damen. Der einzige Mann zwischen ihnen, den goldene und weiße Schulterstücke als Zahlmeister auswiesen, machte sie auf Palmers Ankunft aufmerksam. Eine der Damen, eine Blondine, kam ihm entgegen. Sie trug die weltweit übliche Hostessenuniform, eine weiße Bluse, einen schmal geschnittenen Rock und ein Halstuch mit den Farben der Reederei.

Palmer ließ sein Gepäck knallend fallen. Er bemerkte ihre Beine, die schlanken Hüften und den Gang eines Mannequins.

»Guten Morgen, Sir. Willkommen an Bord der *Adventurer*«, begrüßte sie ihn mit üblicher Routine. »Darf ich um Ihre Boarding-Dokumente und um Ihren Paß bitten?«

Ein Schildchen auf der dünnen Bluse identifizierte sie als »Melanie«. Ihre gebräunte Haut schimmerte durch den Stoff. Sie erwiderte sein Lächeln, doch er war sich nicht klar, ob es echt war.

»Das wird nicht möglich sein«, antwortete er grinsend, »ich bin kein Passagier.«

Das Mädchen runzelte die Stirn, ihr Lächeln war verschwunden. »Die Mannschaft soll die andere Gangway benutzen«, meinte sie knapp.

»Sie meinen sicher die Gangway am Bug«, antwortete er ebenso knapp.

»Ja.«

»Wie schön. Ich werde es mir fürs nächstemal merken. Vielleicht sind Sie jetzt so freundlich und zeigen mir, wo der Zweite Offizier haust.«

»Oh! Dann sind Sie Mr. Palmer, nicht wahr?«

»Richtig.«

Gerade als Melanie anfing, ihn wie ein menschliches Wesen zu behandeln, wurden sie von einem aufgeregten Kichern abgelenkt, das von der Gangway hinter ihnen kam. Melanies Blicke sprangen sofort in die Richtung.

»Entschuldigung, ich werde jemanden finden, der Sie hinbringt.« Sie wandte sich an den Tisch des Zahlmeisters. »Lila.«

Palmer zuckte unter dem scharfen Tonfall zusammen, bückte sich und hob seine Koffer wieder hoch.

»Lassen Sie mich einen tragen.«

Er blickte auf. Das sorgfältig geschminkte Gesicht der Purserette war verschwunden. Er sah in ein Lächeln. Das Mädchen Lila trug den weißen Overall einer Arbeiterin. Ihr Haar war straff zurückgekämmt und in einen Pferdeschwanz gebunden. Sie trug flache Schuhe.

»Schon in Ordnung!« sagte Palmer und richtete sich lächelnd auf. »Dennoch – vielen Dank.« Er folgte dem Mädchen.

Im Foyer war das laute Plappern einer Dame zu hören, die hinter Palmer das Schiff betreten hatte.

»Ach nein, wie wunderbar!« hörte er sie rufen. Er folgte seiner Führerin nach vorn und über zahlreiche Niedergänge, bis die Teppichbelege billiger wurden, und er wußte, daß sie jetzt die Quartiere der Offiziere erreicht hatten.

Er folgte der Frau und bemerkte, daß sie keine künstliche Bräunung brauchte, die ihre Haut durch den stramm sitzenden Overall scheinen ließ. Ihr Slip war einladend eng, und die Bänder ihres Büstenhalters teilten ihren oberen Rücken in drei deutliche Teile. Sie hielt ihm eine Schwingtür auf, und er hörte Stimmen und Gelächter und das Ploppen und Zischen von Bierdosen, die weiter entfernt im Gang geöffnet wurden. Er murmelte seinen Dank und zog sein schweres Gepäck näher heran. Ihre Blicke trafen sich.

»Sie sind also der neue Zweite?« wollte sie wissen. Ihre schönen braunen Augen schauten ihn aus einem dunklen Gesicht unter schweren Brauen gleichgültig musternd an.

Irgend etwas wollte ihm dazu einfallen – und ließ sich nicht greifen.

»Ja«, sagte er und holte tief Luft. Er nahm an, sie war Puertoricanerin, ihr amerikanischer Akzent deutete darauf hin. »Und Sie sind Lila, nicht wahr?«

»Lila Molina ...« Sie sprach den Vornamen wie Lie-lah aus.

Das schien seine Annahme zu bestätigen. Er lächelte sie an. Sie hatte einen kräftigen Mund und eine gerade Nase mit feinen, deutlichen Flügeln. Palmer, der ihr durch den engen Gang folgte, fand sie sehr viel mehr nach seinem Geschmack als die adrette Melanie. Die Purserette schien an Bord fehl am Platz. Lila hingegen sah aus wie jemand, der auf See sein Brot verdienen mußte. Palmer konnte sich mit so einer Person identifizieren, auch wenn sein Großvater sich dabei im Grabe umdrehen würde.

Er bugsierte sein Gepäck durch die Tür, die sie für ihn aufhielt.

»Danke für Ihre Hilfe«, sagte er.

Doch das Mädchen war bereits verschwunden.

Palmer zuckte mit den Schultern, schaute in den Spiegel der Kajüte, ordnete sein Haar und trat wieder in den Gang hinaus. An der Kajütentür, aus der der Lärm drang, hielt er und stellte sich vor.

»Morgen. Palmer, Tim Palmer, Zweiter Offizier. Könnte mir jemand sagen, wo der Alte haust?«

Ein halbes Dutzend Gesichter wandten sich ihm durch dicken Tabakrauch zu. Sie stellten sich in einer wirren Folge von Namen vor als Deckoffiziere oder Funker und einer namens Simon Sowieso führte ihn nach vorn, wo ein Vorhang eine offene Tür verdeckte.

Palmer nickte ihm dankend zu.

»Vergessen Sie bloß nicht, ihn richtig mit Smythe anzureden, Smythe um Gottes willen«, flüsterte ihm der junge Offizier zu, ehe er sich eilig zurückzog.

Palmer klopfte an die offene Tür und fragte sich, wie er wohl eine Stunde Landurlaub aus einem so offensichtlich kauzigen Mann herauslocken könnte.

»Was ist?« Eine rauhe Stimme, eine Frage, die wie ein Befehl klang.

»Palmer, Sir, der Zweite Offizier. Meldet sich an Bord.« Er zog den Vorhang zur Seite und betrat die Kabine.

»Mr. Palmer, soso. Treten Sie ein. Es wird höchste Zeit, daß Sie endlich erscheinen.«

Am Fuß der vorderen Gangway machten die schwitzenden Stewards eine Pause und schauten den abfahrenden Taxis nach. Sie hatten das Abladen von Kartons von einem Lastwagen unterbrochen, um die pompöse Ankunft einer Amerikanerin zu beobachten.

»Sie ist ein bißchen alt für dich, Steph«, sagte ein blasser junger Mann in den blaukarierten Hosen eines Hilfskochs. »Laß uns diesen beschissenen Kram abladen . . . das sollten eigentlich Spaghetti sein, ist aber schwer wie Eisen.«

Er sprach mit starkem Liverpool-Akzent, und die beiden anderen Männer gingen nach kurzem Kopfnicken wieder an ihre Arbeit.

»Hey, Stephanos, dieser Engländer ist nicht so stark wie er aussieht, oder? Sollen wir's ihm nicht mal geben?«

Der das sagte, war von mittlerem Alter, doch so kräftig, daß er sich eine Kiste mit Leichtigkeit auf die Schulter hob. Sein jüngerer Kumpel, Stephanos, hatte ähnlich dunkle Gesichtszüge wie er.

»Wie auch immer«, beharrte der Koch aus Liverpool, »ich dachte immer, ihr Griechen mögt keine Weiber.«

Der kräftige Mann hielt am Fuß der Gangway. »Ich bin Giorgio. Und Giorgio bumst alles, nicht wahr, Stephanos?«

»Ja.« Beide musterten den Koch herausfordernd. »Ja, alles.«

»Wenn es nur ein Loch hat«, sagte Giorgio und begann kraftvoll, die Gangway hinaufzusteigen.

ADVENTURER, CHARLESTON, SÜDCAROLINA

»Sie sind also unser neuer Sekundus?«

Palmer blickte von der offenen Schublade hoch, in die er seine persönliche Habe staute. Der Mann in der Tür mochte vierzig Jahre alt sein, war bereits ergraut, doch auf eine verschwenderische Art schön. Seine anziehende dunkle Stimme war nach Palmers schneller Erkenntnis die Folge von reichem Genuß schottischen Whiskys. Er trug eine Flasche in der einen, ein halbvolles Glas in der anderen.

Tim erhob sich, streckte die Hand und zog sie zurück, als ihm klar wurde, der Eindringling hatte keine frei. »Ja, Palmer, Tim Palmer.«

Der Fremde betrat die Kabine, stieg über die offenen Koffer und verschwand im winzigen Bad. Er kehrte mit dem Zahnputzglas zurück, das zur Ausstattung gehörte.

»Willkommen an Bord. Trinken Sie einen Schluck, um Ihre Ankunft auf diesem schönen Schiff gebührend zu feiern.«

Zum Ablehnen war es zu spät. Für die Instruktionen, die der Kapitän ihm gegeben hatte, würde er genau die vier Stunden brauchen, bis das Schiff ablegte.

»Das ist ein Scotch, der beste, Glenmorangie ... nicht der übliche Blended Whisky, den's überall gibt. Wir haben neunundzwanzig Sorten Scotch an Bord, außerdem acht Amerikanische – Rye und Bourbon, zwei Kanadische und zwei Irische – aber es gibt nur einen Glenmorangie. Zum Wohl!«

»Zum Wohl!« Der Alkohol brannte Palmer in der Kehle, und er schüttelte sich.

»Ach so, ich bin der Schiffsarzt, Jonathan Aymes, spezialisiert auf Geschlechtskrankheiten und Altersleiden, doch nicht unbedingt in dieser Reihenfolge ... Versuchen Sie auf dieser spannenden, abenteuerlichen und hoffentlich auch profitablen Reise meine Dienste besser nicht in Anspruch zu nehmen.« Aymes hielt inne und musterte Palmer kritisch. »Sie sehen nicht aus wie ein Kreuzfahrtseemann, Tim, mein Junge.«

»Und wie sieht so einer aus?« wollte Palmer wissen, stellte das Glas ab und setzte das Auspacken fort.

»Ein bestimmter Blick, eine leichte Verworfenheit, Vorliebe für Alkohol, Sex und Tabak, ein Trommelbauch ... daran ging Ihr Vorgänger zugrunde ...«

»Was war los mit ihm?«

»Exzesse, mein lieber Tim, ein Exzeß nach dem anderen. Er konnte mit all dem nicht umgehen.« Aymes leerte sein Glas und füllte es wieder. »Noch einen winzigen Schluck«, erklärte er, »ehe wir uns um die Ladung kümmern.«

»Wie bitte?« Palmer hob die Brauen.

»Die Passagiere, meine ich. Sind Sie verheiratet?«

»Um Gottes willen, nein.«

»Warum so vehement nein?«

»Ich war ziemlich lange arbeitslos.«

»Oh, tut mir leid.« Aymes wurde plötzlich ernst. »Das ist eine häufige Klage von britischen Seeleuten in diesen Tagen, endemisch, möchte man meinen.«

»Es wäre epidemisch, wenn's nicht nur den kleinen Seemann beträfe. Kein Mensch kümmert sich um den ...«

»Es hat sich nie einer um ihn gekümmert, Tim«, beruhigte ihn Aymes, »der britische Seemann wird heute immer noch genauso verachtet wie eh und je. Erinnern Sie sich noch an Nancy Astor und die gelben Armbinden?«

»Ihnen geht's doch gut. Sie sind ein verdammter Arzt. Der Stamm hat vor seinem Medizinmann immer Respekt!«

»Nun ja, ich bin eigentlich nur ein Kurpfuscher«, bemerkte Aymes ruhig.

»Ich wette, Sie sind so was wie ein Priester im Beichtstuhl, wenn wir außer Sicht von Land sind.«

»Das klingt bitter. Hier, Sie brauchen was zur Besänftigung.« Aymes ließ Malzwhisky in Palmers Glas gluckern.

»Danke, ich hab' genug.«

»Vom Morangie kann man nie genug haben, mein Lieber.«

Aymes sah dem Jüngeren beim Auspacken und beim Schließen der leeren Koffer zu. »Der Steward bringt die in die Gepäcklast. Haben Sie den Alten schon getroffen?«

»Ja, Kapitän Smythe hat mir genug aufgetragen. Bis Leinen los hab' ich genug zu tun.«

»Höre ich da leise Kritik?«

Palmer sah hoch und lächelte entschuldigend. Er hob das Zahnputzglas und trank den Malzwhisky. »Tut mir leid, ich bin wohl ein bißchen voreingenommen, nachdem ich lange nicht mehr an Bord war.«

»Lassen Sie Ihre Gedanken nicht so deutlich werden, Tim.« Aymes klang jetzt herzlich und warnend, nicht mehr so spöttelnd wie eben. »Wer sich auf einem Kreuzfahrer absondert, kann Probleme kriegen. Nicht schön. Ich zieh' mal ab. Kann ich Ihre Zeitung mitnehmen?«

Aymes hob den zerknitterten ›Guardian‹ hoch, der das Datum von gestern trug.

»Na klar, Doktor.«

»Danke. Bis dann.«

»Ja, bis dann.« Palmer knallte die letzte Schublade zu und sah auf die Uhr. Das Taxi würde jetzt an der Gangway warten.

Im Kartenraum beendete Palmer das Einordnen der Seekarten. Er fühlte das Schiff unter sich zittern, als die gewaltigen Sulzer Turbodiesel loslegten. Sie arbeiteten ein Dutzend Decks tiefer, und er spürte Erregung über den bewegenden Herzschlag tief im Rumpf des Schiffes. Obwohl er persönlich einiges gegen die *Adventurer* haben mochte, überkam ihn jetzt – nach so langer Zeit an Land – doch ein großes Gefühl des Aufbruchs. Was auch immer zu diesem Job geführt haben mochte, er war jetzt wieder auf See und konnte persönliche Befriedigung darin finden, seine Pflichten gut zu erfüllen.

Er beendete die nötigen Vorbereitungen vor dem Ablegen und hörte nur halb zu, wie der Staff Captain und der Chief auch ihre beendeten. Telefone klingelten, Meldungen kamen von unten auf die Brücke. Bill Andrews, der Vierte Offizier, führte den Lotsen auf die Brücke, und der Quartermaster vom Dienst fischte den rotweißen Wimpel H aus dem Flaggenschrank und verschwand auf der Brückennock, um ihn neben der Gastlandflagge zu setzen, den Stars and Stripes.

Der Lotse watschelte durchs Ruderhaus und schüttelte dem Staff Captain die Hand. Hinter seiner Sonnenbrille und unter dem gewaltigen Schirm seiner Baseballmütze schien er gesichtslos. Andrews trug seinen Namen ins Logbuch ein und lächelte dabei Palmer freundlich zu.

»Alle Mann gehen gerade auf Station, Lotse«, sagte der Staff Captain und drehte sich um, als Kapitän Smythe die Brücke betrat, seine goldgeränderte Mütze unter dem Arm.

»Einen schönen Nachmittag, meine Herren«, grüßte er förmlich und sonor.

Jedermann, der ihn noch nicht bemerkt hatte, war damit klar, daß er angekommen war.

Der Staff Captain und der Chief meldeten das Schiff seeklar.

»Sehr gut. Dann wollen wir mal die Leinen einholen.« Smythe gab dem Lotsen die Hand.

»Hansen, Käpt'n.«

»Kapitän Smythe, Mr. Hansen.«

Hansen nahm eine Zigarette aus dem Päckchen, das er in der Brusttasche seines Hemdes trug, und sagte: »Das ist doch wohl derselbe Name wie der vom Käpt'n der *Titanic*?« Mit lang geübter Lässigkeit klickte er sein Zippo-Feuerzeug auf.

Palmer beobachtete gespannt diese Szene, in der ein Tommy geärgert werden sollte.

»Der hieß Smith, Lotse. Mein Name ist Smythe.«

»Smith oder Smythe, Schiet oder Scheiß, mir ist das piepegal, Käpt'n. Kann ich mal Ihr UKW-Sprechgerät benutzen?«

Palmer unterdrückte sein Grinsen, als er Andrews Blick fing. Der Vierte konnte sein Lachen kaum verbergen. Smythes Gesicht rötete sich über dem eisgrauen Bart, und seine Augen verwandelten sich in zwei harte Punkte. Doch er überhörte die Beleidigung und blieb friedlich. Der Chief griff ein und bot das Handstück des UKW-Geräts an.

»Hi ... An Charleston Control, hier ist *Adventurer* ... bitte melden.«

Palmer lehnte aufmerksam über dem Kartentisch und bemerkte Kapitän Smythe neben sich.

»Alles klar, Mr. Palmer?«

»Ja, Sir!«

»Wir fahren zwar unter der Flagge Panamas, aber ich versichere Ihnen, daß wir die alten Standards halten, als ob wir immer noch unter der blauen Flagge von Alfred Holt fahren würden.«

»Aye, aye, Sir.« Palmer merkte, daß Smythe sich sehr genau über seinen neuen Zweiten Offizier informiert hatte, den er so plötzlich als Ersatz nehmen mußte.

»Ihr Vorgänger war ein erstklassiger Navigator. Wie ich höre, ist Ihr größter Vorteil, daß Sie auf Abruf zur Verfügung standen ...«

Palmer fühlte wachsenden Ärger. Rächte Smythe an ihm die Sticheleien des Lotsen? Oder spielte er auf Palmers möglichen Mangel an Erfahrung an nach der erzwungenen Ruhe der Arbeitslosigkeit? Einen Verdacht konnte er ja bestimmt nicht hegen. Palmer ärgerte sich, was auch immer der Grund sein mochte.

»Ich habe das Kapitänspatent, Sir!« Am liebsten hätte er hinzugefügt, er habe damit die gleiche Qualifikation wie Smythe. Doch dann besann er sich. Nach einem Leben in festen Rangordnungen hielt man sich mit solchen Bemerkungen besser zurück.

»Das weiß ich, Mr. Palmer, und es ist sogar ein britisches Patent. Doch für Erfahrung gibt es keinen Ersatz. Denken Sie immer daran, ich akzeptiere weder Schiet noch Scheiß.« Smythe sprach jetzt leiser: »Von niemandem!«

»Alle Leinen eingeholt zum Ablegen bis auf eine, Sir«, meldete der Chief, die Telefone, die ihn mit Bug und Heck verbanden, in der Hand. Smythe drehte sich um, und Palmer atmete tief durch.

»Machen Sie sich nichts daraus«, flüsterte Andrews und stieg nach unten, um das Lösen der letzten Leine, der Nabelschnur zum Land, zu überwachen. Wenn die letzte Gangway auf die Pier zurückrollte, waren sie von allem ledig, und Kapitän Smythe war der mächtigste Mann unter Gott.

Smythe und der Lotse gingen in die Brückennock an Steuerbord. Die Musik einer Kapelle wehte bis hier hinauf. Auch Palmer trat nach draußen, um über die Seite zu blicken. Mädchen in kurzröckigen Uniformen marschierten auf und ab. Ihre Röcke flatterten im gleichen Takt mit ihren Knien, die sie im Sonnenschein nach oben rissen. Die Kapelle trug irgendeine Phantasieuniform, gekreuzte Brustriemen und Tschakos mit Federn. Palmer hatte noch nie etwas ähnlich Lächerliches gesehen. Doch über die hohe Bordwand, die an eine Klippe erinnerte, sahen dicht an dicht gedrängt die Passagiere nach unten. Farbige, schmale, durchhängende Papierstreifen verbanden sie noch mit Freunden und Verwandten, die unten auf der Pier Abschied nahmen.

»Okay, Käpt'n. Leinen los!«

Mrs. Rebanowicz vermied solche gequälten Abschiedsrituale. Sie reiste, um zu vergessen, und um zu vergessen, suchte sie neue Erfahrungen. Von Ritualen hatte sie die Nase voll. Sieben Monate Trauer reichten, um jedem Menschen blinden Gehorsam gegenüber gesellschaftlichen Konventionen auszutreiben. Vor allem wenn man Zelda Rebanowicz war, der die Witwenschaft nur Ernüchterung gebracht hatte. Ihre Trauer war in dem Augenblick verschwunden, als ihr klar wurde, daß ihr verstorbener Ehemann alles andere als treu gewesen war. Die Umstände seines Todes auf einer Geschäftsreise in Cincinnati waren immer noch nicht zur vollen Zufriedenheit seiner Witwe geklärt. Sie war an Bord, um sich symbolisch zu rächen und nicht aus Neugier, die fernen Winkel der Erde kennenzulernen, die die *Adventurer* anlaufen würde.

Zelda Rebanowicz wußte, daß sie das Richtige getan hatte, als sie Palmer ins Foyer des Schiffes gefolgt war. Die Atmosphäre, die ganze Stimmung, die Aura, das alles tat ihrer verletzten Seele gut.

»Nein, nein. Würden Sie das bitte dahin legen ... das ist sehr freundlich von Ihnen. Macht es Ihnen wirklich nichts aus, mir dabei zu helfen?«

Der Steward richtete sich auf. Er hatte den schweren Stuhl hin- und hergeschoben und ihn mit einer Schraube in dem Messinggewinde gesichert, das der tiefe Teppich verbarg.

»Überhaupt nichts!« Irgend etwas einladend Wölfisches lag in dem Lächeln, das um den Schnurrbart spielte, fand Mrs. Rebanowicz.

»Sind Sie Grieche?« fragte sie etwas außer Atem, als der Mann seine Hände auf dem Hintern rieb.

Seine weiße Hose betonte die deutliche Rundung, und Mrs. Rebanowicz fühlte, wie ihr Atem schneller wurde.

»Sicher!« sagte er.

»Und Sie sprechen Englisch?«

»Sicher. Genug, um Sie zu verstehen, Miß ...«

»Wie heißen Sie?«

»Giorgio.«

»Sie sind wirklich Grieche. Wie wunderbar.«

»Sicher, das ist wunderbar.« Er hielt inne, und seine dunklen Augen musterten sie. Sie ist über 50 Jahre alt, schätzte er, aber hat die Figur wohlhabender Amerikanerinnen. Ihr Reichtum war sichtbar. Wenn mit dieser Reise etwas schiefging, brauchte Giorgio einen Rettungsring. Er starrte auf ihre Brüste. Über dem runden Bauch waren sie voll und einladend. Vor mehr als einem Monat hatte er zum letztenmal eine Frau gehabt.

»Giorgio ist wunderbar«, sagte er mit belegter Stimme.

Er wußte, er hatte gewonnen. Sie suchte in ihrer Handtasche nach einer Zehn-Dollar-Note.

»Immer, wenn Sie etwas wünschen, rufen Sie einfach Giorgio.«

Er nahm den Schein und schob ihn in seine Gesäßtasche. Als er die Kabine verließ, bemerkte Mrs. Rebanowicz, wie der zusammengeknüllte Schein sich in dem glatten Stoff abdrückte – ein kleiner, verkrumpelter Stern auf Giorgios rechter Gesäßhälfte.

Irgendwo weit über ihr meldete die Sirene das Ablegen der *Adventurer.*

Margaret Allen hörte am Ende des langen Bootsdecks die Sirene heulen. Auch sie machte sich nichts aus dem Pomp des Abschieds – doch aus anderen Gründen. Schon ihr erster Eindruck vom Schiff überzeugte sie, daß sie mit dieser Reise einen Fehler gemacht hatte. Sie war Witwe geworden und hatte den ganzen Schmerz plötzlichen Alleinseins erfahren. Doch um die bedrückende Einsamkeit zu vermeiden, hätte sie eher in den Norden, in den Herbst Vermonts reisen sollen, statt in den Süden, um einen zweiten Sommer zu erleben. Sie starrte unbewegt auf die leeren Swimmingpools, in deren unbewegtem Wasser sich Sonnenlicht spiegelte. Ganz anders das Hafenwasser, das kleine Wellen kräuselten. Das Wasser hier an Bord schien künstlich verglichen mit dem der See. Und doch wurde ihr deutlich, daß der Abstand vom Vergangenen ihrer verletzten Seele gut tun würde. Vermont würde sie immer an Vergangenes erinnern – ganz anders als die neuen Horizonte und die Seereise durch die einsamen Inseln im tiefsten Süden des Kontinents.

Doch sie fühlte sich bedrückt. Sie hatte so ein Gefühl erwartet und analysierte es jetzt mit ihrer üblichen, nichts verbergenden Ehrlichkeit. Ihren Schmerz über den Verlust wollte sie solange wie möglich erdulden – vor allem als Dank an ihren Mann, den sie wahrhaftig, treu und hingebungsvoll geliebt hatte. Irgendwie schien es ihrer protestantisch erzogenen Seele überaus sündhaft, daß sie den schmerzlichen Verlust mit einer Kreuzfahrt wie mit Selbstmitleid übertönen wollte. Doch es galt, sich zusammenzunehmen und ihr zerbrochenes Leben neu aufzubauen. Unsicher starrte sie nach achtern. Sie war hier fast ganz allein. Das Schiff krängte ganz leicht nach Steuerbord, denn die meisten der tausend Passagiere winkten ihren Freunden und Familien zu. Unter dem Heck quirlte das Schraubenwasser hoch, und die beiden Bugstrahlruder drückten den langen, weißen Rumpf von der Pier weg.

Die Papierstreifen spannten sich und rissen, die Kapelle blies noch einmal den Sousa-Marsch mit einem gewaltigen Crescendo, und die Batons der Führerinnen der kurzberockten Mädchen wirbelten noch einmal in einem ziemlich sinnlosen Höhepunkt. Über ihr heulte die Sirene einen weiteren Abschiedsgruß, der Druck der Bugstrahlruder nahm ab, und die gewaltigen Sulzer Diesel schoben jetzt das große Schiff voran.

Margaret Allen beobachtete das wirbelnde Heckwasser und sah, wie Möwen hoffnungsvoll und schreiend hineintauchten. Sie liefen an Drum Island vorbei, und das Stampfen der Maschinen nahm zu. Jetzt war sie nicht mehr allein. Leute spazierten über das Deck. Ein paar Teenager tobten aufgeregt herum, und sie hatte Freude an ihren frischen jungen Gesichtern. Ihr schien, als trenne sie ein Abgrund – doch er schien ihr trotz des Altersunterschieds plötzlich gar nicht so gewaltig.

Ein Schatten glitt über das Deck. Sie war so abgelenkt, daß sie zuerst an eine übernatürliche Erscheinung glaubte. Doch dann sah sie hoch. Es war natürlich nur der Schatten der gewaltigen East Bridge, die über ihnen hing und schnell in der Ferne versank. Die helle Sonne spiegelte sich in den Scheiben kleiner werdender Autos. Während sie zurückblickte, schien die Eisenkonstruktion langsam vor einer wachsenden dunklen Wand heller zu werden, die sich mit unglaublicher Schnelligkeit in steil hochtreibende Cumulonimbuswolken verwandelte. Solche Wolken hatte sie, wie ihr plötzlich klar wurde, seit frühesten Kindertagen nicht mehr gesehen. Sie vergaß die Teenager, die über das Deck tobten, und beobachtete fasziniert, wie sich die Wolkenbank vom Land löste.

Palmer sah vom Tochterkompaß auf und warf einen schnellen Blick auf die Flagge der Vereinigten Staaten, die über den niedrigen, braunen Wällen von Fort Sumter auswehte.

»Das Fort hat seinen Namen von einem Patrioten, der euch Tommys in den Arsch trat«, erklärte der Lotse leutselig Kapitän Smythe und zündete sich wieder eine Zigarette an. »Hier begann der Bürgerkrieg …«

»*Ihr* Bürgerkrieg, Mr. Hansen. Unseren hatten wir ein paar Jahrhunderte früher«, entgegnete Smythe trocken.

Palmer entdeckte ein Funkeln in den Augen des Alten und verschwand in den Kartenraum, um ein paar Peilungen einzutragen.

»Die Jakobsleiter für den Lotsen an Backbord, Mr. Andrews«, befahl der Chief in das Telefon.

»Es sieht ganz so aus, als braute sich hinter uns eine Regenwand zusammen«, meinte der Staff Captain, der nach achtern aus den Brückenfenstern schaute.

Sie verlangsamten die Fahrt. Das Lotsenboot glitt über die Bugwelle der *Adventurer* und lief in Lee des Rumpfs. Bill Andrews tauchte auf der Brücke auf, um den Lotsen nach unten zu begleiten.

»Ne schöne Reise, Käpt'n.« Hansen flippte seine Kippe über die Seite und streckte seine dickliche Hand aus.

»Danke, Mr. Hansen, und viel Glück.«

Zwischen den beiden Männern schien es keine Animositäten mehr zu geben, obwohl Palmer sicher war, daß beide Welten trennten. Hansen grüßte ringsum und stieg dann hinter Andrews den Niedergang hinunter. Kapitän Smythe trat in die Nock und wartete, bis der Kopf mit der Baseballmütze oben an der Jakobsleiter auftauchte.

»Unser erster Kurs nach Karte ist eins zwei null, Sir.«

»Keine Abweichung?« wollte Smythe wisen, ohne sich umzudrehen.

»Keine, Sir!«

»Nun denn. Ich brauche einhundertundachtzig Umdrehungen.«

Palmer löste die Motorsteuerung. Die Nachlaufmotoren summten, und das Doppler-Log klickte, während die *Adventurer* langsam Fahrt aufnahm.

Plötzlich trat Smythe lachend von der Reling zurück.

Palmer hörte, wie der Lotsenkutter mit aller Kraft von der steilen Bordwand abdrehte. Neben ihm tauschten der Staff Captain und der Chief verschmitzte Blicke. Palmer sah jetzt das Lotsenboot nach Land zu drehen. Hansen bewegte sich mit Hilfe eines Matrosen in die Kabine achtern. Er war bis auf die Haut naß. Smythes Befehl Fahrt aufzunehmen hatte ganz offenbar Wasser zwischen Lotsenkutter und der *Adventurer* hochrauschen lassen.

»Schiet und Scheiß sind für ihn eh das gleiche«, brummelte Smythe leutselig und kehrte auf die Brücke zurück, lächelte den Offizieren zu.

Der Quartermaster kam vom Peildeck zurück und rollte die Flagge zusammen, die international die Anwesenheit eines Lotsen meldete.

»Und dies verdammte Ding könnten Sie auch runterholen«, sagte Smythe und deutete auf die Stars and Stripes, »von den Yankees habe ich erstmal die Schnauze voll.«

In seiner Kajüte leerte Dr. Aymes den Rest aus der Flasche Glenmorangie und las dabei Palmers alten ›Guardian‹. Wie üblich vermied er engen Kontakt mit den Passagieren, bis seine Dienste gefordert wurden. Und die Lektüre der Passagierliste, die ihm der Purser kurz vor dem Ablegen nach oben geschickt hatte, machte ihm klar, daß er kaum mehr als vierundzwanzig Stunden Ruhe haben würde. Wie üblich waren die meisten Passagiere der Ersten Klasse alleinreisende Frauen, blauhaarige Witwen aus dem Mittleren Westen, gierig auf letzte Abenteuer und freigiebig wie jemand, dem alles in den Schoß gefallen war. Das Ableben ihrer Ehemänner war die Folge von bedauerlichem Streß und hatte ihnen angenehm fette Lebensversicherungsprämien beschert. So wie sie sich an Bord zu benehmen pflegten, bestärkten sie Jonathan Aymes in seiner chauvinistischen Männerrolle.

Auf dieser Reise gab es überraschend viele Passagiere in der Touristenklasse. Es waren Pensionäre und Jungverheiratete aus der Mittelklasse, die genug Geld besaßen, um sich einen Acht-Wochen-Urlaub leisten zu können. Aymes konnte sich also auf die üblichen geriatrischen Probleme einstellen und auf seltenere erste Eheauseinandersetzungen. Sie könnten zu Knochenbrüchen führen, gebrochenem Kiefer bei Frauen, Rippenbrüchen bei Männern. Diese objektive Betrachtung von Ehen festigte Aymes in seinem standhaften Junggesellentum. Die tobenden pubertären Teenager hingegen bestätigten seinen ungebrochenen Glauben an eine strikte Geburtenkontrolle. Er fragte sich plötzlich, wie viele von diesen Heranwachsenden wohl drogenabhängig werden würden. Der Gedanke führte ihn weiter. Wer von der Mannschaft würde wohl als Dealer enden?

Die Coast Guard der Vereinigten Staaten hatte das Schiff gründlich durchsucht, ehe die Passagiere an Bord kamen. Aber etwas, das so komplex war wie dieses Kreuzfahrtschiff, hatte natürlich unzählige Verstecke, wenn es darauf ankam.

Aymes seufzte über die Schwächen der Menschen und über die Leere seiner Flasche, die er in den Papierkorb in seiner Kabine fallen ließ.

»Und damit es uns nicht langweilig wird«, murmelte Amyes, »genießen wir den Trost der internationalen Medien.« Er vertiefte sich in den Leitartikel des ›Guardian‹.

Man kann nur hoffen, daß die anstehende UN-Debatte über das Anliegen der Palästinenser realistisch geführt wird – und wenn sie nur dazu beiträgt, daß man dem Debattierklub der Vereinten Nationen jetzt mehr Glauben schenkt. Wer in den letzten Jahren so zynisch jede Initiative erstickt hat, hat nichts dazu beigetragen, das Ansehen von Politikern und Diplomaten oder der Politik zu stärken und damit die Hoffnung auf Lösung auch nur eines einzigen Problems, mit dem sich unsere Weltgemeinschaft herumplagt. Die wachsende Verzweiflung der Palästinenser hat zu wachsender Spannung in der Welt geführt, zu einer Eskalation von Terrorakten, gnadenloser Revanche von mächtigen Staaten und der Zersplitterung des Libanons. Wenn die Palästinenserfrage die einzige wäre, mit der sich die Staatsmänner der Welt abgeben müssen, könnte man ihre Vorsicht noch verzeihen. Aber selbst wenn man sich nicht in die Nesseln setzen will, kann man heute schon eine endlose Folge von Gewalttaten vorhersagen. Bombenattentate, Morde, Entführungen – und all das führt zu Gott weiß welchen Revancheakten derer, die eigentlich immun sein sollten gegen das Böse in der Welt ...

Aymes zerknüllte die Zeitung in seinem Schoß. Das alles bedrückte ihn. Die Kajüte verdunkelte sich plötzlich, und er sah ein junges Gesicht im Fenster, die Nase platt gegen das Glas gedrückt. Aymes stand auf und schnitt eine Grimasse. »Hau ab«, sagte er. »Das wird wieder eine von diesen Reisen, ich ahne es schon ...«

Palmer verließ die Brücke und überquerte das Bootsdeck. Man wich ihm aus und starrte ihm in seiner litzenbesetzten Uniform nach. Zwei Kinder, ein Junge und ein Mädchen, rannten in seine Richtung und stoppten vor ihm. Sie sahen sich kichernd an und hoben ihre Fäuste vor den Mund. Der Stolz, der gerade eben in Palmer aufgeflackert war, verlosch, und er schaute zurück über das Heck. Massen von Cumulonimbuswolken überholten das Schiff und wölbten sich über ihm immer höher.

Am Ende des Bootsdecks blickte er abwärts. Die Decks reihten sich nach unten zum Heck zu wie Kulissen in einem Hollywood-Film. Überall entdeckte er schon Passagiere in Liegestühlen. Stewards eilten von einem zum anderen mit lächerlichen Drinks, die Dschungelstücke oder Papierschirmchen schmückten, als reiche das Glas allein nicht aus. Er suchte Lila, konnte sie aber nirgends entdecken.

Ein paar Mutige hatten sich bereits in die Swimmingpools gestürzt. Fit aussehende Männer in den Dreißigern verschwendeten gerade ihre Energie an den Tennisnetzen. Die *Adventurer* nahm Fahrt auf, um ihre zweiundzwanzig Knoten Reisegeschwindigkeit zu erreichen. Keiner der Passagiere schien die schwarze Wolke zu bemerken, die sich ihnen von achtern näherte.

Palmer erhaschte den Blick des Quartermasters, der achtern postiert war, um sofort zu melden, falls ein Passagier über Bord gefallen war. Über eine Entfernung von etwa dreißig Metern tauschten die Männer verächtliche Blicke aus. Das jedenfalls glaubte Palmer. Er lächelte, weil der Quartermaster seine Gefühle zu teilen schien, und dann, weil ihm die Reaktion der Passagiere auf den Schauer interessierte. Er nahm sich absichtlich Zeit, das alles zu beobachten.

»Sie sind doch Offizier, nicht wahr? Können Sie mir sagen, was das da ist? Ich beobachte es seit langem, und es macht mir Angst!«

Palmer drehte sich um. Die Stimme klang kühl, aber angenehm mit ihrem englischen Tonfall. Die knarrenden Vokale stammten sicherlich aus langem Aufenthalt in den Vereinigten Staaten. Die Dame hatte ein feines Gesicht, dessen faltige Haut ihre frühere Schönheit nicht verbergen konnte, obwohl sie sicher schon um die sechzig Jahre alt war. Es behagte seinem britischen Stolz, daß der einzige Passagier, dem das näherkommende meteorologische Phänomen auffiel, eine Britin war.

»Es ist eine Böenfront, Madame.«

»Es sieht ja schlimm aus – wie eine Warnung des Himmels!«

Palmer lachte. »Es ist nur eine örtliche Störung. Kalte Luft strömt über warme tropische Luft über Land. Gleich wird es merklich kühler werden . . ., schauen Sie sich mal unsere Gäste da unten an.« Palmer deutete auf die Sonnenanbeter am Swimmingpool. Der eine oder andere schaute auf, als die ersten eiligen Wolken die Sonne verdunkelten.

»Das sieht außerordentlich beeindruckend aus, Mr. . . .«

»Palmer, Madame, der Zweite Offizier.«

»Sie sind für die Navigation verantwortlich, stimmt's?«

»Nun ja, alle Decksoffiziere können navigieren, aber Navigation ist meine spezielle Pflicht, ja.«

»Ich bin Margaret Allen . . . Besondere Qualifikation: Verwitwete Hausfrau!«

»Oh«, meinte Palmer irgendwie verwirrt, »das tut mir leid.«

»Das muß es Ihnen nicht . . . Sie haben recht, es wird kühl.«

»Sie sollten reingehen. Das Schiff hat überall Airconditioning.«

»Natürlich, Airconditioning. Aber eigentlich bin ich an Bord gekommen, um die Seeluft zu genießen, nicht um mich vor ihr zu verstecken. Mein Steward hört nicht auf, mir die tausend Möglichkeiten zu nennen, sich auf diesem Schiff verwöhnen zu lassen. Mir schwirrt der Kopf vor solch unsinnigen Dingen wie drei Schwimmbecken, einer Sauna, einer Einkaufsstraße, einem Kino, einer Laufstrecke, Gott weiß wie vielen Bars, Restaurants und Friseuren und schließlich einem ganzen Raum voller Hundezwinger.«

»Aber Ihnen geht es nur um die See?«

»Genau. Sehen Sie mal . . . was ist denn das?«

Die obere Hälfte der Cumulonimbuswolke hing jetzt über ihnen, und viele Passagiere eilten unter Deck. Man hörte einige Schreie. Dicht über dem Horizont bildete sich eine scharfe Linie, die die ferne Küste Carolinas verdunkelte. Sie sahen, wie der aufkommende Wind das Wasser peitschte. Aus der vorderen Kante der Wolke hingen plötzlich Rüssel, die ganz schnell wieder verschwanden.

»Lieber Gott, das sieht ja fürchterlich aus!«

Palmer lachte. »Wenn Sie viel Glück haben, wird einer die See erreichen. Warten Sie nur. Da ist er schon.«

Margaret Allen sah, wohin sein ausgestreckter Arm deutete. Der graue hängende Rüssel war sehr viel näher gekommen, und sie konnte sehen, wie er sich nach unten drehte und dabei eine schwungvolle Kurve beschrieb. Unter ihm tobte weißes Wasser, das sich wie durch ein Wunder hob und die schlauchförmige Wolke traf. Über ihren Rücken rann ein kalter Schauer.

»Mein Gott, das ist ja wie ein Wunder«, sagte sie. Ihre Augen glänzten vor Aufregung.

In den Aufbauten der *Adventurer* konnte man den Wind kaum spüren, doch der Anblick war atemberaubend.

»Eine Wasserhose«, lachte Palmer. Er genoß diesen Anblick der Elemente sehr.

»Verzeihen Sie ... Ich mußte zuhören ... sagten Sie, eine Wasserhose?«

Sie sahen sich beide um.

Ein älterer Herr mit hellen Augen stand leicht gebeugt hinter ihnen. »Wir haben Kabinen auf demselben Deck«, wandte er sich an Mrs. Allen, »mein Name ist Galvin. Tut mir leid, mich aufzudrängen, aber mich faszinierte Ihre Art, den Wetterwechsel zu erklären. Ich hätte wohl nicht zuhören sollen«, lächelte er Palmer an, ein kleiner ernsthafter Mann, der dann hinzufügte, wie sehr ihm gefiel, endlich wieder reines Englisch zu hören.

»Das ist ganz in Ordnung«, sagte Palmer, »ich nehme an, Sie sind Engländer?«

»Ja, gewissermaßen. Ich habe meine Staatszugehörigkeit nie aufgegeben, obwohl ich sehr lange in den Vereinigten Staaten gelebt habe.«

»Dann verbindet uns mehr als die Kabinen auf demselben Deck«, sagte Margaret Allen. Sie fröstelte. Der Schauer war vor dem großen Schiff vorbeigezogen und hatte Meer und Himmel verdunkelt. Neben ihnen rollten weiße Seen, doch der Fahrtwind des Schiffes machte die folgende Brise kraftlos.

»Ich nehme an, das nennt man einen Seewechsel«, scherzte sie.

»Ich nehme an, Seewechsel bedeutet sehr viel mehr«, sagte Galvin und wandte sich an Palmer. »Können Sie uns ungefähr sagen, wohin wir steuern?«

»Ja, natürlich. Wir laufen östlich der Bahamas, um den Golfstrom hinter uns zu lassen. Danach ändern wir den Kurs südöstlich, aber bleiben außerhalb der Westindischen Inseln ...«

»Das klingt so ... na ja, ich weiß nicht, so großspurig. Eine Tour nach Wertmaßstäben, könnte man sagen.«

»So etwas ist es in der Tat«, erklärte Palmer.

»Heißt es, wir nähern uns irgendwie dem Bermuda-Dreieck?« warf Mrs. Allen ein.

Wieder lachte Palmer. »Ja, wir fahren genau durch die Mitte ... Aber heutzutage verschwindet da niemand mehr. Wenn Sie mich jetzt bitte entschuldigen, ich muß zurück auf die Brücke ...«

»Was für ein gutaussehender Mann«, sagte Mrs. Allen. »Doch ich glaube, er hält nicht viel von uns armen Passagieren.«

»Das würde mich nicht überraschen, Mrs. ...?«

»Margaret, Margaret Allen.«

»Ich bin John, John Galvin.«

Sie sahen sich ein bißchen verlegen an, und dann schaute sie weg auf die See achtern, wo das Kielwasser grüne und weiße Muster aufwarf in der dunkler werdenden See.

»Ich war mir nicht sicher, ob ich diese Reise machen sollte«, sagte sie. »Aber die Begeisterung des jungen Mannes für, nun ja, sagen wir für die Wunder der See, bestätigt mich.«

»Sie haben recht. Mir ging es übrigens ähnlich ...«

»Was brachte Sie denn auf See?«

»Meine Pensionierung, zuviel Arbeit, gesundheitliche Schwächen ...«

»Das tut mir leid.«

»Das muß es Ihnen nicht. Als Arzt sollte man sich in solchen Fällen ja wohl selber helfen können.«

»Sie sind also Arzt?«

Galvin nickte. »Ja, aber sagen Sie es bloß nicht weiter. Ich kann ganz gut zwei Monate ohne Sprechstunde und Beratungen auskommen.«

»Natürlich!«

»Sagte der junge Mann da eben nicht, er sei der Zweite Offizier?«

»Ja, so ist es.«

»Wenn der Zahlmeister recht hat, hält der Zweite morgen einen Vortrag. Morgen früh, oder wie sie hier sagen, morgen vormittag. Er spricht über die Reise und was wir wahrscheinlich alles sehen werden.«

»Ich freue mich schon drauf.«

»Ja, ich auch.«

Am anderen Morgen fand sich Palmer in einer ganz und gar unseemännischen Umgebung. Staff Captain Meredith und Melanie Corbett aus der Abteilung des Zahlmeisters hatten ihn in die Zange genommen. Und seine Instruktion lautete, sich um elf Uhr Schiffszeit im Theater einzufinden, um einen Vortrag über die vorgesehene Fahrtroute der *Adventurer* zu halten. Wie er feststellen mußte, war er Teil jenes Programms, das die Werbung für die Schiffsreise so besonders herausgestrichen hatte. Er staunte, daß das Theater, das auch als Kino diente, fast 500 Menschen Platz bot. Die ersten sechs Reihen überquellender rosa Sessel hatten quirlige Teenager belegt. Die erwachsenen Passagiere saßen weiter hinten, und während der Staff Captain Meredith die Wartenden freundlich begrüßte, suchte Palmer in dieser furchteinflößend großen Menge nach wenigstens einem bekannten Gesicht. Er fand Mrs. Allen neben Dr. Galvin und eine Reihe hinter Mrs. Rebanowicz.

Er hatte in Mrs. Rebanowicz die Dame wiedererkannt, die hinter ihm an Bord gekommen war. Er war ihr gestern abend formell zum Dinner vorgestellt worden. Zufrieden darüber, daß die mütterliche Mrs. Allen zu seinem Tisch gehörte, errötete er heftig und fühlte sich gar nicht wohl, als Mrs. Rebanowicz geplant zu spät erschien, und er, während im Salon Erster Klasse um ihn herum alle bereits saßen, sich höflich erhob, während sie Platz nahm.

Ganz im Gegensatz zu Margaret Allen mit ihrer angeborenen Schönheit, die auch das Alter nicht zerstören konnte, setzte Mrs. Rebanowicz andere Maßstäbe. Sie war zwar zehn Jahre jünger als Margaret Allen, doch schon auf dem besten Wege, dick zu werden. Ihr Gesicht unter dem ausgeklügelten Make-up war längst nicht mehr so schön wie damals, als sie die Blicke der Männer zum erstenmal auf sich zog. Doch ihr Körper war immer noch einladend. Obwohl das erste Dinner informell war, hatte sie in ihrem knallengen, grellen Kleid alle Aufmerksamkeit auf sich gelenkt. Ältere Reisende erinnerten sich bei ihrem Anblick an Transatlantikreisen vor der Zeit der Flugzeuge.

Als Jonathan Aymes ihm vom Nebentisch zuzwinkerte, dämmerte Palmer, daß er Opfer einer Verschwörung zwischen den Offizieren war, die die Passagiere auf die Tische verteilt hatten. Bestätigt wurde sein Verdacht nach dem Dinner, als Melanie Corbett auf ihn wartete und ihm mit freundlichem, schlangenhaftem Lächeln den Auftrag gab, morgen um elf Uhr den Passagieren einen Vortrag über die geplante Route zu halten. Den größten Teil der Mittelwache zwischen Mitternacht und vier Uhr morgens, als er sich eigentlich um die Navigation des Schiffes kümmern sollte, hatte er sich unruhig und unlustig Notizen zu dem Thema gemacht. Als er kurz nach vier eintörnte, hatte er es dabei bewenden lassen. Während er jetzt das Gesichtermeer vor sich sah, spürte er, wie nervös er bei aller Übermüdung war.

»Und jetzt möchte ich Mr. Palmer, den Zweiten Offizier, bitten, über den Verlauf der Reise ein paar Worte zu verlieren. Er ist der Mann, der Kapitän Smythe für die Navigation verantwortlich ist.« Das war ganz der weltmännische Ton, der einen umtriebigen Staff Captain auszeichnete.

In dem brausenden Beifall, den Meredith sich mit dieser freundlichen Vorrede eingehandelt hatte, merkte Palmer, daß das Licht erlosch und jemand, vermutlich Meredith, ihn mit einem Zeigestab piekste. Auf der Leinwand über ihm erschien eine große Landkarte von Nord- und Südamerika. Als ihm gerade der Angstschweiß ausbrechen wollte, weil er seine Notizen nicht würde lesen können, fiel Scheinwerferlicht auf ihn. Alles, was er von dem großen Raum wahrnehmen konnte, waren ein paar junge Gesichter dicht vor ihm. Er nahm den Zeigestab, hustete verlegen, holte Luft und begann mit einem Zitat aus der Werbebroschüre der Reederei.

»Guten Morgen, meine Damen und Herren. Sie sind jetzt auf einem der neuesten und größten Kreuzfahrtschiffe der Welt, das eigens für Ihr Vergnügen gebaut wurde. Wir sind in der Lage, wie Sie schon gemerkt haben, Ihnen jeden Komfort zu bieten, und Unbequemlichkeiten, die man von einer Meerfahrt erwarten mag, auf ein Minimum zu reduzieren.«

Palmer überhörte das Grollen, das irgendwo aus der Richtung von Meredith kam, der Platz genommen hatte. Er schluckte und fuhr fort, wobei ihm klar wurde, daß das, was er um drei Uhr morgens für ausreichend gehalten hatte, dem gleißenden Licht des Scheinwerfers nicht mehr standhielt.

»Dennoch ist dies eine Luxusreise – jedenfalls in bezug auf Ihren persönlichen Komfort. In jeder anderen Hinsicht werden Sie den Spuren berühmter Seefahrer folgen. Ich nenne Magellan, Drake, Anson, Cook, Lemaire, Schouten und selbst den unrühmlichen Kapitän Bligh. Charles Darwin entwickelte seine Theorie der Evolution an Bord von Kapitän Fitzroys *Beagle* auf einer ganz ähnlichen Reise. Unsere Fahrtroute wurde berühmt durch die Reisen der schnellen Yankee-Clipper, die im letzten Jahrhundert die Goldsucher aus dem Osten der Vereinigten Staaten in die kalifornischen Goldfelder beförderten.«

Palmer machte eine Pause, holte Luft und hörte in der Stille jemand flüstern: »Und das ist hoffentlich alles an Belehrung.«

Unbeeindruckt fuhr er fort. »Diese Reise erlaubt Ihnen, sich an einigen der entlegensten und schönsten Ecken der

Welt zu erfreuen und auf unserer Route nach Süden einige der Wunder der hohen See zu erleben.« Er tippte mit dem Zeigestock auf einen Punkt südwestlich von Charleston. »Wir lassen die Bahamas westlich von uns, um vom Golfstrom nicht nach Nordost versetzt zu werden, laufen auf die Enge zwischen Puerto Rico und der Dominikanischen Republik zu, auf die Mona Passage. Dann geht es südöstlich über die Karibik durch die schmale Passage zwischen Grenada und Tobago. Unsere Reisegeschwindigkeit sind 22 Knoten, 22 Seemeilen pro Stunde. Sie werden also am Freitag abend die Sonne über Tobago untergehen sehen. Dann geht es die Küste Südamerikas hinab. Wir kreuzen das Delta des Orinoko und Mitternacht vor Montag das des Amazonas. Zum Frühstück haben wir den Äquator überquert. Wer von Ihnen das noch nie getan hat, wird dem Hof von König Neptun präsentiert werden zur Äquatortaufe.«

Aus den ersten Reihen gab es bei dieser Nachricht ein zustimmendes »Aha«.

»Es geht weiter nach Süden. Sie werden Delphine sehen, fliegende Fische und vielleicht sogar Wale. Bei Tagesanbruch am Freitag nächster Woche laufen wir in Rio de Janeiro ein. Dort bleiben wir einen Tag. Dann geht es weiter nach Süden. Je weiter südlich wir kommen, desto höher ist die Wahrscheinlichkeit, auf Wale zu treffen. Wenn es das Wetter erlaubt, werden wir in die Magellan-Straße zwischen Patagonien und Tierra del Fuego zwei Wochen nach dem Ablegen in Charleston einlaufen.«

Ohne daß er darum gebeten hatte, wurde die Karte über ihm ausgewechselt. Die neue zeigte in einem großen Maßstab die Inseln, die den Süden des gewaltigen Doppelkontinents bildeten, bis hin zu der einsamen Staten Island.

»Unser genauer Fahrplan hier hängt vom Wetter ab. Doch ich gehe davon aus, daß wir, wenn irgend möglich, in den südlichen Pazifik durch den Cockburn-Kanal laufen werden, dann östlich durch den Beagle-Kanal, von wo wir nach Süden abdrehen an den Woolaston-Inseln vorbei ...« Palmer tippte auf der Karte auf die windumtosten, einfarbigen Hänge der Darwin-Kordillere und den schmalen Beagle-Kanal. »Wir werden Kap Hoorn also in anderer Richtung umrunden. Schouten hat es nach seiner Geburtsstadt in den Niederlanden benannt. Wir hoffen, hier den wandernden Albatros zu sehen. Wenn das Wetter besonders gut ist, wird Kapitän Smythe sicher die Drake-Passage queren, in der Hoffnung, Eisberge zu sichten. Falls das nicht möglich sein sollte, werden wir Sie trösten, indem wir mehr Zeit im Chilenischen Archipel verbringen, in Richtung Valparaiso ...«

Palmer redete zwanzig Minuten weiter, ließ sich aus über Pflanzen und Tiere, die man sehen würde, berichtete über eine beabsichtigte Landung auf der Robinson-Crusoe-Insel in der Juan-Fernandez-Gruppe und erwähnte die flugunfähigen Kormorane, denen man auf den Galapagos begegnen würde, ehe es Richtung San Francisco ging.

Er fand, daß er am Ende des Vortrags seine Nervosität verloren hatte und seine Notizen nicht mehr zu Hilfe zu nehmen brauchte. Meredith lächelte ihm knapp zu, als er sich stark beklatscht setzte. Ihm fiel wieder Mrs. Allens Gesicht auf. Ihr Begleiter, Dr. Galvin, schien überaus begeistert zu applaudieren. Meredith erhob sich wieder.

»Mr. Palmer hat in seinen sehr gewandten Ausführungen eine Kleinigkeit vergessen, auf die ich besser noch eingehen sollte ...«

Palmer biß sich auf die Unterlippe, während Meredith die Probleme wechselnder Längengrade leichthin erklärte. Man würde gelegentlich die Uhren an Bord nachstellen müssen. Palmer schien das bei einer Reise, die fast genau südlich verlaufen würde, zu unbedeutend, um es den Passagieren überhaupt oder jetzt schon mitzuteilen. Wahrscheinlich wollte Meredith ihm nur zeigen, wer er war. Doch diesen Verdacht fand er bei Merediths wortreichen Erklärungen nicht bestätigt. Vielleicht war der Verdacht auch nur ein Zeichen eigener Unsicherheit. Wie auch immer, das alles behagte ihm nicht und ließ ihn sich wieder fremd an Bord fühlen.

Der Vortrag war beendet. Mrs. Allen und ihr Begleiter fingen ihn an der Tür ab.

»Das haben Sie wirklich sehr gut gemacht, Mr. Palmer«, sagte Mrs. Allen, »das meinen wir beide.« Sie bezog sich damit auf sein Eingeständnis beim gestrigen Dinner, daß dies sein erstes Kommando auf einem Kreuzfahrtschiff war.

»Sehr gut, junger Mann«, meinte auch Dr. Galvin. »Sie sollten sich mit ein paar Zeilen von Alexander Pope trösten ...«

»Pope?« Palmer zog die Brauen hoch. Er war diesen beiden Menschen dankbar. »Ich kenne keinen Pope. Tut mir leid. Wordworth's ›Narzissen‹, weiter habe ich es in der Schule nicht gebracht.«

»Das ist ja schrecklich, Mr. Palmer. Dann werde ich zitieren: ›Sir, ich habe mein Leben lang Höflinge studiert und Menschen, was sie tun und wie sie handeln. Und immer wieder fand ich bestätigt: Ich lasse meine Oberen immer tun, was sie wollen.‹«

Palmer mußte lachen. »Sie haben recht, Sir. Und vielen Dank. Und nun entschuldigen Sie mich bitte. Man erwartet mich gleich wieder auf der Brücke.«

Zelda Rebanowicz interessierte sich nicht sonderlich für das Tagesprogramm auf dem Schiff. Sie hatte die Broschüre gelesen und sich durch die prächtigen Fotos verführen lassen, nicht durch die Darwin-Kordillere, sondern durch Tanz, Spiel und die Tatsache, Teil einer glamourösen Welt zu sein. Seit gestern hatte sie über das Vergnügen nachgedacht, Giorgio zu verführen. Sicher mußte er nicht verführt werden, wußte Zelda. Schon die Vorstellung, ein so schönes Tier wie diesen griechischen Steward zu lieben, bereitete ihr Freude.

Sie war alt genug, um nichts zu übereilen, und klug genug,

um sich zu trösten, daß ein leichtes Zögern seine Liebesglut nur noch mehr entfachen würde. Sollte er wider Erwarten vorher eine andere Geliebte finden, müßte sie sich nach einem anderen der zahlreichen Männer umschauen. In ihren Überlegungen spielte der Gedanke eine wichtige Rolle, sich an ihrem Mann zu rächen. Das war in der Vorstellung leicht. Doch ihr fester Entschluß schwand am nächsten Morgen. Sie erwachte voller Erwartung im schwellenden Luxus ihres Bettes, machte ihr Gesicht zurecht, glättete das Bett und zupfte ihr Nachthemd so zurecht, daß ihre schweren Brüste auf das vorteilhafteste zur Geltung kamen. Dann klingelte sie nach dem Service.

Sie wurde enttäuscht. Ein Mädchen trat ein, ein dunkles, ziemlich hübsches Mädchen, dessen Haar straff in einem kurzen Pferdeschwanz gehalten wurde. Sie brachte das Frühstück und schien von Mrs. Rebanowicz überhaupt nicht beeindruckt.

»Guten Morgen«, grüßte das Mädchen in einem Tonfall, der sowohl Englisch als auch Amerikanisch sein konnte. Besondere Begeisterung für ihre Aufgabe war darin nicht zu hören.

»O ja, guten Morgen.« Mrs. Rebanowicz sah sich das Mädchen genau an, während es das Tablett auf das Bett stellte. So nach vorn gebeugt machte der Anblick ihrer Brüste unter dem weißen Overall Mrs. Rebanowicz neidisch. Der Neid wuchs noch, als ihr klar wurde, daß das Mädchen gänzlich ohne Make-up so gut aussah. Wahrscheinlich war es eine Kollegin von Giorgio.

»Ich habe eigentlich Giorgio erwartet«, sagte sie knapp, als das Mädchen sich wieder aufrichtete.

»Giorgio hat mit anderen Passagieren zu tun . . . Kann ich etwas für Sie tun?«

»Ich dachte nur, na ja, wie heißen Sie?«

»Nennen Sie mich Lila.«

»Lie-la, das ist wirklich ein altmodischer Name!«

»Ich werde die Vorhänge öffnen. Es ist ein wunderschöner Morgen.«

Das Mädchen zog die Vorhänge zur Seite und stand einen Augenblick mit ausgestreckten Armen da. Mrs. Rebanowicz schien es, als entspannten sich ihre Züge, als sie aus dem gewaltigen Panoramafenster sah. Dann drehte sie sich wieder zu der Frau im Bett um. Mrs. Rebanowicz hatte eigentlich ein Lächeln erwartet, aber Lilas Gesicht zeigte keinerlei Bewegung.

»Sie erwarten Giorgio?« fragte sie kühl.

»Das ist eigentlich egal, mein Liebes«, erwiderte Mrs. Rebanowicz. Sie wollte nicht zu interessiert erscheinen. Eine freundliche Nachfrage schien ihr bei dieser unbewegten Stewardess angebrachter als die leiseste Andeutung von Fleischeslust.

Als das Mädchen die Kabine verlassen hatte, fiel Mrs. Rebanowicz über das Frühstück her und schmiedete neue Pläne zur Verführung Giorgios.

Lila sagte: »Sie hat nach dir gefragt.«

»Wer?«

»Die fette Hure in Kabine 8102.«

»Mrs. Rebanowicz?«

»Ist sie etwa Jüdin?« Lilas Frage klang hart.

»Sie ist die Witwe eines reichen polnischen Geschäftsmanns mit ein paar Millionen Dollar auf der hohen Kante.«

»Paß bloß auf, Giorgio.«

»Giorgio paßt immer auf.« Er ließ seine Hand über Lilas Gesäß gleiten.

»Hände weg!« zischte sie ihn an.

Giorgio gehorchte sofort. Knurrend stapelte er in der Deckküche die Tassen.

Lila sah ihm einen Augenblick nach. »Also, mach weiter, mach weiter, wenn du mußt. Aber vergiß unsere Sache nicht!«

»Ich werde mich daran erinnern, Lila. Ich werde versuchen, mich nicht allzusehr zu vergnügen.«

Mrs. Rebanowicz aß Toast, als Giorgio an die Tür klopfte.

»Wer ist da?« rief sie.

»Giorgio, Miss!«

»Oh.« Ihre Hand flatterte an die Lippen, wischte Krümel weg und strich über den Busen. Sie fühlte sich übertölpelt, doch ihr Herz begann heftig zu pochen.

»Kommen Sie rein.«

Giorgio trat ein und schloß die Tür hinter sich. »Lila sagte, Sie hätten freundlicherweise nach mir verlangt.« Er lächelte, durchquerte die Kabine, nahm das Tablett von ihrem Schoß und stellte es auf dem Nachttisch ab. Dann setzte er sich auf die Bettkante und fragte: »Nun, was kann ich für Sie tun, Mrs. Rebanowicz?«

Hätte sie nicht angelehnt gesessen, hätte dieser Augenblick sie fast schwindeln lassen. Er war ungeheuer attraktiv, und die kräftigen Muskeln seines Oberkörpers drückten sich durch das T-Shirt. Unter dem dünnen Stoff seiner Hose war ein mächtiger Oberschenkel zu erkennen.

Sie erholte sich ein wenig von seinem plötzlichen Angriff und nahm sich zusammen. Dann legte sie eine Hand auf seinen Schenkel und bewegte ihren Daumen mit sanftem Streicheln.

»Ich habe dich eigentlich zum Frühstück erwartet, Giorgio.« Sie atmete schwer. »Ich mag das Mädchen nicht ... Zelda will dich ...« Sie hauchte die letzten Worte und legte ihre Hand streichelnd in seinen Schoß.

Sein Schnurrbart kitzelte ihre Lippen, während ihre Münder sich aufeinanderpreßten. Sie fühlte seine Hände heiß auf ihren Brüsten, lehnte sich zurück und ließ die erste Welle seiner Leidenschaft über sich ergehen und sammelte dabei die Kraft, mit der sie ihn beherrschen würde.

Das Deckbett und die Überdecke verbargen sie immer

noch. Sie ließ eine Hand von seinem Kreuz über sein festes Gesäß in seinen Schritt gleiten.

Giorgio rückte zurück und versuchte, sein Glied zu befreien. Er hob seine Hüften, und sie blickte ihn an, stöhnte bewundernd.

»Wie groß der ist ... Zieh die lächerlichen Sachen aus.«

Er rollte zur Seite und zog Hose und Unterhose aus. Er war ganz Muskeln und Haare, als er über ihr stand und das Deckbett wegzog. Ihr Duft stieg auf, als sie die Knie anzog. Giorgio sprang auf das Bett und spreizte sie. Er drückte sie gegen das gepolsterte Kopfteil des Bettes, beugte sich und begrub seinen Kopf zwischen ihren Brüsten. Sie packte seine krausen Locken, murmelte Liebesworte, brannte im Feuer seiner Lust.

Er machte sich frei, und sein Kopf kam hoch. Sie fühlte seine Knie unter ihrem Gesäß. Plötzlich umfingen seine Hände ihre Schenkel, und im gleichen Moment, da sie sich auf das Bett gezogen fühlte, spürte sie, wie er in sie eindrang.

»O Gott ...«, stöhnte sie, verschluckte den Namen ihres Mannes und bewegte sich mit demselben Eifer wie dieser lustvolle Grieche und verströmte sich, während er stöhnend in den kleinen Tod des Orgasmus fiel.

2

DOWNING STREET, LONDON

»Sie gehen ein gewaltiges Risiko ein, Herr Premierminister!«

»Ich weiß, Johnnie. Aber ohne Risiko gewinnt man keine Schlacht.«

»Tote und Verwundete?«

»Damit müssen wir rechnen.«

»Mit wie vielen?«

»Wahrscheinlich mit sehr vielen!«

»Das würde Ihnen gut tun, meine ich!«

»Vielen Dank!«

»Tut mir leid, das habe ich nicht gemeint . . .«

»Sie haben gemeint, ich kann auf meinen Ruf pfeifen. Wenn wir Opfer haben, werden sie anderes überdecken.«

»Es wird eine gute, ablenkende Tarnung sein, ja, Herr Premierminister. Ihre Mehrheit im Parlament ist ausgesprochen dünn. Ich kann mir kaum denken, daß Ihre jetzige Popularität anhalten wird . . .«

»Lieber belaste ich unsere Beziehungen zu den Amerikanern. Die Opposition kann uns nichts vorwerfen. Jedenfalls nicht, wenn ich mich auf Sie verlassen kann.«

»Es ist reichlich spät, an meiner Loyalität zu zweifeln.«

»Ja. Tut mir leid. Sie haben Ihre Rolle gut gespielt – was Jill angeht.«

»Danke. Aber sie gehört zu den wenigen, die es immerhin erraten könnten.«

»Ja. Was halten Sie übrigens von diesen Tapeten?«

»Sie sind mir nicht radikal genug!«

»Radikal? Gut. Mögen Sie noch einen Scotch?«

ADVENTURER, KARIBIK

In der Mittelwache Freitag morgen lag die Mona-Passage hinter ihnen, und Tim Palmer schritt in einem offenen Hemd über die Steuerbordnock der Brücke. Die Nachtluft war angenehm warm, und am gewaltigen Tropenhimmel flimmerten unendlich viele Sterne. Nach so vielen Monaten an Land erdrückten ihn diese Schönheit und das Gefühl fast, wieder in diesem geliebten Teil der Welt zu sein. Zwar war er nur einmal in Westindien gewesen, vor Jahren als Schiffsjunge auf einem Frachtschiff von Alfred Holt's Blue Funnel Reederei. Aber er war zahllose Wachen unter tropischen Sternen gegangen, und er kannte sie, erkannte sie auch während seiner Wache wieder. Im Kartenraum ging gerade der Fünfte Offizier Simon DeAth der uralten Pflicht nach, die Kapitän Smythe schriftlich festgehalten hatte, die Abweichungen des Kompasses festzuhalten.

Es war ein Ritual, alt wie Noahs Arche. Sollte irgend etwas mit dem Arma-Brown-Kreiselkompaß, dem Magnavox-Satelliten-Navigator oder mit dem Omega-System und all den anderen verrückten Navigationssystemen schiefgehen, die die *Adventurer* auf der Brücke führte, würde dies immer noch helfen. Es war eine kluge Vorsichtsmaßnahme, falls die Offiziere auf die alten Methoden mit Sextant, Chronometer und Magnetkompaß zurückgreifen mußten – eine Verbindung zur vertrauten Vergangenheit, mit deren Verschwinden Palmer sich immer noch nicht ganz abgefunden hatte. Die britische Handelsmarine gab es nicht mehr. Oder nur noch ein paar Fähren, ein paar Tanker, ein paar Containerschiffe, eine kleine Flotte rostender, nostalgischer Küstenfahrer – und sonst gar nichts. Niemand kümmerte sich darum, keiner schien das Verschwinden überhaupt zu bemerken. Ihre Offiziere nahmen irgendwelche Vertreterjobs an, ihre Matrosen verdingten sich für Hungerlöhne oder lebten von der Stütze.

Ein paar wenige kamen auf Schiffen wie der *Adventurer* unter, auf bemalten Relikten, die zweifelhafte Attraktionen an den Rändern der westlichen Dekadenz anliefen.

Er schaute zu Canopus hoch, der dicht über dem südlichen Horizont sein flimmerndes Licht sprühen ließ, ein Gemisch aus Blau, Rot und Silber. Palmer ließ seinen Gedanken freien Lauf – über den Unsinn überflüssiger Produkte. Schon lange witterte er Gefahren in diesem brüchigen Ungleichgewicht zwischen denen, die alles besaßen, und denen, die nichts hatten.

Er erinnerte sich, wie ihm die wahre Armut zum erstenmal im Fernen Osten begegnet war. Der nackte Mangel hatte ihn geschockt und sein Mitgefühl mit denen geweckt, die sich gegen jede Unterwerfung stemmten. In den langen Monaten seiner Arbeitslosigkeit hatte er zwar Armut nicht am eigenen Leibe erfahren, aber einen Mangelzustand, den er noch vor zehn Jahren für unmöglich gehalten hatte. Doch er mußte zugeben, daß die Sozialordnung dafür sorgte, daß die Dinge sich allgemein besserten.

In der Dunkelheit lächelte er. Er fragte sich, wieviel von dem, was er hier dachte, wohl dem Mann bewußt war, den er in London getroffen hatte. Aber ihm verging das Lachen, als er über die Risiken und Gefahren nachdachte, vor denen er jetzt stand.

Er versuchte, sich von den niederdrückenden Gedanken zu lösen. Nicht umsonst hieß die Hundewache Friedhofswache. Man hatte ihm versichert, es geschehe alles nur vorsorglich, nichts sei sicher ...

Er fragte sich, was wohl Rosie denken würde, wenn sie alles wüßte. Sie war immer der Ansicht, ein armer Hund wie er würde alles Glück nur aus dem Augenblick ziehen. Ihre Gedanken hatte sie praktisch umgesetzt. Ein Ehebruch als Folge beendete ihr gemeinsames Leben. Nur insofern hatte sie immer noch recht, als sie meinte, er neige zu morbider Nabelschau.

Vielleicht hatte er ja wirklich etwas gelernt. Doch die Arbeitslosigkeit war sein Lehrmeister geworden, nicht Rosie. Im Augenblick war er ziemlich glücklich, obwohl er immer noch kräftige Vorbehalte hatte. Auf diesem Zuckerguß-Schiff fand auch er eine gewisse Befriedigung – aus Luxuskabinen in Deck über Deck, aus Schwimmbädern, Saunen, Läden und Salons. Es gab die Bars und die Restaurants, das Spielkasino, das Theater und die Penthäuser ganz oben, in denen jemand wie Mrs. Rebanowicz hauste.

Langsam machte ihm dieses gesellschaftliche Leben Spaß. Von allem, wovor man ihn gewarnt hatte, sah er wenig. Er fand Vergnügen in der Gesellschaft von Margaret Allen und Dr. Galvin, hatte sich gern verpflichtet, über die Vorlieben des Arztes zu schweigen, und fand die Tatsache viel aufregender, daß Galvin Quäker war. Zwischen ihnen hatte sich eingebürgert, nach dem Essen mit einem Glas Brandy an Deck zu sitzen und über die einfachen Dinge zu philosophieren, die Seeluft und ein tropischer Himmel anregen. Das war überaus angenehm und schien ihre Tischgenossin, Mrs. Rebanowicz, in keiner Weise zu stören. Sie hatte vor allem Freude am Tanzen und war mit anderen Vergnügungen ganz zufrieden.

»Da haben Sie was ganz Heißes am Tisch, mein Junge«, hatte Jonathan Aymes gemeint und zugegeben, daß er die überquellende Witwe mit Bedacht an Palmers Tisch in der Ersten Klasse plaziert hatte.

»Wäre die nicht am Tisch des Alten viel glücklicher gewesen?« hatte er gefragt.

»Wir sind hier nicht im Kino«, hatte Aymes in gespieltem Schrecken gesagt. »Am Tisch des Alten müssen wir einen älteren Staatsmann unterbringen.«

Palmer war das ehrwürdige Gesicht des Zionisten aufgefallen. Er fragte sich, ob seine Teilnahme an der Reise irgend etwas mit seiner eigenen Verabredung in London zu tun hatte. Wahrscheinlich war er nur zur Sicherheit da, und sicher hatte Jonathan Aymes andere Gründe, Zelda Rebanowicz dem Tisch des Zweiten Offiziers zuzuteilen.

»Hören Sie, man muß erfahren, daß Sie jemanden bumsen, oder Meredith wird Sie für schwul halten. Er mag keine Schwulen als Deckoffiziere. Bei Stewards ist das in Ordnung, das macht sie zu einer angenehmen, leicht zu managenden Gruppe, die ihre eigenen Streitereien aufs Loch beschränken. Aber Sie, mein Freund, müssen beweisen, daß Sie ein rechter Kerl sind.« Dabei hatte Aymes sich auf die Brust geklopft. »Sie müssen eine Dame oder zwei umlegen, oder wenn Sie mögen sogar drei, sonst erfüllen Sie Ihre verdammte Pflicht und Schuldigkeit nicht!«

»Blödsinn«, hatte Palmer geantwortet. »Ich hab' doch keinen Ödipus-Komplex. Wenn Meredith unbedingt meine Männlichkeit prüfen will, warum schickt er dann nicht jemanden aus seinem Harem in meine Richtung?«

Bei diesen Worten verschwand der Spott aus Aymes' Gesicht. »Nicht Melanie Corbett, Tim, mein Freund, das wäre Wilderei!« Und er hatte den Rest des Whiskys in seinem Glas mit einem Schluck geleert.

Palmer war keineswegs immun gegen die Reize des anderen Geschlechts. Im Gegenteil, doch die zerbrochene Ehe mit Rosie hatte ihn von dem Fieber geheilt, vielleicht sogar von der Krankheit. Um sein Leben noch komplizierter zu machen, hatte er sich während seiner arbeitslosen Zeit mit einer Frau eingelassen. Komischerweise und ironischerweise war sie Polizistin, voll im Dienst und gezeichnet von heftigen Auseinandersetzungen mit aggressiven Streikenden. Kate Meldrum war das beste, was ihm je widerfahren war. Und obwohl er verzweifelt einen Job suchte, blieb er ihr sehr nahe. Wie auch immer, erst vor weniger als einer Woche hatte er ihr Bett verlassen.

Immerhin war er kein Menschenverächter. Sein angenehmes Wesen und sein gutes Aussehen zogen mancherlei Blicke auf den blonden Offizier – in den Salons des Schiffes und an Deck. Doch öffentliche Flirts ärgerten Meredith eher. Palmer ahnte das nicht und fand sich plötzlich als umschwärmter Mittelpunkt einer Gruppe von Teenagern wieder, die noch zur Schule gingen.

Sie glichen in nichts üblichen Schülerinnen. Sie machten die Reise auf der *Adventurer* als Teil ihrer privilegierten Erziehung auf einer Privatschule. Sie besuchten eine exklusive Internatsschule mit tausend jungen Leuten beiderlei Geschlechts auf einem weit abgelegenen schottischen Schloß unter einer aufgeklärten Schulleitung. Ins Leben gerufen hatte sie ein Waffenproduzent, der spät Vater geworden und damit irgendwie unzufrieden war. Die Schule betreute die Kinder der Reichen, setzte die obersten Schichten der kommenden Generation einer umfassenden, glänzenden Erziehung aus in einer passenden, internationalen Clique von Freunden, die sich später als Kollegen wieder begegnen würden. Palmer wollte gern wissen, worin die Privilegien bestanden, die sie jetzt genossen und später auch erben würden. Im Augenblick empfand er die jungen Leute nach diesen paar Tagen noch als sehr angenehm.

Für das organisierte gesellschaftliche Leben an Bord interessierte er sich wenig. Das meiste organisierte Staff Captain Meredith mit unermüdlicher Begeisterung. Ihm halfen die Leute des Zahlmeisters und weiter auch Aymes. Indem er sich in allerlei läppische Aktivitäten stürzte, vermied er, daß man seinen professionellen Rat suchte. Palmer konnte sich der Beteiligung dadurch entziehen, daß er so unschöne Wachen wie die zwischen zwölf und vier ging – vor Sonnenaufgang und am Nachmittag. Seinen Pflichten gegenüber den Passagieren hatte er seiner Meinung nach Genüge getan, indem er den jungen Leuten Vorträge hielt über die Navigationssysteme des Schiffs und dabei gern über alte Methoden berichtete aus der Seefahrtsgeschichte heroischer Zeiten. Das und der intellektuelle Beigeschmack des Themas machten ihn – zum Ärger Merediths – recht beliebt an Bord.

Doch all das ließ ihn kühl. Palmer war froh über seine Wache, fast allein in der Nacht auf dem großen summenden Schiff.

»Haben Sie je darüber nachgedacht, wie viele Leute gerade jetzt an Bord bumsen?« fragte DeAth, der plötzlich neben ihm aufgetaucht war und sich mit nackten Unterarmen auf die Teakreling stützte, die die Brückennock umgab.

»Nein, Simon. Ganz ehrlich, der Gedanke ist mir noch nie gekommen! Ich dachte, Sie würden sich mit den mehr ätherischen Problemen des Azimuths befassen.«

»Also, ich hab' das Problem gelöst. Aber um diese Stunde bin ich ganz schön scharf, wenn ich weiß, daß ein paar hundert Leute da unten ...«

»Okay. Schnauze. Das ganze Schiff gibt sich dem Sex hin, wenn man's genau nimmt. Essen und trinken sind eher zufällig ...«

»Essen, trinken, tanzen und das Spiel im Casino gehören verdammt noch mal dazu, Mr. Palmer, Sir«, spöttelte DeAth, »wie das Joggen am Morgen, wie Squash, Decktennis und Schwimmen. Der verzweifelte Versuch, seinen Körper wieder gesunden zu lassen, ehe in der Mittagspause sich die lüsternen Gedanken wieder melden.«

»Haben Sie Freude an solchen Gedanken?« fragte Palmer und überraschte DeAth damit.

»Gibt es andere?«

»Nein, allem Anschein nach wohl nicht«, antwortete Palmer knapp. Er richtete sich auf, ging auf die Brücke, prüfte die Selbststeueranlage, das Minerva-Brandschutz-System, rief den Master-at-Arms unten an, verbrachte den Rest seiner Wache allein, die Backbordnock auf- und abschreitend.

Um vier Uhr löste ihn der Chief ab. Er bestimmte den Schiffsstandort, übergab die Wache und begann unter Deck seine Runde. Die komplexen Zusammenhänge und die internen Abläufe des Kreuzfahrtschiffes kontrollierten in der Nacht der Master-at-Arms und seine Gehilfen, eine Art para-militärische Polizeitruppe, die direkt dem Kapitän unterstand. Jemand aus der Abteilung des Zahlmeisters war ständig in der zentralen Lobby im Dienst, genau wie auf jedem Deck ein Nachtsteward. So hatte der Wachhabende nur die Pflicht, die oberen offenen Decks vorsorglich abzuschreiten, damit nicht irgendein alkoholisierter Depressiver nächtlich Selbstmord beging. Mehr als ein Passagier war durch solche Kontrollgänge daran gehindert worden – selbst auf der *Adventurer*, die ja erst vor kurzem in Dienst gestellt worden war. Mit seiner begrenzten Erfahrung fand Palmer die Decks um diese Stunde leer. Selbst die sonst so beliebten Plätze unter den Davits hatten die Liebespaare längst verlassen, um bequemere Stätten aufzusuchen.

Als er vom offenen Achterdeck des A-Decks mit dem Swimmingpool die Niedergänge an Steuerbord nach oben auf das Bootsdeck stieg, sah er das Mädchen. Es stand direkt unter einem Notlicht des Rettungsbootes Nr. 5 und drehte ihm den Rücken zu. Es schien mit irgend etwas beschäftigt, ihm schwante etwas, und er ging schneller, als es plötzlich weglief.

Abrupt hielt sie unter dem Rettungsboot Nr. 1, Palmer sah sie ihren Kopf neigen und hörte ganz deutlich das alarmierende Piep einer digitalen Uhr. Er erkannte sie zuerst nicht, sie trug Jeans, ein lockeres weißes Hemd und Turnschuhe, die ihren Gang unhörbar machten. Sie hörte ihn kommen und drehte sich abrupt um. Es war Lila.

»Hallo«, grüßte er und runzelte die Stirn. »Was zum Teufel machen Sie hier?« Ein dunkler Verdacht keimte in ihm.

Sie atmete schwer, vermutlich vor Anstrengung, und ihre Brüste, nackt unter dem billigen Hemd, hoben und senkten sich. Ihr Gesicht verriet nichts.

»Training!« sagte sie nur.

»Mitten in der Nacht?«

»Warum nicht?« Sie ging lässig wie einstudiert auf die Reling zwischen den beiden ersten Rettungsbooten zu. »Tagsüber habe ich kaum Freizeit. Und auf diesem Teil des Schiffs darf ich mich nicht blicken lassen, es sei denn nachts. Und ich jogge nun mal gern.« Amüsiert und ein bißchen abschätzig sah sie ihn an und lehnte sich gegen die Reling. »Ihnen würde das Joggen auch besser anstehen, Mr. Palmer.«

»Besser als was?« Er lächelte zurück, fand Spaß an diesem Flirt.

»Besser als jetzt ... ist auch egal ...« Sie drehte sich um und sah auf die dunkle See hinaus. Achtzig Fuß unter ihnen zischte die See vorbei. Phosphoreszierend wirbelte Schaum auf und verwandelte das Heckwasser der *Adventurer* in einen milchig glänzenden Teppich.

»Arbeiten Sie gern an Bord?« fragte er. Er merkte, daß das eine lahme, unpassende Eröffnung war, aber er wollte diesen Augenblick nicht verstreichen lassen.

Sie drehte sich ihm zu. Ihn überraschte ihr schön geschnittenes, ebenmäßiges Gesicht. Kaum wahrnehmbar war eine Härte, die wahrscheinlich daher kam, daß sie öfter Avancen von Männern wie ihm zurückweisen mußte.

»Seien Sie ehrlich, Mr. Palmer, arbeiten Sie hier gern?«

»Ich heiße Tim!«

»Das ist ein komischer Vorname, richtig englisch. Außerdem sind Sie Offizier und ich nur Arbeiterin, nun ja.«

»Ich kann Ihnen versichern, daß jemand, der um halb fünf am Morgen über Deck läuft, auch arbeiten muß«, antwortete Palmer gereizt.

Ihr plötzliches Lächeln überraschte ihn. »Gut. Sie arbeiten also auch nicht gern hier, aber Sie hatten es eilig, an Bord zu kommen.«

»Ja. Ich war lange arbeitslos. Und was immer Sie von Offizieren halten mögen, ich bin vor allem Berufsseemann.«

»Ecce homo, was für ein Mensch!« erwiderte sie.

Eine seltsame Bemerkung. Der Verdacht in seinem Kopf begann zu schmelzen. Ungewöhnliche Umstände führen ungewöhnliche Leute zusammen. Auf Schiffen trafen sich immer die verrücktesten Leute. Mit Landmaßstäben würde man sie völlig falsch beurteilen.

»Möchten Sie einen Drink?«

»Ich trinke nicht«, antwortete sie, »und wenn Sie mich damit in Ihr Bett locken wollen . . .«

»Das genau will ich nicht . . .«, unterbrach er sie. Er sah sie an, und ihm fiel auf, wie hart plötzlich Augen und Mund waren. Das kahle Notlicht der Rettungsboote verstärkte den Eindruck noch. »Diese Arroganz von schönen Frauen ist nicht auszuhalten. Sie glauben immer sofort, jeder Mann wolle nur eines.«

Er ärgerte sich und drehte sich um. Es war Zeit, in die Koje zu kriechen. Er ging nach vorn in die Offizierunterkünfte unterhalb der Brücke und sah nicht, wie ihm Lila nachlächelte.

»Aufstehen, Anna. Es wird Zeit.« Lila beugte sich über ihre schlafende Kabinengenossin. Immer wieder schmerzte sie, Annas zerstörtes Gesicht zu sehen, das auch im Schlaf Mitleid heischte. Das Mädchen drehte sich langsam um und streckte sich mit eleganten Bewegungen wie eine Katze, rieb sich ihre Augen wie jeden Morgen, und ihre Fäuste fuhren über die schrecklichen Narben in ihrem Gesicht. Im Schlaf konnte sie die verlorene Schönheit vergessen, konnte von dem träumen, was Gott für sie vorgesehen haben mochte. Doch jeden Morgen war sie beim Aufwachen gezwungen zu erkennen, was die Menschen mit ihr angestellt hatten.

Die Brandnarben waren die Folge von Feuern, die Brandbomben ausgelöst hatten. Annas Flucht aus der brennenden Hütte hatte sie ihr Gesicht gekostet. Manchmal wünschte sie sich, tot zu sein. Aber Lila hatte sie gerettet, sich mit ihr angefreundet und ihr schließlich den Job als Wäschemädchen auf der *Adventurer* besorgt. Es war ein unterirdischer Job, eine Tätigkeit für Unberührbare, etwas auf der untersten Stufe in der Hierarchie des Schiffes. Sie sammelte schmutzige Wäsche ein, zählte, wusch und bügelte sie und gab sie den Kabinenstewards und Stewardessen zurück, damit die Passagiere in häufig gewechselter Bettwäsche ruhen konnten, ohne je daran zu denken, wem sie solchen Luxus verdankten. Anna betäubte ihr Wissen mit schwerer Arbeit und wartete, wartete auf den Augenblick, den Lila ihr versprochen hatte. Darauf ruhte ihre ganze Hoffnung.

Doch jeden Morgen brauchte Anna beim Aufwachen Trost und verließ sich auf Lila, deren Umarmung ihr Kraft für den neuen Tag gab.

»Alles in Ordnung, Anna ... alles in Ordnung«, gurrte Lila, bis Anna ihr Los wieder einmal angenommen hatte und ihre Freundin sanft zur Seite schob. Beim Aufrichten nahm sie die angebotene Bürste und strich sich kräftig ihr dunkles Haar. Ein paar Tränen liefen über die häßlichen Narben ihres zerstörten Gesichts.

»Nun. Und wie geht's dir?«

»Nun ja. Alles läuft nach Plan, wie erwartet. Ich habe nur noch einen Abschnitt zu erledigen, aber heute morgen hätte man mich beinahe erwischt.«

»Wer denn?« fragte Anna plötzlich erschreckt.

»Palmer, der neue Zweite.«

»Und was hat er gesagt?«

»Er ist kein schlechter Kerl«, antwortete Lila, und ihr fiel etwas ein. »Ich denke, ich kann unser Treffen noch zu unserem Vorteil verändern ...« Sie hielt inne und sah ihre Freundin an. »Ja, ich glaube, ich kann das. Und dir würde es auch gut tun. Aber ich werde noch einen oder zwei Tage warten.«

»Wieviel Zeit haben wir denn noch?«

»Wir haben noch ein paar Tage Zeit.« Sie zog das Hemd über den Kopf und stieg aus den Jeans. »Ich werde mal eben duschen.«

»Lila . . .«

»Ja?«

»Glaubst du, daß es klappt?« Sie sah, wie Lila nackt in die winzige Duschecke der kleinen Kabine trat.

»Natürlich, Anna«, antwortete sie und drehte den Hahn auf.

»Du bist ein Bock, Giorgio, aber ich beneide dich.«

Giorgio rieb sich die müden Augen und machte sich an die Aufgabe, ein Dutzend Tabletts mit silbernen Kaffeekannen zu bestücken. Dabei sah er seinen Kollegen an.

»Stephanos, sag mir bloß, du hast immer noch nichts mit dem Teenager unternommen, der dir gestern am Swimmingpool schöne Augen machte?«

»Sie ist doch noch ein Kind . . .«

»Du bist ein Kind . . .«

»Bestimmt nicht. Außerdem habe ich ja genug Zeit.«

Giorgio antwortete nicht und füllte die Kannen aus der Kaffeemaschine, die in einer Ecke der Pantry in der Ersten Klasse stand.

»Wir haben doch genügend Zeit, oder?«

»Hör genau zu, Stephanos«, antwortete Giorgio wie ein älterer Bruder, der schnell die Geduld verlor, »nutz deine Situation aus. Bums, wo du kannst. Man schläft gut danach . . .« Er hob zwei Tabletts hoch und wollte die Pantry verlassen. »Bring dem Radiomann da oben seinen Kaffee und sieh und hör dich gut um.«

Stephanos war einige Jahre jünger als Giorgio, sah genauso anziehend aus und tat jetzt wie ihm aufgetragen war.

Der Funkraum lag hinter dem Kartenraum auf der Brücke, war eine einzige summende Ansammlung von Kontrollpaneelen, Lämpchen und Zeigern. Stephanos gefiel dieser Teil des Schiffes, und bewundernd blieb er zwischen so viel Technik stehen.

»Hallo, Stephanos! Schon wieder Zeit für Kaffee? Prima. Stell's da ab.« David Gordon, der Erste Funkoffizier, wandte sich in seinem Drehstuhl um und lächelte den liebenswürdigen Steward an. »Du interessierst dich wohl mächtig für diese Raumfahrttechnologie, oder?«

Stephanos nickte begeistert, seine Augen glänzten neugierig.

»Was interessiert dich heute morgen? Gestern haben wir uns das Satellitentelefon angesehen, nicht wahr?«

»Ich sehe Passagiere mit Zeitungen ...«, sagte er in zögerndem Englisch.

»Also, dich interessiert unser Nachrichtendienst. Hier ist der Drucker des Computers. Gesendet wird über HSD im Inmarsat-System. Dabei wird der gleiche geostationäre Satellit benutzt wie beim Satcom-Telefon. Gesendet wird von der Erdstation Southbury auf die Schiffstation auf der Erde, die wir sind, die *Adventurer.* Klar?«

»HSD?«

»High Speed Data, Daten werden in Hochgeschwindigkeit ausgespuckt, weiß der Teufel wie viele Zeichen in einer Mikrosekunde, rauf zum Satelliten und dann runter zu uns. Unsere Kuppel hier, dieses eiförmige Ding über unseren Köpfen, ist automatisch auf den Satelliten ausgerichtet, sozusagen an ihn angeschlossen. Hier sind die Koordinaten, er ist fast neunzig Grad über uns, weil wir uns dem Äquator nähern, also spielt der Azimuth keine Rolle mehr, verstehst du?«

»Wie die Sonne oben, also nach oben blickend?«

»Gut der Mann, kluges Köpfchen. Okay, also das Signal kommt gerade zu uns runter und zu jedem, der es empfangen will, und in unseren 2000-k-Speicher und wuuum ... läuft's aus dem Drucker.«

»Können Sie Nachrichten speichern?«

»Klar. Ich lösche sie meist vor dem Dinner, wenn sich niemand mehr dafür interessiert, dann ist alles frei für den nächsten Tag. Willst du einen Ausdruck von den heutigen Nachrichten haben?« Gordon beendete seine Ausführungen ein wenig einschränkend. »Amerikanische Nachrichten, meistens der übliche Schwachsinn von Uncle Sam ... nun ja, das meiste stammt allerdings von internationalen Nachrichtenagenturen ... okay ...« Er lächelte dem eifrig nikkenden Stephanos zu, wandte sich zu einem Keybord und tippte Befehle auf einen Bildschirm. Der Drucker neben dem Bildschirm summte, und dann lief Zeile nach Zeile aus auf das Papier, das sich vor dem Drucker Blatt für Blatt faltete.

»Mr. Gordon, Sie vergessen Ihren Kaffee.«

»Habe ich in der Tat glatt vergessen.« Gordon goß sich eine Tasse ein, und als der Drucker stoppte, riß er das letzte Blatt ab. »Kannst du das lesen?«

»Ich geb' mir sehr viel Mühe.«

»Guter Mann!«

Das Telefon von der Brücke klingelte, und Gordon nahm den Hörer ab. Hinter ihm zog sich Stephanos mit seiner Beute zurück.

»Ich halte es für schlimm«, meinte Dr. Galvin beim Dinner an jenem Abend.

»Worum geht's?« fragte Palmer, der sich in seinem ungewohnten Messeanzug gar nicht wohl fühlte.

»John ist erregt über den Abbruch der Debatte der Vereinten Nationen über das Anliegen der Palästinenser«, erläuterte Mrs. Allen.

»Meiner Meinung nach war das vorauszusehen«, sagte Palmer. Er nickt dem Steward zu, seinen leeren Suppenteller zu entfernen. Mit einer steifen Serviette tupfte er sich Spuren des kühlen Gazpacho von den Lippen, »das Problem ist uralt und nicht zu lösen, so schlimm das auch klingt.«

»Muß es denn unlösbar sein, junger Mann?« fragte Galvin und lehnte sich mit besonderem Eifer vor, der inzwischen für Palmer zu einem Charakteristikum des Mannes geworden war.

»Ich weiß nicht, Doktor, aber wenn es eine Lösung gäbe, hätte man sie inzwischen ja wenigstens mal zur Sprache bringen können.«

Galvin würde die Spitze in dieser Bemerkung wohl nicht spüren.

Mrs. Rebanowicz bedeutete dem Steward, daß sie mehr grüne Bohnen zu ihren Tournedos Rossini brauchte, und sagte dann: »Das Schlimme ist, es gibt zu viele Leute auf der Welt, die zu viel Raum beanspruchen.«

»Da haben Sie zweifellos recht«, bemerkte Galvin säuerlich und betrachtete seine füllige Nachbarin über seine Brille hinweg.

»Natürlich habe ich recht. Vor hundert Jahren konnte man noch hierhin und dahin ziehen, wie der Großvater von meinem Stanislaus. Es gab genügend Platz auf der Welt, sich auszudehnen«, sagte sie, spreizte ihre Ellbogen und plusterte sich wie eine Henne auf.

»Damit haben Sie natürlich teilweise recht«, stimmte Margaret Allen ihr zu. Ihr Nicken galt Galvin zu der Wahl des ausgezeichneten Bordeaux. »Dennoch glaube ich nicht, daß das auf die Palästinenser zutrifft. Es gab auch ein paar Indianer, die ausgelöscht werden mußten, ehe sich die Europäer im amerikanischen Westen ausbreiten konnten. Ich glaube, daß die Unterstützung, die der Zionismus endlich zu Lasten der Palästinenser fand, einer falschen Logik folgte. Wenn das eigene Anliegen stark genug ist, wie das der Juden nach dem Holocaust, dann hebt sie eine Welle der Zustimmung über jeden Widerstand hinweg. Früher hätte man die bisherigen Bewohner einfach ausgelöscht. Sollen spätere

Zeiten über sie Tränen vergießen. So war's doch früher. Anders bei den Palästinensern. Die schoben wir einfach zur Seite und taten so, als löse sich damit das Problem von selbst. Sie zahlten für die westliche Schuld den Juden gegenüber. Die ganze Welt ist daran beteiligt, auch wenn die historischen Gegebenheiten so kompliziert und verwickelt sind nach dem Zusammenbruch des britischen Weltreichs und dem Aufstreben junger Nationen. Wen überrascht es da, wenn die armen Palästinenser glauben, die ganze Welt steht gegen sie!«

»Und Sie meinen, das berechtigt sie, mit Terroranschlägen gegen Unschuldige vorzugehen?«

»Nein, das glaubt Margaret bestimmt nicht, Mrs. Rebanowicz. Sie versteht es nur«, warf Galvin ein. »Wissen Sie, es kommt nicht darauf an, was in der Vergangenheit geschah. Die Vergangenheit hängt uns immer nach. Aber jede Generation löst ihre Probleme nicht dadurch, daß sie darauf viel Rücksicht nimmt. Um was es eigentlich geht, ist Land für die Palästinenser. Wenn man das realistisch lösen würde, würden ihre ungezielten Aktionen jede moralische Unterstützung verlieren und sogar massiven Widerstand finden.«

»O ja, natürlich, gebe es Gott. Nur wie wollen Sie das erreichen?« fragte Mrs. Rebanowicz ablehnend.

»Wie wollen *wir* das erreichen, Mrs. Rebanowicz? Vielleicht könnten wir damit beginnen, das Thema mit Dr. Blumenthal zu diskutieren.«

Sie blickten durch den Salon zu einem älteren, würdigen Herrn hinüber, der ein intensives Gespräch mit einer blassen, dünnen, sehr schönen Dame führte, die man kaum noch als die berühmte Ballerina erkannte, die kürzlich aus einer Alkoholvergiftung gerettet worden war.

»*Wir?*« Mrs. Rebanowicz war entsetzt.

»Ja, in der Tat«, sagte Galvin leise. »Der Sicherheitsrat der Vereinten Nationen scheint nicht in der Lage, der Sache Herr zu werden. Vielleicht haben wir mehr Glück.«

Mrs. Rebanowicz öffnete staunend den Mund. »Das ist ja anmaßend.«

»Nicht unbedingt«, erwiderte Galvin freundlich und unbewegt.

Palmer fühlte eine unangenehme Vorahnung seinen Rükken hinaufkriechen.

»Lieber Gott, Sie waren ganz schön morbid heute abend, mein Lieber. Was haben Sie bloß geredet?« Aymes hielt vor Palmers Kabinentür. »Keine freundlichen Schwätzchen mit Tantchen Margaret, Tim, mein Sohn?«

»Nein, ich sollte besser ein bißchen schlafen, ehe ich wieder auf Wache gehe.«

Aymes drohte ihm mit dem Finger. »Führen Sie hier bloß keine Sitten aus der Frachtschiffahrt ein. Wenn Sie nicht angekratzt sind, machen Sie was falsch. Haben Sie nicht was von dem Schottischen Nebel da drinnen?«

»Glenfiddich, da im Eckschrank.«

»Danke, mein Junge, ich weiß, auf Sie kann ich mich verlassen. Sie sind zwar nicht perfekt, aber nach Morangie ist dies die zweitbeste Lösung«, sagte er und hob die dreikantige Flasche hoch. »Für einen Anfänger wie Sie ist das ein ganz guter Start.«

»Hauen Sie ab. Sind Sie jemals ernst?«

»Nur in meiner Praxis und dann aber wirklich. Das kommt nicht immer gut an. Es gibt gewisse Leiden, die anzuerkennen sich Leute weigern. Eigentlich sollte auf der Broschüre der Reederei so etwas stehen wie: ›Warnung! Eine Kreuzfahrt auf der *Adventurer* gefährdet Ihre Gesundheit. Bumsen, trinken, joggen und Völlerei können Ihre Gesundheit dauerhaft schädigen!‹ Wissen Sie, daß ich in nur zwei Tagen fünf Fälle von Athlete's Foot und drei Warzen zu behandeln hatte? Mein Gott, das hat mich fast umgehauen.«

»Ist das alles?«

»Soweit ja, Gott sei Dank. Ein paar Tage kann ich mich ihrer meist erwehren, den Dummen spielen, den Angetrunkenen an der Bar mimen. Ich kann so tun, als habe man mich wegen eines Abtreibungsskandals aus der britischen Ärzteschaft ausgeschlossen. So was glauben die dämlichen Leute nur allzugern. Aber am Ende gewinnt die Schwermut. Und dann muß ich doch all die alten Schreckschrauben behandeln. Was halten Sie nun davon?«

»Die Rede war verräterisch, der Whisky ist nicht schlecht.«

»Tut mir leid, Tim. Ich merke schon, heute abend reden wir ernsthaft miteinander.«

»Nein, so hab' ich's nicht gemeint. Ich falle Ihnen auf die Nerven. Tut mir leid.«

»Morgen können Sie sich aufheitern.«

»Wie das – morgen?«

»Äquatortaufe!«

»Oh, verdammt noch mal.«

»Wollen Sie der Barbier sein?«

»Um Gottes willen, nein!«

»Meredith liegt schon auf der Lauer, Tim. Passen Sie auf!«

»Scheiß auf Meredith. Warum spielt er nicht den Barbier?«

»Er ist der Staff Captain, mein Junge, und Staff Captains spielen keine lächerlichen Rollen, so was überlassen sie jüngeren. Und außerdem regiert Meredith schon als Neptun.«

»Lieber Gott, hat man Sie etwa hochgeschickt, um mich zu überreden? Dann hätten Sie wenigstens Ihre eigene Flasche mitbringen können.«

»Also machen Sie's?«

»Okay. Doch unter einer Bedingung.«

»Und die wäre?«

»Ich möchte gern alles über die Stewardess Lila erfahren!«

»Diese ernste, gutaussehende Dunkelhaarige mit BH Körbchen Größe 36 D?«

»Von den Größen verstehe ich nichts, aber heute nacht . . .«

»Aha, mein Lieber. Jetzt kommt's raus. Warum verziehen Sie sich nicht mal zum Zahlmeister und machen sich schlau wie jeder andere auch?«

»Ich möchte dieser kühlen, angepinselten Melanie Corbett nicht begegnen!«

»Langsam, langsam . . .«

»Doktor, Sie sind doch nicht etwa . . .«

»Ich versuch's zumindest. Das Dumme ist, sie scheint's auf Sie abgesehen zu haben!«

»Unsinn. Die pfeift auf mich!«

»Mein lieber Tim, Sie sind wirklich naiv.« Aymes schlug ihm auf die Schulter und streckte ihm eine Hand entgegen. »Machen wir ein Geschäft. Ich kriege alles über Lila raus und Sie rasieren morgen die Opfer. Ich wußte, Sie würden's tun und hab's Meredith schon gesagt.«

»Sie verdammter Hund!«

»So geht's im Leben zu, Mann.« Aymes wollte gehen, hielt dann aber noch mal an. »Was ich noch sagen wollte, ich würde mir nicht zu viel Hoffnung machen bei dieser, wie heißt sie noch?«

»Lila?«

»Ja. Mitch, der oberste Schwule, meint, sie ist eine Lesbe. Sie kümmert sich viel zu sehr um ihre Mitbewohnerin in der Kabine, ein ziemlich unglückliches Ding mit einem furchtbar verbrannten Gesicht.« Plötzlich wurde Aymes ernst. »Das arme Ding ist auf die hohe See geflohen, aber das hat vielleicht alles nichts zu bedeuten . . . Gute Nacht!«

Palmer starrte hinter dem Arzt her, leerte sein Glas und zog sich aus. Sein Blick fiel auf das Foto auf dem Tisch. Es war verdammt lange her, daß er zum letztenmal das Foto eines Mädchens auf dem Schreibtisch stehen hatte. Lange her, damals als Rosie noch . . . nun, er wollte sich daran nicht erinnern. Er nahm das Foto in die Hand und sah sich Kate an, hübsch und freundlich mit ihrem kurzen, fast männlichen Haarschnitt. Das war der einzige Hinweis – und kein sehr schlüssiger – darauf, daß sie weiblicher Polizeioffizier war. Er fragte sich, ob er wirklich vorhatte, ihr untreu zu werden. War sie ihm treu? Und wenn sie's nicht war, warum erregte ihn Lila so, die er doch letzte Nacht noch so kalt hatte abblitzen lassen?

Er stellte den Glenfiddich in den Schrank zurück und rollte sich auf seine Koje.

»Also werde ich den beknackten Barbier spielen«, murmelte er und knipste das Licht aus.

»Ich bin zu der Ansicht gelangt, daß Sie es beim Dinner ernst meinten«, sagte Margaret Allen. Sie saß mit Galvin an Deck, während das große Schiff rauschend durch die Nacht glitt.

»Was ernst meinte?«

»Die Lösung des Palästina-Problems, indem Sie ein Gespräch mit Blumenthal vorschlugen. Das ist zwar lächerlich, aber Sie meinten es ernst.«

»Warum sollte ich's nicht ernst gemeint haben?« Galvin schien überrascht. »Es gibt verrücktere Sachen. Aber was hat Sie überzeugt?«

»Obwohl Sie meinem verstorbenen Mann nicht ähneln, haben Sie einige Gemeinsamkeiten. Er hatte auf fast alle Fragen eine Antwort. Die war nicht immer moralisch oder akzeptabel, aber er wußte immer, was man zu tun hatte. Darin sind Sie ihm ähnlich, wenn ich auch meine, daß Ihre Antworten, nun ja, eher etwas zu idealistisch sind.«

»Was war Ihr Mann von Beruf, Margaret?« wollte Galvin wissen.

»Das ist unwichtig«, antwortete sie und umging seine Frage absichtlich. »Sie haben auch immer eine Antwort, nicht wahr?«

»Nun ja, irgendwie schon. Aber während Ihr Mann vielleicht über den Genozid oder Massensterilisation nachdachte und mißverstanden wurde«, meinte Galvin mit spürbarer Ironie, »ist meine eigene Lösung noch weniger annehmbar.«

»Und warum?«

»Weil damit all unsere lieb gewordenen Vorstellungen über Bord gehen würden. Es handelt sich um eine Weltrevolution, ganz ernsthaft!«

»So was ähnliches habe ich mir gedacht«, sagte Margaret Allen und war dankbar, daß sie in dieser Nacht unter sich waren. »Fahren Sie bitte fort!«

»Nur wenn Sie versprechen, nicht zu lachen.«

»Mein Ehrenwort als Pfadfinderin!«

»Nationen sind überholt. Jedenfalls seit dem Fall der Atombombe auf Hiroshima. In seinem Wunsch, materiell angenehm zu leben, hat der Mensch zu viel von seiner Unabhängigkeit an den Staat abgetreten – und damit seine Freiheit verloren. Der Nationalstaat, nichts anderes als eine Vergrößerung des Stammes zu Verteidigungszwecken, hat eine eigene Selbständigkeit gewonnen. Und hat neue, bisher unbekannte Gründe gefunden, die Menschheit in eine vergötterte Einheit von Gruppen zu zwingen. Und diese Gruppen kämpfen gegen die geistige und persönliche Einheit des Individuums. Der Staat formt, oder gibt es jedenfalls vor, ein Königreich Gottes auf Erden, in welchem die oberste Gottheit, die Autorität des Staates, für den Zusammenhalt des Ganzen steht. Doch das ist natürlich nicht wahr, denn gleich nebenan ist der nächste Staat, der das gleiche tut. Die zwei liegen im Wettbewerb und sind sich daher feindlich gesonnen. Ich haßte schon in der Schule den Wettbewerb und hasse ihn immer noch. Diese winzigen Zweifel von damals haben sich in felsenfeste Überzeugungen verwandelt. Ein Jude und ein Araber könnten in Freundschaft als Nachbarn zusammenleben, vorausgesetzt, der eine hält sich nicht für einen Israeli, der andere nicht für einen Palästinenser, und beide wollen nicht das gleiche Land besitzen. Idealerweise könnten wir also die Politik des Neides durch eine der Toleranz ersetzen.«

»Das scheint mir zu fantastisch, um Erfolg zu haben.«

»Das galt auch für Marx' Ideen, als sie der offensichtlich übermächtigen Herrschaft des viktorianischen Kapitalismus gegenüberstanden. Es ist absolut möglich.« Galvin sprach derartig mitreißend und überzeugt, daß Margaret sich zusammennahm und schwieg.

»Dafür ist es natürlich zu spät. Zelda Rebanowicz hatte schon recht. Es gab zu viele Menschen, und es ist zu spät, sie alle zu erziehen, zumal ihre Zahl ständig wächst. Wie Ratten in engen, kleinen Räumen werden wir fortfahren, einander zu dominieren und uns gegenseitig umzubringen. Damit sorgen wir dafür, daß die Überlebenden immer weniger zu den Philosophen gehören. Es beginnt in den Innenstädten der Metropolen und dehnt sich von diesen Geschwüren der universellen Krankheit aus und wird uns schließlich alle verderben. Dank der wunderbaren Entwicklung unseres Neo-Cortex haben wir fantastische Fortschritte gemacht. Wir waren in der Lage, die tollsten Pläne zu träumen, zu entwikkeln und umzusetzen. Wir machten den allmächtigen Schöpfer nach, ohne auch nur ein einziges Mal darüber nachzudenken, daß wir genausowenig in der Lage waren, mit unserem heutigen Nachbarn auszukommen wie damals unsere Höhlen bewohnenden Vorfahren. Und eigentlich wollen wir es auch gar nicht. Wir brauchten es ja auch nicht, denn das Ende der menschlichen Rasse schien undenkbar. Aber im August 1945 haben wir diese Bremse unseres kollektiven Ehrgeizes gelöst. Als wir begriffen, daß es keinen Platz mehr gab, wohin wir unerwünschte Völker vertreiben konnten, entdeckten wir, daß wir in der Lage waren, Gott nachzuahmen. Für dieses Unerwünschtsein waren die palästinensischen Araber und die vertriebenen Opfer des Holocaust die ersten und hervorragendsten Beispiele. Statt um die Pest zu beten, die Sennacherib auslöschen sollte, können wir ihm eine Wasserstoffbombe entgegenschleudern. Solange wir die ersten sind, behalten wir die entscheidende Oberhand.«

Galvin unterbrach sich und schaute Margaret an. Sie schwieg. Plötzlich waren ihre Züge hart und eingefallen. Sie sah krank aus. Ehe er etwas sagen konnte, schien sie sich zusammenzureißen und lächelte – ein tapferes, falsches Lächeln.

»Aber Sie sagten, es sei möglich ...«

»Es *war* möglich. William Penn hat es noch mal versucht. Sein ›Heiliges Experiment‹ folgte den Erkenntnissen seiner Zeit. Aber ich glaube, so etwas geht nicht mehr. Wir stehen am Abgrund, fürchte ich.«

»Und ich dachte, wir beide unternehmen diese Kreuzfahrt, um solch morbiden Gedanken und Vorstellungen zu entkommen«, sagte sie leise.

»Um ehrlich zu sein, ich kam aus genau den egoistischen Gründen, die ich bei anderen verdamme. Weil ich weiß, daß unsere Zeit abläuft, wollte ich wenigstens einen unzerstörten Teil der Welt sehen. Aber ich höre, daß es Probebohrungen nach Öl auch in der Magellanstraße gibt.«

»Sie kommen also zu spät.«

Galvin nickte bedächtig. »Ja. Mir sagte mal jemand, zu spät seien die beiden traurigsten Worte der englischen Sprache.«

Margaret zitterte.

»Kalt?« fragte er plötzlich sehr besorgt.

»Nein. Ich spüre nur gerade, wie jemand über mein Grab läuft.« Sie stand plötzlich entschlossen auf und streckte ihre Hand aus.

Er sah hoch und entdeckte hinter der gewollten Begeisterung in ihren Zügen das kleine Mädchen, das sie einst gewesen war.

»Jetzt habe ich von diesem Weltuntergangsgerede genug, John Galvin. Sie könnten mich zum Tanzen einladen, Sie alter Schwerenöter.«

»Ich kann gar nicht tanzen«, entgegnete er und sah zu der schlanken, großen Frau in ihrem blauen Kleid auf, »und außerdem bin ich zu klein für Sie!«

»Die Welt ist voll von solchen Mißlichkeiten, Doktor«, sagte sie mit gespieltem Ernst, »und nur Narren versuchen, das zu ändern. Also lassen Sie uns tanzen gehen.«

Zelda Rebanowicz war schon im Tanzsaal. Es gehörte zu ihrem nächtlichen Ritual, allein mit einer Flasche Veuve Cliquot zu sitzen und mit jedem zu tanzen, der sie aufforderte. Ihr glitzerndes enges Kleid paßte zu ihrem Jahrgang und zu ihrem Umfang.

Ihre Tanzpartner waren gewöhnlich Schiffsoffiziere. Es machte ihr Freude, Wünsche in ihnen zu wecken und sie dann zu enttäuschen, während sie auf das Rendezvous mit Giorgio wartete.

Ganz ohne Charme war sie nicht. Die Besessenheit einer amerikanischen Matrone, fit zu bleiben, hatte das Schlafferwerden einst straffer Muskeln verschoben. Und diese aktive Prophylaxe verband sich mit vorteilhaft geschnittenen Kleidern. Hinzu kamen der Champagner und das Licht des Tanzsaals. Ihre Attraktivität war also keineswegs nur Illusion. Ihre Verbindung mit Giorgio hatte sie heiter und beschwingt gemacht, und das steigerte sich noch, wenn sie an die Freuden dachte, die die spätere Nacht bringen würde. Also war sie nichts als eine offene Flamme für die Motten, die sie in ihren weißen Messjacketts, mit Cummerbund und Fliege umschwärmten und sich dabei gegenseitig und freundschaftlich auszustechen suchten.

Zelda hatte Spaß an allem. Sie lockte und neckte sie, hatte Vergnügen an der Art, wie sie ihre Reaktionen zu verbergen suchten. Und genoß diese lüsterne und auf amüsante Weise doch annehmbare Nähe. Tief in ihrer amerikanischen Einwanderermentalität tat es ihr wohl, diesen britischen Laffen einen eher brutal-lüsternen, schönen Giorgio vorzuziehen. Der kannte bei seinem Lieben keinerlei Zurückhaltung, was sie für den Gipfel der Männlichkeit hielt. Es machte sie sehr stolz, daß sie die Empfängerin dieser alles verschlingenden Leidenschaft war. Sie kontrollierte ihre eigenen Reaktionen sehr genau, paßte sich mit ihrer Stimmung seiner an, begegnete Forderung mit Forderung, so daß Tempo und Handlungen ihrer Leidenschaft sie in Abgründe und Höhen führte, über die sie vor sechs Monaten noch errötet wäre. Daß sie solche Erregung in einer Affäre genießen konnte und dazu im schamlosen Luxus ihres Erster-Klasse-Apartments als Folge der Lebensarbeit ihres verstorbenen Mannes, gab dem arkadischen Glück von Zelda und Giorgio einen Hauch von Hollywood.

Mit solchen Gedanken konnte sie mit heimlicher Freude beobachten, wie unbeholfen Dr. Galvin und Mrs. Allen tanzten. Sie beobachtete zwei Erwachsene, die etwas hilflos aufeinander zugingen. Lächelnd nahm sie Merediths Arm, der sich vor ihr verbeugt hatte, und schritt mit ihm auf die Tanzfläche. Sie sah ihn an und legte ihm beide Arme um den Hals. Die Kapelle spielte das einladende »Moon River«, und sie fühlte, wie seine Hände von ihren Hüften abwärts glitten. Sie schob ihren Unterleib vor und lächelte ihn an. Es war fast Mitternacht. Bald würde Giorgio bei ihr sein. Und es würde noch viele viele solcher Nächte auf dieser wunderbaren Kreuzfahrt geben.

Um drei Uhr morgens fand Palmer seine Wache ermüdend. Er ging in der Brückennock auf und ab und fragte sich, wie oft wohl Lila so früh aufstand, um ihr Kreislauftraining auf dem leeren Bootsdeck zu absolvieren. Ob er sie diesen Morgen wohl wiedersehen würde? Er wünschte sich das sehr, einmal um ihre Meinung über ihn zu korrigieren, zum andern, um sich von der nagenden Wut zu befreien, die sich während der lächerlichen Äquatortaufe gestern morgen in ihm angesammelt hatte.

Die Erklärung, warum er so verärgert war, fiel ihm schwer. Er wußte auch nicht recht, warum sie immer noch anhielt. Vordergründig sollte die ganze Sache Spaß machen, aber Palmer hütete sich vor ›Spaß‹, auch wenn er ihn manchmal genoß. Die Aufgabe des Barbiers fiel gewöhnlich einem kräftigen Mann aus der Mannschaft zu, denn er mußte mit den meist unwilligen Täuflingen ringen, die alten Künste eines Baders ausüben, den uneingeladen in Neptuns Reich Eindringenden rasieren und reinigen. Neptun wurde unnachahmlich von Staff Captain Meredith dargestellt. Seine Königin war traditionell ein Mann, diesmal Mitch, der unmöglich aufgemachte Steward. Er war ein junger amerikanischer Schwuler mit der Figur eines professionellen Fußballspielers. Ihm hatte man Brüste von gigantischen Ausmaßen umgebunden und den grünen, glänzenden Schwanz einer Meerjungfrau. Dazu trug er eine hochaufragende blonde Perücke und Make-up, das für eine ganze Tanztruppe gereicht hätte. Jonathan Aymes fungierte als Richter in schwarzem Talar und weißer Perücke. Palmer fühlte sich in seinem scharlachroten Mantel nicht wohl. Er trug eine falsche Nase und einen Fez. Ausgerüstet war er mit einem gewaltigen Rasiermesser aus Sperrholz und einem Krug mit Medizin, aus dem ein hölzerner Löffel ragte.

Es gab auch eine überall auftauchende Gruppe von Polizisten, vier der kräftigsten Matrosen, angeführt vom Zahlmeister, der offenbar den größten Teil seiner Freizeit mit Training im Gesundheitszentrum der *Adventurer* zubrachte. Die drei anderen waren Jim Barclay, zweiter Maschinist, ein humorloser Mann aus Glasgow mit der Figur eines Sumo-Ringers, Dieter Schmidt, ein junger deutscher Matrose, und ein Öler mit unaussprechlichem Namen. Er hörte auf Zig.

Ihre Aufgabe war es, ein halbes Dutzend vorher bestimmter Passagiere zu fangen und sie König Neptun zu bringen. Der Hofstaat stieg, wie es sich gehörte, an Bord und schritt mit großem und albernem Gepränge vom Mooring-Deck zum wartenden Thron, den man mit voller Absicht natürlich dicht neben den offenen Swimmingpool gestellt hatte. Vor dem Wind schützten große Scheiben aus Plexiglas. Die Sonne brannte auf dieses Stück Deck, und die gespannten Passagiere aller Klassen beobachteten von den Seiten und von den oberen Decks her, was nun geschehen sollte.

Die wichtigsten Mitglieder des Hofes machten aus ihrer Ankunft viel her, am meisten begeisterte alle die Königin. Sie war von Dienerinnen umgeben, einer prächtigen Sammlung aus der Abteilung des Zahlmeisters. Melanie Corbett führte sie als oberste Meerjungfrau an. Sie trug einen langen Schwanz und das Oberteil eines Bikinis in fleischfarbenem Rosa, so daß man den Eindruck haben konnte, sie erscheine barbrüstig.

Als Neptun und seine Begleiterin endlich Platz genommen hatten, griffen die versteckten Polizisten die Menge von vorn an und wühlten sich in sie hinein mit viel Lärm und Spaß. Beim Aufspüren ihrer Opfer nahmen die Männer sich ein paar Freiheiten, einige Frauen wurden grob behandelt und verschiedene Männer vor Richter Jonathan Aymes gezerrt, der die Opfer zu ihrer großen Erleichterung einfach wegschickte. Aber nach einigem Suchen und Drängeln und vielen fröhlichen Rangeleien, waren schließlich drei Männer und drei Frauen gefunden, unter ihnen zwei Schulkinder und ihr Klassenlehrer, ein Mann in den Dreißigern, ein gewisser Holton.

Zuerst wurde eine Schülerin nach vorn gezerrt, sie kicherte und schrie. Sie wurde vor Neptun geführt und mußte knien, während Barclay die Anklage verlas. Dieser Vorgang wurde immer wieder durch Zwischenrufe und Eifersüchteleien der Königin unterbrochen. Doch zum Schluß lautete das Urteil »schuldig«, und sie wurde Palmer übergeben.

Palmer fühlte sich reichlich dämlich, als er ihr etwas von seiner Medizin in den Mund schob. Sie bestand aus Joghurt, Schlagsahne und etwas Brandy, in den man zerhackte Pflaumen gerührt hatte. Während das arme Kind an dieser Mischung schluckte, bearbeitete er sie mit einem großen Pinsel, schmierte ihr Schaum ins Haar und rasierte sie dann mit dem Messer aus Sperrholz, wobei er ziemlich unbeholfen Grimassen schnitt.

Die so von zwei Mischungen Malträtierte packten schnell zwei Polizisten und warfen sie in den Swimmingpool. Aller Aufmerksamkeit galt nun dem nächsten Kandidat. Der Vorgang wiederholte sich, und Aymes und die Königin ließen sich laut hören. Die Schau war ihnen zu verdanken, und folglich zogen sie die Kameras begeisterter Passagiere auf sich. Dann war Holton an der Reihe, ein trainierter Mann, der sich, mit der leichten Überheblichkeit des Lehrers, vorgenommen hatte, Widerstand zu leisten. Genau darauf hatte Neptuns Hof sich vorbereitet.

Holton gelang es, Zig in den Pool zu werfen, ehe er vor Neptun niederknien mußte. Der wütende König befahl Zig, seine Uniform als Zeichen seiner Schande auszuziehen. Der Pole stieg unter dem Johlen der Menge aus seiner Hose. Holton mußte knien und wurde angeklagt, nicht nur uneingeladen in die südliche Hemisphäre einzudringen, sondern auch zahllose Kinder mitgebracht zu haben, die die Königin ganz und gar nicht ausstehen konnte. Mitch erreichte absolute Höhen mit seiner doppeldeutigen Darstellung, kaum verhehlten Anspielungen und zweideutigen Bemerkungen. Neptun verlor seine Geduld mit der Königin, weil sie den Lauf der Gerechtigkeit behinderte. Also befahl er, sie wegen Verachtung des Gerichts anzuklagen. Sie zitterte und bebte aufgeregt in Barclays Umarmung, und man rasierte ihr dann triumphierend ihr blondes Haar ab, nahm ihr den Busen ab, der vor ihr her in den Pool flog. Dann wurde sie selbst mit gewaltigem Klatschen hineingeworfen. Darauf entledigte man sich Holtons und unterdrückte einen Aufstand der Meermaiden, indem man alle in den Pool beförderte. Es ging drunter und drüber. Die Verurteilten suchten Rache an den Urteilenden zu nehmen, kletterten aus dem Wasser, baten die Menge um Hilfe und schickten Neptun, den Richter, den Barbier und die Polizisten ebenfalls ins Wasser. In diesem allgemeinen Durcheinander wurden einige der hilfreichen Passagiere selber zu Opfern. Jedermann konnte mitmachen, und das Ganze endete erst mit dem Erscheinen von Kapitän Smythe. Er gab das Ende der Taufe bekannt, gab gnädigerweise die buntbedruckten Taufbriefe aus, die festhielten, daß die Täuflinge auf alles, was ihnen auf der südlichen Halbkugel in Neptuns Reich widerfahren könnte, bestens vorbereitet waren.

Palmer erinnerte sich an diesen Morgen und konnte Melanie Corbett dabei nicht vergessen, die sich ihm im Pool begeistert in die Arme geworfen hatte. Zwar gab sie sich einerseits ablehnend, war aber andererseits sehr charmant. Ihr Verhalten ließ Palmer annehmen, daß die junge Frau ihn besonders hartnäckig aufstacheln wollte oder ihn ernsthaft einlud, was Aymes ja schon geäußert hatte. In der Einsamkeit der Mittelwache mußte er sich eingestehen, daß er sich nicht über Melanies erfolgreichen Versuch ärgerte, ihn anzustacheln. Seine Lust war unter der kalten Dusche verflogen und gerade da war Aymes in seine Kajüte getreten.

»Sie haben sich gut geschlagen, Tim, mein Junge, selbst der nörgelnde Meredith lobt sie. Hier eine Flasche des berühmten Morangie, der Sie wieder auf die Beine bringen wird.«

Palmer sah aus der Dusche hervor. »Den haben Sie mir doch nur gebracht, um ihn selber zu genießen, Sie Kerl Sie.«

»Ja. Aber hier ist etwas für Sie ganz allein. Ich leg's unter Ihr Kopfkissen . . . Bis dann, adieu.« Er war verschwunden.

Als er aus der Dusche trat, fand er zwei Blatt Papier unter dem Kissen, zwei Fotokopien von Mannschaftspapieren.

Lila Molina, las er, *geboren in Mayaguez, Puerto Rico, 24. Juni 1962.* Sie hatte schon früher auf See gearbeitet, doch dies war die erste Reise auf einem Schiff dieser Reederei. Sie war früher schon mal als Stewardess auf einem anderen Schiff eingestellt worden und hatte auch in der Botschaft von Panama in San Juan gearbeitet. Palmer war zufrieden, daß er ihre Herkunft richtig eingeschätzt hatte, und sah sich das Foto an. Diese üblichen Automatenfotos wurden niemandem gerecht. Es zeigte nur ihre regelmäßigen Gesichtszüge und ihr praktisch zurückgekämmtes Haar. Sie sah auf dem Foto fast wie ein Mann aus. Und das einzige, das Lila auf dem Bild aus der Anonymität heraushob, war eine gewisse Härte um Mund und Augen. Seltsam, wie Muskeln, die eigentlich bewußt kaum beherrscht werden konnten, solch einen Eindruck hervorriefen. Doch ihm schien, dieses harte Foto bewies nicht sosehr ihre Feindseligkeit dem Leben gegenüber, sondern war ein Zeichen dafür, daß sie zielbewußt und ernst handelte. Wäre sie nicht so schön gewesen, hätte diese Einstellung sie vermutlich ganz anders aussehen lassen. Ein schneller, seltsamer Gedanke. Ihm war klar, daß sein Interesse an ihr entweder überaus vorsichtig war oder bereits Besessenheit erreicht hatte. Er mißtraute sich selber.

Als wolle er sich entschuldigen, sah er zu dem Foto von Kate Meldrum auf seinem Schreibtisch hinüber. Eilig nahm er die zweite Fotokopie in die Hand. Er hatte weitere Informationen über Lila erwartet. Er erschrak, als ihn ein zweites Gesicht anstarrte. Es war doch ein Gesicht? Die Augen waren da, wohin Augen gehörten, und der Mund war auch an seiner richtigen Stelle. Ein häßlicher Riß lief quer über die Lippen, und Narben wanden sich um sie. Narben verzerrten auch die Augen, hatten die Nasenlöcher auf eine Seite gezogen und ließen eine Seite der Stirn bloßliegen, so daß der Haaransatz erst hinter einem großen Bogen hoch auf der Kopfhaut begann.

»Jesus Christus.«

Palmer erinnerte sich an das, was Aymes über Lilas Freundin gesagt hatte und an die Anspielungen von Mitch.

»Verdammter Mist!«

Anna Josephina Robles, geboren in Aguadilla, Puerto Rico, 9. Oktober 1964. Es gab keinerlei Hinweise auf die Ursache ihrer Entstellung, nur die Angabe, dies sei ihre erste Reise als Wäschemädchen auf der *Adventurer.*

Ja, Annas Foto hatte ihn wütend gemacht. Er ärgerte sich über sich selber, über seinen Irrtum. Er warf sich vor, seine eigenen Instinkte übergangen zu haben. Die *Adventurer* erfüllte in der Tat nur eine hedonistische Aufgabe. Aber er hatte sich dafür hergegeben, hatte das Salär akzeptiert. Ihm brachte die *Adventurer* Arbeit und Anna da unten tief zwischen den stählernen Wänden das Leben eines Grottenolms.

»Mr. Palmer . . .« Er drehte sich um. Die Stimme kam von der äußeren Leiter, die vom Bootsdeck auf die Brücke führte. Er konnte den Umriß eines Kopfes erkennen und wußte sofort, es war Lila. Sie ging über das Deck.

»Hallo. Was kann ich für Sie tun? Es tut mir leid, aber . . .«

»Ja, ich weiß. Hier oben ist's für mich verboten. Ich möchte, daß Sie etwas für mich tun.«

»Und was?« Er warf einen Blick über die Nock.

DeAth war auf der Backbordseite verschwunden, nur den Rudergänger entdeckte er auf der Brücke.

»Meine Freundin, mit der ich arbeite, konnte nicht schlafen. Sie arbeitet die ganze Zeit nur unten im Schiff, kommt nie raus aus dem Air-Conditioning. Könnte sie für ein paar Minuten hier hoch kommen, bitte . . . Sie ist zum erstenmal auf See . . . bitte.«

Die Lichter des Bootdecks beleuchteten sie teilweise, doch hier oben war das Schiff abgedunkelt, um die Nachtsichtigkeit der Wachhabenden nicht zu beeinflussen. Er sah an Lila vorbei und konnte ein Mädchen ausmachen, in Jeans und

Hemd wie ihre Freundin, mit einem Bein auf der Leiter. Schulterlanges Haar ließ ihr Gesicht im Schatten. Selbst der kahle Fleck auf der Stirn war in der Dunkelheit nicht zu erkennen. Palmer fühlte Mitleid. Hier konnte er, wenigstens zum Teil, zeigen, was er wirklich dachte und fühlte.

»Ja, natürlich. Kommt rauf.«

Er trat an die Reling zurück und wartete auf sie, lehnte sich mit den Unterarmen auf das glatte Teakholz, starrte voraus in die Nacht. In seinem Haar zauste der Fahrtwind, den der Abweiser in einer aerodynamischen Kurve hoch und über die Brücke hinwegdrückte. Er spürte Lila neben sich, spürte den warmen Duft ihres Körpers und hinter ihr einen zweiten, versteckt, wie halb auf der Flucht.

»Hallo, Anna!« sagte er. »Ich bin Tim.« Er drehte sich nicht um, doch er hörte, wie jemand überrascht den Atem anhielt.

»Woher kennen Sie ...?« Lila beendete die Frage nicht, als er sich umdrehte. Weil er viel größer war als sie, konnte er über sie hinweg das andere Mädchen erkennen. Seine gute Nachtsicht zeigte ihm, worauf ihn das Foto vorbereitet hatte. Er lächelte. »Schön, daß Sie hoch kamen. Um diese Zeit nachts wird uns niemand stören. Und keiner der Männer hier oben wird irgend etwas melden.«

»Wie viele sind denn hier oben?«

»Nur noch zwei. Der Fünfte Offizier und der Rudergänger.«

»Was werden die denken?«

»Sie sind meine Freundinnen«, antwortete er grinsend, damit die beiden sich nicht angegriffen fühlten.

»Danke!« sagte Anna, und es schien ihm seltsam, daß ihre Stimme durch die Entstellung ihres Mundes nicht gelitten hatte. Ihr Akzent schien deutlicher als Lilas.

Sie blickten jetzt wieder nach vorn über das schmaler werdende Deck, wo von den Winschen aus Tampen und Ketten über die Planken in den Bug führten. Vor ihnen lag dunkel die See. Die Bugwelle, die der schlanke Steven der *Adventurer* aufwarf, tauchte unterhalb dicht vor der Brücke wieder auf. Ein paar Schaumkronen tanzten im leichten Wind, der die See kräuselte, und glänzten. An Backbord konnte man etwa zwölf Meilen entfernt die Positionslichter eines anderen Schiffes erkennen. Über ihnen wölbte sich der gewaltige Himmel mit seinen glitzernden Sternen.

Plötzlich hielten die beiden Frauen den Atem an, Palmer mußte lächeln. Ihm schien, als habe jemand für sie alle eine gewaltige Schau inszeniert. Das Heckwasser leuchtete hell, und in jeder Welle brach sich blitzend ein weißes Feuer. Die See schien in Glut aus der Tiefe zu leben. Und dann kamen, scheinbar nur für sie allein, aus der Tiefe helle, gespenstisch grün-weiße Blitze – rasend schnelle Delphine, die die See wie Torpedos durchquerten. Sie näherten sich springend dem Bug, dunkle Schatten am Ende der plötzlich abgebrochenen Spur. Sie spielten und fielen ins Wasser zurück und setzten ihre feuersprühende Reise fort, sanken tiefer und verschwanden.

In wenigen Minuten war alles vorbei.

»Was war das?« fragte Lila atemlos und neugierig.

Palmer drehte sich zu ihr um, hatte eine nüchterne Erklärung bereit und hielt den Atem an, als er ihr Gesicht sah. Hätte Anna nicht neben ihnen gestanden, hätte er Lila geküßt. Doch er schluckte jetzt und sagte: »Es war eine milchige See. Dieses Phosphoreszieren kommt von kleinen, leuchtenden Organismen im Wasser, den Dinoflagellaten. Wahrscheinlich sahen wir die winzigen, pflanzenähnlichen Noctiluca, wenn man an die erregten Delphine denkt. Aber es gibt noch andere. Am schlimmsten ist die giftige Gonyaulax. Wenn die Hummer, die unsere Passagiere der Ersten Klasse morgen verspeisen werden, ein paar von der Gonyaulax in der Leber haben, werden unsere Gäste ähnliche Symptome zeigen wie Strychnin-Vergiftete. Wie auch immer – das eben war sehr schön.«

»Würden Sie unseren Erster-Klasse-Passagieren Gonyaulax vorsetzen?«

»Ja, manchmal schon. Aber am liebsten bin ich hier oben, gehe meine Wache und kümmere mich nicht um die Passagiere, Anna.«

»Mr. Palmer ist ein Träumer«, erläuterte Lila mit einer leichten Schärfe, »er liebt den Status quo.«

Zum zweitenmal benutzte sie einen lateinischen Ausdruck, und wieder schien er nicht zu ihr zu passen. Doch er schob den Gedanken zur Seite, weil er sich schnell gegen ihren stillen Vorwurf zur Wehr setzen wollte.

»Bestimmt nicht in diesen Gewässern«, sagte er. »Hier hat das, was Sie gerade gesehen haben, Charles Darwin zum Nachdenken über Chaos und Anarchie veranlaßt.«

»Finden Sie Anarchie in Ordnung, Mr. Palmer?« fragte Lila mit der Schärfe von eben. Sie bedrückte und enttäuschte ihn, und er versuchte, ihre Frage lächelnd zu beantworten, denn dieser Augenblick sollte nicht mit einem Mißklang enden.

»Wenn sie so schön wie das eben wäre, würde ich sie begrüßen.«

»Haben Sie Proudhon gelesen?«

»Nein«, gab er lahm zu. Er merkte, daß die spontane Ablehnung, die er bei ihrem Auftauchen gespürt hatte, ihn wieder überfiel. Er fühlte sich gedrängt, ihren Besuch zu beenden, aber ihm schien es nicht fair, Anna wegen Lilas Spitzen zu bestrafen.

»Ich habe dir doch gesagt, Anna, er ist ein Träumer«, meinte Lila.

»Vielleicht ist er ein Dichter«, sagte das Mädchen hinter ihr. »Nur ein Poet kann uns in einer Nacht wie dieser hierher einladen.«

Etwas bewegte sich hinter ihnen, und ein Hüsteln war zu hören.

»Es ist gleich ein Glasen!« meldete DeAth aus der Brükkentür. Lila verstand, was er meinte.

»Wir müssen gehen, Anna.« Sie drehte sich zur Leiter um.

»Danke.« Er stand Anna jetzt direkt gegenüber und konnte sie deutlich erkennen. Wie schön sie einst gewesen sein mochte, konnte er angesichts ihrer Entstellungen nicht einmal ahnen. Sie war kleiner als Lila. Und plötzlich wollte Palmer ihren Dank nicht.

»Jederzeit wieder«, sagte er.

»Gut!«

Er sah, wie sie verschwanden, und ging dann, um Eintragungen im Logbuch zu machen.

Er hörte, wie DeAth sein Mißfallen mit knallender Zungenspitze kund tat.

»Leck mich doch am Arsch«, sagte er laut.

»Er ist nett, Lila.«

Lila schaute auf die Maske, die ihr von unten entgegenblickte, und schüttelte den Kopf.

»Ich merke, du magst ihn!«

»Nein!«

»Ich merke es . . . er mag dich wirklich.«

»Nein«, wiederholte sie. »Stephanos sagt, daß da ein Foto in seiner Kajüte steht. Also wird sich nichts tun.«

»Es gibt keine Regel, die sagt, daß man's dann nicht darf. Sieh dir Giorgio an!«

»Giorgio ist ein Tier. Und jetzt möchte ich nicht mehr über Palmer reden.«

»Er war sehr freundlich!«

»Ich möchte auch nicht über die Freundlichkeit von Leuten reden«, sagte sie scharf.

»Nein«, meinte Anna, »nein . . . das ist immer gefährlich.«

Sie beobachtete von ihrer Koje aus Lila. Die ältere stand steif und gespannt vor ihr. »Tu's doch«, sagte Anna, »mach's, wenn du willst. Es ist ziemlich egal.«

»Es ist nicht egal.«

»Unsinn. Tu's. Mach's jetzt. Du fühlst dich dann besser.«

»Woher weißt du das?« Lila drehte sich von ihrer Freundin weg, bereute das sofort und kniete neben dem Bett. Anna warf ihr die Arme um den Hals.

»Ich weiß es . . . Das reicht ja wohl!«

Lila zog sich zurück und sah sie fragend an: »Und woher?«

»Giorgio ist ein Tier!«

Lila sah sie wie betäubt an, erhob sich sehr langsam und stellte sich vor den Spiegel. Mit ihrer Rechten zog sie das Gummiband von ihrem Haar, schüttelte den Kopf und beobachtete, wie die dunkle Mähne fiel. Dann faßte sie einen Entschluß, zog ihr Hemd aus und die leichte Bluse an. Und dann schlüpfte sie aus der Tür.

Mit Leichtigkeit wich sie den patrouillierenden Wachen des Master-at-Arms aus, denn von ihren mitternächtlichen Ausflügen kannte sie jeden Weg, den die Männer einschlugen im Namen von Ordnung, Sicherheit und Keuschheit. Unbeobachtet erreichte sie Palmers Kajüte und war erleichtert, daß er noch nicht da war. Das Licht brannte noch, seit er vor viereinhalb Stunden aufgestanden war. Sie knipste es aus und setzte sich auf das Sofa. Sie drückte sich in die Ecke mit den Kissen und spürte in der Dunkelheit ihr Herz pochen.

Sie hörte sein Kommen im Gang nicht. Plötzlich stand er in der Tür und suchte den Schalter. Er war schon nackt bis zur Hüfte, ehe er sie bemerkte. Sie sah, wie er erst bleich wurde, dann rosa und wie seine ganze Haut verblüffend schnell seine Reaktionen zeigte. Sie mußte lächeln, und er überwand seine Verwirrung, indem er sich umdrehte und die Tür abschloß.

Ohne ein Wort zog er seine Uniformhose aus. Sie war enttäuscht, ihn nicht erregt zu finden. Er trat an den Schrank, griff nach den Gläsern und der Flasche Malzwhisky, die Aymes ihm vorausdenkend hatte zukommen lassen, und hielt eins hoch. Sie schüttelte den Kopf. Also goß er sich selber einen Drink ein, stellte die Flasche und das zweite Glas zurück und setzte sich auf den Schreibtischstuhl, den er umdrehte, um sie anzusehen. Er trank einen Schluck und stützte sein Kinn auf die Hand. Sie merkte, daß er nicht mehr aufgeregt war, und fühlte, daß sie die Initiative verloren hatte. Sie sah ihn das Foto umdrehen.

»Wer ist das?« fragte sie und brach die kaum zu ertragende Stille.

»Eine Frau, die ich kenne.«

»Kennst du sie gut?«

»Sehr gut.«

»Wie heißt sie?«

»Kate.«

»Bist du verheiratet?«

»Nicht mit ihr, nein!«

»Mit einer anderen?«

»Nein, ich bin geschieden.«

»Oh!«

»Warum willst du das alles wissen?«

»Weil du alles über Anna und mich herausgefunden hast . . . du wußtest, wie sie heißt.«

»Der Arzt erzählte mir von deiner Freundin Anna. Er sprach auch von ihren schlimmen Verletzungen!«

»Tut dir Anna leid?«

»Ja, natürlich.«

»Warum hast du mit dem Arzt über mich geredet?«

»Warum nicht? Du mußt doch auch mit Anna über mich gesprochen haben, sonst wärt ihr doch heute nacht nicht auf die Brücke gekommen!«

Sie schwiegen wieder, und Palmer trank langsam seinen Whisky, fühlte, wie er ihn entspannte. Lila schien nicht mehr so aggressiv, und er spürte Erleichterung. Sie lächelten sich an, unsicher zuerst und vertrauter dann.

Sie griff an den Gürtel ihrer Jeans. »Ich würde den Drink jetzt doch gern haben.«

Er stand auf und holte das Glas, füllte es, als sie aus den Jeans stieg. Außer ihrem Schlüpfer trug sie nur die durchsichtige Bluse. Als sie ihm das Glas abnahm, sah sie seine wachsende Erregung. Sie trank den ungewohnten Alkohol. Als er in ihren Magen fiel, zitterte sie unfreiwillig. Er griff nach dem leeren Glas und schaute zu ihr hinunter. Der leichte Stoff über ihren vollen Brüsten betonte die steifen Brustwarzen noch, eine schmale Taille wuchs aus den Hüften, und ihr flacher Bauch endete im Schwung ihrer Lenden über den sanften, langen Schenkeln. In seiner Erregung mußte er plötzlich an die erotischen Höhlenbilder von Sigiriya denken, intuitiv an orientalische Bilder.

Palmers Erregung war gewaltig. Er konnte sich kaum zurückhalten, als er seinen Arm um ihre schlanke Taille legte und sich niederbeugte. Er spürte, wie auch ihr Zögern verging und sie sich entspannte. Sie umarmte ihn, als er sie küßte, ihren Hals hinabfuhr auf ihre Schultern. Er konnte ihre Warzen an seiner Brust fühlen und wie hilflos er gegen seine eigenen Reaktionen war.

Er hob Lila auf die Koje, zog ihr den Schlüpfer aus und warf ihn zusammen mit seiner Unterhose auf den Boden. Sie starrte auf seinen glühenden Phallus, als er sich unbeholfen über sie schob. Seine streichelnden Hände spürten ihre Verspannungen. Er hielt sich zurück, lag neben ihr, streichelte sie flüsternd, bis sie ihre Bereitschaft merken ließ. Er nahm sie, daß ihr der Atem stockte, und sie antwortete, bis ihre Körper verschmolzen und ihr plötzlicher Höhepunkt ihnen den Atem raubte.

Sie trennten sich nicht, sondern rollten auf die Seite und sahen sich lange an. Dann waren sie wieder zwei Wesen, die die Natur trennte.

»Hast du eine Zigarette?«

»Ja.« Er griff nach einem Paket Benson and Hedges und nach dem Feuerzeug. »Ich wußte gar nicht, daß du rauchst. Aber ich weiß noch sehr vieles nicht über dich!«

Sie nickte, blies den Rauch aus dem Mund. Dann nahm sie die Zigarette von den Lippen, legte sich auf den Rücken und starrte nach oben. Er wußte, daß die Bemerkung, so locker sie gemeint war, einen Vorhang zwischen sie gezogen hatte.

»Ich war nicht sehr gut«, sagte sie auf eine Art, die klar machte, daß sie enttäuscht über sich, nicht über ihn war.

»Ist mir nicht aufgefallen!«

»*Post coitus omnes triste sunt* ... so heißt es doch?«

»Weiß ich nicht ... Ich weiß nur, daß ich nicht traurig bin. Kommst du wieder?«

Sie blickte ihn an, merkte, daß er das Zitat nicht verstanden hatte, und fragte: »Möchtest du's gern?« Wieder sah sie zur Decke und zog an ihrer Zigarette.

»Ja, natürlich.«

»Ich bin nur Stewardess ...«

»Lila ...«

Sie drehte sich um und sah ihn an. Ihr Ausdruck wurde sanfter, und ihre Schönheit berührte ihn.

»Lila ...«

»Armer Tim. Was ist jetzt mit Kate?«

»Was soll mit Kate sein?« Er nahm sich selber eine Zigarette aus dem Päckchen.

»Was meinst du, was sie jetzt wohl gerade macht?«

3

LONDON

Kate Meldrum wollte gerade die Tür ihrer Wohnung in Hendon abschließen, als das Telefon klingelte. Um acht Uhr morgens an einem Sonntag konnte das Klingeln nur eines bedeuten.

Sie zögerte an der Schwelle und fragte sich, ob sie Nelson nachahmen oder ihrer Pflicht nicht nachkommen sollte. Doch sie wußte, wenn es wichtig war, würde man ihr auf der Spur bleiben. Für diesen Tag hatte sie nichts Besonderes geplant. Also kehrte sie um und nahm den Hörer ab.

»Hallo!«

»Chief Inspector Meldrum?«

»Am Apparat.«

»Guten Morgen, Madam, hier ist Sergeant Wallace. Hier ist irgend etwas Wichtiges, Madam, tut mir leid. Sie sind die Spezialistin, und der Commissioner kümmert sich höchstpersönlich drum.«

»Ich soll also reinkommen?«

»Nicht ins College, Madam, nein, nein. Sie werden in New Scotland Yard erwartet.«

»In Ordnung. Ich bin in zehn Minuten auf dem Weg.«

Sie legte auf und ging ins Schlafzimmer, wechselte in ihre Uniform und spürte, wie ihr Puls schneller schlug. Die alte Spannung! Wallace war bekannt für seine Untertreibungen, und man hatte ihn sicher instruiert, nichts zu verraten.

Ihrer Spezialisierung verdankte sie ihren Rang und die Verpflichtung ans Metropolitan Police College in Hendon. Sie hatte sich intensiv mit der Psychologie extremer menschlicher Verhaltensweisen befaßt.

»Irgend etwas Wichtiges« hieß gewöhnlich ein Fall mit politischer Bedeutung. Und daß der Commissioner, der Chef der Londoner Polizei, erwähnt worden war, machte die Sache noch wahrscheinlicher. Sie knotete den Schlips, schlüpfte in ihre Schuhe und wechselte schnell den Inhalt ihrer Handtasche.

Zum zweitenmal an diesem Morgen trat sie vor die Wohnungstür und machte sich auf den Weg.

Fünf Minuten später lenkte sie ihren Ford Escort XR 3 auf die A 41 und raste bei Bent Cross über einen leeren Flyover. Sie schaltete das Radio an und hoffte, in den Nachrichten irgendeinen Hinweis zu finden auf das, was sich da in ihren privaten Sonntagmorgen drängte. Doch alles, was sie hörte, war ein vielstimmiges Läuten von Kirchenglocken. Sie schaltete das Radio aus und versuchte sich an das zu erinnern, was die Kollegen im College am Freitag besprochen hatten. Doch die betrachteten die Delegierung ans College als eine Verschnaufpause vom ständigen Druck der Polizeiarbeit. Geheimberichte mit Warnungen übersah man hier. Wie Truppen, die man zur Erholung aus der Kampfzone zurückgenommen hatte, war die Front – jedenfalls zeitweise – das Problem anderer Leute.

Sie versuchte sich an aktuelle Nachrichten zu erinnern. Aber in der letzten Woche war es ziemlich drunter und drüber gegangen – auch in ihrem Gefühlsleben. Die Welt da draußen interessierte sie letzte Woche überhaupt nicht. Sie erinnerte sich nur an einen ziemlich unangenehmen Kindesmord, einen Sex- und Drogenskandal, in den Schüler und Lehrer einer exklusiven schottischen Schule verwickelt waren, und an ein Veto nach einer heftigen UNO-Debatte voller Schuldzuweisungen. Doch Einzelheiten verschwammen. Sie schaltete in den dritten Gang, schaffte gerade noch die Ampel und lenkte den Wagen um eine Kurve in die Finchley Road. Leere Straßen in London waren angenehm zu befahren, dachte sie, rollte am Camden Arts Center vorbei und hielt am Swiss Cottage bei Rot.

Die ungewollte Pause ließ ihre Gedanken zurückfluten. Tim war vor über einer Woche aufgebrochen, und sie vermißte ihn mehr, als sie sich eingestehen wollte. Sie wußte, daß ihre Vorgesetzten von dieser Verbindung nichts hielten. Kate Meldrum hätte so ungefähr jeden aus der Polizei der Hauptstadt heiraten können. Sie war sehr hübsch, beliebt, und ihr Werdegang war interessant genug, wie der Anruf an diesem Morgen wieder einmal bewies.

»Verdammt noch mal«, schimpfte sie und ließ die Kupplung kommen. Der Gedanke an Tim machte sie unruhig. »Ich würde gern mal wissen, wo du verdammter Kerl jetzt bist!« Sie sagte das laut und lenkte in die Einbahnstraßen in St. John's Wood und gab Gas. Die lange Wand am Cricket Platz von Lord's warf den Lärm des Auspuffs zurück. Sie lenkte den Wagen in den Kreisverkehr, umrundete die Statue des heiligen Georg und steuerte Park Road an.

Sie fühlte sich hilflos. Palmers Aufbruch hatte sie durcheinandergebracht, obwohl sie nicht ganz unschuldig daran war. Sie wußte, wie sehr er Arbeit suchte und daß sie nicht stark genug war, ihn zurückzuhalten. Doch sie fragte sich, ob er wohl ahnte, was es sie innerlich gekostet hatte, ihm zu diesem Job geholfen zu haben. Die ungewöhnlichen Umstände hatten ihm natürlich klargemacht, daß sie beteiligt war, ihn empfohlen hatte. Gerüchte in der Polizei zerstörten meistens viel. Doch gelegentlich konnte einer auch Nutzen aus ihnen ziehen.

Von Chief Inspector Kate Meldrum wußte man, daß sie mit einem Seemann schlief, nicht mit einem Matrosen, natürlich nicht, mit einem Offizier, einem Mann mit Kapitänspatent . . . Daran erinnerte sich offenbar jemand im rechten Augenblick . . .

Oder war es der falsche, fragte Kate sich. Sie lenkte nach außen, um eine Gruppe entschlossener Radfahrer zu überholen, die über ihre hellen, glänzenden Fahrräder gebeugt so heftig strampelten, daß man meinte, ihre Muskeln und Sehnen knacken zu hören.

Komisch, wie so etwas ablief. Chief Superintendent Alex Martin hatte das Thema aufgebracht. Sie kannten sich, seit Kate in die Polizei eingetreten war.

»Ich weiß, daß Sie mit einem Offizier der Handelsmarine zusammenleben«, hatte er quasi nebenher gesagt, als sie anläßlich eines seiner regelmäßigen Besuche des Colleges zusammen eine Tasse Kaffee getrunken hatten.

Sie hatte darauf nichts gesagt, ihm nur Rauch ins Gesicht geblasen, seine Neugier zurückweisend, auch wenn er ihr Vorgesetzter war.

»Und daß er arbeitslos ist. Sucht er einen Job?«

»Natürlich sucht er Arbeit«, hatte sie kurz geantwortet. »Führen wir hier ein freundschaftliches Gespräch oder ahmen wir eine Gestapo-Vernehmung nach?«

»Langsam, Kate . . .«

»Also, Sir, um ehrlich zu sein. Wenn ich mit einem Commander der Polizei ins Bett ginge, wäre alles in Ordnung, aber . . .«

»Er ist politisch ein bißchen links orientiert?« fragte Martin und überhörte ihre Erregung.

Kate runzelte die Stirn. »Also, Sir, der arme Hund fühlt sich von einer ziemlich hartleibigen Tory-Regierung im Stich gelassen. Sein Beruf ist dem Untergang geweiht, so sieht's doch aus. Da ist er natürlich ein bißchen links orientiert.«

»Die hartleibigen Konservativen sind wir ja nun losgeworden, und neue Besen kehren gut. Vielleicht findet sich was für ihn.«

»Hören Sie mal, ich verstehe nicht, was die Londoner Polizei mit einem arbeitslosen Seeoffizier im Sinn hat. Die Leute von der Wasserschutzpolizei habe ich selber schon gefragt ... Worum geht es also?«

»Um ehrlich zu sein, Kate, ich kann's Ihnen nicht sagen.«

»Dürfen Sie nicht oder wollen Sie nicht?«

»Ich darf nicht. Aber ein Freund von mir arbeitet für eine Kreuzfahrtreederei, vielleicht hat der was für ihn.« Martin hatte eine Pause eingelegt. »Sie haben's ganz schön weit gebracht, Kate. Belasten Sie Ihre Karriere nicht. Hat er Ihnen etwa schon einen Heiratsantrag gemacht?«

»Nein«, hatte sie geantwortet und den Hinweis ihres gönnerhaften Vorgesetzten verstanden.

Die Flaggen am Cenotaph flappten lahm, als sie in den Parliament Square einbog. Statuen, Türme und Türmchen des Westminster Palace zogen vorbei, dann die Abtei und die kleine St.-Margarets-Kirche, ehe sie in die Victoria Street einbog und den Broadway sah und die Einfahrt zu Scotland Yard.

Sie zeigte ihre Papiere dem Sicherheitsposten und parkte dann ihr Auto. Ein Polizeioffizier wartete schon im Glas-und-Chrom-Eingang auf sie. Sie folgte ihm zum Aufzug, und schweigend fuhren sie nach oben, und der Offizier entließ sie in einen langen Korridor. Dann betrat sie endlich ein Besprechungszimmer, das mit dem Üblichen ausgestattet war und aussah wie eine Mischung aus Hörsaal und privatem Kino.

»Kaffee, Madam?«

»Bitte.« Sie nahm Platz und wartete, trank den Kaffee aus einem Plastikbecher. Plötzlich sprang die Tür auf und eine Gruppe Männer betrat den Raum. Sie stand auf und entdeckte den Commissioner sofort. Ein paar Offiziere in Uniform begleiteten ihn ebenso wie zwei Männer, die sie an ihren schmalen Schlipsknoten als Spitzenbeamte erkannte. Einer der Offiziere kam zu ihr, Alex Martin.

»Kate. Schön, daß Sie kommen konnten.« Ein Verdacht kam ihr, und sie runzelte die Stirn. »Das ist hier ziemlich hochkarätig«, murmelte Martin, als die Männer sich ihre Stühle suchten. »Man wird Sie freistellen von dem, was Sie gerade in Hendon machen. Wir brauchen Sie eine Zeitlang. Ich werde Sie gleich bekannt machen.«

»Hat dies irgendwie mit der anderen Sache zu tun?« flüsterte sie.

Martin sah sie erstaunt an. »Womit soll das zu tun haben?«

»Sie wissen genau, was ich meine. Ihr Interesse an Tim Palmer.«

Der Commissioner hatte sein Gespräch mit den Beamten beendet und drehte sich um. Martin erhob sich und sprach leise mit ihm. Der Commissioner lächelte Kate zu.

»Chief Inspector Meldrum, es tut mir leid, daß ich Sie an diesem Sonntag so einfach habe kommen lassen. Meine Herren, kann ich Sie mit Chief Inspector Meldrum bekannt machen, einer erfahrenen Spezialistin für Anti-Terror-Studien am Polizei-College.«

Die Herren murmelten Höflichkeiten, wurden ihr aber nicht vorgestellt.

Wieder lächelte der Commissioner. »Wir erwarten keine Wunder, Miss Meldrum, aber Ihr Spezialwissen und vielleicht auch Ihre weibliche Intuition könnten uns helfen.«

»Ich werde tun, was ich kann, Sir«, antwortete Kate verwirrt.

Man rückte auf den Stühlen hin und her, und dann gab der Commissioner einem der Herren in Zivil das Wort. Er sprach mit einem Akzent, der das Eis brechen sollte und eigentlich ins Theater gehörte. Er stand, die Hände auf dem Rücken gekreuzt, sprach über ihre Köpfe hinweg und starrte dabei nach oben. Ab und an drehte er sich dabei in den Hüften, um Worte besonders zu betonen. Als er einmal seine Schultern zurücknahm, schien er Kate wie ein lächerlicher, unsicherer kleiner Junge. Doch nach seinen Worten mußte er irgendein Geheimdienstmann aus dem Außenministerium sein.

»Um exakt 22 Uhr GMT empfing unsere Botschaft in Athen einen maschinengeschriebenen Brief, den ein Taxifahrer ablieferte. Der Brief wurde geöffnet, nachdem man ihn mit üblicher Routine auf Sprengstoff und ähnliches untersucht hatte. Er enthielt eine Warnung. Eine groß angelegte ›Freiheitsoffensive‹ würde ablaufen – in einem bisher nie gekannten Maßstab. Es blieb unklar von wem und gegen wen. Den üblichen Vorschriften entsprechend, wurde der Brief als besonders wichtig zu uns nach London befördert. Der Taxifahrer wurde identifiziert. Wir haben jetzt die wertvolle Erkenntnis, daß er Grieche ist und eine zerbeulte, graue Mercedes-Limousine fuhr.

Der Diensthabende im Außenministerium erfüllte ebenfalls die üblichen Vorschriften, ließ die Nachricht in die Downing Street übermitteln, und der Premierminister wurde informiert. Zwei Stunden später informierte uns unsere Botschaft in Washington, daß dort eine ähnliche Botschaft, an die US-Regierung gerichtet, eingegangen war. Die Information erreichte uns, weil wir entsprechende Verträge über unsere besonderen Beziehungen haben. Egal was wir nun entscheiden, die amerikanische Presse wird den Brief in ein paar Stunden als heiße Nachricht bringen. In Paris hat man diskrete Erkundungen eingezogen. Der Elysee-Palast hielt sich zurück, gab aber zu, daß eine Drohung, die ganz ähnlich klang, in der französischen Botschaft in Athen eingegangen war. Sie machten Andeutungen, daß auch Bonn mit ihnen Verbindung aufgenommen hatte. Auch dort war ein Taxi vorgefahren . . .«

»Man muß sich eben vor fahrendem Volk hüten«, bemerkte der Commissioner trocken.

»Als auch diese Nachricht den Premier erreichte, wurde dieses Meeting angesetzt. Es hat allerhöchste Dringlichkeit. Danke.«

Kate meinte, der Sprecher befürchte Beifall. Er nahm ungeheuer schnell Platz, drückte seine ganze Länge in den Sessel und überließ die Szene seinem Kollegen, der ohne Einleitung oder Erklärung sofort das Wort nahm. Er sprach mit einer Kühle, die Kate erschreckte.

»Die uns vorliegenden Berichte stammen aus den besonderen Vereinbarungen mit den USA und unseren Austauschabkommen mit Bonn und Paris. Sie erhellen nichts. Dennoch wurde vertraulich geäußert, daß fehlende Aktionen nach dem kürzlichen Abbruch der UNO-Debatte über Palästina auffällig sind. Man meint, daß der vehemente Protest und die Stellungnahme derer, die sich legitimiert fühlen, im Sicherheitsrat eine propalästinensische Meinung zu vertreten, nicht mehr als das übliche Zeichen war angesichts des Abbruchs der Gespräche ...«

»Tut mir leid, aber könnten Sie mir zuliebe ein bißchen deutlicher werden. Vielleicht bin ich nicht der einzige«, der Commissioner sah zu Kate herüber, »der verdammt noch mal nicht versteht, worüber Sie reden.«

Kate lächelte zustimmend.

»Tut mir leid, Sir Charles. Einige Regierungen vertreten im Sicherheitsrat palästinensische Standpunkte, und unausgesprochen ist man allgemein der Meinung, sie sprächen für die sogenannte Palästinenser-Führung.«

»Wenn Sie Libyen und Syrien meinen, warum sagen Sie denn das nicht, verdammt noch mal?«

»Weil dazu auch Costa Maya gehört, dessen UN-Botschafter genau das Statement gab.«

»Costa Maya?«

»Ja, Sir Charles. Es ist die neue Republik in Zentral-Amerika ...«

»Ich weiß, die Volksrepublik Costa Maya. Der kleine Unterschied elektrifiziert Ihre Kollegen im CIA, aber fahren Sie fort.«

»Nachdem die Gespräche abgebrochen worden waren,

mußte irgend jemand protestieren. Das tat der Botschafter von Costa Maya. Doch nach unseren Berichten fand er überraschend wenig Unterstützung. Eigentlich verlangte solch ein Abbruch Zornesausbrüche, und die erwartete man aus einigen Ecken. Aber eben die blieben aus – und genau das ist beachtlich.«

»Ich glaube, Miss Meldrum und ich verstehen die Sache jetzt. Sie glauben, daß diese Briefe die wahre Antwort sind.«

»So könnte man meinen.«

»Meinen?«

»Mehr eine Ahnung!«

»Diese Sprache versteht ein Polizist.«

»Entschuldigen Sie, Sir Charles, aber was genau geschah in den Vereinten Nationen? Ich hatte letzte Woche so viel zu tun, daß ich kaum Nachrichten hörte oder las.« Sie log. Doch die Ministerialbeamten sahen sie so entsetzt an, als habe sie gerade gestanden, eine Agentin des KGB zu sein.

»Es kann nicht falsch sein, wenn Sie uns alle auf den aktuellen Stand bringen«, warf der Commissioner ein.

»Machen wir's kurz für Miss Meldrum. Die sich verschlechternde Situation im Libanon, die in den andauernden Kämpfen der verfeindeten Gruppen begründet ist, führte dazu, daß die unruhigen Palästinenser den Hafen von Sidon einnahmen und die sogenannte Erklärung von Sidon veröffentlichten. Die Erklärung machte klar, daß die Palästinenser nicht länger bereit sind, in ihren Lagern zu leben. Die Zeit sei gekommen, für eine eigene Heimat zu kämpfen. Einfach ausgedrückt: Der Libanon wird sich in ein neues Palästina verwandeln. Unterstützt werden die Palästinenser aus verschiedenen Quellen, und Nachschub kann aus dem Norden und dem Osten über Land kommen und über See via Sidon. Man muß kein Zyniker sein, wenn man feststellt, daß die Israelis das dulden werden, im Augenblick jedenfalls, obwohl das erklärte Ziel der Palästinenser die Rückgewinnung ihrer ursprünglichen Heimat ist. Mit fremder Unterstützung könnten sie Israel überrollen, nachdem sie sich erst einmal im Libanon als Nation gesammelt haben. Um einen anderen berühmten Terroristen zu zitieren, der auch territoriale Ansprüche hatte, würde dies eine ›Endlösung‹ sein. Also kam die Sache vor den Sicherheitsrat.«

Der kühle, beeindruckende Beamte machte eine kurze Pause und fuhr dann fort.

»Die Costa Maya-Leute, die in langen Guerillakämpfen die Militärjunta besiegten und sich auf ihre Vorfahren berufend als eigene Herren etablierten, haben die Palästinenser beflügelt und unterstützt. Sie haben sich verbündet, und die Palästinenser haben über sie jetzt in der Tat einen Sitz in der UNO. Aber gegen den Antrag, Sidon de facto als palästinensisches Gebiet anzuerkennen, meldeten die USA ihr Veto an, unterstützten damit Israel, und so kam es zu der bekannten Situation. Das ist insofern interessant, als das uralte Recht des Siegers den Palästinensern sehr gut tat und den geplagten Libanesen endlich den lang ersehnten Waffenstillstand hätte bringen können. All diese Gründe führte man zugunsten der Flüchtlinge an, und als Beweggrund für den Westen machte man das Angebot, daß alle ›Überfälle und Angriffe‹ enden würden. Mit anderen Worten alle Angriffe von Terroristen. Angesichts dieser Konstellation hat die Ablehnung des Antrags viel mehr Unruhe verursachen müssen, als sie wirklich tat.«

»Sie nehmen also an, die Palästinenser hätten das ablehnende Veto erwartet?« wollte der Commissioner wissen.

»Ja.«

»Und Sie wußten schon, was die nächsten Schritte sein würden?«

»Ja.«

»Und die erleben wir gerade?«

»Das ist unsere Annahme, Sir Charles!«

»Mhm. Ehe wir uns mit Einzelheiten befassen: Gibt es Fragen oder Kommentare?«

»Ja, Sir!« Man sah Kate erwartungsvoll an. »Vom bloßen Zuhören aus einer Position relativer Unwissenheit würde ich sagen, daß alles für die Palästinenser spricht – auf den ersten Blick. Selbst wenn wir annehmen, daß sie ein ablehnendes Veto erwarteten, dann hätten sie doch wenigstens den Sieg mit großer Propaganda ausnutzen sollen.«

»Sie meinen, es ist unverständlich, warum sie es dabei beließen?« fragte Sir Charles.

»Aus meiner Sicht macht das überhaupt keinen Sinn, Sir!«

»Miss Meldrum sieht das sehr richtig!« Der Mann kam aus seinem Sessel hoch. Wie es seinem Beruf entsprach, war er vorsichtig. »Aber sie hat nur recht, wenn die beiden Sachen zusammenhängen. Wenn die Noten aber gefälscht sind oder sagen wir mal von der IRA stammen, dann hat sie nicht recht.« Er sank wieder in seinen Sessel zurück.

»Das stimmt. Aber bleiben wir noch ein bißchen bei dem, was Miss Meldrum sagte. Wir haben nicht viel in der Hand und könnten zumindest annehmen, daß Athen als Briefkasten für die Palästinenser bequemer zu erreichen ist als für die IRA.« Sir Charles wandte sich an einen Commander, der bisher geschwiegen hatte, als suche er Bestätigung.

Der Mann war dunkelhaarig und sah beeindruckend gut aus. Er nickte zustimmend.

Der Commissioner wandte sich an Kate. »Möchten Sie noch etwas sagen, Miss Meldrum?«

Kate wurde rot. Es fiel ihr schwer, den Faden ihrer Hypothese weiterzuspinnen. Sie spürte leichte männliche Vorurteile, doch deutlicher, daß sie irgendeiner heißen Sache auf der Spur war.

»Ich glaube, wir nehmen alle an, daß die Nachrichten und der abgelehnte UN-Antrag zusammenhängen. Die Tatsache, daß die Palästinenser und ihre Freunde nicht weitermachen und wenigstens einen Propagandasieg erringen, deutet an, daß ihre ›Friedensoffensiven‹ sehr lange vorhergeplant sind ...«

Man hörte ihr jetzt gespannt zu, besonders der schweigsame Commander. Martin beobachtete sie stolz wie ein Vater seine erfolgreiche Tochter.

»Ein Propagandasieg hätte einer ganzen Welle von Terrorakten den Boden genommen ...«, fuhr sie fort und fühlte ihr Herz pochen.

»Ergo«, meldete sich jetzt der dunkelhaarige Commander, »waren die Terrorakte längst geplant und müssen ausgeführt werden.«

»Wenn der Antrag bei den Vereinten Nationen abgelehnt wurde, dann ja«, antwortete Kate.

»Sehr gut«, stellte der kühle, beeindruckende Beamte fest. »Wäre der Antrag durchgegangen, hätte man die Terrorakte noch abblasen können. Der Antrag hätte weltweit ein derartiges Presseecho hervorgerufen, daß er sich quasi selber überflüssig machen würde.«

»Genau«, stimmte der Commander ihm lebhaft zu. »Hat nur der Sprecher von Costa Maya irgendwelche Bemerkungen gemacht?«

»Mehr oder weniger«, ließ sich der Zivilbeamte wieder hören. »Ein deutsches Fernsehteam hat ein paar Araberscheichs interviewt, glaube ich. Die taten ihr Entsetzen kund und schwiegen danach.«

»Könnten wir das Video mal sehen?« fragte Kate. »Um deren Körpersprache zu erkennen, zum Beispiel.«

»Guter Gott, Miss Meldrum, verstehen Sie etwa die arabischen Originaltöne?« spöttelte Sir Charles.

Sie lachten etwas gezwungen. Man spürte die Spannung.

»Ich begreife nicht ganz«, meldete sich der junge Beamte wieder, »warum sie die Propagandafanfaren dämpfen, selbst wenn sie eine Terrorkampagne geplant haben sollten.«

»Sie wollten uns nicht aufschrecken, damit Sie Ihre Agenten nicht auf sie loshetzen«, antwortete Sir Charles in einem Tonfall, als müsse er einem begriffsstutzigen Schüler etwas erklären.

»Das verstehe ich durchaus, Sir Charles«, antwortete der Mann leicht pikiert, »aber der Angriff sofort nach der Fanfare ...«

»... würde sich selber aufheben«, unterbrach ihn Kate, die plötzlich die Szene verstand. »Der Wert der rechtlichen Ansprüche wird nur dann durch die Ablehnung der UNO ungeheuer verstärkt, wenn ihr keine neuen Terrorakte folgen. Um als Nation anerkannt zu werden, müssen sie den Terrorismus weit hinter sich lassen. Der Terrorist von heute ist der Staatsmann von morgen. Man beachte die Änderungen im Zeitplan und schaue zur Bestätigung nach Israel.«

»Ich glaube, die Botschaften stammen von den Palästinensern. Eine unmittelbare Verbindung mit der UN-Resolution besteht meiner Meinung nach nicht.«

»Und warum nicht?« wollte der andere Beamte wissen.

»Die Palästinenser planen einen letzten Versuch, eine Heimat zu gewinnen«, erklärte Kate. »Das ist unendlich teuer in bezug auf Menschen und Material. Ihre alten Feinde sind müde geworden, ihre alten Freunde schlagen zurück, denken Sie an Tripoli und Bengasi im letzten April! Ihre üblichen Methoden würden sie nicht aufgeben, ein Terroranschlag hier, eine Entführung dort. Aber das mußte man übertrumpfen mit einer richtigen Eroberung. Also entwikkelten sie den Plan, Sidon zu besetzen. So etwas haben sie noch nie gemacht.« Kate machte eine Pause. »Und sie werden es auch nie wieder schaffen, wenn es schief geht. Meine Herren, ich glaube nicht, daß sie an einen Erfolg ihres Angriffs auf Sidon hofften. Sie rechneten mit einer Niederlage. Sie setzten alles auf eine Karte, sammelten das letzte Aufgebot, um zu beweisen, daß ihre alten Führer doch recht hatten – und es klappte. Der Angriff der Terroristen war vielleicht als Fortsetzung oder sogar als Steigerung geplant, folgte aber ihrer alten Taktik und wurde plötzlich von Erfolg gekrönt. Ein neuer, ungewohnter Zustand. Bleibt er erhalten – ist das die endgültige Lösung. In einem solchen Spiel kann man auf ein paar Tage Propaganda durchaus verzichten, wie wichtig sie auch sonst sein mag.«

Eine lange Pause folgte ihren Ausführungen.

»Ich glaube, Chief Inspector Meldrum hat recht.« Der dunkelhaarige Commander hatte das Wort ergriffen, und Kate war beeindruckt, wie er auf alle wirkte. Eine Spur von Achtung zeigte sich in den Gesichtern des Commissioner und der beiden Beamten.

»Ich denke, Miss Meldrum hat gezeigt, wie klar sie denken kann, Sir«, wandte er sich an den Commissioner. »Ich beantrage ganz formell, daß sie sofort in meine Abteilung überstellt wird.«

»Ja, ja, natürlich.« Sir Charles lächelte ihr zu.

»Kate, hier ist Commander Ian Nicholas.« Martin schob sich vor wie in der Rolle eines Zuhälters, dachte Kate. »Er leitet die Sektion Anti-Terrorismus . . .«

Kate saß im CM Nicholas' Büro und rauchte eine Zigarette. Das tat sie so gut wie nie. Aber in Augenblicken wie diesem genoß sie das Nikotin und zog den Rauch tief ein. Der Tag war lang gewesen, und ihr fiel ein, daß sie ihre Mutter nicht angerufen hatte, um zu erklären, warum sie nicht zum vereinbarten Mittagessen erschienen war.

Neugierig sah sie sich um. Nicholas war als Terroristenjäger so gefürchtet und berühmt, daß sie sich selbst in seiner Abwesenheit nicht zu direkt in seinem Zimmer umzusehen wagte. Es gab auch kaum etwas zu sehen. Das Büro war fast klinisch rein, bestand aus einem Schreibtisch, einem großen, abschließbaren Aktenschrank, einem Bücherschrank mit Glasscheiben und einem schrägen Kleiderständer, der Kate an eine Miro-Zeichnung erinnerte. Auf dem Schreibtisch standen eine Tastatur und ein Monitor, ein einziger Ablagekorb, in dem sie nur zwei Blätter Papier entdeckte, und drei Telefone. Zwei Stühle standen vor dem Schreibtisch, in einem saß Kate. Wäre die Uniformmütze mit dem karierten Band nicht gewesen, hätte man das Büro für unbesetzt halten können.

Sie suchte plötzlich verzweifelt nach einem Aschenbecher. Schließlich nahm sie die Klappe der Packung als Ersatz, entspannte sich und dachte über die Konferenz nach. Die Diskussion über einen wahrscheinlichen Terrorangriff war sehr lebhaft geworden. Die Beamten aus dem Außenministerium hatte lang und breit Thesen entwickelt, die auf Wahrscheinlichkeitsfaktoren beruhten. Die hatten sie aus dem Wortlaut des Papiers aus Athen abgeleitet. Es gab dann ein paar Transatlantische Telefonate. Man erfuhr, daß Botschaften – zeitverschoben – auch in Japan und Indien abgegeben worden waren. Die italienische Regierung wollte anfangs nicht an Ausländer glauben, denn es lief gerade ein riesiger Prozeß gegen angebliche Mafiosi. In Rom hatte man angenommen, es handle sich um eine Drohung der Cosa Nostra.

»Wir sind also in guter Gesellschaft!« hatte Sir Charles bemerkt, ehe sie die wahrscheinlichen Ziele diskutierten. Als Koordinator machte sich Martin eifrig Notizen. Die Einwanderungsbehörden mußten über das Innenministerium alarmiert werden, die Sicherheitskontrollen auf den Flughäfen mußten verstärkt werden, alle Regierungsstellen und was dem Verteidigungsministerium unterstand und ebenso waren Zulieferfirmen in Alarmzustand zu versetzen. Informationen konnte man auch einigen ausgewählten Verantwortlichen bei Bussen und Bahnen in den Großstädten zukommen lassen. Und selbstverständlich waren alle Polizeichefs zu informieren.

»Wir sollten eine Konferenz der Polizeichefs so schnell wie möglich nach Bramshill einberufen«, sagte der Commissioner, und Martin nickte. Bisher entsprach alles den üblichen Vorschriften.

Aber Kate, die an Tim denken mußte, fragte plötzlich: »Und was unternehmen wir bei Schiffen?«

»Guter Punkt. Um die im Hafen kümmern sich die Hafenbehörden«, erläuterte Commander Nicholas, »aber für Schiffe auf See gibt es keine Vorschriften. Wir sollten das Verkehrsministerium auffordern, eine allgemeine Warnung an alle britischen Schiffe über Portishead Radio abzusetzen . . .«

»Natürlich, Sir. Ich glaube, das Verteidigungsministerium kümmert sich darum schon.« Wieder schrieb Martin etwas auf.

»Doppelt genäht hält besser, Chief Superintendent.«

»Richtig, Sir!«

Schließlich waren aus all dem Spekulationen entstanden von Männern, die sich Sorgen machten und Verantwortung trugen. Nicholas hatte Kate gebeten, in seinem Büro auf ihn zu warten. So saß sie hier, rauchte und schimpfte auf den Mann, der vor lauter Disziplin selbst seinen Gästen einen Aschenbecher verweigerte.

»Tut mir leid, daß Sie warten mußten.« Nicholas betrat sein Büro mit einiger Eile. Er hatte sich umgezogen, trug ein altes Sportjackett und graue Hosen. »Der Aschenbecher steht in der zweiten Schublade links, nehmen Sie ihn sich.« Er nahm ein paar Papiere aus einer Akte im Schrank, den er mit einem Schlüssel auf- und zuschloß, der an seinem Gürtel befestigt war.

»Ich werde Sie zum Essen einladen, Chief Inspector. Heute passiert bestimmt nichts, und Sie haben es sich verdient.«

»Aber ich bin in Uniform, Sir!«

»Haben Sie nicht irgendeine Jacke?«

»Im Auto.«

»Ziehen Sie die an, legen Sie Hut und Schlips ab. Eine weiße Bluse und ein marineblauer Rock – das sieht doch gut aus!«

Im Aufzug vermied sie seinen musternden Blick, fürchtete sich sogar etwas vor ihm. Auf dem Parkplatz glitt sie in den Escort und zog die Uniformjacke aus, band den Schlips ab. Wie die meisten uniformierten Polizisten hatte sie immer ein Kleidungsstück dabei, um die offensichtlichen Zeichen ihres Berufs zu verbergen. In der Tasche fand sie ein orangefarbenes Tuch und legte es um. Glücklicherweise erlaubte ihr Rang ihr, hochhackige Schuhe zu tragen. Also fühlte sie sich nicht mehr unwohl, als sie das Auto wieder abschloß und den ziemlich leeren Parkplatz überquerte dorthin, wo Nicholas' Rover wartete.

»Orange und blau – sehr schön.«

Die Sicherheitsschranke hob sich, und der diensthabende Beamte grüßte, als der Wagen in den Broadway einbog und dann in die Victoria Street. Sie fuhren an dem kleinen Platz mit dem Glockenturm von Westminster vorbei. Kate fiel auf, daß es regnete.

»Das wird eine nasse Nacht.« Nicholas schaltete die Scheibenwischer an.

Sie fuhren am Reiterstandbild von Marschall Foch vorbei, an der rückwärtigen Mauer vom Buckingham Palace entlang und dann in Richtung Belgrave Square. Es regnete jetzt kräftig, und die Flaggen vor den ausländischen Botschaften hingen traurig an den Masten. Nicholas fuhr durch die Sloane Street und fand in einer Nebenstraße nördlich von der King's Road einen Parkplatz.

Sie stiegen aus, und er nahm ihren Arm, als sie durch den Regen liefen und unter dem kleinen Vordach von Daphne's anhielten. Innen leuchtete das Restaurant rosa und einladend.

»Nichts Berufliches, bitte«, sagte er, als sie Platz genommen hatten und der Ober ihnen die Speisekarten brachte. »Darf ich Sie Kate nennen?«

»Wenn Sie wollen.« Sie verschluckte das übliche Sir, und überlegte, ob sie fragen konnte, wie sie ihn nennen sollte.

Doch er studierte die Speisekarte, und ihr war klar, daß sein Rang im Augenblick unerwähnt blieb, aber natürlich weiter eine Rolle spielte.

»Was mögen Sie?«

»Ich weiß nicht recht, das hier verwirrt mich eher.«

»Mögen Sie Fisch?«

»Ja.«

»Seezunge?«

Sie nickte.

»Zweimal Seezunge«, bestellte er, »und eine Flasche Chateau d'Or.«

Als der Ober gegangen war, lehnte er sich vor. Sie versuchte sein Alter zu erraten und ob er verheiratet war. So was ließ sich natürlich leicht herausfinden, aber das Raten machte ihr Spaß und ihn weniger beeindruckend.

»Sie dachten an Ihren Palmer, als Sie die Schiffe erwähnten, nicht wahr?«

»Sie wissen also Bescheid!«

»Klar. Arbeitsloser Seefahrer, sehr schlechtes Image, ganz besonders für eine Frau mit einer glänzenden Karriere vor sich.«

»Es gibt zu viele von ihnen«, antwortete Kate, »ich meine mich zu erinnern, daß das Vaterland seinen Dank immer nur in Zeiten nationaler Krisen zum Ausdruck brachte.«

Bitterkeit, die sie von Tim übernommen hatte, klang in ihren Worten mit. »Er ist außerdem nicht mehr arbeitslos. Vor zwei Wochen ging er zurück an Bord.«

»Und ließ Sie allein. Ich mache natürlich nur Spaß, aber ganz nebenbei möchte ich, daß Sie umziehen und bei mir leben.«

»Wie bitte ...« Sie wollte protestieren, doch er hob die Hand.

»Sozusagen. Wir werden etwa ein halbes Dutzend Leute sein, die sich dieser Sache annehmen, und alle hausen im Yard. Ich gebe uns 48 Stunden Zeit, und dann geht's los. In der Zwischenzeit lassen Sie Ihre Computerprogramme ablaufen, suchen alle möglichen Informationen und stellen alles Material zusammen, das mit Ihrer Hypothese von heute morgen zusammenhängt.«

Er unterbrach sich, als der Ober den Wein servierte. Er probierte und nickte zustimmend. »Ihr Wohl. Ich fürchte, in den nächsten Tagen gibt's nur Ersatzkaffee und Hamburger.«

»Das macht nichts.« Der Muskadet schmeckte klar und angenehm und vertrieb den dumpfen Nachgeschmack der Zigarette.

»Was hatten Sie für heute geplant?«

»Meine Mutter zu besuchen!«

»Oh.«

»Und Sie?«

»Ich hatte Gleiches vor.«

»Wirklich?«

»Ja. Zufall, nicht?«

Sie lachten beide, als der Fisch kam. Ein paar Augenblicke widmeten sie sich schweigend dem Essen. Er wollte gerade etwas sagen, als ein anhaltender Piepton hörbar wurde.

»Verdammt.« Er stellte den Radiopager ab, übersah die neugierigen Blicke der anderen Gäste und legte Messer und Gabel aus der Hand. »Bitte, essen Sie weiter, ich bin gleich wieder da.« Er stand auf und fragte den Ober nach einem Telefon. Er wählte und hielt den Hörer dicht vor sein Gesicht.

»Ja?« Dann eine Pause, und dann sagte er »in Ordnung!« und kehrte an den Tisch zurück. »Tut mir leid, Kate, aber Ärzte werden nun mal immer verlangt, tut mir leid...« Er blickte sich entschuldigend um. Die Neugier der anderen Gäste schien durch die hingeworfene Bemerkung gestillt. »Essen Sie weiter, ich zahle eben.«

Er zahlte bar, und fünf Minuten später saßen sie im Rover auf dem Weg in die King's Road. Er schwieg eine Weile, achtete auf den Verkehr auf den nassen Straßen und beschleunigte auf dem Sloane Square.

»Ich bin schuld an einer Fehleinschätzung . . ., es gab einen riesigen Knall im Savoy, dem Dorchester, dem Grosvenor und in den Hilton Hotels.«

»O Gott!« Sie hörte Sirenen von Krankenwagen und Polizeifahrzeugen.

»Das sieht wie Krieg aus, Chief Inspector.«

»Ja.« Sie dachte nach. Immer noch hatte sie einen bestimmten Verdacht, obwohl es jetzt um etwas ganz anderes ging. »Woher wissen Sie alles über Palmer?«

»Ist das wichtig?« Er klang etwas gereizt, als er den Wagen um eine Kurve lenkte. »Ich weiß nicht . . . tut mir leid, wegen dem Essen.«

»Ja, die Seezunge war vorzüglich.«

Er drehte sich lächelnd zu ihr. Sein Mund war von Schaufensterlichtern beleuchtet. »Wir machen später weiter.«

»Das wäre schön, Sir!«

DOWNING STREET, LONDON

»Sehr gut, Sir Charles, so ganz überraschend geschah das nicht. Was haben Sie unternommen . . . Gut . . . Prima . . . Und was ist das? Portishead Radio? Nein, ich bin immer noch am Apparat . . . ja, ja . . . natürlich . . . sehr gut . . . also morgen früh!«

»Was ist los, Liebling?«

»Terroranschläge überall in London!«

»Das wissen wir seit zwanzig Minuten. Setz dich und trink Kaffee, der Scotch bekommt dir nicht.«

»Um Gottes willen, Jill. Ich habe mich kaum an meinen neuen Schreibtisch setzen können, da haut mir das um die Ohren!«

»Aber du sagtest, es kam nicht ganz unerwartet und hast

dem amerikanischen Botschafter versichert, daß wir allein mit der Sache fertig werden.«

»Ich werde den amerikanischen Botschafter zur Hölle schicken, wenn er mir weiter Ratschläge erteilt, was ich tun und lassen soll.«

»Vielleicht ist er das von deinem Vorgänger gewöhnt.«

»Gut. Du hast recht. Gieß mir einen Kaffee ein. Danke.«

»Ich dachte immer, das tun Ehefrauen. Was ist Portishead Radio?«

»Was? Ein Langwellensender für private und geschäftliche Angelegenheiten. Die British Telecom betreibt ihn, und über ihn wurden Nachrichten an Handelsschiffe übermittelt.«

»Und was hat der arme Sir Charles damit zu tun?«

»Sir Charles? Gar nichts!«

»Ich verstehe. Ich soll dich nur stützen, dich aber nicht beraten!«

»Sagen wir's so, Liebling. Es gibt da ein paar Strohhalme. Mehr kann ich leider nicht sagen.«

»Das ist in Ordnung. Ich werde mich dran gewöhnen. Aber jetzt laß mich wenigstens die neuen Tapeten aussuchen.«

NEW SCOTLAND YARD, LONDON

»Das gleiche in Paris, New York und San Francisco ...«

»Alle Bauten gingen zur gleichen Zeit hoch, unabhängig von den Zeitzonen.«

»Ja, Sir. Da hat jemand seine Muskeln spielen lassen«, sagte Kate.

»Sonst noch was?« fragte Nicholas.

»Im Augenblick nicht«, antwortete Martin, »aber wir warten noch ...«

Ein Fernschreiber in der Ecke meldete sich mit einem

Piepsen und ratterte dann los. Sie sammelten sich neugierig sofort vor ihm. Er brachte eine Reuters-Nachricht. In Tokio war ein großes Hotel zerstört worden, und es hatte viele Tote gegeben. Das Gebäude brannte immer noch, als die Nachricht einlief.

»Nur Hotels.« Nicholas sah Kate an. »Da haben Sie ja einen guten Ausgangspunkt.«

Ein Telefon klingelte, und Martin meldete sich. Er wurde ganz blaß und winkte nach Papier und einem Bleistift. Kate schob beides rüber und sah zu, während Martin schrieb. Seine klare Handschrift hielt die Einzelheiten des Desasters fest. Flug CP 319 der Cathay Pacific war kurz nach dem Start von Kai-Tak, dem Flughafen Hongkongs, explodiert. Japan Airlines Flug JL 32 war in Tokio vom Radioschirm während des Landeanflugs nach einem planmäßigen Flug von Washington verschwunden. Sie war noch zwanzig Meilen entfernt – über dem Pacific. Fünf Minuten später erfuhren sie, daß ein kanadisches Flugzeug auf einem Kurzstreckenflug vom Radarschirm verschwand, als der Fluglotse es ansprach.

»Kein britisches«, sagte Nicholas nachdenklich. Es wurde plötzlich still, und dann sagte er knapp: »Priorität. An alle Fluglinien. Alle Flüge von britischen Flughäfen starten erst nach gründlicher Bombensuche. Kopien an alle Bombensuchkommandos der Polizei. Das Verteidigungsministerium soll die eigenen Leute alarmieren. Verbinden Sie mich mit Sir Charles. Ich brauche sofort eine Genehmigung vom Innenministerium, alle Polizeichefs zu alarmieren und ein generelles Urlaubsverbot zu verhängen. Informieren Sie auch alle Fährhäfen, Chief Superintendent, ich nehme an, Sie haben den Verteiler.«

»Hier ist er, Sir!«

»Sehr gut. An die Chefs der Einwanderungsbehörden. Priorität. Warnung vor verdächtigen Terroristen.« Er hob die Brauen und sah Kate an: »Sonst noch was? Eine Intuition?«

Sie schaute in ihr Notizbuch, und da fiel es ihr ein: »Ja, Sir, die Nationalitäten. Dies ist ein abgestimmter Angriff. Das sind nicht nur Palästinenser, das schaffen die nicht allein. Die Sache ist abgestimmt. Hier machen auch die kleinen Terrorgruppen mit – in dieser weltweiten Aktion.«

Nicholas nickte. »Alle für einen, nicht wahr?«

»Nur so geht's.«

»Ich werde das kurz auf unserer B-Liste zirkulieren lassen«, bot Martin an.

»Nein. Auf der C-Liste. Es ist besser, der Sicherheitsgrad ist niedrig. Sonst fangen wir uns nur einen Schnupfen ein. Aber jetzt möchte ich mit Sir Charles sprechen.«

»Hier, Sir, ist die Verbindung.«

Während Nicholas sprach, klingelte das zweite Telefon, und Kate hob ab. »Hallo.«

»Ein Anruf von der RUC, der Royal Ulster Constabulary, Hauptquartier in Belfast«, meldete der Mann aus der Zentrale, und dann hörte sie die breite, näselnde Stimme eines Iren.

»Hier ist eine große Sache passiert. Ein Zerstörer der neuen Typ 23 Duke-Klasse sollte gerade bei Harland und Wolffs vom Stapel laufen. Er ist durch Sabotage zerstört worden.«

»Wissen Sie, ob es sich um eine Bombe gehandelt hat?«

Auf der anderen Seite wurde es still, und sie hörte, wie dort jemand sagte: »Ich habe hier eine komische Frau in der Leitung ...«

»Hallo ...«

»Hallo. Ich bin Chief Inspector, wenn Ihnen das hilft. Sie sprachen von Sabotage. Sind Sie ganz sicher und warum?«

»Das ist immer so, Madam, wenn es in Ulster knallt.«

»Hat die IRA die Verantwortung übernommen?«

»Noch nicht, aber die waren es.«

»Doch was war der Grund für die Explosion? Sie sind ganz sicher, daß es eine Bombe war?«

»Ja, Madam.« Die Stimme klang etwas gereizt.

»Danke. Bitte, halten Sie uns auf dem laufenden. Vor allem, wenn jemand sich meldet. Für uns ist das wichtig.«

»Das ist mal was anderes!«

»Sie haben die Nachrichten noch nicht gehört?«

»Ich habe gerade meinen Dienst angetreten, bin gerade reingekommen.«

Kate sah auf die Uhr. Sie zeigte eine Minute nach Mitternacht. »Schön. Heute stehen Sie mal nicht im Mittelpunkt. Gute Nacht.« Sie legte den Hörer auf und wandte sich an Nicholas. »Ich glaube, ich weiß, warum noch keines unserer Flugzeuge dran war.«

»Ach. Und warum?«

»Sie hatten es in Belfast viel leichter.« Sie berichtete, was sie gehört hatte, und Nicholas pfiff durch die Zähne. Kate steckte sich eine Zigarette an. Sie hatte Kopfschmerzen und sah, daß der Aschenbecher vor ihr überquoll.

Wieder klingelte ein Telefon. Martin nahm den Hörer ab. Seine Stimme zeigte jetzt keinerlei Überraschung mehr. Er schrieb langsam mit und las dann laut vor, als er den Hörer wieder aufgelegt hatte.

»Das Verteidigungsministerium. Die Luftüberwachung der Royal Air Force in Leuchars hat gerade einen zivilen Hubschrauber der North British Helicopters ausgemacht, der zwischen den Ölplattformen im Gannet Field herumkurvt. Sie berichten von Explosionen auf einer der Plattformen ...« Er sah hoch. »Es könnte natürlich Zufall sein.«

Es war still, während alle diese Nachricht verdauten.

»Nein«, meldete sich Nicholas entschlossen wieder, »ich glaube, wir wissen jetzt, warum keines unserer Flugzeuge betroffen ist ...«

HMS *ORFORD CASTLE*, NORDSEE

Das unaufhörliche Klingeln des Telefons neben seinem Kopf holte Korvettenkapitän Tiplady aus dem Tiefschlaf. Er tastete mit einer Hand nach dem Hörer und drückte ihn an sein Ohr.

»Kapitän, Sir! Hier ist der Wachhabende Offizier, Leutnant Tillotsen. Tut mir leid, Sir, Sie zu stören. Aber es gibt einen Zwischenfall auf dem Gannetfield. Die Yankee-Zulu-Plattform hat gerade einen Mayday-Ruf abgesetzt. Es ist mächtig viel los auf der Ultrakurzwelle auf Kanal 16, zivile Helikopter, die Coastguard von Lerwick und Stonehaven Radio. Das ganze klingt nach einer Explosion, Sir.«

»Entfernung?«

»Nur zweiundzwanzig Meilen, Sir, ich habe mir erlaubt, auf Kurs zu gehen ...«

»Sehr gut. Laufen Sie so schnell wie möglich. Ich bin gleich oben. Organisieren Sie Kaffee und wecken Sie den Ersten.«

»Aye, aye, Sir!«

Tiplady legte den Hörer auf, rollte auf den Rücken und rieb sich die Augen. Nach den Bewegungen des Schiffes zu urteilen war das Wetter saisongemäß schlecht. Er hielt sich fest und ließ die Beine über den Kojenrand baumeln. Dann stolperte er durch die Kabine und warf sich Wasser ins Gesicht und rieb sich den Bart mit dem Handtuch, um seinen müden Kreislauf in Bewegung zu setzen. Nicht zum erstenmal freute er sich über die Entscheidung, sich einen Bart stehen zu lassen. Er putzte sich die Zähne und zog sich geübt und schnell an.

Auf der Brücke grüßte ihn der Halbschatten gedämpfter Lichter. Er hörte das leise Summen elektronischer Instrumente, den Zwillingsradar und den Kreiselkompaß. Dann nahm er den ganzen geschlossenen Raum wahr, den künstliche Belüftung auf immer gleicher Temperatur hielt. Jetzt zitterte er im Sturm. Er sah auf den Windmesser – fünfundvierzig bis fünfzig Knoten, neun bis zehn Windstärken. Instinktiv trat er an die Frontscheibe und sah den kurzen Bug aus der See steigen. Wasser strömte nach achtern über die Bugspill und die Poller und rauschte über die Seite, als sich vor ihrem Bug ein Abgrund auftat und HMS *Orford Castle* sich plötzlich auf die Seite legte und nach vorn weg tauchte.

Tiplady spürte das Heck zittern, als die Schrauben im Schaum frei liefen und das kleine Schiff nach unten stürzte. Vor ihnen hob sich die See wieder wie eine Wand, Schaumstreifen zogen sich über sie, deutlich im Dämmerlicht sichtbar. Als das Schiff nach vorne glitt, spürte er den fehlenden Wind im Lee der großen Welle und schaute plötzlich nach oben, wo die gischtende Krone erschien. Die *Orford Castle* krachte mit dem Bug in die riesige Wand, protestierte bis ins Innerste und versuchte, sich aus der Höllentiefe emporzuhieven.

Mit einem Knall öffnete sich die Brückentür an Backbord und schloß sich schnell wieder. Es war Tillotson, der vergeblich den Horizont abgesucht hatte.

»Weiter machen . . . Morgen, Sir!«

Weiter kam er nicht. Die See brach sich über Tipladys Schiff, donnerte auf den kleinen Rumpf und tauchte das Ruderhaus in grünes Wasser. Sie kämpfte gegen das gewaltige Gewicht. Nur weil ihr Schwung sie vorantrieb und die vom Sturm gejagte Welle achtern verschwand, wurde die Last leichter. Die *Orford Castle* lief weiter in die winddurchtobte Dunkelheit der Nordsee, die ihr Bug zitternd durchschnitt.

»Kaffee, Sir?« fragte der Signalgast und versuchte, sich seine Erleichterung nicht anmerken zu lassen.

»Ja, gern.« Er grüßte Tillotson zurück.

»Seit kurzem ist es still, Sir, aber ich glaube, die Lage ist sehr ernst.«

»Ich denke mir, daß solche Unfälle gelegentlich passieren«, versuchte Tiplady eine philosophische Antwort, »und wenn irgendwas schiefgehen wird, dann nach Murphy's Law immer in einer Nacht wie dieser.«

Er unterbrach sich, als der Lautsprecher sich wieder meldete.

»Lerwick Küstenwache, hier ist Hubschrauber Romeo-Whisky . . . over.«

Sie standen viel zu weit östlich, um mehr als ein paar Brocken der Antwort der Küstenwache zu verstehen.

»Das ist der zivile Hubschrauber, Sir, der als erster den Zwischenfall meldete.«

»Ich verstehe.«

Sie hörten wieder den Piloten. »Roger, Lerwick. Hier ist Romeo-Whisky. Die Lage: Ich habe zwei Männer aufgenommen, ich wiederhole, zwei Männer – nur von der Wohnplattform. Sie brennt lichterloh, ich wiederhole, sie brennt lichterloh . . . over!«

Wieder gab es eine Pause, und sie konnten sich die Szene da draußen vorstellen. Sie waren an diese kurzen Ausdrücke des Piloten gewöhnt und spürten den Streß aus seiner Stimme. In solchem Wetter zu fliegen, verlangte einem Mann alles ab, ganz zu schweigen von dem brüllenden Flammeninferno unter sich.

Der Erste Offizier trat zu ihnen.

»Guten Morgen.«

»Morgen, Nelville.«

»Hallo Lerwick, hier ist Romeo-Whisky. Natürlich, ja. Aber ich kann nicht mehr lange bleiben, mein Treibstoff ist schon kritisch wenig. Ich wiederhole, die Chancen, noch jemanden aus der Luft zu retten, sind gering. Wegen des Feuers, und dann kann es weitere Explosionen geben . . . over.«

»Der Treibstoffverbrauch wird sich noch steigern, wenn er sich lange in heißer Luft aufhält«, erklärte der Erste.

»Ja.« Tiplady griff zur Handmuschel und wartete auf eine Pause. Wieder war Romeo-Whisky zu hören.

»Keine Möglichkeit, Lerwick. Ich habe Männer gesehen, die ins Wasser sprangen . . . over.«

»Verdammte Scheiße«, flüsterte Tillotson.

»Roger, Lerwick, verstanden. Ich bin schon in Verbindung mit dem Versorger Northern Virtue, und sie sind gleich auf Position. Aber die Chancen, daß sie jemanden aufnehmen, sind nicht groß. Roger, Lerwick, kommen wieder.«

Tiplady drückte den Knopf. »Romeo-Whisky, Romeo-Whisky, hier ist die Korvette *Orford Castle*, hören Sie mich, over?«

»*Orford Castle,* hier ist Romeo-Whisky, höre Sie laut und deutlich, kommen Sie, over.«

»Ich stehe siebzehn Meilen von der Yankee-Plattform. Voraussichtliches Eintreffen . . .«

»Null vierhundert, Sir!«

»Null vierhundert, und ich habe ein Hubschrauber-Landedeck. Brauchen die beiden, die Sie aufgenommen haben, einen Arzt? Ich habe einen Arzt an Bord. Over!«

»Romeo-Whisky. Verstanden. Ja, unbedingt. Einer hat schwere Verbrennungen und liegt schlecht. Over!«

»Roger.« Tiplady versuchte sich die Lage vorzustellen, aus der die Stimme ohne Erregung berichtete. Der Mann besprach sich sicher mit seinem Flugingenieur und rechnete sich Treibstoffverbrauch und verbleibende Flugzeit aus und versuchte dabei sein Gerät in einem Sturm auf Kurs zu halten, der inzwischen Spitzen von 55 Knoten erreichte. Irgendwo hinter ihm wand sich der verbrannte Ölarbeiter vor Schmerzen. Lerwick lag verdammt weit weg im Westen.

»*Orford Castle,* hier ist Helikopter Golf-November-Sierra-Romeo-Whisky. Ich versuche auf der unbemannten Plattform Zulu Eins zu landen und erwarte Ihre Ankunft bei Tagesanbruch. Ich werde eine Notlandung auf Ihrem Deck versuchen, sobald es hell genug ist. Von der Zulu-Plattform breitet sich ein Ölteppich aus. Die See ist dort viel flacher. Sie müssen meinen Chopper sofort anlaschen, wenn ich unten bin. Schaffen Sie das?«

»Wir werden tun, was wir können, Romeo-Whisky. Over!«

»Dann bis später. Ende.«

»Verstanden. Ende.«

»Der arme Hund klingt sehr erschöpft«, sagte der Erste.

»Er war wahrscheinlich schon Stunden in der Luft, ehe das hier passierte. Viel Freude wird er nicht daran haben, oben auf der Zulu-Plattform zu warten.«

Die beiden Männer beugten sich über die Karte. Östlich der Shetlands lagen dich an dicht die kleinen Quadrate, die die Ölplattformen bezeichneten. Magenta-Linien, Nabelschnüre der Wirtschaft, liefen endlos lang über die Karte – über eine See, die noch vor einer Generation bekannt war für ihre Einsamkeit und ihren Kabeljau. Die Plattformen Zulu und Yankee lagen weit weg von den anderen Riggs im selben Feld. Zulu förderte Rohöl aus porösen Felsen viele hundert Meter tiefer, eine halbe Meile rund um das Bohrloch. Zu weit weg, um noch an dieses System angeschlossen zu sein, holte ein kleineres Rigg ebenfalls Öl nach oben, eine reine Pumpstation, die die Leitungen von unten sammelte und sie auf dem Meeresboden zu Zulu hin lenkte. Dort mündeten sie in die Hauptleitung zu den Shetlands. Neben Zulu stand Yankee, das Wohn-Rigg, ein Dutzend Böden übereinander. Diese ausgefeilte Konstruktion enthielt Räume, Küchen und was sonst zur Versorgung von 224 Männern nötig war, die rund um die Uhr arbeiteten und die Gasturbinen-Pumpen in Schwung hielten, die das noch nicht raffinierte, sehr wertvolle Nordsee-Öl in die Crack-Türme und die Tanks von Sullom Voe pumpten.

Die *Orford Castle* rollte und stampfte wild. Sie schien in der Wucht der schweren Seen fast zu stolpern und schüttelte sich immer wieder, wenn die rasenden Schrauben sich aus dem Wasser hoben. Sie lief Nord-West auf das Gannet-Ölfeld zu. Die nächste Stunde lang spekulierten Tiplady und der Erste darüber, was sie wohl beim Eintreffen vorfinden würden und was sie vorbereiten mußten, um für alles gerüstet zu sein. Das wichtigste Problem schien ihnen, den Hubschrauber Romeo-Whisky sicher an Deck festzuzurren.

»Der Pilot steht wahnsinnig unter Druck«, sagte Tiplady.

Während sie sich dem Unglücksort näherten, sprachen sie mit dem Versorger *Northern Virtue*, einem ehemaligen Nordseetrawler, der umgebaut worden war, um sich ständig in der Nähe aufzuhalten, eine Sicherheitsvorkehrung, die dennoch die zahlreichen Explosionen nicht verhindern konnte, die die beiden Ölriggs zerrissen hatten.

»Ich kann sie jetzt sehen, Sir!« Jung und begeistert hatte sich Leutnant Tillotson einen Dreck um das Wasser gekümmert und mit einem starken Glas den Horizont abgesucht. Er schaute aus der winzigen Nock in die Brücke. Schaum sprühte an ihm vorbei.

Tiplady griff zu seinem eigenen Glas und wartete ab, bis das Schiff die nächste See erklomm.

Auf der Kimm lagen die Lichtpunkte in einem Winkel von zehn Grad verteilt – die Plattformen, die zu Gannett gehörten. Zwischen ihnen waren auch die hellen orangefarbenen Feuer zu erkennen, die das Gas abfackelten. Der Wind drückte die Flammen nach Lee. Doch vor ihnen quoll es rot und gelb empor, kräftig und furchteinflößend.

»Ich dachte immer, so was ist feuersicher«, murmelte der Erste neben ihm, »Spezialkonstruktionen, nicht entflammbares Material, Feuertüren und was sonst noch dazu gehört.«

»Kein Gerät ist je sicher«, antwortete Tiplady und schaute weiter durchs Glas. »Auch Kernkraftwerke galten als sicher – bis Tschernobyl.«

Hinter ihnen kam jemand auf die Brücke und räusperte sich diskret. »Käpten, Sir.«

Tiplady drehte sich um. »Ja?«

»Pike, Sir. Die Nachricht kam gerade. Verschlüsselt und höchst geheim.«

Tiplady stöhnte unhörbar. Gerade als es bei diesem Unfall auf alles ankam und er sich auf das Äußerste konzentrieren mußte, hatten Ihre Lordschaften wieder mal etwas vor und machten sich wichtig. Er trat unter das abgeblendete Licht des Kartentisches. Das Gesicht des Funkers war unbewegt. Tiplady nahm das gefaltete Blatt entgegen und öffnete es. Die Nachricht war bereits entschlüsselt, und er übersprang die Einleitung.

... ABWEHR MELDET HINWEISE AUF TERRORISTEN HINTER EXPLOSIONEN GANNETT. UNTERSUCHEN UND BERICHTEN SIE. PRIORITÄT. HÖCHST GEHEIM. CINCNAVHOME.

Er las die Nachricht ein zweitesmal, faltete das Blatt und schob es in die Tasche.

»Danke.« Er drehte sich wieder zum Fenster zurück. Noch zweieinhalb Stunden bis Dämmerung. Er sah nach vorne in das rasende Inferno, das über der See leuchtete, und fragte sich, was zum Teufel es da wohl für ihn zu untersuchen geben sollte.

Der Morgen dämmerte unfreundlich und grau, typisch für diese hohen Breiten. Es wurde nur langsam hell. Die Dämmerung machte nach der Nacht mit wenig Ruhe und vielen Überlegungen nicht gerade Mut. Der Wind hatte abgenommen, aber die Seen waren immer noch rauh und riesig, eine Wüste taumelnder Kämme, die sich donnernd in lange Streifen Schaum auflösten, die der Wind die Wellen hinunterjagte. Sie schmückten von niemandem beachtet die See. Über Täler und Wellenberge glitten Eissturmvögel mit ihren sichelförmigen Flügeln. Unbewegt durchschnitten sie den Wind und hielten sich nur Zentimeter über dem wilden Wasser. Tilmar entdeckte auch die kleinen Cousins der Eissturmvögel, die mit ihren dunklen Füßen die krachenden

Seen berührten auf der ständigen Suche nach winzigen Lebewesen, die sie hier draußen brauchten. Die Sturmschwalben schienen das Chaos hier nicht zu bemerken. Tiplady versuchte müde, sich an ihnen ein Beispiel zu nehmen. Vielleicht waren sie der gute Geist dieses Morgens. Oder auch nicht. Als die *Orford Castle* sich dem Feuer näherte, drang der Gestank nach Öl durch das ganze Schiff und war überall zu spüren.

Von der Yankee-Plattform war nicht viel übriggeblieben. Sie stand auf gewaltigen Beinen, die auf dem Meeresboden einige Faden tiefer verankert waren. Die Plattform war eigentlich nichts weiter als eine Schachtel, in der man hauste. Was immer sie theoretisch feuersicher gemacht haben mochte, war jetzt in Flammen aufgegangen. Natürlich war das Gerüst noch erkennbar, aber der Stahl hatte keine Farbe mehr und hatte sich in der gewaltigen Hitze grotesk verzogen. Vieles war schon ausgebrannt. Nur noch gelegentlich züngelten Flammen aus dem Inneren empor. Im wässerigen Sonnenlicht spiegelten sie sich silbern auf dem Wasser wieder. Doch unbehindert raste das Feuer noch immer über Zulu.

Tiplady wußte, was er sah. In diesem gewaltigen Röhren, das man noch auf eine Entfernung von vielen Meilen hören konnte, schien die Erde sich selbst zu zerstören. Immer wieder schien die See selbst zu brennen. Seltsame rote Feuerzungen liefen über das ruhige Wasser, das sich um die brennenden Quellen ausbreitete.

Hoch über den Plattformen wandelten sich die roten Flammen, die viele hundert Meter wie gewaltige höllische Cumulonimbuswolken aufstiegen, in pechschwarzen Rauch. Er war dick und drohend. Der Wind trieb ihn waagerecht davon, und die Hitze ließ ihn weiter steigen. In dieser gewaltigen rollenden Wolkenwand kam es immer wieder zu neuen Explosionen, heiße Gase entzündeten sich wieder, und rote Flammen züngelten durch die Schwärze.

»Das ist eine gigantische Scheiße«, ließ sich jemand auf der Brücke hören, als suche er sich mit dieser Bemerkung von der bedrückenden Hilflosigkeit zu befreien, die sie alle spürten wie den Gestank von draußen.

Tiplady ließ mit der Geschwindigkeit runtergehen. Mit langsamerer Fahrt wurden auch die Bewegungen des Schiffes sanfter. Er hatte nur die Absicht, den Ölfilm zu nutzen, damit der Hubschrauber landen konnte, und war keineswegs gewillt, in die gefährlichen Wolken hineinzusteuern, die jederzeit an Deck explodieren könnten. Mehr konnte er nicht tun, mehr gab es nicht zu tun. Die *Northern Virtue* hatte zwei Leichen aufgefischt – und das war alles. Tiplady nahm sein Glas und suchte die Kimm ab, suchte Zulu One. Die Plattform lag genau nördlich von ihnen, und unter der Wolke von Feuer und Rauch konnte er gelegentlich die Beine entdecken.

»Lassen Sie alle Mann klar zur Landung machen, Nummer Eins!« befahl er und hob sich in seinen Stuhl. Die Atmosphäre änderte sich sofort. Er wußte, daß um ihn herum das Schiff zum Leben erwachte. Wenigstens dies konnten sie tun, einen Beitrag leisten, wie klein auch immer, um das Chaos vor sich zu mildern.

Beim Warten auf die Klarmeldung der Stationen starrte er auf die beiden Riggs. Was sollte man bei ihnen noch untersuchen? Seiner Beobachtung nach waren sie jenseits aller Reparaturen. Die Ölquelle brannte wie wild und brauchte ein erfahrenes Löschteam, damit nicht irreparabler Schaden entstand. Er dachte an die Sturmseeschwalben und an den Ölteppich, der einen großen Teil ihres Lebensgebietes gefährden würde. Und dann schüttelte er seine Erstarrung ab. Irgend etwas mußte man aus dieser Situation gewinnen, wie die winzigen Vögel, die ihre Nahrung kurz vor den Brechern fingen. Es fiel ihm wie Schuppen von den Augen, daß das Feuer absichtlich gelegt worden war. Der Wind blies quer zu der schmalen Brücke, die Zulu und Yankee verband. Kein zufälliger Funke, keine zufällige Gasexplosion konnte eine so große Entfernung überbrücken. Auch jetzt noch stiegen zwei Rauchwolken auf, und erst in Lee, als sie sich ausbreiteten, mischten sie sich und wurden eins. Wenn durch einen unglücklichen Zufall auf einer Plattform ein Feuer ausgebrochen war, war es mehr als zweifelhaft, daß die andere sich gleichzeitig entzündete. Das sah alles nach Brandstiftung aus, Brandstiftung in so großem Stil, daß die Wohnquartiere von mehr als 200 Männern zerstört worden waren. Wahrscheinlich war auch Sabotage im Spiel, die den eingebauten Feuerschutz ausgeschaltet hatte. Es gab kaum Leichen. Männer, die an giftigen und brennenden Gasen starben, rannten nicht nach draußen, um zwanzig oder dreißig Meter tief in eine kalte Nordsee zu springen. Sie wurden geröstet, wo sie gerade waren, als die Explosionen das Rigg zerrissen und gigantische Feuerbälle voll tödlicher Gase durch die Korridore rollten. Ähnlich, doch ungefährlich, füllte sich gerade die *Orford Castle* mit dem Gestank von Rohöl.

»Schiff ist klar zur Landung, Sir, alle Schotten dicht.«

Tiplady nahm Tillotsons Meldung zur Kenntnis und griff nach dem UKW-Mikrofon, schielte dabei auf den Windmesser. Er befahl eine winzige Änderung bei Kurs und Geschwindigkeit.

»Fragen Sie den Ersten nach dem Steigen und Fallen.«

»Aye, aye, Sir!« Tillotson griff nach dem Bordmikrofon, und Tiplady drückte den Sendeknopf des Radiotelefons.

»Hier *Orford Castle*, *Orford Castle*. Ich rufe Helikopter Romeo-Whisky, bitte kommen.«

»Schön, Sie zu sehen, *Orford Castle*, hier ist Romeo-Whisky. Ich mache mich gerade bereit und kann in fünf Minuten bei Ihnen sein. Over.«

»Verstanden. Was macht Ihr Patient? Over!«

»Voll mit Morphium. Darum haben wir hier den Touchdown gemacht. Over!«

»Verstanden. Was für ein Gerät fliegen Sie?«

»Mike Bravo Bravo 105 Delta. Drei an Bord und bereit zum Abheben. Over.«

»Verdammter Mist. Er ist ganz allein«, rief Tillotson, riß sich zusammen und meldete: »Der Erste läßt ausrichten, es ist holperig, Sir. Meistens vier oder fünf Meter, aber manchmal ganz kurz auch ein oder zwei Meter!«

Tiplady gab die Information an den Helikopter-Piloten weiter. »Ich bin sehr für die ganz kurze Sache«, antwortete der, »und hebe jetzt ab.«

Der Hubschrauber näherte sich niedrig fliegend, ein kleiner weißer Punkt, auf dessen runder Kanzel sich vorn die Morgensonne spiegelte, und schlüpfte unter der großen schwarzen Wolke hindurch, die nach Lee auswehte.

»Sagen Sie dem Ersten, es ist eine Messerschmidt-Bölkow-Blohm eins null fünf.«

Tiplady trat in die Nock. Der Gestank des Öls war übermächtig, doch die See, die das Schiff zwar hob und senkte, war glatt unter dem Ölfilm, der die Wirkung des Windes sanfter machte.

Die Wolke hob sich, und die Sonne brach durch einen schweren Schleier von Altostratuswolken und gab dem Tag ein neues Gesicht. Endlich gab es Blau am Himmel, und Tiplady mußte die Hand über die Augen legen, als er nach achtern auf das nackte Deck blickte, das mit seinen Netzen auf den mutigen Landeversuch des Piloten wartete.

Eins tröstete ihn. Durch Zufall hatte er einen Arzt an Bord, reinster Luxus. Der junge, reichlich anmaßende Arzt hatte kürzlich seine Examen abgelegt und war an Bord gekommen, um Erfahrungen zu sammeln. Täglich klagte er über Seekrankheit und Müßiggang. Jetzt würde er genug zu tun haben, dachte Tiplady, als die weiße Bölkow über dem Heck des Kriegsschiffs hing. Er beobachtete, wie der Pilot das Fallen und Steigen der *Orford Castle* in der Dünung mit seinem Hubschrauber aufnahm. Neben ihm pfiff Tillotson vor Bewunderung.

Plötzlich fiel die Bölkow, landete und rutschte leicht, als der Pilot die Turbinen ausschaltete und die Mannschaft vom Flugdeck nach vorne stürzte und Laschings um die Kufen des Hubschraubers zurrte, ohne sich um die Gefahr zu kümmern. Tiplady seufzte erleichtert und sah, wie der Erste nach achtern ging und einem großen, breiten Mann die Hand schüttelte, der zu gewaltig für den Hubschrauber schien.

»Gott sei Dank«, sagte Tiplady und meinte damit niemanden.

»Wie geht's ihm, Doc?« Tiplady sah dem blassen Stabsarzt McLeod ins Gesicht.

»Schlimm, Sir! Verbrennungen dritten Grades!«

»Werden Sie ihn durchbringen?«

»Ich werde alles versuchen.«

»Ja«, lächelte Tiplady ihn ermunternd an, »davon bin ich überzeugt.«

Er fand den zweiten Mann und den Piloten beim Kaffee in der Messe. Nach den Vorstellungen und nach seinem Glückwunsch an den Piloten, der nur den einzigen Wunsch zu haben schien, seine Augen zu schließen, wandte er sich dem anderen Geretteten zu.

»Könnten Sie mir berichten, was vorgefallen ist?«

»Ich war gerade in die Funkbude gegangen. Ich war um Mitternacht von Schicht gekommen, hatte geduscht und in der Kantine gegessen, als die Nachricht kam. Meine Frau hatte gerade unser Kind zur Welt gebracht – im Royal Infirmary in Edinburgh. Also ging ich in die Funkbude, um mit ihr zu telefonieren und um meine Eltern zu benachrichtigen, wie wir das abgemacht hatten. Obwohl es ziemlich spät war ... Ich sprach gerade mit meinem Vater, da hörte ich den ersten Knall.«

»Wie laut war er? War er außergewöhnlich laut?«

»Nein, nein, das war er nicht. Aber man sollte natürlich vorher wissen, ob oder wann es knallen wird. Wenn man eine Geburt erwartet, dann schottet man sich gegen Lärm ab, wenn man gerade auf Schicht ist. Dieser Knall war ungewöhnlich, aber nicht so ungewöhnlich, daß er mich alarmierte. Wissen Sie, ich hatte meine Schicht hinter mir und sprach am Telefon. Der Knall war das Problem von jemand anderem.«

»Ich verstehe. Wissen Sie, wo der Knall herkam?«

Der Mann zuckte mit den Schultern. »Ich glaube ... also, meiner Meinung nach kam er vom Rigg.«

»Sie meinen damit Zulu?«

»Ja.«

»Berichten Sie weiter.«

»Nach ein paar Sekunden knallte es wieder. Und da gab's Alarm. Das ist nicht ungewöhnlich. Aber die Augen des Funkers ... Aus Babys machte der sich nichts. Aber wie er mich ansah, da wußte ich, hier ging was richtig schief. Einen Augenblick später zitterte die ganze Plattform, und dann kam der Qualm aus dem Ventilator. Das gibt's doch nicht, dachte ich. Der Funker schob mich zur Seite und wollte gerade Mayday geben, da ... Also, ich weiß nicht, wie es passierte. Der ganze Raum war voller Lärm und Rauch.«

»Die Funkbude, meinen Sie?«

»Ja.«

»Stand die Tür offen?«

»Nein ... Die schließen automatisch, wissen Sie ...«

»Könnte also die letzte Explosion in der Funkbude selber erfolgt sein?«

Der Mann hob wieder die Schultern, sah hilflos aus.

»Ich weiß nicht, ich erinnere mich nur noch an die heiße Luft, die mir entgegenknallte, und den Lärm und so ...«

»Und wie ging's weiter?«

»Ich weiß nicht ... weiß nicht richtig. Ich war plötzlich draußen. Die Funkbude ist ja ganz oben, wissen Sie. Alles brannte lichterloh, die Flammen schlugen von unten hoch, und ich kletterte nach oben ...«

»Nach oben?«

»Ja, auf den Hubschrauberlandeplatz.«

»Und was passierte da?«

»Meine Füße wurden heiß, und dann kam Licht. Ich dachte, jetzt hat's dich erwischt, und ich ging an den Rand des Landeplatzes. Der Wind packte mich, und ich mußte mich hinknien. Dann schwebte da dieser Hubschrauber, und dann wußte ich, daß das Licht von ihm kam. Ich brüllte irgendwas, und dann kam ein zweiter Mann nach oben. Er war böse verbrannt. Ich kannte ihn, es war Hinton, ein Springer aus der anderen Schicht, die gerade arbeitete. Irgendwie kamen wir in den Helikopter.« Er blickte auf den schlafenden Piloten. »Der Kerl ist ein Held. Ich hätte so was nicht gebracht. Wir sind gerade noch davongekommen. Es war ein richtiges Wunder. Ich wurde an Bord kurz ohnmächtig und kam wieder zu mir, als er auf Zulu One landete. Ich konnte kaum glauben, daß ich noch am Leben war ...«

Der Mann zitterte. Seine Haut war schwarz vor Öl, und Tränen rannen ihm langsam über die Backen. Er schien sie nicht zu bemerken und lächelte, als der Pilot mit offenem Mund zu schnarchen begann.

»Ein Held«, wiederholte er fast ehrfürchtig.

»Wie heißen Sie?« fragte Tiplady sanft. »Ich möchte nicht, daß Ihre Frau das Schlimmste befürchtet, wenn sie die Nachrichten hört.«

»Mayhew ... Tony Mayhew ...«

»Danke, Tony, Sie haben mir sehr geholfen. Bleiben Sie hier und erholen Sie sich. Ich werde dem Doc sagen, er soll Ihnen was zum Einschlafen geben, wenn er Hinton versorgt hat.«

»Okay. Danke, Skipper.«

»Gratuliere zum Nachwuchs!«

»Ja. Danke.«

»Kümmern Sie sich um die beiden«, sagte er dem Messesteward.

Auf dem Weg zurück zur Brücke schaute er beim Doktor vorbei.

Stabsarzt McLeod schüttelte den Kopf, als Tiplady in die Kajüte kam. Er war dem Tod begegnet – vor San Carlos. Er hatte genügend verbrannte Männer gesehen, dieser hier sah nicht anders aus. Er schien gegen Schleier von Schmerzmitteln zu kämpfen, die ihn zu überwältigen drohten.

»Ich habe getan, was ich konnte«, sagte McLeod.

Hintons Blicke hefteten sich an Tiplady, und der Korvettenkapitän hatte das seltsame Gefühl, daß er wiedererkannt wurde. Als Kommandant der *Orford Castle* war er an viele Blicke gewöhnt, furchtsame, bewundernde, erinnernde und manchmal auch feindliche, wenn Offiziere oder Mannschaften ihm seinen Rang neideten. Etwas Ähnliches bemerkte er jetzt. Der schwerverletzte Hinton versuchte durch Schmerz und Betäubungsmittel Tiplady etwas mitzuteilen ... Aber was? Er konnte sich die Frage nicht beantworten und beugte sich einem Impuls folgend über das mit Brandblasen bedeckte Gesicht des Mannes.

Hintons Atemgeräusch war schrecklich, die verbrannten Muskeln zogen nur noch instinktiv Luft in seine zerstörten Lungen. Doch die Lippen, so verquollen und aufgesprungen sie waren, formten Worte, und Tiplady versuchte, sie zu verstehen.

»Schacht sechs«, sagte Hinton und wiederholte sehr deutlich, »Schacht sechs.«

Tiplady streckte sich und schaute auf ihn herab. Hinton nickte, eine kaum sichtbare Bewegung des rotverbrannten Kopfes auf dem Kissen. In seinen Augen brannte ein fremdes, fürchterliches Feuer, das dem Marineoffizier verächtlich Trotz zu bieten schien.

Drei Minuten später war Hinton tot.

4

NEW SCOTLAND YARD, LONDON

Kate Meldrum fand schnell heraus, daß Nicholas viel Einfluß hatte. Was er für seinen Stabsraum verlangt hatte, stand am nächsten Morgen schon vor dem Frühstück da. Und alle Posten wurden sofort besetzt, als die Beamten zu ihrem regulären Dienst eintrafen und für die neuen Aufgaben eingeteilt wurden. Sein Einfluß reichte weiter über das bloße schnelle Beschaffen von Telexmaschinen und Telefonen hinaus und über das Beschaffen zusätzlicher Schreibtische für ein Dutzend Beamte, Frauen und Männer. Sein Name überwand die Grenzen sämtlicher Abteilungen und öffnete Türen, die üblicherweise nur auf dem Dienstweg zu öffnen waren – was praktisch nie hieß.

In den langen Stunden sprach sie in seinem Auftrag mit so unterschiedlichen und einflußreichen Leuten wie Commissioner, einem halben Dutzend Polizeichefs in den Grafschaften, dem Privatsekretär des Premierministers und mit einem Mann in Washington. Der bestand darauf, Dave genannt zu werden. Er sagte, ihrer Stimme nach zu urteilen müßte sie hübsche Beine haben, und mit einer Dame mit hübschen Beinen könne man nicht formell reden.

Dieser Wortwechsel mit den Mächtigen fand aus einem fensterlosen Raum im Gebäude von New Scotland Yard statt, ein hermetisch abgeschlossener Raum, dessen trokkene Luft aus dem Air-Conditioning die Augen tränen ließen und in dem einen selbst die Uhr verwirrte. War es Tag oder Nacht?

Kate fühlte sich sehr erschöpft, als ihr Telefon klingelte.

»Kate? Nicholas. Nein, im Augenblick nichts Neues. Kommen Sie bitte mal zu mir!«

Sie ging über den Flur in sein Büro. Dasselbe Air-Conditioning-System, das auch den Stabsraum versorgte, war auch hier zu spüren, doch die Luft schien kühler, kontrollierter. Das lag vielleicht am Schweigen der Telefone oder auch an Nicholas selbst. Er schien zu der seltenen Sorte von Männern zu gehören, die Ruhe ausströmten statt unangenehmer Hektik. »Setzen Sie sich.« Er deutete auf eins der Telefone.

»Ich hatte gerade das Verteidigungsministerium am Apparat. Eins ihrer Schiffe auf der Nordsee hat den Überlebenden von der Gannet-Field-Tragödie an Bord. Der andere ist gestorben, aber der Kommandant meint, er habe Beweise, die unsere Theorie der Katastrophe erhärten.«

»Sie meinen den Terrorangriff, Sir?«

»Ich meine präzise einen Sabotageakt, keinen Terrorangriff.«

»Ich verstehe.« Kate runzelte die Stirn. Sie war viel zu müde, um sich noch um solche Haarspaltereien zu kümmern.

»Das Besondere an der Sache ist, daß der Kommandant meint, er habe auch Beweise für das Gegenteil. Die Katastrophe ist ein echtes Unglück und hängt mit all dem, was da sonst passiert ist, nicht zusammen.« Nicholas machte eine Pause. »Sie kennen die Situation so gut wie ich. Was meinen Sie?«

Kate spürte ihren müden Kopf und atmete resigniert aus.

»Wissen wir etwas über die Beweise des Gegenteils?«

»Nur eins. Der Mann, der starb, erwähnte etwas. Er hatte schwerste Verbrennungen, war voll mit Betäubungsmitteln und kaum bei Bewußtsein, soweit ich weiß.«

»Es könnte ja wirklich ein Zufall sein.« Sie zögerte nachdenklich. »Dieser Zwischenfall paßt so gar nicht zu den anderen ...«

»Wie meinen Sie das?« fragte Nicholas prompt.

»Also, Sir, alle anderen Unfälle geschahen innerhalb von 15 Minuten. Bei den unterschiedlichen Zeitzonen und bei den Schwierigkeiten, die es bei zeitgleichen Detonationen ja immer gibt, können wir davon ausgehen, daß sie gleichzeitig geplant waren. Reporter oder Zeugen können sich ja auch um ein paar Minuten geirrt haben. Doch die Explosion am Gannet Rigg geschah fast fünfundvierzig Minuten später. Das spräche für ein sagen wir natürliches Unglück.«

»Aber Sie klingen nicht sehr überzeugt!«

»Ich bin's eigentlich auch nicht!«

»Und ich auch nicht. Darum habe ich den Oberkommandierenden der Home-Fleet gebeten, den Kommandanten abzulösen und ihn und den Überlebenden nach Süden auszufliegen, so daß wir sie hier interviewen können.« Nicholas lächelte. »Der Admiral schickte seinen privaten Helikopter. Ich weiß nicht warum, aber er nennt ihn seinen ›grünen Papagei‹.«

»Du lieber Gott.«

»Versuchen Sie, ein paar Stunden zu schlafen. Nach dem Interview werden wir beide viel zu überdenken haben.«

Das Gespräch mit Korvettenkapitän Tiplady und dem Deckarbeiter Mayhew dauerte weniger als zwei Stunden und war widersprüchlich und enttäuschend. In dem Szenario, das Nicholas und eine Handvoll ausgewählter Mitarbeiter entwickelten, blieben zwei beunruhigende Möglichkeiten übrig.

Das Desaster war ein zufälliger Unfall. Dafür sprach der überlebende Deckarbeiter, der trotz größter Schmerzen unbedingt die Information loswerden wollte, daß Schacht sechs wohl die Ursache gewesen sei.

Andererseits konnten die zahlreichen Explosionen auf der Gannet-Plattform das Ergebnis von Sprengladungen sein, die Terroristen angebracht hatten. Wie und wann, würde schwer herauszufinden sein, eine Aufgabe für Nicholas' Spezialisten. Was Kate interessierte, war das Warum – und um das herauszufinden, war sie in diese Gruppe abkommandiert worden.

Kate Meldrum war nach der Schule in die Polizei eingetreten, um nicht arbeitslos zu werden. Obwohl sie wenig beeindruckende schulische Leistungen vorweisen konnte, hatte sie so etwas wie Sympathie mit Verdächtigen entwickelt, die ungewöhnliche Fähigkeit, sie ohne übermäßigen Druck zu Geständnissen zu veranlassen. Das machte sie in bestimmten Fällen als Vernehmende sehr wichtig. Es war eine besondere Begabung, sich mit ihrer Vorstellungskraft in die Lage anderer zu versetzen, in deren Haut zu schlüpfen. So konnte sie Vermutungen entwickeln, bestimmte Verhaltensmuster erkennen und Richtungen aufzeigen, in die Untersuchungen gehen sollten. Häufig ärgerte sie sich dabei über Vorgesetzte, die Kates Schlußfolgerungen als ihre eigenen ausgaben. Sie hatte sich schließlich mit der komplizierten Seelenlage von Opfern von Vergewaltigungen befaßt, und ihre persönliche und berufliche Neugier führte sie schließlich zu den Tätern. Diese Beschäftigung mit den dunkleren Seiten männlicher Libido weckte in ihrem Kopf etwas, dem sie instinktiv weiter folgte. Sie erkannte schnell, wie gefährlich Annahmen sind. Doch dann stellten sich Erfolge ein, indem sie Geständnissen nachging. Die Arbeit war reichlich prekär, doch in Chief Superintendent Martin fand sie einen großzügigen und hochherzigen Förderer. Sie stieg schnell auf, und Martin schlug vor, sie solle ihr Arbeitsgebiet ausdehnen. Wenn Vergewaltigungen auf dem Zeigen von Macht und gleichzeitig auf lustvollen Reaktionen beruhten, dann gab es doch ähnliche Mechanismen auch bei Terroristen.

Anfangs hatte Kate daran nicht geglaubt. Doch die Zeit

während ihrer Lehrtätigkeit in Hendon führte sie schließlich zu anderen Schlüssen. Eine Abhandlung, die sie über dieses Thema verfaßt hatte, war mit dem Segen des Innenministers mehr oder weniger inoffiziell in die Hände der Polizeichefs gelangt. Es war also fast logisch, daß man sie in Nicholas' Anti-Terroristen-Einheit berufen hatte. Während Nicholas und seine anderen Helfer Spuren und Beweise der ausländischen Katastrophen und der von Gannet und Belfast sammelten, zog sie sich hinter ihren Schreibtisch zurück und quälte ihr müdes Gehirn mit Vorstellungen, in denen sie als Terrorist versuchte, die Gannet-Plattform in die Luft zu jagen. Gleichzeitig wartete sie darauf, daß die IRA die Verantwortung für den Angriff auf Harland und Wolf in Belfast übernahm.

Sie wartete Stunden, aber die IRA ließ sich nicht hören. Auch die FLQ, die die Ablösung der Provinz Quebec von Kanada betrieb, meldete sich nicht wegen des Absturzes des kanadischen Flugzeugs. Auch die Japanische Rote Armee schwieg wegen des Absturzes der Boeing der Japanischen Luftfahrtgesellschaft JAL. Und die fast vollständige Zerstörung drei der berühmtesten Londoner Hotels blieb auch im dunkeln. Die vollständige Stille war zermürbend und quälte Kate. Sie versuchte, ihre Gedanken klar zu halten. Motive, Methoden und die verblüffende Gleichzeitigkeit der Ereignisse waren ihr jetzt weniger wichtig. Das Warum, das Wie und das Wann überließ sie der Arbeit von Detektiven, die nichts anderes im Kopf hatten. Sie konnten nur, wie gut ausgebildete und erfahrene Spürhunde, Spuren verfolgen, die schon alt und kalt waren. Die Flüge ihrer Fantasie führte sie in viele düstere Ecken.

Sie erinnerte sich an Vorfall nach Vorfall aus dem Verzeichnis, das ihr Bildschirm zeigte. Dann ließ sie Blatt für Blatt ausdrucken und suchte nach dem Scheitern, nach fehlgeschlagenen Versuchen und fehlenden Ergebnissen, die jede Kriegsphase kennzeichneten, bis der Erfolg sich einstellte, der dann unter Gegenaktionen zusammenbrach. Entführungen und politische Morde hatten diesen Punkt längst hinter sich gelassen, sie waren längst nicht mehr so erfolgreich wie früher.

Das massive Erscheinen des Todes und sein undifferenziertes Wüten in der Welt hatte Regierungen und Völker betäubt und sie vor Angst gelähmt. Die Folgen waren noch nicht einzuschätzen. Doch es gab ein Modell, mit dem man eine Vorhersage der Folgen wagen konnte: Im Sommer 1986 war nach den Luftangriffen der Amerikaner auf Tripoli und Bengasi in Libyen der Tourismus weltweit bedroht gewesen und fast zusammengebrochen. Geschah jetzt das gleiche – nur noch massiver und wirkungsvoller?

Doch die Propagandainitiative war vertan. Die Medien waren enttäuscht über eine Verschwörung des Schweigens. Die Macher wichtiger Nachrichten führten die Fernsehzuschauer in Europa, Japan und Nordamerika durch das Fehlen der attraktivsten Bilder vom Tode anderer an der Nase herum.

Für Kate Meldrum, die müde und enttäuscht in der künstlichen Atmosphäre ihres Büros hockte, war dieses Schweigen die bedrückendste Version des Terrors.

Merkwürdigerweise war es Kate nie aufgefallen, daß Nicholas eine Brille trug. Dieser Fehler in seinem Superman-Image enttäuschte sie. Er war der einzige im Team, der nicht erschöpft schien. Kate fragte sich, ob er heimlich geschlafen hatte oder ob er Pillen schluckte, die ihn munter hielten. Irgend etwas brauchte er sicher, denn die stundenlange konzentrierte Polizeiarbeit hatte praktisch nichts zutage gefördert. Die Berichte fremder Nachrichten- oder Geheimdienste waren kaum hilfreich. Sie wühlten in den immer gleichen Nachrichten herum in der Hoffnung, daß sich ein paar Einzelheiten zu einer Spur verdichten könnten. Die regelmäßige Beobachtung üblicher Verdächtiger zeigte auch nur, daß irgend etwas ablief. Wenn man derlei Informationen weitergab, wäre man wahrscheinlich weitergekommen. Nationale Sicherheitsstellen hatten ihre eigenen Gründe, Geheimnisse für sich zu behalten. Die England mißtrauten, hatten dafür gute Gründe, und die Briten selber pflegten ihre uralten Vorbehalte, obwohl sich Zeit und Umstände längst gewandelt hatten.

Aus den Trümmern von zwei Flugzeugen hatte man einige forensische Beweise sichern können, die darauf hindeuteten, daß bei beiden die gleiche Zeitzünderbomben benutzt worden waren. Sie waren relativ leicht zu bekommen und wurden immer gegen Menschen eingesetzt, verursachten Angst, Schrecken und Wut, die dazu führten, daß Politiker – wie es sich eigentlich gehörte – wieder miteinander redeten, denn »so geht es nun nicht weiter«. Aber Politiker hatten wegen Gannet und wegen Belfast noch nie miteinander verhandelt, und es war immer noch gänzlich unklar, ob die Gannet-Katastrophe etwas mit den übrigen zu tun hatte. Beide griffen Großbritannien an, attackierten seine Macht und sein Ansehen. Zwar hatte die Gannet-Explosion viele Tote gekostet, doch das Hauptziel des Angriffs war ein anderes. Es sollte deutlich machen, wie hoffnungslos verletzlich diese Ölriggs waren, wenn ein Angreifer nur entschlossen genug vorging. Niemand war sich bei der Frühkonferenz der Ironie bewußt geworden, die die Anwesenheit der *Orford Castle* darstellte: Ihre Anwesenheit in der Gegend sollte die Plattformen schützen! Doch man stellte lediglich fest, daß das Schiff glücklicherweise wenigstens als eine Art Rettungsboot zu Hilfe eilen konnte.

Immer mehr Tatsachen wurden bekannt. Beweise fand man in den Ruinen der Hotels – und diskutierte sie. Was hatten die IRA oder die UDA vor? Nicholas selber sammelte alles, was irgendwie mit Schacht sechs zu tun haben könnte. Das Rigg hatte Tausende von elektrischen Schaltstellen, und die elektronischen Anlagen, die Kontrollsysteme, Monitore, Sensoren und alle anderen Anlagen waren durch Kabel verbunden, die durch Hunderte von Schächten liefen. Doch die Experten hatten ihm versichert, daß es nirgendwo einen »Schacht sechs« gab, der etwas zur Explosion hätte beitragen können. Nicholas konnte schließlich nicht anders, als diese Vermutung zu äußern: Der Sterbende hatte etwas gesagt, was Kommandant Tiplady als Schacht sechs mißverstanden hatte.

Nicholas sah zu Kate hinüber und kam zum Schluß: »Und jetzt möchte ich Chief Inspector Meldrum bitten, uns ihre Prognose zu geben. Welches Szenario ist das wahrscheinlichste? Wahrscheinlich werden wir wenig tun können, bis die, die an der ganzen Sache schuld sind, sich zu erkennen geben. Und auch dann wird es wenig sein, wann auch immer. Aber unsere politischen Herren erwarten etwas von uns. Und da wir eine Expertin für Terroristenseelen unter uns haben, brauchen wir niemanden um Hilfe zu bitten ... Chief Inspector Meldrum, bitte!«

Sie erhob sich und sah auf ihre Notizen. Als Ergebnis elend langer Arbeit waren es erbärmlich wenig. Sie holte tief Luft.

»Ich muß gleich zu Anfang sagen, daß es sich hier um eine Auslegung handelt, um eine Interpretation, die auf Beobachtungen beruht, ähnlichen Vorfällen, Vergleichen, möglichen Trends. Wie Wetterberichte kann man auch Interpretationen mißverstehen. Die Folgen sind dann ganz anders als erwartet oder erwünscht. Was ich Ihnen anbiete, müssen Sie durchdenken und modifizieren.«

Nicholas lächelte hinter vorgehaltener Hand. Sie hatte ja so recht; es war gut, diese Einschränkungen zu machen. Denn die Mehrheit ihrer Zuhörer waren erfahrene, hartgesottene Bullen, die sich von einer jungen, attraktiven Frau als Chief Inspector attackiert fühlten.

Kate fuhr fort: »Ich nehme an, Sie teilen die allgemeine Annahme, daß diese weltweiten Angriffe koordiniert sind. Man arbeitet dabei mit verschiedenen Minderheitsgruppen zusammen, die in diesem Fall alle zusammen für die Freiheitskämpfer Palästinas handeln. Das jedenfalls müssen Sie im Augenblick annehmen. Doch das ist irgendwie ungewöhnlich. Einige Staaten unterstützen sie, offen oder schweigend und verborgen. Doch eine konzertierte Aktion in dieser Größe ist bisher einzigartig. Wir glauben auch, daß diese Aktionen der letzte Versuch der gegenwärtigen palästinensischen Führung ist, einen endgültigen Sieg zu erringen. Berichte des CIA melden, daß die Unterstützung abbröckelt und daß sich Splittergruppen bilden. Ich vermute, diese Informationen stammen aus israelischen Quellen. Man kann ihnen also trauen.

Die Palästinenser ließen die Gelegenheit verstreichen, nach dem UN-Veto einen größeren Propagandasieg zu gewinnen. Ohne Zweifel geschah das nur, um die letzten Vorbereitungen für die angekündigten Terroranschläge zu treffen, die wir gerade erlebt haben. Vermutlich ziehen Sie Ihre eigenen Schlüsse über den Grund des Schweigens. Es ist sehr ungewöhnlich, daß niemand die Verantwortung für die Terrorakte übernimmt. Ein Grund dafür könnte sein, daß örtliche Gruppen örtliche Unterstützung verlieren, wenn man erfährt, sie operieren auch für andere. Dafür spricht sehr viel. Andererseits hindert es die Palästinenser nicht, die ganze Verantwortung für alle Terrorakte zu übernehmen. Solch eine Aussage, wahr oder unwahr, hat ihr eigenes Gewicht, solange niemand sie anzweifelt. Aber das taten sie nicht – und zwar aus ganz anderen Gründen.«

Kate machte eine Pause. Die Voreingenommenheit ihrer Zuhörer war einer großen Konzentration gewichen, man hörte ihr interessiert zu. Sie spürte, wie sich ihre Gedanken klärten und sich manche Annahmen wohl auch bestätigten.

»Jahrelang war die wirkungsvollste, universelle Waffe das internationale Kidnapping, das Mitte der siebziger Jahre in Dawson's Field fast zu einer Epidemie wurde. Seitdem sind ein paar Operationen dieser Art schiefgelaufen. Es gab erfolgreiche Gegenmaßnahmen, wie zum Beispiel in Mogadischu. Das Erstürmen von Flugzeugen und Botschaften, die sogenannten vorwegnehmenden Angriffe in manchen Städten, die bizarren Umstände bei der Verhaftung der Kidnapper der *Achille Lauro* machen Entführungen höchst riskant und zu einem Akt der Verzweiflung – ja, sie sind wohl eher konter-produktiv. Neuere Ereignisse, wie die Explosion der Air India-Maschine südlich von Irland, haben gezeigt, daß so viele Tote die öffentliche Meinung umdrehen können, die wiederum Regierungen beeinflußt oder sogar zu bedeutenden politischen Änderungen führen kann. Das heutige Entsetzen erfüllt die entsprechenden Erfolgskriterien der Freiheitskämpfer, aber meiner Hypothese nach handelt es sich um den letzten, den endgültigen Angriff. Doch eine Garantie kann man dafür nicht übernehmen. Man setzt alles auf eine einzige Karte – und das kann schiefgehen.

Was geschieht zum Beispiel, wenn die unterdrückten Nationalitäten sich vornehmen, die Vereinigten Staaten nachzuahmen und Strafaktionen ausführen? Von Verantwortung wollen wir also besser nicht reden. Wer sich das vornimmt, hat schon verloren. Ein guter General hält immer etwas in Reserve, etwas, mit dem er Lücken füllen oder mit dem er wankende Angriffe stärken kann. Ich glaube, wir müssen mit weiterem rechnen, mit etwas, was die Öffentlichkeit sehr bewegen wird nach diesem langen Schweigen. Es könnte hier und da kleinere Terroraktionen geben, die die Kraft der revolutionären Bewegung beweisen sollen. Sie werden Regierungen ablenken, werden Völker unendlich beunruhigen und den Palästinensern den endgültigen Sieg bescheren.

Im Augenblick allerdings sehe ich nur eine mögliche Handlung, die ihnen das alles einbringt, etwas, was vor Jahren sehr erfolgreich ablief. Es hat ein paar logistische Probleme, aber ich glaube, das jetzige Ziel wurde schon lange ausgewählt, und man wird mit den Problemen fertig geworden sein. Ich denke mir, die Terroristen werden zum Geiselnehmen entweder ein Hospital oder eine Schule besetzen. Da ist man relativ unabhängig und hat seine eigenen Regeln. Krankenhäuser oder Schulen sind voller Menschen, die verletzbar sind und daher Gefühle wecken. Ich vermute, sie werden ihre Forderungen stellen und Verzögerungen nicht akzeptieren – denn sie haben ja aus eigener Erfahrung gelernt. Ich kann natürlich nicht sagen, wo das geschehen wird. Einige gut organisierte Gruppen waren bisher noch nicht beteiligt. Das kann bedeuten, daß sie sich nicht für andere engagieren, denn schließlich sind sie aus einem einzigen, eigenen Zweck gegründet worden. Aber vielleicht machen sie in dieser zweiten Phase doch mit. Die baskische ETA führt Verbrechen, über die wir heute sprachen, bisher nicht aus. Aber Spanien wäre ein gutes Ziel, wenn man viele Geiseln nehmen will. Und die Basken haben wenig Skrupel und genügend Verbissenheit. Doch die jetzigen Angriffe konzentrierten sich auf unser Land. Wir liegen nahe genug an den Zentren verschiedener aktiver Gruppen. Und auch unsere besonderen Beziehungen zu den Vereinigten Staaten sprechen sehr für uns als Schauplatz. Und deswegen leiden wir ja alle hier unter der allgemeinen Unsicherheit.«

Sie setzte sich. Eine ungemütliche Stille breitete sich aus.

HENDON, NORDWEST-LONDON

Kate wachte aus unruhigem Schlaf auf und fühlte sich scheußlich. Ihr erschöpfter Körper hatte nach Ruhe verlangt, ihr unruhiger Geist erlaubte gerade das nicht. Sie war schnell in eine Stunde Tiefschlaf gefallen, war plötzlich wieder aufgewacht und hatte eine ruhelose, elende Nacht verbracht. Sie trieb durch immer anderes Wachsein, träumte und machte sich Sorgen, während wechselnde Bilder sie plagten. Im beginnenden Morgen konnte sie Fakten nicht mehr von Vorstellungen unterscheiden und Einbildungen nicht mehr von Wahnbildern.

In der Pause, die den Terroranschlägen gefolgt war, war sie fast in ihre Wohnung gekrochen, nur um zu schlafen, und während sie sich in ihrem Bett wälzte, waren immer wieder dieselben Traumbilder erschienen. Ein Mann stieg aus den Flammen. Während er eine Leiter hinabkletterte, die offenbar zu einem Ölrigg gehörte, riß er immer wieder an seinem Körper, der Blasen aufwarf und winzige Flammen ausspie. Seine nackten Hände legten Schicht nach Schicht verbranntes Fleisch frei und verwandelten sich in stählerne Klauen. Aber sein Körper wurde nicht weniger, sondern wuchs und mit ihm die Explosionen. Sie zerbarsten um sie herum und verstümmelten weitere Körper. Und eine Stimme rief anklagend: »Schacht sechs. Schacht sechs.«

Zitternd stand sie auf und wankte in die Küche, um sich einen Kaffee zu brühen. Ihr wild pochendes Herz beruhigte sich, und das Morgenlicht, das vorsichtig durch die Vorhänge sickerte, gab ihr neuen Mut. Am Tisch schüttelte sie die fürchterlichen Traumbilder ab, die Streß und Überarbeitung folgten. Doch ein Gefühl wurde sie nicht los: Wenn Korvettenkapitän Tipladys Bericht stimmte, mußten die beiden Worte eine besondere Bedeutung haben. Während Nicholas und seine Männer Mayhew und den Hubschrauber-Piloten ausfragten, die beiden einzigen Zeugen der Zerstörung von Yankee und Zulu, hatte Kate sich lange mit Tiplady unterhalten. Sie hatte es auf diese und jene Art versucht und hatte schließlich den armen Mann völlig durcheinandergebracht. Er mußte sicher annehmen, daß er gründlich psychoanalysiert worden war. Für sie bestand danach kein Zweifel mehr an der Wahrheit der beiden Worte. Erfahren wie sie war und mit großer Sicherheit hatte sie von Tiplady erfahren, wie Hindon seinem Schicksal trotzte, bis in den Tod trotzte.

Sie rief den Stabsraum an. Chief Superintendent Martin meldete sich.

»Hier ist Kate, Sir!«

»Ich dachte, Sie schlafen noch . . .«

»Haben Sie Hinton überprüft?« unterbrach sie ihn, und ihr Herz klopfte aufgeregt.

»Routinemäßig. Warum fragen Sie?«

»Das ist zunächst mal egal, Sir. Ich bin in einer Stunde da. Würden Sie die Überprüfung noch mal machen, mir zuliebe? Und könnten Sie diesmal weniger Routine walten lassen, bitte?«

Sie meinte zu hören, wie Martin die Luft anhielt. »Okay, Kate, Ihretwegen laß ich mich drauf ein und werde den Stier töten.« Ein alter Witz zwischen ihnen.

»Diesmal werden Sie mehr als seine Ohren bekommen«, sagte sie müde lächelnd. Ein paar Augenblicke später stand sie unter der Dusche, und hier fiel ihr etwas ganz anderes ein.

NEW SCOTLAND YARD, LONDON

Als Kate ankam, wartete Martin auf sie. Er strahlte seinen Schützling an. »Woher, verdammt noch mal, wußten Sie das?«

»Was wußte ich?«

»Über Hinton . . .!«

»Weibliche Eingebung. Aber nun sagen Sie mir mal, was ich eigentlich wußte!«

»Also, er war erst relativ kurze Zeit auf dem Rigg, ganze drei Monate. Er kam mit guter Beurteilung, und seine Vorgesetzten schätzten ihn. In seinem letzten Bericht hat ihn der Produktionsingenieur, der die Schicht leitet, wegen seiner überdurchschnittlichen Fähigkeiten sehr gelobt.«

Und jetzt war der Mann tot, dachte Kate, während sie in seinen Notizen blätterte. »Er war dann wohl ein Außenseiter, ein runder Pflock in einem eckigen Loch.«

»Ja. Er hauste in Aberdeen, lebte ruhig, hatte kaum soziale Kontakte, war aber in seiner Freizeit viel mit dem Auto unterwegs.«

»Sex?«

»Nichts Auffälliges ... Wir sind bis Cardiff zurückgegangen, seine Wirtin in Aberdeen meinte, er habe mal erwähnt, daß seine Mutter in Cardiff lebte, aber die Spur blieb kalt. So weit waren wir, ehe Sie heute morgen anriefen. Ich war gerade beim Boss. Old Nick meinte, Sie seien irgendeiner Sache auf der Spur. Mayhews Rettung kann man verstehen, er war weniger zufrieden mit Hinton. Obwohl Hinton Pech hatte, war es ein deutlicher Versuch, sich zu retten. Allein Hinton schaffte es von all den Ölarbeitern auf die Helikopter-Plattform, die auf den Wohnrigg lag, nicht auf dem Produktionsrigg ein paar hunter Meter entfernt. Er ist der Meinung, daß trotz der Zeitzünder in diesen Bomben, die er Höllenmaschinen nennt, jemand vor Ort sein mußte. Denn nur so war die vollständige Zerstörung der Yankee- und Zulu-Riggs auch garantiert ...«

»Hinton.«

»Ja.«

»Und was haben Sie noch herausgefunden?«

»Nicholas schlug vor, wir sollten mal die Ereignisse überprüfen, in die Waliser Nationalisten verwickelt waren. 1979 wurde ein Mann im Zusammenhang mit dem Brand eines Bauernhauses in der Nähe von Porth Dinllaen in Nordwales vernommen. Man hat ihn nie angeklagt. Er stammte nicht aus Cardiff, sondern kam aus Barry weiter im Süden. Aber das Bauernhaus gehörte einem Arzt namens Hinton.«

»Also benutzt er den Namen als Pseudonym. Das erklärt das Einverständnis des Helikopterpiloten.«

»Den holen wir uns gerade.«

Kate war zufrieden über ihre Eingebung, die sie auf Hinton gebracht hatte. Er war zwar tot, aber er hatte für ein Ziel gekämpft, und das machte die Zerstörung der beiden Gannet-Plattformen zu einem Terrorakt. Aber jetzt wollte sie noch anderen Sachen nachgehen. Unter der Dusche war ihr etwas eingefallen und hatte sie, trotz aller Erschöpfung, fast elektrisiert.

Sie setzte sich an ihren PC, gab ihren Sicherheitscode ein, mit dem sie das oberste Menü öffnen konnte, und gab ihre weiteren Codes ein, mit denen sie Vorrang hatte und in Hochsicherheitsdateien arbeiten durfte.

Das wurde abgelehnt. Sie schimpfte auf ihre Schlamperei, wiederholte das Kommando und setzte das Semikolon genau an die richtige Stelle. Sonst war das Codewort nutzlos. Wieder wurde abgelehnt. Sie runzelte die Stirn. Hatte man sie von dieser Aufgabe entbunden? Sie unterdrückte Ärger, der aus Übermüdung und Frustration kam, und tippte sorgfältig »Hilfe« in die Tasten. Ein Untermenü erschien, und sie gab ihren Wunsch ein – die Liste der Leute, die den gleichen Sicherheitsgrad wie sie selber hatten.

Ihr Name fehlte.

»Was zum Teufel ...«

Sie kehrte zum Eingangsmenü zurück und rief ihre eigene Akte auf. Die Änderung fiel ihr sofort auf. Ihre Sicherheitseinstufung war geändert worden. Jemand hatte sehr schnell gehandelt; aber so ermutigend das war, so mußte sie doch ein neues Kennwort bekommen, und das bedeutete ein persönliches Gespräch mit dem Boss.

Sie hatte keine Probleme, in Nicholas' Büro zu kommen, doch sie mußte eine ganze Viertelstunde warten, bis er endlich ein zähes Telefongespräch beendete.

»Manchmal frage ich mich, auf wessen Seite die Politiker stehen«, sagte er und legte den Hörer auf. »Sie wollen die Henne und das Ei ... Sie sind wegen Ihres neuen Kennworts hier.« Das war eine Feststellung, keine Frage.

»Ja, Sir!«

»Sie haben sich gut gemacht, Kate. Ich wünschte nur, wir

hätten einen positiven Hinweis, damit wir weiteren Zerstörungen und Toten zuvorkommen können. Ich hatte heute morgen jemand von Britoil hier im Büro. Der zählte auf, was alles auf den Gannet-Riggs zerstört worden war, so als ob ich mit einem Zauberstab den alten Zustand wiederherstellen könnte.« Er lächelte. »Fühlen Sie sich besser nach dem Ausschlafen?«

»Sehr«, log sie.

»Schön. Für diese Aufgabe haben Sie die höchste Sicherheitseinstufung. Sie arbeiten mit ›Garibaldi‹. Damit haben Sie Zugang zu allem. Wir sparen uns eine Menge aufreibender Treffen zum Austausch reiner Informationen. Haben Sie wieder eine Eingebung?«

»Ich hoffe es«, sagte sie vorsichtig.

»Gut. Übrigens meinen wir mit Garibaldi den Freiheitskämpfer, nicht den Keks.«

»Das freut mich aber sehr, Sir«, antwortete sie ihm lächelnd.

An ihrem Computer gab sie Garibaldi als Kennwort ein und beobachtete das Menü. Sie hatte die Akte über das kanadische Flugzeug angeklickt. Die war schrecklich dünn, und sie hatte das meiste schon gelesen. Das andere Flugzeug war nur explodiert, doch die Fluglotsen in Seattle hatten mit der Algonquin Airways Kurzstreckenflug AQ 32 gesprochen. Plötzlich herrschte Stille, das Radarecho war verschwunden, Alarm wurde ausgelöst. Was besprochen wurde, hatte sie auf einem Ausdruck gelesen, doch jetzt wollte sie das Gespräch selber hören. Außerdem gab es eine neue Eintragung auf dem Menü. Sie rief Nicholas an und bat um Sondererlaubnis, den Mitschnitt des Gesprächs zwischen Fluglotsen und Cockpit zu bekommen.

»In Ordnung«, sagte er, »es wird ein bißchen dauern, die schlafen drüben noch, aber jemand wird Ihnen helfen.«

Sie starrte auf die Liste und holte sich das Neue heraus. Es war die Liste der Vermißten, Passagiere und Besatzung von

Flug AQ 32, 85 Tote, darunter drei Kinder. Daraus war nichts zu entnehmen, sie waren nur Opfer eines teuflischen Angriffs in einem schmutzigen, elend langen Krieg.

Sie hatte nicht gefrühstückt, spürte Hunger und zündete sich eine Zigarette an. Dann schaltete sie ihren Bildschirm ab und machte sich auf die Suche nach etwas Eßbarem.

Keine fünf Minuten nach ihrer Rückkehr ließ Nicholas sie rufen. Er rieb sich das Kinn. Bei ihm waren zwei Zivilisten, Martin und ein weiterer Polizeioffizier, den sie nicht kannte. Sie hatten offenbar ein Band abgehört, denn ein Abspielgerät stand auf dem Schreibtisch.

»Bitte, nehmen Sie Platz, Chief Inspector«, sagte Nicholas formell. »Wir möchten gerne wissen, warum Sie hierum gebeten haben.« Er tippte auf das Bandgerät. »Es ist die Kopie des Gesprächs zwischen den Fluglotsen in Seattle und Algonquin Airways Flug AQ 32, die uns über Satelliten überspielt wurde. Warum haben Sie darum gebeten? Sie kannten doch schon die Abschrift.«

»Nur eine Eingebung, Sir ...« Sie schaute sich um. Nirgendwo auch nur die leiseste Spur von Herzlichkeit.

»Schon gut«, sagte Nicholas, »ich habe Ihre ungewöhnliche Arbeitsweise bereits erklärt. Bitte, tun Sie es selber auch!«

»Also, Sir, vor solchen Zeugen ist die Berufung auf eine Eingebung ziemlich trivial. Ich hätte mich lieber länger mit der Sache befaßt, aber wenn Sie darauf bestehen ...«

»Ja, das tue ich.«

»Ich nahm an, daß irgend etwas aus den Gesprächen rauskommen würde, obwohl ich es nicht weiß ... Wir haben nicht mehr als Tipladys Bericht über einen sterbenden Ölarbeiter und dieses Gespräch hier. Es gibt bisher keine forensischen Beweise außer der Feststellung, daß das bisher in den Hotels Gefundene auf die zweite Generation von Zeitzünderbomben hinweist, so wie die IRA sie in Brighton einsetzte. Mehr wissen wir nicht. Das ist ziemlich wenig, wenn man so will.« Sie unterbrach sich und fuhr dann fort: »Macht es Ihnen etwas aus, wenn ich frage, warum Sie es für wichtig halten?«

»Weil Sie in ein Wespennest gestochen haben, Miss Meldrum«, antwortete einer der Zivilisten.

»Hören Sie sich erst mal das Band an«, sagte Nicholas. »Ich möchte Sie gerade jetzt nicht ablenken, wir werden später mehr sagen, hören Sie erst mal ...«

Er schaltete das Gerät an. Zuerst waren unklare Geräusche zu hören und dann: »Hallo, Seattle, ja, hier ist AQ 32 auf eins zwei neun Dezimal sieben, bitte aufnehmen und zurückmelden.« Die Stimme klang sanft und entspannt, und dann gab es auf dem Band eine Pause.

»Die Frequenz«, erklärte einer der Zivilisten, »eins zwei neun Punkt sieben Megahertz ist eine Sprechfrequenz, die für andere Gespräche, nicht für Fluginformationen benutzt wird. Um zum Beispiel einen Ingenieur bereit zu haben, der sich nach der Landung sofort um die Maschine kümmert, oder für ähnliche Sachen.« Er sprach mit einem Akzent, der ihn weder als Amerikaner noch als Engländer identifizierte.

»Ich verstehe«, sagte Kate und wartete auf die Antwort Seattles.

»Okay, AQ 32, ich habe verstanden. Sie brauchen bei Ankunft zwei Rollstühle. Bist du das, Charlie?«

»Sicher, Frank!« antwortete die sanfte Stimme.

»Hi! Wie ist der Flug bisher, gut?«

»Ja, bis auf einen Mann aus Quebec. Der spielte da hinten verrückt. Machte den Stewardessen die Hölle heiß. Over.«

»Ist Avril an Bord? Over.«

»O ja. Ganz und gar und mit heißen Höschen für dich, Frank. Over.«

»Sag ihr, ab Mitternacht bin ich frei!«

»Okay. Sie hat's nicht leicht mit diesem Betrunkenen. Er will es allen heimzahlen, die Avril heißen. Erinnert ihn wohl an seine Frau. Bis dann. Out!«

Das war alles.

»Dreißig Sekunden später war das Flugzeug verschwunden. Sie haben das Wrack gefunden, aber nicht den Flugschreiber«, sagte Nicholas und drückte die Stoptaste.

Kate sah sich um. »Das ist doch das übliche Gerede zwischen Männern«, sagte sie etwas spitz, »ich verstehe nicht, wie Sie von einem Wespennest reden können ...«

»Ich habe mit einem Offizier der Berittenen Kanadischen Polizei vor etwa einer Stunde gesprochen, Miss Meldrum«, antwortete Nicholas sehr formell. »Er hat uns die Aufnahme über Satelliten zugespielt. Daß ich ihn mitten in der Nacht erreichte, liegt daran, daß die Rotröcke genauso beunruhigt sind wie wir. Aber sie haben mehr in der Hand. Auf der Passagierliste von Algonquin Flug AQ 32 war ein gewisser Hubert Vauclois, in Quebec geboren und früher sehr aktiv in einer Gruppe, die sich aus der französisch sprechenden Minderheit gebildet hatte, um die Provinz unabhängig zu machen. Vauclois hatte sich kürzlich mit den Leitern der Gruppe in den Haaren gelegen, soweit jedenfalls wußte das die Anti-Terror-Einheit der Berittenen Polizei. Während dieser Auseinandersetzungen hatte Vauclois einen Journalisten sehr hofiert. Zweifelsohne suchte er Publicity, wenn er sich erst mal losgesagt hatte. Er hatte sich mit diesem Zeitungsmann in Seattle in einem Hotel verabredet. Auf dem Weg nach Seattle explodierte die Maschine. Die kanadischen Kollegen suchten nach einem Zusammenhang, denn sie fanden den Journalisten tot in seinem Hotelzimmer. In seinem Terminkalender war für den vorigen Abend eine Verabredung mit ›H.V.‹ eingetragen.« Nicholas machte eine Pause. »Mir scheint, die Unabhängigkeitskämpfer für Quebec haben zwei Fliegen mit einer Klappe geschlagen.«

»Ja«, antwortete Kate trocken, »aber das bringt uns nicht sehr weit, Sir!« Sie sah in die Gesichter der anderen.

»Nein«, gab Nicholas geknickt zu, »wir dachten, Sie können uns vielleicht helfen.«

Sie hob die Schultern: »Tut mir leid!«

»Also warten wir weiter, Commander?« fragte der ältere der beiden Zivilisten.

»Nun ja, wir werden die forensischen Beweise aus den Hotelanschlägen bekommen, Sir«, versuchte Nicholas abzulenken.

»Das klingt nach beknacktem Politiker, nicht nach Polizei.«

Kate sah dem Mann nach, der unwirsch den Raum verließ.

»Sie sollten verdammt noch mal wissen ...«, knurrte jemand hinter ihm her.

»Ruhig, meine Herren«, sagte Nicholas, »ich fürchte, er hat recht!«

Kate spielte sich das Band noch einmal im Büro über Kopfhörer ab. Dreimal hörte sie es ab, und dann kam ihr die Idee. Sie schaute wieder auf die Passagierliste. Vauclois war auf ihr nicht der einzige französische Name, aber es war der einzige, der nach Alter und Geschlecht auf Vauclois paßte. Die anderen waren eine Frau mit zwei Kindern, ein Teenagerstudent und eine ältere Dame. Vauclois war der Betrunkene aus Quebec, das mußte Nicholas und den Männern in seinem Büro klar gewesen sein. Vielleicht hatte sie Nicholas enttäuscht, indem sie das nicht gesagt hatte. Doch so hatte sie Zeit zum Nachdenken gewonnen.

Noch einmal spielte sie das Band ab. Frank, der Fluglotse, hatte offenbar eine Affäre mit Avril, der Stewardess. Vauclois war sturzbetrunken und machte ihr – wie der Pilot meinte – die Hölle heiß, indem er ihr sagte, er wolle es jeder heimzahlen, die Avril hieß. Sie runzelte die Stirn. Vielleicht war der Flugkapitän in die Kabine gerufen worden, um den netten Zwischenfall zu beobachten. Normalerweise äußerten Betrunkene nicht, daß sie es Leuten heimzahlen wollten. Kate kannte das amerikanische Slangwort. Nein, Charlie, der Pilot, hatte dem Wort die anstößige Bedeutung genommen. Vauclois hatte etwas ganz anderes gesagt. Sie setzte die Kopfhörer wieder auf und spielte sich die Stelle immer wieder vor.

»Ich scheiß' auf Avril«, sagte sie, vollends überzeugt. Ja, das hatte Vauclois gesagt, als er dabei war, seine Kameraden zu verraten, und sein Gewissen mit Alkohol betäubte. Das hatte er der Stewardess gesagt, als er ihren Namen erfuhr. »Ich scheiß' auf Avril.«

Kate wurde puterrot, als alle im Büro sich zu ihr umdrehten, weil sie die Worte laut gesprochen hatte. Sie nahm die Kopfhörer eilig ab, entschuldigte sich, nahm einen Telefonhörer auf und sprach mit der Informationsabteilung.

»Ich möchte gerne wissen, ob die Stewardessen der Algonquin Airlines ihre Namen auf der Uniform tragen, haben Sie verstanden!«

Sie legte auf, kümmerte sich nicht um geflüsterte Bemerkungen und ging zu Nicholas ins Büro. Einer der Zivilisten war noch da. Diesmal wurde er ihr als jemand aus der Kanadischen Botschaft vorgestellt. Sie nahm an, er war der Militärattachée.

»Ich möchte mehr über Vauclois wissen, Sir. Ich möchte wissen, ob er zu irgendeinem weiblichen Wesen Verbindung hat, irgendeinem Mädchen, einer Prostituierten oder zu wem auch immer, namens Avril.«

Nicholas sah den Kanadier an.

»Das ist klug, Miss Meldrum«, antwortete der Kanadier, »die Antwort ist nein. Wir haben das bereits überprüft.«

Kate kehrte reichlich geknickt an ihren Schreibtisch zurück. Wieder flüsterte man, aber ihr war das egal, und sie setzte sich. Sie nahm ihr Notizbuch und schrieb die Worte auf, unterstrich den Namen Avril. Hatte Vauclois nur seine Verachtung der Stewardess ausgedrückt, so betrunken wie er war? Dabei war sie immerhin so attraktiv, daß sie Frank in Seattle in ihren Bann gezogen hatte. Nein, der Flugkapitän hatte das nicht angedeutet. Was immer Vauclois gesagt haben mochte, so einfach war es nicht gemeint. Das würde auch zu seinem Gemütszustand passen, an dem gemessen, was er in Seattle vorhatte.

Sie unterstrich Avril noch einmal, legte den Bleistift zur Seite und steckte sich eine Zigarette an. Sie blies den Rauch von sich und mußte feststellen, daß sie kaum vorangekommen war. Sie streckte die Hand aus und drehte die Seite um. Unten hatte sie zwei andere Worte unterstrichen, ebenso unklar wie Avril. Schacht sechs.

Nach fünf Tagen Arbeit hatte sie insgesamt drei Worte. Zwei hatte ein Waliser Nationalist gemurmelt, der an Verbrennungen dritten Grades auf einem britischen Kriegsschiff starb. Das dritte stammte von einem betrunkenen Verräter an einer französischen Minderheitsgruppe, die die Loslösung der Provinz Quebec betrieb. Er hatte sie gemurmelt, ehe sein Verrat in plötzlichem Tod endete.

Kate seufzte. Ein Waliser und ein französisch sprechender Kanadier tauchten am Rand einer der größten und massivsten Terrorattacken auf, die die Welt bisher erlebt hatte, mit Tausenden von Toten.

Sie richtete sich plötzlich auf. Französisch sprechend ...!

Sie strich Avril aus und setzte April ein.

April. Schacht sechs.

»Du lieber Gott!«

Sie strich drei Buchstaben weg, starrte auf das Papier, prüfte den Gedanken und schrieb neu: »April acht sechs.«

Im April 1986 hatten Maschinen, die von Flugzeugträgern der sechsten amerikanischen Flotte gestartet waren, Tripoli und Bengasi bombardiert, zwei libysche Städte. Es war ein Vergeltungsschlag gegen einen Staat, der internationale Terroristen förderte. Die Rache für diesen Bombenangriff war schon lange angekündigt.

Kates Hand zitterte, als sie den Hörer hob und Nicholas' Nummer wählte.

»Ja?«

»Chief Inspector Meldrum, Sir!«

»Oh . . . ja . . .?«

Sie wußte, daß sie ihm auf die Nerven ging und er wegen ihrer vielen Unterbrechungen langsam die Geduld verlor.

»Ich möchte Sie noch mal sprechen, Sir. Es ist wichtig.«

»In Ordnung.«

Sie stand auf, als ihr Telefon klingelte, und nahm den Hörer ab.

»Ja?«

»Ihre Frage wegen der Algonquin Airlines, Madam. Ja, die Stewardessen tragen den Namen eingestickt auf dem linken Revers ihrer Uniformjacken. Es gehört zu dem, was die Airline gute alte kanadische Gastfreundschaft nennt, Madam.«

»Danke.« Sie legte auf und ging zu Nicholas. Sie sah, wie müde er war, nicht ihretwegen. Er war schlichtweg erschöpft.

»Ich weiß, wer hinter allem steht, Sir . . .«

»Was?« fuhr Nicholas sie an.

»Ich glaube, daß wir sehr schnell hören werden, daß die Terrorkampagne das Werk einer Organisation ist oder einer Verbindung von Organisationen, die sich April 86 nennen.«

Nicholas lehnte sich in seinen Sessel zurück und atmete hörbar aus. »Versuchen Sie alle Informationen zu dieser Bezeichnung zu bekommen vom CIA, den Franzosen, den Israelis. Von Indien, Italien, Japan und Deutschland. Wenn einer mauert, informieren Sie mich sofort.«

»Ja, Sir . . . Sie sehen so aus, als hätten Sie dringend Schlaf nötig.«

Nicholas lehnte sich auf die Ellbogen gestützt vor. »Kate, Sie haben Wunder vollbracht, aber dies hier ist kein Spiel. Wie immer die sich auch nennen, die sind noch lange nicht am Ende. Was ich wirklich wissen muß – wo werden sie demnächst zuschlagen?«

»Was ist mit dem Hubschrauberpiloten, Sir?«

»Der ist verschwunden, Kate, spurlos verschwunden. Und dabei saß er hier mitten zwischen uns.«

Nicholas saß noch spät in seinem Büro und wartete auf die Nachrichten, die bald kommen mußten. Falls Chief Inspector Meldrum mit ihren Überlegungen recht hatte, würde diese Offensive noch mehr Schwung gewinnen. Er sah auf seine Uhr. Gleich würde er das Gerät einschalten.

Er wartete auch auf Antworten auf seine Frage nach der Zusammensetzung der Gruppe April 86.

Doch am meisten bedrückte ihn, daß er den Hubschrauberpiloten hatte entkommen lassen. Es schien immer noch unvorstellbar, daß dieser heldenhafte Pilot etwas mit dem Ölarbeiter Hinton zu tun gehabt hatte, so selbstsicher war er aufgetreten. Aber er hatte es. Hinton war gestorben, das war also schiefgegangen. Aber indem er Mayhew rettete, war er wieder als Held erschienen.

Nicholas schlug voller Wut die flache Hand auf den Tisch, stand auf und begann zornig auf und ab zu gehen. Nach ein paar Minuten setzte er sich, öffnete ein Schloß, zog einen kleinen Farbfernseher aus dem Fach und schaltete ihn ein. Gerade begann BBC mit den Nachrichten.

»Gerade wird gemeldet, daß die israelischen Luftangriffe und Panzerangriffe heute die äußeren Verteidigungsringe von Sidon nicht durchbrechen konnten, trotz größter bisher nie gekannter Truppenkonzentration . . .«

Ein Amateurvideo zitterte auf dem Bildschirm. Es zeigte zusammenbrechende Mauern und einen Panzer, der sich unbeirrt durch Trümmerberge hindurch schob. Dann sah man sehr viel ruhiger eine Artilleriestellung. Die Männer bedienten die Geschütze im hellsten Sonnenlicht. Die Kamera schwenkte auf weiße Dächer, grüne Bäume und auf einen fernen braunen Hügel mit den grünen Flecken von Olivenhainen.

»Radio Sidon meldet, daß zwei israelische Kfir Kampfmaschinen durch Sam-Raketen abgeschossen wurden ...«

Über einen hellblauen Himmel jagte ein langgezogenes silbernes Dreieck mit weißen Luftwirbeln an den Flügelspitzen und schoß eine gelbe Wolke von sich, in die ein zweiter Streifen hineinjagte und explodierte. Auf dem Bildschirm erschienen Archivbilder.

»Wir warten noch auf einen ausführlichen Live-Bericht unseres Korrespondenten für diese Sendung. Heute nachmittag«, fuhr der Sprecher fort, »hat der Premierminister, der eine schwierige erste Woche im Amt hinter sich hat, die zerstörten Straßen Londons besucht ...«

Kameraleute wieselten um den Premierminister und seine Begleitung, die in Regenmänteln die Trümmer des Dorchester-Hotels besichtigten. Die berühmte Fassade war auf die Straße gestürzt. Ein Mann in grünem Mantel stand auf den Trümmern.

Die Kamera fuhr auf das Gesicht des Premierministers zu. Man bat um seine Stellungnahme. Er dachte nach und drehte sich dann den vielen Kameras zu. In seinen Augen spiegelten sich Blitzlichter.

»Ich empfinde nur Abscheu. Mehr als einhundert Menschen wurden allein in diesem Hotel getötet ...«

»Was wird die britische Regierung unternehmen, um diese Brutalitäten zu stoppen?«

»Die britische Regierung wird alles in ihrer Macht Stehende unternehmen, um solche Untaten gegen unschuldige Menschen zu verhindern.«

»Was heißt das, Sir?«

»Es ist wichtig, daß wir Terrorakte in Großbritannien nicht nur verhindern, sondern auch die Ursachen für solche Akte beseitigen.«

»Verdammter Heuchler«, sagte Nicholas, dessen Stimmung sich mit den Nachrichten nicht verbessert hatte. Er lehnte sich vor und schaltete den Apparat aus.

5

ADVENTURER, SÜDATLANTIK

Stephanos kam mit dem Morgenkaffee in die Funkbude der *Adventurer.* Die rechte der beiden Schiffsuhren zeigte die Bordzeit – 10 Uhr.

»Guten Morgen.« Er lächelte fröhlich, obwohl nicht David Gordon Dienst tat, sondern der Dritte Funkoffizier, ein fetter, bulliger Mann namens Crabtree, der Geschwüre im Nacken hatte und stark nach Moschus roch. Stephanos verbarg seine Abscheu und stellte den Kaffee auf den großen Tisch.

Crabtree drehte sich in seinem Sessel um, nahm die Füße vom Tisch und machte ein Ohr frei, indem er den Kopfhörer nach vorn zog.

»Danke!«

Diese knappe Höflichkeit aus West Yorkshire konnte Stephanos nicht einordnen. Eifrig und neugierig schaute er auf die Schalter und Zifferblätter der Instrumente und blieb auf dem Bildschirm des Satcom-Systems hängen. Crabtree wußte, daß Gordon den Steward jeden Morgen die neuesten Nachrichten wissen ließ. Er hielt das weniger für nötig. Seinetwegen sollte sich Stephanos zum Teufel scheren.

»Werden Sie in Rio an Land gehen, Mr. Crabtree?« fragte Stephanos freundlich.

Crabtree sah den Steward über den Rand der Kaffeetasse an. »Klar. Hab' doch das Mädchen von Ipanema getroffen.«

»Dabei haben Sie sich sicher gut amüsiert, Mr. Crabtree?«

»Klar ...« Crabtree sah den Steward an und überlegte, ob er angeben sollte, schob den Gedanken zur Seite und entschied sich für etwas anderes. Er setzte den Hörer wieder richtig auf und wandte sich seinem Mittelwellenradio zu. Ein Freund von ihm fuhr auf einem Blue Star Liner. Der schmierige Steward konnte warten, bis er schwarz würde.

Stephanos zögerte. Es war wichtig für ihn, heute die Nachrichten zu bekommen, aber Crabtrees Haltung machte es ihm nicht leicht. Als er sich dann zur Tür wandte, trat Gordon ein.

»Guten Morgen. Ah, Stephanos, Sie wollen sicher die Nachrichten von heute?«

Stephanos lächelte sofort. Mit einem Mann wie David Gordon hatte man es leicht. Dieser Funker war ein freundlicher, verbindlicher Mann, das genaue Gegenteil von seinem sturen Kollegen. »O ja, gern.«

»Ich hab' vor kurzem die Nachrichten ausdrucken lassen. Wenn Sie als Grieche mal Reeder werden und reich sind, können Sie sich einen Saturn-Anschluß auf Ihrer Yacht installieren lassen und die Meldungen der New Yorker Börse empfangen, während Sie in der Ägäis sonnenbaden.«

»Oh, ha, Mr. Gordon«, sagte Stephanos. Seine Augen wurden etwas schmaler. »Wenn ich mal ein großes Schiff habe ...« Er lachte, griff nach den Blättern und verließ die Funkbude.

»Warum kümmerst du dich bloß um diesen schmierigen Orientalen?« begrüßte Crabtree den Dienstälteren.

»Weil er sich für das hier interessiert, was man nicht von jedem sagen kann.«

»Was willst du damit sagen, verdammt noch mal? Er ist

ein Scheiß-Steward und hat mir meinen Kaffee zu bringen, wenn ich im Dienst bin, und dann zu verduften. Du weißt, es ist gegen die Vorschriften ...«

»Hör bloß auf, verdammt. Er will doch nur die neuesten Nachrichten und interessiert sich für unsere Technik hier. Er ist fast noch ein Kind, und du behandelst ihn wie einen Aussätzigen!«

Crabtree zog die Hörer über die Ohren und tat, als kümmere ihn Gordon nicht mehr. Gordon überließ ihn seinen Vorurteilen, setzte sich und begann, die Papiere zu bearbeiten, die sich schon jetzt auf seinem Schreibtisch angesammelt hatten.

Ganz oben lag ein Telegramm, das eine Dame aus der Ersten Klasse aufgeben wollte: Mrs. Rebanowicz reservierte eine Suite mit Doppelbett in San Francisco nach Ankunft der *Adventurer* und dem Ende der Reise.

Gordon hob eine Augenbraue und gab die Botschaft zur Übermittlung weiter.

Kapitän Smythe sah von seinen Papieren auf, als es an die Tür klopfte. Er sah auf die Uhr. Für einen Drink war es an sich viel zu früh, aber vor dem nächsten Gespräch hätte er doch gern einen gehabt. Er seufzte und drückte die Intercom-Taste.

»Kommen Sie rein!«

Palmer trat ein. Die Kabine war mit dicken Teppichen ausgelegt, mit hellen Eichenmöbeln ausstaffiert, und die Wände bedeckten Textiltapeten. Nur Barograph und Barometer entsprachen der traditionellen Ausstattung, die für eine Kommandantenkabine üblich war. Smythe saß an seinem Schreibtisch, Bart und rote Gesichtsfarbe zeigten an, daß er der Alte war. Männer änderten sich sehr viel langsamer als ihre Umgebung, dachte Palmer.

»Sie haben mich gerufen, Sir!«

»Ja, Mr. Palmer, das habe ich.«

Smythe lehnte sich in seinen Sessel zurück und musterte den großen jungen Mann von Kopf bis Fuß.

»Sie sind in Rio nicht an Land gewesen, Mr. Palmer?«

»Nein, Sir.« Warum sollte er das? Lila blieb ja auch an Bord.

»Mr. Palmer«, sagte Smythe, lehnte sich nach vorn und schien Palmers Gedanken zu lesen, als er sagte: »Wenn Sie mit Stewardessen schlafen wollen, sollten Sie sich an Land ein Zimmer mieten. An Bord eines Schiffes, das ich führe, machen Sie so was gefälligst nicht.«

»Woher zum Teufel ...« Palmer schluckte die wütende Bemerkung, die er gerade machen wollte. »Bei allem Respekt, Sir ...«, begann er.

»Bei allem Respekt, Palmer, Befehl ist Befehl. Es ist Ihre Pflicht, Passagiere zufriedenzustellen, nicht sich mit leichten Mädchen abzugeben.«

»Miss Molina ist kein leichtes Mädchen, Sir!«

»Sie ist es, solange Sie mit einem meiner Offiziere schläft.«

Palmer schwieg. Es würde nichts bringen, wenn er Smythe widersprach. Im Augenblick wollte der Alte ihn wohl auch lediglich warnen.

»Darf ich wissen, woher Sie das wissen, Sir?«

»Nein. Fragen Sie ruhig. Ich habe nicht die Absicht, Ihnen zu antworten. Was soll das also?«

Palmer runzelte die Brauen. Bis jetzt war er mit dem Kommandanten der *Adventurer* ganz gut ausgekommen. Smythe war ein guter Mann, trank vielleicht gern mal, aber das war nicht ungewöhnlich. Sein Können wurde von niemandem bezweifelt. Doch irgend etwas an seiner Bemerkung irritierte Palmer doch. Smythe hatte seinen Zweiten Offizier sehr genau beobachtet, möglicherweise, weil jemand ihm etwas gesteckt hatte. Irgend jemand hatte offenbar die Absicht, Smythe gegen ihn zu programmieren.

»Sir, wenn ich das Opfer übler Nachrede bin ...«

»Mr. Palmer«, fuhr Smythe ihn an, »Sie haben so gut wie

zugegeben, daß Sie und Miss Molina Ehebruch betreiben ...«

»Sir, ich widerspreche entschieden. Ich bin nicht verheiratet, ich war nicht im Dienst, ich erfülle alle meine Aufgaben. Ich akzeptiere nicht, daß Sie ...«

»Verdammt noch mal, Palmer.« Smythes gewaltige Faust krachte so heftig auf den Tisch, daß der steinerne Halter für den Füller wackelte. »Ich weiß, was Sie denken: Dies ist kein britisches Schiff, und ich bin vielleicht ein bißchen altmodisch. Aber ich bin Brite, und ich dulde nicht, daß Sie mit der verdammten Mannschaft so weit fraternisieren, daß Sie dort vögeln. Haben Sie das verstanden, mein Herr? Ich habe hier das Kommando, und Sie gehorchen gefälligst. Das Ganze ist weder gut für die Moral noch für Sie. Sie sollten sich mehr um die Passagiere kümmern, wenn Sie noch Energie übrig haben. Ich weiß, Sie haben sich nach dem Dinner mit diesem komischen Galvin abgegeben, aber Sie haben am gesamten gesellschaftlichen Leben an Bord teilzunehmen.«

»Ich habe bei der Linientaufe mitgemacht.« Er wollte Smythe sagen, daß er Lila liebte, aber die Kraft seiner Leidenschaft wollte er dann doch nicht zu seiner Verteidigung mißbrauchen. Also rettete er sich in eigene Wut. »Was haben Sie gegen mein Auftreten, Sir? Fehlt Ihnen bei mir die Theatralik von Staff Captain Meredith, Sir? Falls Sie das meinen, Sir, sage ich Ihnen lieber, daß ich Seemann bin und kein Gigolo ...«

Smythe wollte antworten, doch bei der Erwähnung von Merediths Namen spürte er ein Zögern.

»Das dachte ich mir ...«

Stille herrschte, und Smythe sammelte sich schnell. Jetzt merkte man ihm die Routine an, die man als Kommandierender in vielen Jahren sammelt. Es ging jetzt nicht mehr um ein Urteil. Der Yankee-Lotse hatte das auch erfahren.

»Mr. Palmer, mich interessiert Ihre Meinung nicht. Und

ich möchte dieses Gespräch auch nicht fortsetzen. Ich habe Ihnen meine Befehle mitgeteilt. Das ist alles.«

Palmer sah auf den Kommandanten herunter, der sich wieder über seine Papiere beugte. Er bekam vor Zorn fast keine Luft.

»Jawohl, Sir.« Er antwortete mit zusammengebissenen Zähnen, um die Kontrolle über sich nicht zu verlieren. Dann schloß er die Tür hinter sich, stand im Gang und atmete langsam und tief aus.

»Du verdammter Hund!« wütete er.

Drinnen griff der Alte nach der Gin-Flasche.

Palmer lag auf seiner Koje und starrte an die Decke. In einer halben Stunde mußte er auf der Brücke die Nachmittagswache antreten. Der Kloß saß immer noch in seiner Kehle und machte ihm das Atmen schwer. Ohne jedes Zögern würde er Smythes Befehl übergehen. Er hatte sich schon viel zu sehr auf Lila eingelassen, obwohl sie immer noch rätselhaft blieb. Palmer war bei Frauen kein Anfänger, aber er hütete sich, sie nach ihrer Vergangenheit zu fragen. Sie würde ihm bestimmt alles über Mayaguez erzählen und die Heimschule, auf der sie ein bißchen Latein und sehr viel sozialistische Theorien gelernt hatte, wohl um sich gegen die Nonnen zu wehren. Palmer war von ihrer Art zu lieben wie verhext, doch sie schien verschlossener als die Frauen, die er bisher gekannt hatte. Das beunruhigte ihn einerseits, befriedigte ihn aber anderseits so tief, wie er es nicht für möglich gehalten hatte.

Kate Meldrum hatte die Wunden aus einer gescheiterten Ehe gestillt, Lila Molina hatte alle seine bisherigen sexuellen Erfahrungen ausgelöscht und sie durch etwas ganz Neues ersetzt. Verdammt noch mal, er würde altmodischen, fehlgeleiteten Vorstellungen zweifelhafter Moral niemals mehr folgen.

Er wußte, daß Meredith ihn angeschwärzt hatte. Aber

woher wußte der es? Hatte DeAth etwa ... nein, sicher nicht. Simon spielte trickreich seine nicht immer sauberen Spiele, aber Palmer anzuschwärzen sah ihm nicht ähnlich. Und Aymes? Doch wohl auch nicht.

»Scheiße!« Palmer setzte sich, als die Kabinentür aufging und wie vom Teufel gerufen der Arzt eintrat mit einer Flasche Glenmorangerie und zwei Gläsern.

»Der Arzt ist da, Tim, mein Junge. Zeit für deine Medizin ... Ich hab's über die Buschtrommel schon vernommen.«

»Haben Sie mich verpetzt?«

Aymes goß Whisky ein und sah ihn fragend an. Er reichte ihm ein Glas und sah ihm in die Augen. »Sei kein Narr, Tim. Warum sollte ich das tun? Ich habe dir die Fotokopien besorgt, wie du weißt.«

»Ich bin ziemlich sicher, daß es Meredith war. Aber woher wußte er's? Und warum hat er's getan? Er hätte es mir doch auch unter vier Augen sagen können!«

»Und was hättest du geantwortet?«

»Er soll sich gefälligst um seine eigenen Angelegenheiten kümmern.«

»Das hätte dem großen Häuptling nicht gefallen. Hätte Gesichtsverlust bedeutet. Also geht man zum ganz großen Häuptling. Und der staucht den jungen Krieger wieder auf die richtige Größe zusammen.« Aymes trank seinen Whisky und deutete einen Toast an. »Und was sagte der ganz große Häuptling? Faß die Schwarzfuß-Squaw nicht mehr an. Der tapfere junge Krieger soll nicht mit der Squaw herumalbern!«

»So was war's«, sagte Palmer und lächelte.

»Und was unternimmst du jetzt dagegen, Tim?« Aymes' Frage klang ernst.

Palmer spürte, wie der reine Maltwhisky seine Wärme im Magen verströmte. Er sah den Doktor an: »Nichts!«

Aymes grinste. »Es scheint sich um einen Fall wahrer Liebe zu handeln!«

Palmer drehte sich zur Seite und starrte durch das Kajütfenster auf die harte blaue Linie der fernen Kimm. Er schwieg einen Augenblick. »Hör mal, Jonathan, du wirst nicht zustimmen, weil du meinst, das alles ist dumm von mir ...«

»Woher weißt du, daß ich nicht zustimme? Und warum nimmst du an, daß ich das alles für eine Dummheit halte?«

Palmer drehte sich wieder um und begegnete seinem Blick, ehe er das leere Glas abstellte. »Es ist natürlich vollkommen und absolut wahnsinnig, Tim, mein Junge, aber so ist die Liebe ...« Er füllte sein eigenes Glas und hielt Palmer die Flasche hin, der den Kopf schüttelte. »Wenn's Liebe ist, ist sie unheilbar. Der Medizinmann empfiehlt als einziges Gegenmittel starkes Feuerwasser, aber die Medizin ist schlimmer als die Krankheit ... Beknackt.«

»Beknackt?«

»Oder bekackt. Frag mich bloß nicht, warum ich jemals zur Uni gegangen und Arzt geworden bin.«

Palmer lächelte wieder. »Es tut mir leid.«

Aymes' Gefühle waren jetzt so sichtbar wie die Aufbauten des Schiffes.

»Es sollte dir nicht leid tun, Tim, mein Junge. Mir tust du leid. Ich bin schließlich an so was gewöhnt.«

Nach der Hälfte seiner Nachmittagswache wußte Palmer Bescheid. Irgendwie hatte Aymes ihn mit seiner Mischung aus Beichte und Mitleidsbekundung aus seinem zähen Selbstmitleid gehoben. Immer noch argumentierte er in Gedanken mit Kapitän Smythe und wütete gegen Meredith, in dem er offenbar Feindschaft geweckt hatte. Doch er wurde nach und nach ruhiger und betrachtete den Zwischenfall etwas objektiver. Er überlegte gerade, wie er Lila weiterhin treffen könnte, ohne Aufsehen zu erregen, als DeAth ihn ansprach.

»Tim ...«

»Sollten Sie nicht die Kompaßabweichung feststellen?«

»Die Sonne steht doch noch viel zu hoch. Hören Sie, ich weiß, was passiert ist...«

»Offenbar weiß es das ganze Schiff.«

»Quatsch. Ich dachte nur, daß Sie die falschen Schlüsse ziehen könnten. Ich war ja mit Ihnen auf Wache, als die beiden Mädchen hier hoch kamen.«

Palmer sah seinen Wachkameraden überrascht an. DeAth war kleiner als er und sich des Unterschieds in ihrem Rang sehr bewußt. Er war kein schlechter Kerl und zeigte jetzt sein Mitleid.

»Hätte ich's mir denken sollen? Ich will nur wissen, wie der Alte es herausfand.«

»Wissen Sie's wirklich nicht?«

Palmer, der ihn eigentlich stehenlassen wollte, drehte sich bei diesem Ton der Stimme um.

»Nein, ich weiß es nicht.«

»Melanie. Die ist scharf auf Sie, rasiermesserscharf. Das geht einem auf den Keks, aber was Ihre Freundin angeht, der macht sie die Hölle heiß. Wußten Sie das wirklich nicht?«

»Nein.«

»Sie kam in Rio hier nach oben, schnüffelte rum. Ich sagte ihr, Sie hätten Ihre Arbeiten an der Karte längst erledigt und seien jetzt unten.«

»Teufel noch mal!« Palmer stellte sich die Purserette vor der Kabinentür vor. Und er erinnerte sich, daß Lila sagte, sie hätte Probleme bekommen, weil sie einmal nicht zur Verfügung stand.

»Aber du hattest doch frei«, hatte er Lila geantwortet.

»Arbeiter wie wir haben nie frei«, hatte Lila geantwortet und war, was selten vorkam, richtig wütend geworden. Er hatte den Zwischenfall längst vergessen, hatte in ihm nichts weiter als die üblichen zwischenmenschlichen Probleme an Bord gesehen.

»Das ist keine Romanze mehr, in dieser Affäre geht's ums

Vögeln«, meinte DeAth philosophisch und holte Palmer in die Wirklichkeit zurück.

»Vielen Dank für die Aufklärung«, sagte Palmer. »Das wird also bestimmt eine dieser Reisen.«

DeAth freute sich offensichtlich über Palmers zynischen Tonfall. »Jede Reise ist immer eine von diesen Reisen. Warum versuchen Sie nicht, Zelda Rebanowicz zu bumsen? Was meinen Sie, was Meredith dazu sagen würde?«

Doch Palmer dachte mehr an das, was der Mann in London ihm gesagt hatte.

Zelda Rebanowicz verhielt sich nach dem Hafenaufenthalt der *Adventurer* in Rio seltsam. Das große weiße Schiff war langsam in die Bucht von Rio eingelaufen, in der das Frühlicht die Christusstatue vergoldete. Der Zuckerhut und die Berge darum herum glänzten hell und hatten Purpurschatten. Auch die Strände wurden in der Morgenfrische überstrahlt von den blendend weißen turmhohen Blöcken der City.

Zelda stand am Panoramafenster ihrer Suite Erster Klasse direkt hinter der Brücke, vom Rest des Schiffes diskret abgeschirmt. Hinter ihr zog sich Giorgio in der Kabine an. Als sie die Vorhänge zurückschob, stand sie nackt und mit ausgestreckten Armen und spürte angesichts dieses Bildes Frieden und Glück.

Sie hatte sich kurz in die Kajüte zurückgewendet, hatte Giorgio zur Eile gemahnt und hatte sich eine seidene Decke um ihren warmen Leib gewickelt. So war sie wieder an die Fenstertür getreten. Sie öffnete sie und trat nach draußen auf die kleine Veranda, die nur ihr gehörte.

Die feuchtwarme Tropenluft umspielte sie sanft, und sie streckte sich. Ihr Mann könnte sich selbst in den Augenblikken, in denen er ihr untreu war, nie besser gefühlt haben. Mit diesem Gefühl fand sie ihre Rache vollendet. Zeldas griechischer Gott war wundervoll und hatte sie ganz und gar erobert. Nichts erinnerte sie mehr an ihre Vergangenheit, wenn sie sich ihm ganz und mit aller Kraft hingeben konnte. Sie sah auf den segnenden Christus und spürte eine süße und heidnische Verehrung.

Aber diese Stimmung hielt nicht an. Die *Adventurer* glitt auf ihren Ankerplatz, und die erwachende Stadt umhüllte sie, die durchsichtige Schönheit des frühen Morgen zerfiel. Die kleinen Freundlichkeiten, die Giorgio ihr während des Tages auf See angedeihen ließ, schwanden; sie wurde von den Leuten des Zahlmeisters an Land gebracht, um die Sehenswürdigkeiten zu bewundern. Sie fuhr mit einer Seilbahn den Zuckerhut hinauf, und die gewaltige Statue wurde zu nichts als einem rissigen Abbild, von Menschen geschaffen. Sie sah die schönen Körper von Brasilianern, die am Strand der Copacabana faulenzten. Und die ganze Zeit spielte im Air-conditioned-Bus das Band mit »The girl from Ipanema«. Das machte sie vollends nervös. Sie fand auch ihre Reisegefährten unerträglich und wünschte sich nichts mehr, als an Bord zurückzukehren, ein Bad zu nehmen und sich schwelgend auf die nächtlichen Rituale vorzubereiten.

Dies war die nächste Enttäuschung. Giorgio hatte zu viel zu tun und konnte nicht zu ihr kommen. Sie sah ihn nur kurz an. Er schien beschäftigt und war mit seinen Gedanken ganz woanders als bei Zelda. Sie fühlte sich enttäuscht, meinte die Attraktionen des Strandes hätten Giorgios Interesse gefesselt. Denn die schlanken und sinnlichen Mädchen der Copacabana waren wirklich sehr beeindruckend gewesen ...

Rio hatte sie enttäuscht, aber ihr seltsames Verhalten begann, als das Schiff auslief und Giorgio immer noch nicht kam. Immer wieder drückte sie die Serviceklingel und verlangte Unmögliches von den Stewards und Stewardessen, die sofort erschienen. Aber Giorgio kam nie und auch Lila nicht, der sie eine Nachricht für ihren Geliebten hätte mitgeben können.

Wütend und enttäuscht meinte Zelda, ihr alternder Körper werde abgelehnt. Und in der Einsamkeit ihrer Luxuskabine schien sie den steinernen Christus lachen zu hören.

Margaret Allen hatte sich den Touristen nicht angeschlossen. Vor vielen Jahren war sie mit ihrem Mann bereits in Rio gewesen. Auf dem fast leeren Deck hatte sie mit Galvin gesessen und ein Buch gelesen, das sie auf diese Reise mitgenommen hatte. Ein zweites hatte sie dem Arzt geliehen. Irgendwo spielte ein Kofferradio, das einem Decksmatrosen gehörte, der sich an einem Stück Rost zu schaffen machte. Eifrig deckte er die Vorstreichfarbe mit Weiß ab, während die Passagiere an Land waren. Weder Galvin noch Margaret machte die Hintergrundmusik etwas aus, auch das laute Portugiesisch des Diskjockeys störte sie nicht.

Margaret verstand etwas Portugiesisch. Sie fand sich abgelenkt, als die Nachrichten das Verschwinden von zwei Flugzeugen und Bombenexplosionen in Hotels meldeten. Sie fühlte ihren Frieden gestört. Alte Erinnerungen und alte Ängste tauchten auf, aber dann beruhigte sie sich. Das alles war weit weg von Rio geschehen, und die Furcht war eigentlich nicht schlimmer als ein Alptraum, den man längst vergessen hatte. Sie las in ihrem Buch weiter und sagte Galvin nichts von den Nachrichten.

Auch Lila hatte die Nachrichten mit den Bombenmeldungen verpaßt, weil Palmer und sie die Gelegenheit nutzten, sich in seiner Kabine zu lieben. Anna, die im Waschraum des Schiffs zwischen Bergen schmutziger Wäsche beschäftigt war, die sie zum Waschen trennen mußte, hatte die Nachrichten aus dem Transistorradio gehört, das sie gelegentlich einschaltete. Sie hatte dabei auf die Uhr gesehen, und über ihr zerstörtes Gesicht glitt ein Lächeln. Sie warf Handtücher und Bettücher dabei weiter auf zwei getrennte Haufen.

Giorgio erfuhr davon in Rio. Trotz seiner Lust auf Mrs. Rebanowicz hatte er zuviel zu tun gehabt und fand erst lange nachdem sie Rio verlassen hatten Zeit für sie. Während Palmer noch immer über die unverdiente Bosheit von Melanie Corbett und über die Mißgunst von Meredith nachdachte, schlich sich Giorgio in Zelda Rebanowiczs Kabine. Er hatte sie am Morgen kurz gesehen, hatte sich mit zuviel Arbeit entschuldigt und ihr mitgeteilt, daß er in San Francisco den Dienst an Bord quittieren würde.

»Könntest du bitte eine Unterkunft für mich suchen, bei Freunden vielleicht, oder ...«, und sein Flüstern hatte hier in aller Öffentlichkeit die ungestillte Lust auf sie verraten, »bei dir.«

Mrs. Rebanowicz wagte kaum zu atmen, als sie den Zahlmeister fragte, wie sie im Hilton in San Francisco etwas reservieren könnte. Man sagte ihr, daß das keinerlei Probleme aufwürfe.

Als Giorgio in seiner Freizeit nach dem Mittagessen zu ihr kam, liebten sie sich wie nach vielen Wochen Enthaltsamkeit.

Lila erfuhr durch Giorgio von den Bombenexplosionen und wartete auf die Bestätigung, die Stephanos mit dem Nachrichtenblatt aus der Funkbude brachte. Abends rief sie Palmer in seiner Kabine an, wo er sich für das Dinner umzog, wie sie wußte. Seit Rio hatten sie sich nicht mehr gesehen.

»Ich bin's ...«

»Hoffentlich geht's dir gut. Diese verdammte Melanie hat ...«

»Vergiß sie. Wir sollten uns besser mal nicht treffen. Einen Tag lang nur.«

»Einverstanden«, sagte Palmer. Ihn überraschte ihre Umsicht. »Laß den Lärm der Schlacht verklingen ...«

»Den Ausdruck kenne ich nicht.«

»Natürlich nicht. Tut mir leid. Lila?«

»Ja?«

»Sehr lange warte ich nicht auf dich!«

»Ich auch nicht.« Sie zögerte, als müsse sie sich zu etwas entschließen. »Hast du auch Probleme gehabt?«

»Ja, ziemliche.« Es gab eine Pause.

»Ich freue mich«, sagte sie und legte auf. Ihr Herz klopfte, als sie sich umdrehte. Melanie Corbett näherte sich, und sie hob den Eimer auf.

»Eins dieser Gören hat den ganzen Teppich in 5224 voll gekotzt. Machen Sie, daß Sie dahin kommen. Ich hab' schon Stunden nach Ihnen gesucht.«

Lila schob sich an der sauber gekleideten, hübschen Frau vorbei. Melanie Corbett sah ihr nach. Sie begriff immer noch nicht, warum so eine simple Frau wie die Stewardess so anziehend wirkte. Der Schweißfleck auf dem Rücken von Lilas Overall sagte ihr nichts, verwirrte und ärgerte sie eher.

NEW SCOTLAND YARD, LONDON

Kate Meldrum war an diesem Abend als einziger höherer Polizeioffizier noch im Stabsraum. Sie überflog noch einmal die Notizen, die sie sich beim Anschauen der Videoaufzeichnungen gemacht hatte, die die palästinensischen Beobachter mit ihren Reaktionen auf das Debakel der Vereinten Nationen zeigte.

Was machte sie sich eigentlich vor? Natürlich sah sie all die klassischen arabischen Gesten der Resignation, das wortreiche Unterwerfen unter den Willen Allahs – Körpersprache, die jeder entziffern konnte, der auch nur die leiseste Ahnung vom Nahen Osten hatte. Doch sie suchte nach weniger Auffälligem. Sie suchte nach winzigen Zeichen des Triumphs und nach jenem Triumph, den Verzweifelte zu erkennen geben, denen die ahnungslose Welt gerade – nach ihren Wertvorstellungen – einen Freibrief gegeben hatte, jetzt den eigenen Rachefeldzug zu starten.

Sie hatte auf Mundwinkel geachtet, auf die kleinen Muskeln um die Augen, die so viel verrieten, auf Handbewegungen. Anfangs fand sie ihren Verdacht bestätigt. Doch als sie die Bänder zum zwanzigsten Mal betrachtete, war ihre Zuversicht verflogen. Sie spürte den Zwang der Psychiater, die die Fakten in ihre Theorien zwängten. Schließlich wußte sie nur, daß sie zu viele Zigaretten geraucht hatte und duschen wollte. Ihr fiel ein, daß sie ärgerlicherweise ihr Auto in die Werkstatt gegeben hatte, um einen neuen Auspuff einsetzen zu lassen. Sie schlug im Notizbuch eine neue Seite auf, entzündete die letzte Zigarette und lehnte sich zurück.

Der Dampf war raus. Hätten sie eine Spur gehabt, wär's anders. Aber das Verschwinden des Hubschrauberpiloten hatte sie aller Hoffnung beraubt. Am besten dachte man nicht lange darüber nach. Sie wußte, daß Nicholas sich schwere Vorwürfe machte, weil er diese Sache vermasselt hatte. Sie hatten herausgefunden, wo der Mann wohnte. Sein Bankkonto war unberührt, und seine Ex-Frau wußte nur, daß er eine Zeitlang unterwegs sein würde. Vierundzwanzig Stunden später meldeten die Einwanderungsbehörden in Dover, daß ein männlicher Passagier zu Fuß mit der *Free Enterprise VII* und einem Paß mit falscher Nummer das Land verlassen hatte. Auf der französischen Seite fand sich von ihm keine Spur. Am nächsten Tag lag ein Bericht auf Nicholas' Tisch, das überraschend schnelle Ergebnis eines Rundschreibens der Geheimdienste, daß in Abbeville ein Audi Quattro vier Tage lang geparkt hatte. Das Auto hatte eine deutsche Nummer und war verschwunden, als die örtliche Polizei sich nicht sehr gründlich nach dem möglichen Besitzer erkundigte. Beim Studium von Fahrplänen und Zeiten stellte sich heraus, daß der Audi vier bis sieben Stunden nach Ankunft der *Free Enterprise VII* verschwunden war.

Das war für Nicholas nur ein magerer Trost.

»Hungrig?«

Kate sah hoch. Nicholas sah erschöpft aus, und er tat ihr leid.

»Ja. Aber erst muß ich duschen, denn so geh' ich nicht aus.«

»In Ordnung.« Er hatte offenbar keine Kraft mehr zu argumentieren.

»Mein Auto ist in der Werkstatt«, sagte sie lahm, stand auf und griff nach ihrer Handtasche.

»Ich fahre Sie!«

Sie sprachen erst, als sie schon weit auf der Finchley Road waren.

»Man weiß jetzt, daß ich den Hubschrauberpiloten entkommen ließ.«

»Wer ist man?«

»Das Innenministerium.«

»Oh.«

»Ich wünschte nur«, begann er und schwieg dann.

»Wenn nur irgend etwas passieren würde, damit dieses elende Warten ein Ende hat.« Er drehte sich lächelnd halb zu ihr.

»Das sollten Sie besser nicht denken, Kate. Denn nach Ihrer Theorie«, fügte er sanft hinzu, »geht es nächstesmal um Schulkinder.«

»Ich weiß.« Sie schwieg, war müde, doch sie fühlte dankbar nichts von dem Druck, den ihre Vorgesetzten aushalten mußten. »Meine Theorie gefällt Ihnen wohl nicht?«

»Nein, aber das hat mit Ihnen nichts zu tun. Sie haben die Theorie mit zwingender Logik entwickelt, und Ihr Papier hatte großes Format. Sie machten immerhin darauf aufmerksam, daß das öffentliche Ansehen der Terrororganisationen wächst und daß sie den westlichen Kapitalismus unter Druck setzen, damit er ihre Kampagnen finanziert. Besonders gefiel mir Ihre Ausarbeitung über die Beteiligung der Organisationen an der neuen Airline von Costa Maya. Doch irgendwie konnte ich mich mit einer Schule als Tatort und den Schülern als Opfer nicht anfreunden ...«

Sie war enttäuscht. Doch als sie sich an die Gesichter von zwei Arabern in New York erinnerte, teilte sie seine Skepsis.

»Ich vermute, man wird morgen im Parlament Fragen stellen. Denn bestimmt hat irgend jemand nicht dichtgehalten.« Wieder schwieg er. In Bent Cross benutzten sie die Überführung, und sie dirigierte ihn die letzte Meile zu ihrer Wohnung.

Sie spürte ihr Herz klopfen, als sie ihn in ihre Wohnung bat. Sie fand die halbe Flasche Scotch, die Tim zurückgelassen hatte.

»Bedienen Sie sich bitte. Ich beeile mich.«

»Danke.« Er ließ sich ins Sofa fallen. Als sie aus dem Schlafzimmer kam, schlief er fest. Den Whisky hatte er nicht angerührt. Sie sah ihn an. Entspannt war sein Gesicht sanfter. Jungenhaft würde man es nicht nennen, aber der Schlaf nahm ihm viel von seiner kraftvollen Persönlichkeit. Ein angenehmes Gesicht, das eines Mannes, der ein Ziel kannte, doch es weder fanatisch noch brutal ansteuerte. Kate spürte, daß sie weich wurde, und eilte mit noch feuchtem Haar in die Küche. Als der Doppelpack Spaghetti Bolognese für Feinschmecker langsam im Mikrowellenofen garte, fiel ihr ein, daß sie eigentlich essen gehen wollten. Doch irgendwie schien es ihr selbstverständlich, für ihn hier in der Wohnung zu kochen. Der Doppelpack war ein Überbleibsel aus Tims Tagen.

»Eine schöne Wohnung, Chief Inspector.«

Seine Stimme überraschte sie, als sie gerade die Schüsseln füllte. Er stand in der Tür zur winzigen Küche und drehte das Glas Whisky langsam in den Händen. »Tut mir leid, daß ich eingeschlafen bin!«

Sie lächelte zu ihm auf. »Das macht nichts. Das hier ist sicher besser als durch Hendon zu tappen und was zu suchen.«

»Ja, das ist sehr nett von Ihnen.«

»Ich bringe es ins Zimmer, wenn es Ihnen nichts ausmacht, von den Knien zu essen.«

Er sah sich das Foto von Tim genauer an, das sie in ein Bücherregal geklemmt hatte, als sie mit zwei dampfenden Tellern ins Zimmer kam.

»O verdammt ... Ich habe nicht daran gedacht.«

Er schien von ihrer Reaktion überrascht. »Sie müssen sich nicht entschuldigen. Er sieht aus wie ein anständiger Kerl.«

»Ich hole Parmesan.« Sie floh in die Küche, war wütend über sich selbst und kam mit dem Käse und einer halben Flasche Weißwein zurück.

Er hatte das Foto zurückgestellt und studierte jetzt die Buchrücken.

»Gebundene Bücher sieht man heute selten. Mein Vater hatte ganze Regale voll.«

»Einige gehören Tim.«

Er setzte sich wieder und nahm das Glas. »Das nehme ich an. Dantons ›Seemannschaft‹ gehört sicher nicht zu den Titeln, die selbst ein ehrgeiziger weiblicher Polizeioffizier lesen muß.«

Die Bemerkung löste die Spannung nach Tims Erwähnung. Sie aßen jetzt in freundlicher Stille. Dann hörte Nicholas plötzlich auf zu kauen. Er schaute in die Mitte des Zimmers, hob die Gabel, und ein Faden Spaghetti rutschte von den Zinken. Er sah aus, als habe er einen Anfall.

»Ist alles in Ordnung?« fragte Kate laut.

»Ja ... ein Schiff ... das ist es, verdammt noch mal, ein Schiff. Wir haben die Sache mit der *Achille Lauro* übersehen ...«

Kate schüttelte den Kopf. »Nein, Sir, wir haben sie erwähnt. Sie haben doch selber die Warnung über Portsmouth Radio senden lassen.«

Nicholas schaute sie von weit, ganz weit her an. »Portishead . . .«, verbesserte er. »Ja, ich weiß, aber wir sind der Sache nicht nachgegangen.«

»Es gibt keine Berichte . . .«

»Noch nicht, noch keine von einem Schiff. Das erklärt die Verzögerung, vielleicht müssen die 86er Leute auf etwas warten. Ich verstehe nicht viel von Schiffen. Schade, daß Ihr Tim uns nicht helfen kann.«

Kate fühlte ihr Herz schlagen. »Wußten Sie, daß Alex Martin sich bei mir nach Tim erkundigte und ihm zu einem Job verhalf? Das einzige, was ich von ihm herausbekam, war, daß er einen Freund in Schiffahrtskreisen hatte, aber mehr sagte er nicht, kein Wort.« Sie hielt inne, war rot vor eigener Verblüffung.

»Fahren Sie fort, Kate«, sagte Nicholas, plötzlich wieder ganz da, »reden Sie weiter.«

»Nun ja, ich dachte, um ganz ehrlich zu sein und weil ich wußte, daß manch einer etwas dagegen hatte . . .«

»Daß die vielversprechende und schöne junge Polizeibeamtin Chief Inspector Meldrum von einem betrunkenen Seemann verführt wurde. Sie sollte unter ihresgleichen bleiben, sozusagen.«

»Ja, das klingt voreingenommen, aber solche Gedanken gingen mir durch den Kopf.«

»Wären sie mir doch durch den Kopf gegangen.«

Er reichte ihr über den Tisch die Hand. Sie ergriff sie und legte die Gabel zur Seite.

»Damals nicht, aber heute schon.«

Später konnte sie sich nicht mehr daran erinnern, wie sie so leicht kapitulieren konnte und wie sie ins Schlafzimmer gegangen waren. Was nach einem langgezogenen Höhepunkt blieb, war die Erinnerung an seine sanfte und langsame Art, sie zu lieben, die sie in dieser langen Nacht zusammenführte.

6

ADVENTURER, SÜDATLANTIK

Simon DeAth starb als erster.

Als Palmer den Fix aus dem 0200 Magnavox Satelliten Navigator auf die Karte übertrug, hörte er das Stakkato-Husten einer schallgedämpften Makarow und dachte, es sei DeAth selber.

Er spürte, daß jemand die Tür zum Kartenraum blokkierte und den Klang der See und den Nachtwind draußen hielt. Er drehte sich um. Selbst wenn er geahnt hätte, was auf der *Adventurer* geschehen würde – dies hätte er nie erwartet. Erschreckt und schockiert starrte er sie an.

Anna trat in das Kartenhaus, ihre Augen glühten wie Kohlen. Im Licht der Kartenlampe waren die Narben ihres zerrissenen Gesichts überdeutlich zu erkennen, denn die Karte reflektierte die Helligkeit von unten. Der Anblick schockierte ihn mehr als die Mündung der kurzläufigen Maschinenpistole, die auf seinen Bauch zeigte.

»Keine Bewegung.«

Er drehte sich halb um und ahnte, daß auch jemand auf der anderen Seite stand. Lila trat ins Licht, ein Schnellfeuergewehr an der Hüfte.

»Lila . . .«

Ihre Augen verrieten nichts. »Ruhe. Tu genau, was wir dir sagen. Ganz genau.«

Palmer spürte Schweiß ausbrechen, der seine Haut kitzelte. Trotz seines Wissens, mit dem er an Bord gekommen war, und trotz der Vorsorge, die er bei seinen Einkäufen in Charleston getroffen hatte, war er überrascht worden. Diese beiden hätte er als am wenigsten verdächtig eingestuft. Er spürte seine Knie zittern und wußte, wie dumm er sich verhalten hatte. Der Beweis schrie ihn an. Lilas nächtliches Jogging, die kurzen sozialistischen Sympathieerklärungen und die seltsamen Anspielungen auf Anarchie in der Nacht, als die See weiß wie Milch war. Anna hatte sich auf Proudhon bezogen, Lila sprach Latein – beide waren weitaus gebildeter als eine normale Stewardess oder gar eine Wäscherin.

Einiges konnte er sich durch ihre falsche puertoricanische Herkunft und mit der Unterdrückung im Nonnenkonvent erklären. Aber Palmer merkte jetzt, daß Lila sich ihm entdeckt hatte, indem sie in ihrer Leidenschaft ganz zielgerichtet handelte. Ihn hatte das Erotische fasziniert. Er erinnerte sich an ihre orientalische Hüfte, die ihn erregt hatte wie nie etwas anderes zuvor. Er war übertölpelt worden, hatte sich zum Narren machen lassen.

»Ich will die Karte sehen.« Lila bewegte die Mündung, und er trat zur Seite. Anna ließ ihn nicht aus den Augen, während er Lila beobachtete, die mit Parallel-Lineal und Zirkel auf der Karte hantierte. Er bemerkte, wie erfahren sie die Position eintrug und Entfernungen maß. Sie sah zu ihm hoch. Als er sie so sah, schien es ihm unmöglich, daß es dieser Mund war, der vor Lust unter seinen Bewegungen gestöhnt hatte.

»Ruf die Maschine an. Wir brauchen höchste Fahrt. Sag, es ist ein Befehl vom Kapitän.«

Er schluckte. In London hatte man ihm gesagt, was er tun sollte – aber nicht wie. Sein Herzschlag wurde ruhiger. Sie würden ihn nicht erschießen, noch nicht.

Er ging auf die Brücke. Im fahlen Licht der beleuchteten

Skalen sah er die Leiche des Quartermasters in einer Ecke liegen. Ein ähnlicher Haufen war auf den grauen Planken der Backbordnock zu entdecken: Simon DeAth. Die doppelte Bedeutung seines Namens berührte ihn plötzlich sehr. Er griff zum Hörer und wählte.

»Maschinenkontrollraum. Dritter Ingenieur am Apparat.«

Aus der Ferne konnte Palmer das leise Winseln der Turbinen hören.

»Guten Morgen, Charlie. Hier ist Tim. Der Alte will volle Pulle, hol raus, was du kannst.«

»Davon steht nichts in den Befehlen von meinem Chef.«

»Klar, der Wetterbericht ist ja auch eben erst reingekommen. Wenn wir uns ein bißchen beeilen, können wir dem Tief noch ausweichen. Ich kümmere mich jetzt mal um unsere Fracht, damit die Gläser nicht umfallen.«

»Okay, Tim. Es ist schon ziemlich lange her, daß wir mit voller Kraft voraus fuhren.«

Irgend etwas störte Tim an der Begeisterung, die plötzlich in der Stimme des Dritten Ingenieurs zu hören war. Er legte auf.

»Gut«, sagte Lila. Und dann sagte sie leiser und fast intim: »Mach uns keine Probleme, Tim, bitte, keine Probleme.«

Er konnte nicht antworten. Er wußte nur, wie leicht ihr der Coup gefallen war und wie verdammt blöd er sich verhalten hatte.

»Giorgio, Liebling, stell das Ding ab.«

Das durchdringende Piepsen der digitalen Armbanduhr unterbrach die letzten Liebeszuckungen. Giorgio drückte sich in einen wilden Höhepunkt und rollte sich neben die immer noch zitternde Mrs. Rebanowicz.

»Giorgio . . .«, protestierte sie.

Die Erschöpfung des Griechen war immer total, zeitweise total jedenfalls. Heute nacht hatte er sich ganz anders verhalten. Er zog eilig seine Hosen an und wollte schnell aufbrechen. Mit einer Hand streichelte er ihre Scham.

»Giorgio hat heute nacht einen besonderen Auftrag.«

»Was für einen Auftrag?« Ein schrecklicher Verdacht kam ihr und dämpfte ihre Erregung. »Hintergehst du mich?«

Giorgio stand vor ihr, öffnete den Reißverschluß seiner Hose, schaute hinunter, zog ihn wieder zu. Seine geschrumpfte Männlichkeit war wenig beeindruckend. Er grinste, ohne irgend etwas zu sagen, und zog sein Hemd an.

»Ich seh' dich morgen. Hast du mir ein Zimmer in San Francisco besorgt?«

»Sicher, Liebling. Das größte Doppelbett im San Francisco Hilton.«

»Giorgio betrügt dich nicht.«

Sie sah, daß er es ernst meinte, und lächelte ihn an, nackt wie sie war. Er konnte sich nicht erinnern, wie viele Frauen er schon gehabt hatte. Doch es war schon seltsam, daß diese große amerikanische Ziege die erotischste von allen war. »Du traust doch Giorgio, ja, traust du ihm?«

Zelda runzelte die Stirn. »Ja, natürlich.« Was will er von mir, fragte sie sich?

»Okay. Bis bald. Ich muß jetzt gehen.«

Und Zelda starrte auf die Tür, die sich hinter ihm schloß. Fünf Minuten später hatte Giorgio mit einer Kalashnikow in der Hand den Treffpunkt im oberen Maschinenraum erreicht, drei Flure über den Eingängen. Hier kontrollierte er den Zugang zum Maschinenkontrollraum, die Leiter, die im Schornstein nach oben führte, zum Schornsteinumbau und von da zur Brücke.

Der Schmierer Zig wartete schon.

»Jihad«, zischte Giorgio.

»Du hast dich verspätet«, antwortete Zig.

»Allahs Wille«, grinste Giorgio.

Er schaute sich um. Hier waren sie gut verborgen, es sei

denn, jemand suchte sehr genau. Sie standen hinter Tanks, die den Hilfsgenerator speisten, und hinter den Absaugern der großen Sulzer Diesel. Auf der anderen Seite bliesen ähnliche Rohre von oben nach unten in die ewig hungrigen Turbinen. Als letzter hatte sich hier ein Inspektor der amerikanischen Küstenwache aufgehalten, und er wäre auch der letzte gewesen bis zur Ankunft der *Adventurer* in San Francisco. Da die Ereignisse dieser Nacht das wenig wahrscheinlich machten, gab Giorgio seiner Zufriedenheit Ausdruck.

»Gute Arbeit, Zig.«

Als er nach unten blickte, entdeckte Giorgio weit weg im Maschinenkontrollraum den Dritten Ingenieur. Und dann wurden die Maschinen lauter. Die beiden Verschwörer sahen sich freudig an.

»Meldest du das jetzt Lila?«

Giorgio klopfte seinem Kameraden auf die Schulter und nickte. Dann verschwand er über eine Stahlleiter, die nach oben zum Schornstein führte und auf den Schornsteinumbau gleich hinter der Brücke.

Stephanos verharrte einen Augenblick draußen vor der Funkbude. Er fühlte sich gewichtslos, spürte pulsierendes Leben in sich. Es war sein erster Auftrag. Er lächelte, als er seine Pistole spannte, und hielt sie so, wie man es ihm beigebracht hatte. Der häßliche Schalldämpfer drückte den Türflügel auf, und er trat ein.

Crabtree hörte ihn nicht kommen. Er trug den Kopfhörer und las ein Buch. Das Geschwür mitten auf seinem Hals über dem mehr als schmutzigen Hemd erschien Stephanos wie eine Zielmarke, aber der junge Mann widerstand der Versuchung, dem Mann ein 9-Millimeter-Geschoß durch den Eiter zu jagen. So schoß er Crabtree ein Loch hinten in den Kopf. Das kleine Loch öffnete den Schädel dort, wo er auf der Wirbelsäule ruhte. Doch der Austritt vorn sah natürlich ganz anders aus. Crabtrees Gesicht verwandelte sich in eine blutige Masse aus Gehirn, Knochen, Haar und

Knorpel, klatschte gegen die Wand und rutschte nach unten.

Stephanos holte aus der Toilette nebenan ein Handtuch und wickelte es um den zerstörten Kopf. Wie man ihm gesagt hatte, zog er den Toten den Gang entlang. Er rollte unter einem der Rettungsboote an Steuerbord leicht über Bord und schlug laut klatschend aufs Wasser auf. Stephanos lehnte über die Reling und erbrach sich heftig.

Mit leerem Magen fühlte der junge Mann sich wohler. Er kehrte in die Funkbude zurück und säuberte sie. Jetzt war er dankbar, daß Crabtree so ein herrischer und unfreundlicher Mann gewesen war. Hätte er richtig in seinem Sessel gehockt, hätte Stephanos' Schuß Geräte zerstört. Und selbst aus Pflichterfüllung hätte er David Gordon nicht gern erschossen.

Als er mit seiner Säuberungsaktion zufrieden war, telefonierte er mit der Brücke. Lila antwortete.

»Jihad!« meldete er.

»In'sh Allah!« kam die Antwort zurück.

Vollmatrose Dieter Schmidt schlenderte den luxuriös mit Teppichen ausgelegten Gang in der Ersten Klasse entlang. Nachgemachte barocke Blendlaternen gaben ihm Licht. Zwischen ihnen hingen zum Schmuck Drucke und Bilder. Dieser offensichtliche Luxus stachelte Schmidt auf.

Um Zucht und Ordnung zu halten, patrouillierten nachts die Männer des Masters-at-Arms durch das Schiff. Sie hatten theoretisch die Macht, jeden zu melden, der die Kabinen der Passagiere besuchte. Offiziere, die so erwischt wurden, mußten sich auf Befehl des Kapitäns von den Passagieren fern und außer Sicht halten. So jedenfalls lauteten die Anweisungen der Reederei, obwohl andererseits die Passagiere bei Laune zu halten waren. Von den Offizieren und ebenso von allen anderen, die etwas vorhatten, erwartete man, daß sie das elfte Gebot einhielten, sich nicht erwischen zu lassen.

Ginger Marshall hatte diese Wachen auf Schiffen der Royal Navy organisiert, aber das waren immer Schiffe voller Männer. Jetzt hielt seine Arbeit zusätzliche Attraktionen bereit, gelegentliche sexuelle Abenteuer. Er pfiff leise vor sich hin, als er sich der Ersten Klasse näherte. Da gab es einen willigen Teenager mit dem Körper eines gefallenen Engels, den er in die Freuden gegenseitigen Masturbierens eingeführt hatte. Schmidts Anblick ließ ihn im Gang anhalten.

»He, Dieter, du hast hier eigentlich nichts zu suchen.« Und dann fiel ihm ein, daß er selber ja auch auf falschen Pfaden wandelte. »Zieh Leine, eh der Master-at-Arms dich erwischt.«

Schmidt schien ihn nicht zu hören, kam näher und hielt eine Hand auf dem Rücken verborgen, als kratze er sich seinen Hintern.

»Schmidt!«

Es trennten sie noch fünf Schritte. Marshall spürte plötzlich, daß irgend etwas nicht stimmte. Er hielt an.

»Schmidt ...«

Das Geschoß fuhr in Marshalls Unterleib, ließ ihn einknicken und warf ihn zurück. Er lebte noch, als Schmidt ihn nach draußen schleppte. Sein Kopf schlug gegen die niedrige Stufe. Dann rollte Schmidt den Mann über Bord. Auf dem tiefen purpurfarbenen Teppich würde man Marshalls Blut kaum sehen können.

Am Eingang fand er im Foyer Leute von der Nachtschicht, die mit einer Tasse Tee in der Hand schwätzten.

»Hi, Dieter. Was hast du vor?«

Er antwortete nicht, hob nur die Maschinenpistole an und feuerte aus der Hüfte. Er leerte sein Magazin vollständig in ihre sich aufbäumenden Leiber. Das dumpfe, schnelle Geknatter gedämpfter Salven wurde absorbiert von Teppichen und Vorhängen. Ohne jedes Mitgefühl zerrte er sie auf eine Seite, ein schmutziger Haufen hängender Gließmaßen und aufgelöster Haare.

Der Master-at-Arms kontrollierte weiter unten einen Gang. Er stand angenehm nahe an einer Tür zum Oberdeck. Der Mann wand sich und folgte Marshall über Bord, betäubt, aber noch atmend.

Als Schmidt die ihm zugewiesenen Aufgaben erledigt hatte, rief er die Brücke an. Es war kurz nach 03.00 Uhr.

Stephanos hatte die Satelliten-Antennenschüssel aus ihrer Halterung gelöst, die auf das Nehmen von Azimuth und Höhen eingestellt war. Weil diese Schüssel auf den geostationären Immarsat-Kommunikationssatelliten über dem Äquator im Atlantik ausgerichtet war, konnte man auf der *Adventurer* Telexe senden und empfangen und Telefongespräche führen. Dazu gehörte auch eine Notrufanlage, die einen automatischen Mayday-Hilferuf senden konnte und die ungefähre Position des Schiffes angab, um die Suche zu erleichtern. Wenn man die Schüssel entfernte, war auch dieses Gerät ausgeschaltet. Jetzt war die *Adventurer* vom Rest der Welt abgeschnitten und mit den üblichen Rettungs- und Such-Hilfen nicht mehr zu finden.

Stephanos isolierte das Schiff noch mehr, indem er auch alle Haupt- und Hilfsantennen abschaltete. Als er mit dem Ergebnis zufrieden war, verließ er den Funkraum und bewegte sich behende den Gang entlang, stieg eine schmale Treppe hinunter und eilte auf eine Kabinentür am Ende des Ganges zu. Seine Seekrankheit hatte er vergessen.

Als er innehielt, um seine Pistole zu überprüfen, merkte er, daß das Schiff mehr als sonst zitterte. Er griff an den Knopf und öffnete die Tür.

Wie jeder Kommandant hatte auch Kapitän Smythe einen leichten Schlaf. Verantwortung trug niemand leicht, und viele betäubten sich mit Alkohol gegen den ärgsten Druck. Unbewußt hatte Smythe die schnelleren Umdrehungen der Maschine gespürt und die leichte Schräglage, als das Schiff seinen Kurs änderte. Es handelte sich nur um eine leichte

Änderung von etwa einem halben Grad. Aber die Abweichung vom Normalen machte ihn wach und ließ ihn hochfahren. Er knipste das Licht über der Koje an und sah auf die Uhr. 3.05 Uhr. Palmer hatte Wache.

Smythe fluchte und griff nach dem Telefon. Für wen, zum Teufel, hielt sich dieser Palmer? Er hörte, wie die Tür zu seiner Kajüte aufging und legte den Hörer zurück. Es war sicherlich der junge DeAth, der die Kursänderung und die höhere Geschwindigkeit erklären sollte. Wahrscheinlich reagierten sie auf ein Mayday-Signal, das alle Schiffe aufnehmen mußten und dem sie zu folgen hatten.

»Ja? Was ist los?«

Der Kapitän konnte wenig erkennen in der Dunkelheit vor seinem Bett. Das Licht über der Koje erlaubte einem Mann zu lesen. Es beleuchtete seinen Oberkörper, als er sich aufrichtete, und machte ihn zu einem einzigartigen Ziel für Stephanos.

»Kapitän!«

»Ja. Wer zum Teufel sind ...?«

Das Geräusch des schallgedämpften Todes war nicht zu hören, Tribut an den Genius des schöpferischen Menschen.

Smythes Leiche war zu schwer für Stephanos, also ließ er sie liegen, wo sie war. Er löschte das Licht und ging in die Funkbude zurück.

Von der Brücke, bei der er sich meldete, erfuhr er, daß alles nach Plan lief. Er verband jetzt seine Hauptempfangsantenne neu. Geübt drehten seine Finger den Wellenknopf. In seinem Kopfhörer knatterte fernes Morsen, und er schaute auf die linke der beiden Uhren an der Kabinenwand. Es war gerade eben 6.00 Uhr Greenwich Mean Time. Zu früh also für seine eigene Nachricht. Plötzlich erstarrte er. Nur seine Finger bewegten sich, und er drehte den großen Knopf zurück. Auch der digitale Frequenzanzeiger lief rückwärts. Er griff nach einem Bleistift und schrieb auf einen Block. Das war doch unmöglich, absolut unmöglich.

Jetzt doch noch nicht! Auf gar keinen Fall. Die Entführung war ja gerade eben erst gelungen.

Er spürte sein Herz schlagen und den Schweiß auf der Stirn und unter den Achseln. Das Morsen endete, und er sah, was er auf den Block geschrieben hatte:

CQ CQ DE GKA PAN PAN PAN ANFANG AN ALLE BRITISCHEN SCHIFFE WARNUNG VOR MÖGLICHEN TERRORISTENANGRIFFEN ENDE STOP CQ CQ DE GKA.

Er war am äußersten Rand des Empfangsbereichs der wichtigsten britischen Seefunkstelle in Portishead nahe Bristol. Eine Wiederholung würde sicher bald von der neuen britischen Station auf den Falkland-Inseln gesendet werden.

Stephanos fluchte. Er riß das Blatt ab und starrte auf die Buchstaben. Er hatte das Datum und die Zeit nicht gehört, aber das spielte jetzt keine Rolle. Die Hunde wußten Bescheid, das war schlimm. Er kannte natürlich nicht alle Einzelheiten ihres Auftrags, aber er wußte, daß man wenigstens ein Dutzend andere Gruppen von Freiheitskämpfern um Hilfe gebeten und sie auch bekommen hatte. Nun hatte man sie alle verraten.

Wieder fluchte er. Verzweifelt versuchte sein Volk, seine Heimat wiederzubekommen. Ein Verrat wie dieser vergrößerte nur seinen Siegeswillen, selbst wenn er bei dem Versuch sterben sollte, denn dies war ein Jihad, ein heiliger Krieg.

Er suchte oben auf der Brücke nach Lila. Jetzt war er nicht mehr unruhig und schwitzte auch nicht mehr vor Angst. Ihm war eiskalt vor Wut.

Palmer stand unruhig im Kartenraum, gedeckt von Annas Waffe. In den letzten paar Minuten hatte Lila viele Anrufe aus dem internen Telefonsystem auf arabisch beantwortet. Auch jetzt redete sie wieder, knallte den Hörer auf und wandte sich Stephanos zu, der ihr seinen Bericht gab. Irgend etwas war schiefgelaufen. Stephanos war anfangs erregt,

Lila erschrocken, doch sie hatte sich bald beruhigt. Palmer war klar, daß Lila der Anführer der Gruppe war.

Nachdem sie Stephanos beruhigt hatte, gab sie neue Befehle. Stephanos hakte bei einigen nach, und Palmer meinte den Namen Blumenthal verstanden zu haben. Stephanos eilte davon.

»Behalten Sie Ihr Radar im Blick, Palmer«, sagte Anna, und er trat an das Racal-Decca ARPA, wie sie ihm befohlen hatte.

»Sind Schiffe in der Nähe?« wollte Anna wissen.

Palmer sah vom leeren Schirm auf und ließ seinen Blick über den Horizont streifen.

»Nein.«

»Weiter beobachten.«

»Wissen Sie, wie spät es ist, Dr. Galvin? Drei Uhr ist längst vorbei.«

»Was heißt das schon, Mr. Blumenthal? Alte Männer brauchen nicht viel Schlaf.«

»Das kommt darauf an, wie sie gelebt haben, Doktor ...«

»Machen Sie diese Reise aus gesundheitlichen Gründen?«

Der alte jüdische Staatsmann räusperte sich lächelnd. »O ja, aus Gesundheitsgründen. Wegen meiner Gesundheit kam ich in die Vereinigten Staaten. Es gibt hier gute jüdische Ärzte.«

In der Dunkelheit lächelte Galvin zurück. Er spürte, daß der alte Israeli über sich selber spöttelte.

»Aber sie sind nicht gut genug, oder?«

»Wie lautet die Diagnose?«

»Krebs in fortgeschrittenem Stadium.«

»Konnte man das so leicht feststellen?«

»Ja.«

Sie schwiegen jetzt in ihren Deckstühlen auf der leeren hinteren Veranda des Sonnendecks, gegen die nächtliche Kälte in Decken gewickelt. Im Schein der Decklichter des großen Schiffes sah das leere Sonnendeck mit den leeren Liegestühlen aus wie ein Gebiet, auf das man wahllos Stöcke geworfen hatte. Auf ihrer anderen Seite reflektierten die Windschutzscheiben den matten Glanz der Lichter. Und während die *Adventurer* in die dunkle Nacht stampfte, spiegelten sich ihre Lichter im schwarzen Nachthimmel und im öligen Rollen der See. Wolken verdeckten die Sterne. Das Klatschen und Schlagen des Wassers im Swimmingpool war deutlich zu hören. Es folgte den Bewegungen des Schiffes und schwappte an jeder Seite über. Das Deck glänzte dort feucht.

Nach langem Schweigen fuhr Galvin fort: »Ich erinnere mich, wie ich als junger Student Streit mit einem Freund hatte. Wir begannen unsere Meinungsverschiedenheit über die Frage, was richtiger sei: den Nazis Widerstand zu leisten oder sie gewähren zu lassen. Jeder führte gute Gründe für seinen Standpunkt an. Fünfeinhalb Stunden haben wir uns immer wütender gestritten. Da hatten wir beide längst unsere zivilen Standpunkte verlassen und uns in die polaren Regionen äußerster Bigotterie zurückgezogen. Jeder glaubte, er habe recht, aber jeder wußte auch, daß er die Debatte verloren hatte. Sie und ich haben das gerade vermieden.«

»Aber wir haben das Problem nicht gelöst, selbst theoretisch nicht. Israel ist ein Faktum, mein Lieber. Es ist absolut da.«

»Und es scheute nicht davor zurück, Gewalt zu gebrauchen, um sich zu konstituieren. Sie selber haben Ihre Rolle zugegeben im Kampf gegen die britischen Besatzungstruppen, die in Palästina die Einwanderung Ihrer Leute verhindern wollten. Also können Sie denen, die Sie vertrieben haben, keinen Vorwurf machen, wenn sie jetzt das gleiche tun. Wer Wind sät, wird Sturm ernten . . .«

Ein Schatten fiel über die alten Männer, zwei Schatten. Im Licht der Decklaternen sahen sie Metall glänzen. Sie sahen sich um und schauten hoch.

»Was ist das?« fragte Blumenthal.

»Die Vergeltung!« antwortete Galvin leise.

Palmer erkannte die beiden alten Männer, die auf die Brücke gebracht wurden. Er spürte, wie zufrieden die Terroristen waren, Blumenthal als Gefangenen zu haben. Als Palmer versuchte, sich für den harmlosen Galvin einzusetzen, ließ man ihn nicht zu Ende reden. Er sah, wie die beiden abgeführt wurden, und blicke auf die Uhr über dem Kartentisch.

Die Dioden zeigten 03.40 Schiffszeit. In zwanzig Minuten begann der Dienst der neuen Wache. Er sah Anna an. Sie stützte sich mit einem Ellbogen auf das Armaturenbrett. In der freien Hand hielt sie die Waffe.

»Lila möchte dir trauen.« Ihre Stimme klang fremd, obwohl er sie schon gehört hatte. Spürte sie, daß ihr zerstörter Mund ihn immer noch entsetzte? »Du wirst dich an meinen Anblick gewöhnen. Ich mußte es ja auch. Aber für dich wird es so schwer nicht sein.«

»Es tut mir leid.«

»Natürlich. Du bist ein anständiger Kerl, aber du bist der Feind, egal was Lila meint.« Im Licht bewegte sich die Mündung der Waffe leicht. Seltsamerweise machte ihm die Bewegung Mut.

»Ich meine es wirklich so, Anna.«

»Ja, Lila meint das auch. Sie kann Menschen und Charaktere gut einschätzen. Aber bisher mußte sie über einen Geliebten noch kein Urteil fällen. Wenn du uns hintergehst, werde ich dich töten.«

Das sagte sie so kühl und ohne jede Anteilnahme, daß nicht der leiseste Zweifel aufkommen konnte.

»Und wie geht es jetzt weiter?«

»Dies ist kein Film, Palmer. Ich werde dir doch unsere Pläne nicht verraten. Was jetzt zu tun ist, weißt du: Du beobachtest den Radarschirm.«

»Hier gibt es keine Schiffe . . .« Er unterbrach sich, irgendwie glücklich darüber, daß Lila ihn nicht ganz aufgegeben hatte. Es schien so, wenn man Anna glauben konnte, daß sie nicht vergessen hatte, was zwischen ihnen geschehen war. Diese leichte Sicherheit spornte ihn an.

»Ihr seid also Palästinenser, nicht Puertoricaner?«

»Ja. Wir gehören zu einer großen Organisation, April Acht Sechs. Was hast du am 15. April 1986 gemacht, als dieser Schweinehund Reagan Tripoli und Bengasi bombardieren ließ, Palmer?«

»Ich habe in London Arbeit gesucht.«

Das hatte sie offenbar nicht erwartet. Es machte ihn ihnen ähnlicher, weil ihm auch etwas fehlte, aber nicht sehr.

»Achte auf Schiffe.«

Geduldig stand er am Radar. Er spürte sie näher neben sich. Der Schirm war leer. Der Strahl drehte sich alle drei Sekunden um den Punkt, der in der Mitte glühte und ihren neuen Kurs angab, den Lila auf dem Autopiloten eingestellt hatte, nachdem sie auf der Brücke das Kommando übernommen hatte.

»Sieh selbst«, sagte er, »alles ist leer . . .«

Er spürte die Mündung der Waffe an seinen Rippen, als sie sich vorbeugte und das orangefarbene Nachglühen des Strahls beobachtete. Er sah sie an, als sie sich wieder aufrichtete.

»Weiter beobachten.« Sie zeigte ein Lächeln. Ihre Gesichtsmuskeln verzerrten sich dabei so, daß es unter dem wenigen Licht wie ein Scherzen aussah.

Palmer überkam der lächerliche Wunsch, ihr zu helfen, ihr die Bitterkeit zu nehmen, die sie innerlich auffraß wie die Liebe zu ihrer fernen, besetzten Heimat. Er wollte an sie denken, wie damals, als er sie kennengelernt, aber ihr Gesicht noch nicht gesehen hatte – eine leichtherzige, fast fröhliche Frau.

Aber dafür war es jetzt zu spät.

7

UNTERSEEBOOT *LIBERTAD*, SÜDATLANTIK

»Noch drei Meilen, Genosse Berater.«

Kapitän Sergei Korolenko legte das zerlesene Exemplar von ›Morski Sbornik‹ weg und schaltete von seiner Muttersprache Russisch auf Spanisch um.

»Gut. Danke.«

Er schwang sich aus der Koje und stellte sich hin mit der Leichtigkeit langer Erfahrung in der Enge von U-Booten. Er fühlte, wie sich die Lage des Decks änderte, als Kommandant Vega das Boot auf Seerohrtiefe brachte. Aus alter Gewohnheit sah er auf die Uhr. Eine perfekte Zeitplanung. Korolenko rieb sich das Gesicht heftig mit einem trockenen Handtuch. Das sparte Wasser und machte ihn doch frisch und wach – ein alter Trick von U-Boot-Leuten. Dann betrat er durch das offene Schott den Kontrollraum.

Jetzt hieß das U-Boot *Libertad*, doch Korolenko erinnerte sich an einen anderen Namen. Sie war sein zweites Kommando gewesen. Er hatte dieses Patrouillenboot der Foxtrot-Klasse auf der sowjetischen Werft von Sudomekh 1969 in Dienst gestellt – vor vielen Jahren also. Wie bei allen neuen Booten gab es auch hier Probleme. Nach so langer Zeit erinnerte er sich fast mit Wehmut an die haarsträubenden Zwischenfälle, die jetzt reine Erinnerungen waren. Erinnerungen bittersüß wie die an die eigene Jugend.

Irgendwie hat sich nichts geändert, dachte er. Aus dem achteren Maschinenraum kamen das Zischen und lauter werdende Donnern von Preßluft, die die Diesel startete. Vega war schon auf Sehrohrtiefe, der Schnorchel saugte bereits Luft in die nach Sauerstoff hungernden Diesel, die in wenigen Minuten die drei Schrauben der *Libertad* antreiben würden. Korolenko gefielen Vegas Initiativen. Im Kontrollraum herrschte die vertraute Disziplin. Die Sonarbeobachter hockten vor ihren Kontrollen. In ihren Kopfhörern klang nichts als das milliardenfache Geräusch des Ozeans. Die Sensoren befanden sich in einer senkrechten Ausbuchtung auf dem runden Bug der *Libertad*. Techniker überwachten die internen Systeme des Boots, und im Augenblick kümmerte sich Vegas Zweiter Mann um den Trimm, sorgte durch die richtige Menge Wasser in den Tanks dafür, daß sie auf Seerohrtiefe blieb. In der Mitte des Kontrollraums standen die glänzenden Säulen der Periskope, die Fundamente des Schnorchels und der Antennen. Er widerstand der Versuchung, das Kommando zu übernehmen. Das Deck schwankte unsicher, als das Boot getrimmt wurde. Doch der Versuch gelang, Korolenko war mit seinen Zöglingen zufrieden und mit der Art, wie sie mit Schwierigkeiten fertig wurden. Er mußte sich wieder ins Bewußtsein rufen, daß die *Libertad* nicht länger sein Schiff war.

Einiges hatte sich geändert. Das Dämmerlicht der Instrumententafeln schien nicht mehr auf russische, sondern auf hispano-indianische Gesichter. Und auch die Gerüche, die durch das Boot zogen, abgestandener Essensdunst und der Gestank ungewaschener Männer, waren nicht russischen Ursprungs. Bisher, merkte er, war ihm das kaum aufgefallen. Doch jetzt saugte der Schnorchel frische Luft ein, und da war die stinkende Luft fast sichtbar.

Er lächelte dem jungen Wachhabenden zu, der ihn vorbei ließ. Die *Libertad* mochte zwar alt sein, aber jahrelanger Dienst in der Roten Flotte hatte sie zu einem perfekten Instrument gemacht. Sie hatte immer noch alle Zähne, sechs Torpedoröhren im Bug, zwei im Heck, und alle konnten tödliche Schläge austeilen.

Er beobachtete Vega, der nach überlieferter Art von U-Boot-Männern seine Mütze umgedreht hatte und jetzt mit dem Angriffsperiskop den Schwenk über die Kimm beendete. Er hatte Probleme, weit genug zu sehen, bis seine Offiziere die Kunst des Trimmens beherrschten. Doch Korolenko sah auf die Uhr und wußte, sie hatten noch Zeit. Vega klappte die Griffe hoch und gab einen Befehl. Mit sanftem Zischen der Hydraulik sank das Periskop in seine Halterung. Der Mann aus Costa Maya wandte sich an den Russen.

»Wir sind auf Station, Genosse Berater. Nichts in Sicht, doch Garcia hier meldet einen Sonarkontakt.«

»Was für einen?«

Vega hob die Schultern, versuchte ein halbes Lächeln. »Uns fehlt noch Ihre Erfahrung, Garcia ...?«

Der Beobachter drehte sich um. »Ganz sicher Diesel, Genosse Berater, wie das Schiff vor Recife.«

»Gut.« Jetzt selber hinein zuhören hatte wenig Sinn, da die Diesel im Rumpf bereits röhrten. »Wir werden es bald wissen.«

Er trat an den Kartentisch, und Vega folgte ihm und beobachtete den Russen, der ihre Position nach den Daten des Trägheitsnavigationssystems eintrug. Vega wußte nicht, ob alle Boote der Foxtrot-Klasse mit solch einem System ausgerüstet waren, doch nach jahrelangem Navigieren von Handelsschiffen mit nichts als Sextanten und Chronometern, war die nautische Trickkiste der *Libertad* beachtlich groß.

»Soll ich also die Empfangsantenne ausfahren?« Eine Spur von Unsicherheit klang in Vegas Frage.

Korolenko hoffte, daß sich dahinter keine Furcht verbarg.

Der russische Kapitän mochte seinen Kameraden. Innerhalb sehr kurzer Zeit war aus dem Kapitän der Handelsmarine Vega ein U-Boot-Kommandant geworden. Doch er war keineswegs tollkühn und schon gar nicht bei der Bedeutung des jetzigen Auftrags. Das überraschte Korolenko nicht. Sowjetische Berater waren durchaus nicht immer angenehme und nachsichtige Leute, doch er hoffte, daß er selber Vega nicht unter Druck setzte. Es war durchaus möglich, daß Vega und seine zusammengekehrte Mannschaft sich selbst versenken würde, wenn Korolenko von Bord gegangen war. Vega hatte genug Erfahrung als Seemann, um sich davor zu fürchten. Korolenko lächelte ihm ermutigend zu.

»Sie haben das Kommando, Manuel . . .«

Vega wandte sich um, um die entsprechenden Befehle zu geben. Korolenko sah auf die Uhr vor sich. Sie zeigte UCT. Es war 06.58.

Unauffällig ging Korolenko in die Funkbude, eine winzige Ecke im hinteren Teil der Zentrale. Der abgewetzte Stuhl war leer. Er drehte sich um.

»Kapitän!«

Vega erschien mit besorgtem Blick. »Was ist los?«

»Wo zum Teufel ist der Funker?«

»Ich bin hier.«

Der Funker schob sich an den Männern vorbei, die die Tiefenruder bedienten, und zog den Reißverschluß seiner Hose hoch.

»Pissen Sie nächstesmal rechtzeitig. Kennen Sie die Frequenz?« Korolenko klang streng genug, um dem Mann seine Dämlichkeit klarzumachen.

»Alles eingestellt, Genosse Berater. Tut mir leid.«

»In Ordnung«, entgegnete Korolenko knapp. Seine eigene Digitalarmbanduhr war bereits über 06.59 UCT hinaus.

Der Matrose nahm Platz und setzte sich die Kopfhörer auf. Korolenko lehnte sich gegen das Schott und wartete. Der junge Offizier reichte ihm einen Plastikbecher mit Kaffee. Er dankte murmelnd. Seine aktuelle Aufgabe hatte auch diesen Vorteil – der Kaffee aus Costa Maya war vorzüglich.

Korolenko schlürfte den Kaffee, und die Sekunden liefen ab. Es wurde sieben Uhr und später. Vielleicht hatte die Gruppe den Angriff gar nicht starten können. In dem Fall würde die *Libertad* ablaufen und alles um 24 Stunden verschieben, was Korolenko nicht gefiel. Die zweite Position wäre viel zu nahe an dem verdammten Killer-U-Boot, das die Briten neuerdings in den Gewässern um die Falklands auf Patrouille hielten. Die Briten hatten natürlich keine Ahnung, daß die *Libertad* Matrosen hatte, die noch nicht trokken hinter den Ohren waren. Wenn die Engländer mit einem Atom-U-Boot der Swiftsure-Klasse auf sie zubrausten, um ihnen den Arsch mit Grundeis gehen zu lassen, schätzte er Vegas Chancen nicht sehr hoch ein. Solch ein Erlebnis würde den hoffnungsvollen Vega für immer verschrecken und der Mannschaft allen Mumm nehmen, und das war keineswegs Korolenkos Absicht. Dies war seine letzte Aufgabe, ehe er außer Dienst trat. Er hatte Arbeit am Schreibtisch immer gemieden und wollte auf gar keinen Fall einen Schmutzfleck auf seiner makellosen Karriere haben.

Er entdeckte einen dunklen Schweißfleck auf dem Hemd des Funkers. Hatte er wegen seiner Pisserei das entscheidende Signal verpaßt? Korolenko spürte, wie sich sein Magen vor Spannung zusammenzog. Es war jetzt genau 06.0057.

Vielleicht liefen die Uhren nicht mehr genau. Vielleicht ging auch die andere vor. Dann hätten sie die Nachricht verpaßt, ohne daß die Gruppe es ahnte. Der Plan sah nicht vor, eine Bestätigung zu senden. Jetzt fühlte Korolenko Schweiß auf der eigenen Stirn. Im Hauptquartier der nördlichen Flotte in Severomorsk hätte man für solch eine Panne überhaupt kein Verständnis.

ADVENTURER, SÜDATLANTIK

Stephanos wußte, daß er sich verspätet hatte. Weil er Giorgio in der Bewachung der beiden alten Männer helfen mußte, hinkte er dem Zeitplan hinterher. Die beiden sollten nicht einfach so getötet werden. Er rannte in den Radioraum und wußte, daß ihm nur noch Sekunden blieben. Jeden Augenblick konnte Crabtrees Ablösung kommen. David Gordon war ein gewissenhafter Mann und hatte gewiß einen Wecker gestellt, der ihn aus dem Schlaf holen würde.

Der Grieche verband die Antenne wieder, schaltete den Sender ein, wählte die verabredete Frequenz und wartete an der Morsetaste. Es war wenige Sekunden nach 04.00 Uhr Schiffszeit, 07.00 UCT, als er die Morsebuchstaben eines Kryptogramms der argentinischen Marine in die Taste hämmerte. Diesen Code hatte eine revolutionäre Zelle in Buenos Aires beschafft. Es war eine Routineanweisung an argentinische Überwasserkriegsschiffe. Wenn britische Funker auf den Falklands oder in der Nähe der Inseln sie auffangen würden, würde ihre Aufmerksamkeit in den Westen gelenkt. Falls ein hellwacher Brite ihre genaue Position aufgrund der kurzen Meldung fixieren könnte, standen sie immer noch nahe genug am Rio de la Plata, um als argentinisches Kriegsschiff zu gelten.

Er morste die Gruppe nur einmal und erwartete keine Antwort. Er wußte, daß die, die darauf warteten, sie nicht verpassen würden.

DDR-KÜHLSCHIFF *THEODOR KAST*, SÜDATLANTIK

Konrad Lenz, der Funker des Kühlschiffs *Theodor Kast*, blickte durch den Zigarettenrauch vor sich auf das Stück Papier, das Kapitän Otto Müller ihm gerade gegeben hatte.

Lenz hatte irgend so etwas erwartet, seit der Mann im grauen Anzug in Paranagua an Bord gekommen war. Aus irgendeinem wichtigen Grund war er zur falschen Zeit in Müllers Kajüte aufgetaucht. Der Mann im grauen Anzug hatte in einem Sessel gehockt wie jemand, der es gewohnt war, Befehle zu geben. Müller war ein guter DDR-Bürger, doch zuerst im Herzen Seemann. Politik mochte er nicht. Und auch Lenz mochte sie nicht. Aber Lenz verabscheute auch Rauchen und lief immer mit einer Zigarette im Mund herum. Er sagte allen, er inhaliere nicht, ließe sie nur brennen und atme drum herum. Und so vermied er Nikotin mit dem gleichen Erfolg wie Müller Politik.

Lenz drehte den Abstimmungsknopf auf dem Mittelwellenempfänger, schaute auf die Uhr an der Schott und dann wieder auf die Frequenz. Er war zufrieden, daß er sie korrekt eingestellt hatte, und sah zu Müller auf.

»Ich hab's!«

Müller nickte zustimmend. Er war ein verschlossener, schweigsamer Mann, mit einer schönen Frau verheiratet. Man mußte immer an seine Frau denken, wenn man ihn ansah, denn irgendwie paßten sie nicht zusammen. Anneliese war überaus attraktiv, zu attraktiv, als daß ein Seemann nachts hätte ruhig schlafen können, dachte Lenz. Doch das ging ihn schließlich genausowenig an wie die Sache hier. Er setzte die Kopfhörer auf und lehnte sich zurück. Der Rauch stieg kräuselnd hoch.

Sechs Minuten später hörte er die Gruppe aus drei Buchstaben, drehte am Einstellknopf und verzog sein Gesicht über den Morselärm, der diese Frequenz der Amateure erfüllte. Sehr überlegt begann er zu senden. Lenz war ein erfahrener Operateur, sein Gelenk der rechten Hand das feinste am ganzen Körper. Doch heute ließ er sich zu nichts hinreißen und nahm sich Zeit. Schnelligkeit wurde heute nicht belohnt.

Er brauchte zehn Minuten, um durchzukommen. Der

Amateur in Florida war verdammt langsam, aber schließlich tauschten sie Rufzeichen aus. Lenz fing an zu senden und grinste dabei leicht vor sich hin. Er sendete in Englisch, der internationalen Sprache der See. Die Nachricht enthielt Geschwätz, gehörte zu der Art von Botschaften, die Amateure austauschen, wenn sie mit jemanden reden, der Hunderte von Meilen entfernt sitzt.

... SIND AUF DEM HEIMWEG STOP FREUEN UNS WIEDER AUF DIE FAMILIE STOP SCHÖN MIT DIR ZU REDEN HOFFE DU BIST OKAY DER EMPFANG IST HEUTE NACHT GUT STOP OVER

Die Antwort kam schnell:

... SCHÖN DICH WIEDER ZU HÖREN STOP HOFFE IHR HABT GUTE FAHRT BRINGT IHR GESCHENKE MIT AUS SÜDAMERIKA STOP OVER.

»Das ist er«, sagte Lenz dem Kapitän und war froh, daß er an den richtigen sendete. Er fuhr fort.

JA. BESONDERE SCHOKOLADE ZUR ERINNERUNG STOP OVER. GLÜCK GLÜCK GLÜCK STOP EINEN GUTEN TAG NOCH OVER.

Lenz setzte die Kopfhörer ab und sah Müller an. »Also, Kaptain, was immer der wissen sollte, weiß er jetzt.«

Lenz ließ das als Frage klingen, aber Müller schüttelte den Kopf. »Ich weiß es nicht, Konrad, und ich lege auch keinen Wert darauf, es herauszubekommen.«

Müller verschwand.

»Na ja«, murmelte Lenz, und die Kippe tanzte auf seinen Lippen, die sie fast verbrannte, »aber wetten würde ich, daß du bestimmt gern wissen willst, was heut' nacht zu Hause in Rostock los ist ...«

Er griff nach oben und stellte das Gerät ab. Auf der Uhr sah er die Zeit und notierte sie in der Spalte Zonenzeit mit 04.20. Hier galt immer noch die der brasilianischen Ostküstenzeit. Dann nahm er die Zigarettenkippe aus dem Mund und drückte sie in einem Blechascher aus.

LEUCHTTURM CAPE PEMBROKE, EAST FALKLAND

Ein hellwacher Brite empfing auf den Falklands die Drei-Buchstaben-Gruppe, die Stephanos sendete. Er war Amateurfunker und vergnügte sich am Wellenknopf seines Gerätes im Leuchtturm von Cape Pembroke. Billy Pugh hatte die Nase voll von seinem jetzigen Job. Sein Hobby hatte ihm im Leuchtturm von Smalls auf dem Felsen vor Pembrokeshire zu Hause viel mehr Spaß gemacht. Aber da die Herren vom Trinity House beschlossen, den Leuchtturm von Smalls auf Automatik umzurüsten, hatte er sich freiwillig für den Job in Pembroke am anderen Ende der Welt gemeldet. Und bereute das bereits.

Er hatte die drei Buchstaben deutlich gehört, so deutlich, daß er annahm, sie kämen aus Argentinien. Es wäre ein besonderes Vergnügen, mit einem Amateur in Argentinien Funkkontakt zu haben, sich nicht mehr um die Zäune zu kümmern, die Politiker und Militärs errichtet hatten, und mit einer verwandten Seele ein Schwätzchen zu halten, mehr nicht. Aber das Signal wurde weder wiederholt noch folgte ihm irgend etwas. Und außerdem war es an der Zeit, nach oben zu steigen und das Licht zu warten. Einzelne zufällige Signale waren hier nicht selten, doch dies hier war weit weg von den Frequenzen von Marine, Luftwaffe und Heer, die die Festung Falkland bewachten.

Er stand auf und streckte sich, vergaß die drei Buchstaben auf dem Blatt und stieg die Wendeltreppe vom Wachraum zum Lampenraum nach oben.

CHILENISCHE FREGATTE *BERNARDO O'HIGGINS*, DRAKE PASSAGE KAP HOORN

Funker Erster Klasse Arturo Hernandez empfing das Signal klar und deutlich und wußte sofort, was es bedeutete. Er war zufrieden mit sich, weil er insgeheim schon immer der Meinung war, daß die Argentinier ihren Truppenteilen auf ziemlich verrückten Frequenzen Befehle sendeten. Diese Theorie fand er jetzt bestätigt und außerdem nachträglich eine Rechtfertigung dafür, gegen den strikten Befehl verstoßen zu haben, nur die vorgegebenen Frequenzen zu beobachten. Sein Wachoffizier war noch sehr jung, und er würde sich schon rausreden. Er war sicher, daß der Kommandant nicht zu viele Fragen stellen würde, wenn er erst mal wußte, um was es ging. Nur etwas blieb Hernandez unverständlich – die Station, von der gesendet worden war. Er kannte die Handschrift nicht. Obwohl er es nicht wußte, war es eine winzige atmosphärische Störung, die ihm die wohltuende Bestätigung seiner privaten Theorie lieferte.

Er wandte sich an den diensthabenden Offizier in der Funkbude. Ein paar Minuten später rief der die Brücke an und bat, den Kommandanten zu sprechen.

Kapitän Enrique Soto wartete zufrieden auf der Brücke auf die Morgendämmerung, seine größte Freude auf See. Das Nahen des Morgens zu erleben gehörte zu den Gewohnheiten, die er schon als Erster Offizier des Ausbildungsschiffs *Esmeralda* angenommen hatte, einer viermastigen Barkentine. Auf ihr hatte er sein letztes Kommando auf See, ehe man ihn als Lektor auf die Chilenische Marineakademie nach Valparaiso schickte. Die Academia Naval Arturo Pratt konnte man natürlich nicht mit einem Segler vergleichen, auch nicht mit seinem heutigen Kommando, der Fregatte *Bernardo O'Higgins*, in England gebaut, zur Leander-Klasse gehörend.

Soto schaute zufrieden nach vorn auf den schmalen

Rumpf, der leicht die lange niedrige Dünung des Südlichen Ozeans in der Drake-Passage durchquerte, dem Stück Wasser zwischen Kap Hoorn und der Antarktis. Heute war es ein Vergnügen, dieses härteste Stück Ozean zu kreuzen, fast wie ein Segelausflug an einem herrlichen Sommermorgen. Insgesamt war Kapitän Soto zufrieden mit seiner Abkommandierung in den Dritten Marineabschnitt, der bis zum Pol reichte. Seine Fregatte, für viele Zwecke einsetzbar, hatte keine feste Aufgabe. Sie kehrte jetzt in den Norden nach Puntas Arenas zurück, nachdem sie Männer und Vorräte zu einer chilenischen Station in der Antarktis gebracht hatte.

»Sir!«

Der wachhabende Offizier stand neben ihm. »Ja?«

»Die Funkbude hat einen argentinischen TX-Spruch aufgefangen, Sir. Drei Buchstaben. Bedeutung: ›Weitermachen nach meinen Befehlen.‹ Signalstärke drei; das Signal kam klar und deutlich an.«

Soto runzelte die Stirn. »Wer hat als Funker Dienst?«

Der Leutnant kehrte verlegen auf die Brücke zurück, um es herauszufinden. Er legte den Hörer auf und meldete: »Hernandez, Sir.«

»Ah ja. Ein verläßlicher Mann. Peilung?«

Wieder griff der Leutnant zum Hörer.

»Lassen Sie's, Leutnant. Ich gehe selbst mal runter. Denken Sie nur dran, Sie sind nicht mehr auf der Akademie, sondern auf See. Wer weiß, was die verdammten Argentinier wieder vorhaben!«

Geübt stieg Soto in den Funkraum, hielt sich an Handläufen fest und achtete auf die Stufen. Sein plötzliches Erscheinen sorgte für Unruhe.

»Also, Hernandez, was schließen Sie daraus?«

»Schwer zu sagen, Sir. Es war weit weg. Ich habe die Position nicht peilen können, dafür war's zu schnell.«

»Schade . . .«

»Ja, Sir!«

»Kam es aus der Gegend von Tierra del Fuego?«
»Nein, Sir. Mehr von der Ostküste.«
»Malvinen?«
»Ja, das könnte stimmen.«
»Das scheint mir auch sinnvoller. Vielleicht rütteln sie mal wieder an den englischen Zäunen. Beobachten Sie die Frequenz weiter ...«
»Es war keine der üblichen, Sir.«
»So? Und wie kamen Sie darauf?«
»Ich habe das ganze Band abgeklappert ... auf dem Rückweg«, log Hernandez.
Soto sah ihn lange an und bemerkte den Schweiß, der Hernandez plötzlich auf der Stirn stand.
»Gute Arbeit, Hernandez. Ich liebe Initiativen – jedenfalls gelegentlich.«
»Danke, Sir.« Der Mann sah sehr erleichtert aus.
Soto wandte sich an den Wachhabenden. »Vercoden sie das zur Information von Talcahuano und setzen Sie es sofort ab.«

UNTERSEEBOOT *LIBERTAD*, SÜDATLANTIK

Kapitän Manuel Vega sah die Sekunden auf der Uhr am Schott verstreichen. Er hoffte, daß der Funker das entscheidende Signal nicht verpaßt hatte. Doch José war sein Funker gewesen, als er selber noch ein Handelsschiff fuhr. Die anderen Funker waren noch Anfänger trotz des Trainings von russischen Instruktoren, die vor sechs Monaten das Foxtrot-Boot aus Severomorsk überführt hatten. Noch immer hatte Vega mehr als Respekt vor dem Schiff, das er jetzt befehligte. Während der blutigen Revolution von Costa Maya hatte er mit einer Gruppe Seeleute seines Schiffs das schnelle Patrouillenboot geentert und gekapert, das auf die Reede von San Niccolo geschickt worden war, um sie sicher in den Hafen zu bringen, wo sie ihre Waffen aus den USA löschen sollten. Keiner von Vegas Leuten wollte, daß Raketen, Granaten und Napalmbomben ihre eigenen Häuser trafen.

Vega übergab die Waffen den Aufständischen und suchte mit einer kleinen Gruppe Freiwilliger auf dem Patrouillenboot nach Regierungstruppen und kämpfte sie nieder, wo immer er sie fand. Als Konsequenz dieses Draufgängertums bot man ihm in der neuen Kriegsmarine der Volksrepublik Costa Maya einen Kapitänsrang an. Vega fand sich als Held wieder und als Kommandant des ersten Unterseeboots des Landes. Monatelanges Training folgte. Und dann waren die russischen Instruktoren plötzlich verschwunden, ließen nur den Kapitän ersten Ranges zurück, Korolenko, und die besonderen Befehle des Vorsitzenden der Volksrepublik.

»Ich hab's!« José, der Funker aus Costa Maya, riß sich die Hörer vom Kopf und grinste.

Vega und Korolenko hätten sich fast die Schädel eingeschlagen, als sie sich eifrig über Josés Schulter beugten.

»Sehr gut, mein Freund«, lobte Korolenko.

»Gut gemacht, José«, sagte auch Vega.

»Ich gehe jetzt und bereite unsere Gäste vor.« Korolenko lächelte und ging gebückt nach vorn und verschwand durch das schmale Schott zwischen den Rohren, den Leitungen und den Schlafplätzen der Mannschaften. Vega schaute sich an, was das Trägheitsnavigationssystem zeigte. Er kannte die Koordinaten von Länge und Breite auswendig. Drei Minuten später ließ er die Maschine stoppen.

»Klar zum Auftauchen.

Korolenko beeilte sich, nach vorn zu kommen. Die Costa-Maya-Seeleute machten ihm nach Vegas Befehl Platz auf ihren Wegen zu ihren Stationen. Sie zeigten ihm viel Hochachtung, und Korolenko mochte sie deswegen. Sie hatten noch den ganzen Eifer der ersten Generation von Revolutionären, etwas, das trunken machen konnte.

Er betrat den Torpedoraum. Die *Libertad* hatte nur wenige der 533-Millimeter-Torpedos an Bord, die sonst hier Platz fanden. Den Raum bevölkerten zwei Dutzend Männer und Frauen. Sie waren schon alarmiert und zogen sich Kampfjacken an und legten sich Gürtel mit Granaten und Beutel mit Munition um. Sie prüften Kalashnikov-Gewehre und kleinere Handfeuerwaffen und füllten ihre Feldflaschen mit Wasser aus einem großen Plastikcontainer.

Der Raum barst fast vor Unruhe.

»Genossen ...« Es gelang ihm, ihre Aufmerksamkeit zu finden. »Genossen, in wenigen Augenblicken tauchen wir auf. Ich möchte Ihnen Glück wünschen. Sie tun etwas Historisches für die Weltrevolution. Was Sie für die Unterdrückten in Palästina erreichen werden, wissen Sie alle selber. Sie werden die alten Klassenfeinde angreifen in einer gerechten Sache, wie sonst wenige in der menschlichen Geschichte. Ich wünschte, ich könnte mit Ihnen kommen.«

Er lächelte, und sie grinsten zurück, die aus Costa Maya und die Palästinenser, Frauen und Männer. Korolenko wünschte sich seine Jugend zurück. Und ging in den Kontrollraum.

»Genosse Berater.« Vega klang laut, und seine Augen glänzten. Er winkte Korolenko ans Periskop.

Der Russe mußte die Optik nicht nachstellen und brauchte auch keine Zeit, seine Augen an den Unterschied im Licht zu gewöhnen. In der südatlantischen Dämmerung lief grau und riesig ein gewaltiges Schiff auf sie zu, im Halbdunkel brannten die Deckslichter noch. Er erkannte die beiden helleren Lichter im Mast und den rötlichen Glanz des Positionslichts an Backbord. Triumphierend wandte er sich Vega zu.

»Tauchen Sie auf, Genosse Kapitän.«

ADVENTURER, SÜDATLANTIK

Müde lehnte Palmer den Kopf gegen das Glas der Brücke. Üblicherweise schlief er zwischen vier Uhr morgens und Mittag, denn seine sozialen Verpflichtungen beschäftigten ihn den größten Teil des Abends. Und seit kurzem gab es auch noch Lila.

Doch an sie wollte er jetzt nicht denken.

Im Sessel des Kapitäns hinter ihm saß Anna, ein Schnellfeuergewehr auf dem Schoß. Vor ihm stieg und fiel wie ein langer grauer Pfeil der Bug der *Adventurer*, während das Schiff durch eine niedrige Dünung glitt, die auf schweres Wetter irgendwo weiter im Süden hindeutete. Zwischen die bleifarbene See und eine dichte Wolkendecke versuchte sich ein ferner Schimmer von Morgenlicht zu zwängen. Es sah ganz nach einem wäßrigen, niederdrückenden Morgen aus. Er wollte schlafen und er wollte mit Lila reden. Doch vor allem wünschte er, man hätte ihn nicht gezwungen mitzuhelfen, die Leichen von DeAth und dem Quartermaster über Bord zu werfen. In London hatte man mit so etwas nicht gerechnet.

»Kümmere dich um das Radar, Palmer.«

Er wandte sich müde der Terroristin zu. »Ich sehe, daß der Horizont leer ist.«

»Radar.«

Das Gewehr bewegte sich, und zögernd gehorchte er.

Er sah vom Radarschirm hoch. »Nichts.«

Anna blickte auf ihre Uhr. »Bist du sicher?«

»Natürlich, verdammt noch mal«, antwortete er, fühlte sich plötzlich ganz und gar ausgelaugt und fragte sich, wie lange er wohl noch Wache gehen sollte. Die Ablösung war schon mehr als eine Stunde überfällig. Palmer fragte sich auch, ob die Männer von allein aufgewacht waren oder was die Terroristen mit ihnen beim Aufwecken machen würden. Was er nicht wußte war, daß der Wachwechsel im Maschinenraum mit geübter Präzision stattgefunden hatte, beobachtet von Zig und dem bewaffneten Schmidt. Nichts ahnend, waren der Dritte Ingenieur und seine Helfer in dieser Grabesstunde in die Koje gekrochen, ein Ergebnis langer Routine.

Anna schaute jetzt auch wieder auf den Radarschirm neben ihm. Er sah das orangefarbene Licht sich auf dem haarlosen Stück Haut über ihrer Stirn spiegeln und wünschte, er könnte die Uhr zurückdrehen. Die Unsicherheit zerrte jetzt gewaltig an seinen übermüdeten Nerven.

»Wie ist das geschehen?« fragte er plötzlich und deutete dabei auf sein eigenes Gesicht.

»Willst du das wirklich wissen? Es war ganz einfach. Es fing an zu brennen, als Kfir Kampfflugzeuge der Heyl Ha'Avir, der israelischen Luftwaffe, Raketen abschossen. Wußtest du das, Palmer, daß die Israelis die Kfir entwickelten, nachdem sie Pläne aus Frankreich gestohlen hatten, und daß der Rumpf der Mirage einen amerikanischen Düsenantrieb hat? Ich sag' dir das, Palmer, damit du verstehst, warum wir Palästinenser glauben, daß wir Opfer sind. Wir sind wütend, Palmer. Die Kfir-Maschinen griffen mein Zuhause an, eine Hütte im Lager Shatila im Libanon, Palmer, in einem Land, das Frieden mit Israel hielt. Man nahm an, bei uns wäre das Hauptquartier einer Einheit der PLO. Vielleicht trugen ein paar unserer jungen Männer Waffen. Aber junge Israelis haben auch Waffen. Im Unterschied zu uns tragen sie sie unter der Flagge eines zivilisierten Landes mit einem Rechtssystem. Wir haben kein Land und keine Flagge. Die Israelis haben uns beides gestohlen. Sie bombardieren uns, während wir in einem anderen Land zu leben versuchen. Es war ein schlimmer Angriff, meine ganze Familie wurde getötet, ich brannte . . .«

Plötzlich griff sie nach seiner Hand, mit der er sich neben dem Radarschirm abstützte, und hob sie an ihr Gesicht. Sie hatte Kraft. Unter seiner Hand fühlte er das trockene, gewundene Gewebe, das bis zum Knochen zerrissen war. Im fahlen Licht konnte er unverheiltes Fleisch erkennen, das leicht vorstand.

»Versuch keine Tricks, Palmer, meine Waffe zeigt auf deine Eier.«

Er war so erschrocken von der Berührung ihres Gesichts, daß er daran nicht einmal gedacht hatte. Annas Gesicht war so fürchterlich entstellt, daß der leere Blick, mit dem ihre Warnung beantwortet wurde, ihr recht gab. Lila hielt Palmer für einen Träumer – und das war er auch. Aber nicht alle Träumer sind nach rückwärts gewandt. Was hatte dieser große britische Scharlatan Lawrence gesagt? Alle Männer träumen, aber nicht auf gleiche Weise. Die, die tagsüber träumen, sind die gefährlichsten.

Ganz genau erinnerte sie sich an das Zitat nicht, aber darauf kam es jetzt nicht an. Palmer würde ihnen nützen, Lila jedenfalls rechnete mit seinem Können.

»Wir sind nur Menschen, Palmer, keine Terroristen, keine Banditen, nur sehr wütende Menschen . . . schau wieder auf den Schirm, los.«

Langsam wandte er sich von ihr ab und folgte dem orangefarbenen Kreisen des Strahls auf dem Schirm.

»Lieber Gott!«

Hinter dem fleckigen Flattern, das die Wellen nahe am Schiff zeigte, war ein festes Glühen zu erkennen, das Echo eines zweiten Schiffes. Er griff nach dem Fernglas in der Halterung neben dem Radarschirm und hob es suchend.

In der Dämmerung war die See grau, trug seltene weiße Streifen und Furchen von den niedrigen Schatten und Hebungen der Dünung. Doch das Schwarze, das sich in der Dünung weniger als eine Meile voraus hob und senkte, konnte man nicht übersehen. Der schwarze runde Turm, die unregelmäßig aufragenden Antennen und Sehrohre und der lange zigarrenförmige Rumpf, der gelegentlich rollend in der Dünung sichtbar wurde, das durch die Speigatten und

Schlitze grau strömende Wasser, der etwas höhere Bug mit der deutlichen Rundung für das Sonar ließen keinen Zweifel zu.

»Ein Unterseeboot.«

Anna zeigte neben ihm keinerlei Überraschung. »Bring das Schiff jetzt zum Halten, Palmer.«

Der kurze, vertraute Augenblick war vorbei. Er sah wieder in die mitleidlose Mündung ihrer Waffe.

Korolenko und Vega standen nebeneinander auf dem schmalen Deck über *Libertads* Finne. Mit ihren Gläsern beobachteten sie das große Schiff, das noch beeindruckender war, als sie angenommen hatten. Sie atmeten die kühle frische Luft der südlichen Dämmerung tief ein und sahen, wie die Welle unter dem seitlich vorspringenden Bug flacher wurde. Das Schiff verlor an Fahrt und fiel ab und gehorchte dem Ruder weniger. In dieses Lee ließ Vega die *Libertad* wenden.

Der Ozeandampfer schien über ihnen vor dem Bug zu schweben, als sie aufstoppten. Der weiße Rumpf mit dem überaus schmalen Vorschiff und dem langen Kreuzerheck ragte über ihnen hoch wie eine Klippe, bepunktet mit Reihen und Reihen von Kabinenfenstern. Nur im Heck fielen die Seiten von Sonnendeck zu Sonnendeck ab, durchsichtige, gigantische Kunststoffwölbungen schützten vor dem Wind. Über ihren Aufbauten, die an einen Hochzeitskuchen erinnerten, und über ihrer Navigationsbrücke ragten die Masten empor mit den rotierenden Radarantennen, der Kuppel über der Satelliten-Navigationsschüssel und dem gewaltigen blau-orangenen Schornstein mit dem Zeichen ihrer kapitalistischen Eigner.

Schwarze Schlangen fielen plötzlich über ihre weiße Seite, die Leitern, die für das Besteigen der Rettungsboote vorgesehen waren, wurden herabgelassen. Mit ihren Gläsern erkannten die beiden Seeleute oben ein paar dunkle Gestalten.

Sie bewegten sich schnell wie gut trainiert. Nur ihre Rücken waren verunstaltet. Sie hatten die Schnellfeuergewehre umgeworfen, um ihre Hände frei zu haben.

Vega ließ die *Libertad* langsamer laufen, und der Atlantik brach sich nicht länger am Bug und an dem kleinen Phallus des Sonars. Er rief seine Befehle nach unten und brachte die Vega auf Parallelkurs mit dem Dampfer und stoppte sie dann. Die drei Schrauben wirbelten grünes und weißes Wasser über das Achterdeck. Zwischen den beiden Schiffen bewegte sich die See dunkel und glänzte nur im Licht des Dampfers. Wie ein Goliath über einem David hing das Kreuzfahrtschiff über der kleinen *Libertad*.

Im Vorschiff gab es ein paar laute Schläge, und die Luke öffnete sich, durch die sonst die Torpedos geladen wurden. Dunkle Gestalten kletterten heraus, maßen kurz den hohen Dampfer und sammelten sich diszipliniert an Deck. Matrosen folgten ihnen, zerrten seltsame Bündel hoch und Schläuche mit Preßluft aus dem Maschinenraum. Zischend wurden aus den Bündeln aufgeblasene Boote. In wenigen Minuten waren sie zu Wasser gelassen. Gurgelnd lief die See den stählernen Rumpf des Unterseebootes entlang. Die ausgebildeten, mit Jacken uniformierten Kämpfer rutschten in die Boote. Zwei fielen ins Wasser und wurden sofort wieder herausgefischt. Ein Fauchen und aufsteigende Blasen im Bug verrieten, daß etwas durch die Torpedorohre bugsiert wurde, das die Schlauchboote aufnahmen. Eine halbe Stunde nach dem Auftauchen hatten die Neopren-Boote den Rumpf der *Adventurer* erreicht, und voller Erwartung beobachtete Korolenko die ersten, die auf den schwankenden Leitern nach oben kletterten. Den Augenblick hielt er mit seiner Kleinbildkamera fest.

Über ihnen winkte aus der Brückennock jemand, eine Frau. Beide Männer grüßten zurück.

»Viva la Revoluçion!« rief Vega neben ihm mit glänzenden Augen.

Ja, dachte Korolenko, so begeistert ist man nur anfangs.

ADVENTURER, SÜDATLANTIK

»Da sind sie, Palmer. Sieh sie dir genau an.«

Palmer tat, was ihm befohlen wurde, und stellte sich zu Anna und Lila auf die Brückennock, von der aus Kapitän Smythe sich an diesem Yankee-Lotsen Hansen gerächt hatte – noch vor wenigen Tagen.

Wen sah er? Schmidt, natürlich Schmidt, und Stephanos und Giorgio, den Steward, die sich unter den Rettungsbooten über die Reling lehnten. Er verfolgte die Schlauchboote, die das Wasser zwischen den beiden Schiffen querten, und hörte den spanischen Ruf der Revolutionäre. Er ahnte etwas von der Planungsarbeit, die hinter dieser Aktion steckte. Und doch war es nicht gänzlich geheim geblieben. Irgend etwas war nach London durchgesickert. Seine eigene Rolle sah er jetzt aus dem richtigen Blickwinkel. Während die Neuankömmlinge über die Reling des Bootsdecks kletterten, spürte er Angst im Bauch.

Eine Gestalt erschien auf der Brückenleiter. Der Mann war schwer bewaffnet, an seinem Gürtel hingen Granaten und in Säckchen Munition. Er war dick in seiner Jacke, über der er eine kugelsichere Weste trug. Um seine Stirn trug er das karierte Kofija der PLO.

»Lila? Anna?«

»Jamal?«

Also war die Kavallerie auf dem Schlachtfeld eingetroffen.

Ein Telefon klingelte, und Anna schob sich neben Palmer. »Beantworten«, befahl sie.

Sie stand so dicht neben ihm, daß sie mithören konnte, und preßte die Waffe in seine Rippen.

»Brücke hier. Der Zweite Offizier.«

»Tim? Was machst du da oben immer noch?« Jim Barclay, der Zweite Ingenieur, war am Telefon. »Da meldet mir einer, neben uns liegt ein Unterseeboot. Hat das mit unserem Stoppen zu tun? Charlie hat mir vorher erzählt, er sollte volle Pulle fahren ... sag mal, was zum Teufel geht hier vor?«

Palmer hörte, wie die Diesel aus dem Leerlauf plötzlich schneller wurden. Jemand hatte die Tür zum Maschinenkontrollraum geöffnet. Wahrscheinlich jemand von den Neuankömmlingen.

Anna nahm Palmer den Hörer aus der Hand. Sie lauschte einen Augenblick, und dann hörte Palmer eine leise Stimme. Anna antwortete auf arabisch und gab ihm den Hörer zurück.

»Barclay soll wieder volle Fahrt fahren, sag ihm das«, sagte Anna nur. »Und zwar so bald wie möglich, ist das klar?«

»Jim, Jim?«

»Tim?« Barclay schien aus der Bahn geworfen. »Tim, hier unten ist alles voll von Soldaten oder solchen Kerlen ... einer drückt mir ein Gewehr in den Bauch ...«

»Mir hier oben auch, Jim. Man hat uns gekapert.«

»Oh, Scheiße ...«

»Die wollen volle Fahrt voraus, Jim, und so schnell du kannst.«

»Wohin fahren wir?«

»Sag's ihm«, meinte Anna dicht neben ihm, »in die Antarktis.«

Zelda Rebanowicz wachte vor dem Morgengrauen auf. Ihr Bett war leer, und ihr Körper sehnte sich nach den leidenschaftlichen Bewegungen des Griechen. Sie hörte zwar, daß die Maschinen langsamer liefen, aber kümmerte sich nicht darum. Die Vibration von den Maschinen her war hier oben in ihrer Luxussuite minimal, aber sie merkte auf, als das

Schiff in den Wellen sanft zu rollen begann. Doch immer noch bedeutete ihr das wenig, bis sie vor der Kabinentür ungewohnte Laute hörte. Sie hing sich einen leichten Mantel um, zog die doppelfenstrigen Türen auf und trat nach draußen in die Dämmerung. Sie spürte die kalte Luft auf ihrer warmen Haut, die sinnliche Erinnerungen an Giorgio in ihr erweckte. Doch der Lärm blieb, und sie ging nach vorn, um aufs Bootsdeck zu schauen.

Unten bewegten sich viele schwarze Schatten sehr schnell. Sie trugen dunkle, gefleckte Jacken und Hosen. Immer mehr stiegen über die Reling, kamen aus der See hoch wie Ratten, die in einem Traum einen sicheren Platz heimsuchen. Dann sah sie Licht auf automatischen Waffen blinken und die karierten Kopftücher, die einige trugen. Als sie schließlich das U-Boot entdeckte, fiel ihr die Rachedrohung wieder ein und traf sie wie ein Schlag. Dies war die Rache an den Amerikanern für die Bombardierung von Tripoli und Bengasi.

Sie zog sich in ihre Suite zurück und schob den Vorhang vor das große Panoramafenster. Von innen sah die Kabine aus wie immer, doch draußen trieben sich hungrige Wölfe herum. Sie zitterte unbeherrscht.

Was würde aus ihr und ihrem attraktiven Griechen werden?

UNTERSEEBOOT *LIBERTAD*, SÜDATLANTIK

Korolenko sah das Heckwasser aufwirbeln, als die *Adventurer* Fahrt aufnahm. Neben ihm rief Vega den Männern an Deck Befehle zu. Sie verschwanden nach unten, und das Torpedoluk wurde geschlossen. Wenige Augenblicke später kam von unten, daß das Boot tauchklar war und Fahrt aufnehmen könnte.

»Wir sind soweit, Genosse Berater!«

Die beiden beobachteten das große Schiff. Der Rumpf

wurde kürzer, als man nach Süden abdrehte. Die Seiten färbten sich hellgelb, als die ersten Sonnenstrahlen über den Horizont strichen.

»Ich heiße Sergei, Manuel. Laß uns nach unten steigen und einen Schluck trinken, ja!«

»Ja, danke, danke, Sergei, natürlich.«

»Tequila, schlage ich vor.«

Sie schickten dem schnell kleiner werdenden Kreuzfahrtschiff einen letzten Blick hinterher und stiegen dann nach unten in die Zentrale. Vega gab den Befehl zu tauchen. Er selber sicherte das Luk und wartete in der Zentrale, als das Deck kippte, bis das Boot achtzig Meter Tiefe erreicht hatte. Er schob den Vorhang zur Seite, der aus dem Raum eine Kajüte zu machen versuchte, holte eine Flasche und zwei Wodkagläser. Vega folgte ihm, nahm seine fleckige Mütze ab und strich sich über die Stirn.

»Kurs Süd, Genosse ... Sergei.«

Süd.

Korolenko lächelte, als er den Schnaps eingoß. In hohen Breitengraden fühlte er sich zu Hause.

Teil II JAGD

Die das Meer durchpflügen,
wechseln den Himmel,
nicht die Gedanken.

Vergil

8

DOWNING STREET, LONDON

»Es ist spät, Liebling. Kommst du ins Bett?«

»Hm, nein, Liebling. Es dauert noch ein bißchen.«

»Erwartest du noch jemanden?«

»Ja.«

»Männergespräche?«

»Ja. Es tut mir leid.«

»Etwa der amerikanische Botschafter?«

»Nein, nicht der amerikanische Botschafter.«

»Das Weiße Haus macht sich wirklich Sorgen wegen dieser Sidon-Sache. BBC meldet, russische Kriegsschiffe laufen aus dem Schwarzen Meer aus.«

»Ja, der Flugzeugträger *Borodin*, begleitet von zwei Zerstörern der Krivak-Klasse. Der Präsident verlegt die Sechste Flotte östlich vom Golf von Libyen.«

»Oh!«

»Ich würde das Gespräch lieber hier führen, Liebling, wenn es dir nichts ausmacht.«

»Aber natürlich. Ich habe ein gutes Buch.«

»Und welches?«

»Eigentlich interessierst du dich dafür ja nicht. Es heißt ›Der bemalte Käfig‹ von Meira Chand. Über eine Frau, die angeklagt ist, ihren Mann ermordet zu haben.«

»Hui.«

»Nacht!«

»Gute Nacht, Liebling.«

»Herr Premierminister?«

»Wie? Oh, Johnnie, treten Sie ein. Ich muß eingenickt sein. Gibt's was Neues?«

»Leider nichts.«

»Das ist schlimm ...«

»Eher nicht, Sir. Die halten sich nie an Zeitpläne.«

»Sie machen sich auch Sorgen, das sieht man Ihnen an. Sie reden viel zu formell. Nun gießen Sie uns mal einen Scotch ein. Das Ding geht hoch, ehe die Sechste Flotte im östlichen Mittelmeer kreuzt. Von den Russen haben Sie gehört?«

»Die Schiffe aus dem Schwarzen Meer? Ja. Aber die werden doch nicht das eigene Nest ... Also, Prost.«

»Die nächsten Stunden könnten kritisch werden.«

»Die nächsten paar Tage, Herr Premierminister.«

HIGHWAY AN DER OSTKÜSTE FLORIDAS

Noch vor dem Morgengrauen hatte der heruntergekommene Pontiac Vera Beach durchquert und fuhr auf dem Highway an der Küste nach Norden Richtung Daytona Beach und Jacksonville. Das Verdeck war unten, und der Fahrer schlug mit einer Hand den Takt zu einer alten Beach-Boy-Kassette, in die sich das Rauschen vom Fahrtwind mischte. Sein Haar war ausgedünnt, aber hinten und an den Seiten trug er es lang, und ein Schnurrbart, den Zapata einst populär gemacht hatte, hing links und rechts neben den Mundwinkeln herunter. Rechts von ihm krachten die Wellen des Atlantiks auf den weißen Strand, der sich nach Norden erstreckte und dann weiter in die See hinaus, wo am Horizont die Lichter der großen Gerüste und das metallische Glänzen der Starttürme von Cape Canaveral zu erkennen waren.

Gegen Abend würde er in Atlanta eintreffen. Ein paar Tage lang sollte er sich besser nicht blicken lassen. Zeit genug also, sich was zu spritzen und kräftig zu bumsen. Von seinem Spritzen wußten die Genossen nichts.

Die interessierten sich mehr für Schokolade.

HENDON, NORDWEST-LONDON

Nicholas drehte sich und wachte in dem ungewohnten Bett auf. Hinter dem Fenstervorhang klatschte windiger Regen gegen das Fenster. Die Ereignisse des letzten Abends meldeten sich wieder, er stützte sich auf einen Ellbogen und sah auf Kate herunter.

Sie schlief mit leicht geöffneten Lippen, eine Haarsträhne über den Augen. Der Lidschatten, den sie nicht entfernt hatte, war etwas verschmiert und ließ sie fremd erscheinen. Ein Arm und eine Brust lagen frei, die Decke war verrutscht und gab eine sanft auf und nieder steigende rosa Brustwarze frei. Ihre Hand lag darunter, und Zeigefinger und Daumen berührten sich auf eine Weise, mit der man »hervorragend« signalisierte. Oder war es ein Lotus-Zeichen, das sie in irgendeinem Yoga-Kurs aufgeschnappt hatte? Er wußte keine Antwort, entschied also, daß die Brustwarze ihm angeboten wurde. Die laszive Unschuld ihres Schlafes erinnerte ihn an erotische Renaissance-Gemälde eines obskuren venezianischen Meisters, die er einmal in einer verschimmelten italienischen Kirche entdeckt hatte.

Er legte sich auf das Kissen zurück und starrte an die Decke. Er konnte nicht mehr schlafen und ließ seine Gedanken kreuz und quer laufen. Er dachte über die gegenwärtige Krise nach, sprang zu Gedanken, die Kate entwickelt hatte, und kam zu Tim Palmer, ihrem letzten Liebhaber. Was hielt sie wohl von dem? Und warum hatte sie sich so schnell einem anderen hingegeben?

Irgend etwas schien mit Palmer nicht zu stimmen, dachte Nicholas und kramte in seinem Gedächtnis. Es beunruhigte ihn, aber keineswegs deshalb, weil er zuletzt in diesem Bett gelegen hatte.

Plötzlich richtete er sich auf, ein Gedanke hatte ihn durchzuckt. Kate bewegte sich neben ihm, drehte sich um und schlief weiter. Die lange sanfte Linie ihres Rückens verschwand in der Wärme des Bettes.

Nein, das war eine lächerliche Vorstellung, eine reine Annahme. Er schloß die Augen, vergaß sie. Er wollte gerade wieder eindösen, als sein Piepser sich aus dem Nebenzimmer hören ließ.

Sie war wach, als er zurückkam und telefoniert hatte. Sie lächelte ihn an. »Was war's?« Und sie dehnte sich.

»Die westdeutsche Polizei hat den Audi Quattro gefunden. Die Nummernschilder waren gefälscht. Er stand in einer Nebenstraße von Hamburg St. Pauli.«

»Audi Quattro?« Kate runzelte die Stirn. »St. Pauli?«

»Der Wagen des Hubschrauberpiloten, erinnerst du dich nicht? St. Pauli ist das Hamburger Rotlichtviertel.«

»Und was ist mit dem Piloten?«

»Tot. Er lag im Auto. Schüsse aus nächster Nähe. Er hatte immer noch den gefälschten britischen Paß bei sich, mit dem ihn die Leute in Dover entwischen ließen.«

»Er wollte seinen Lohn kassieren, oder? Und da hat man ihn umgelegt, weil er zu viel wußte.«

Nicholas nickte. »Ja, ich nehme es mal an. Man brauchte ihn nur, weil er einen Hubschrauber fliegen konnte.«

»Und dann gab er ja auch einen guten Helden ab!«

»Stimmt. Sehr gut. Kaffee?«

»Ja, bitte.«

Sie wartete in der Küche neben ihm auf das Kochen des Wassers.

»Gestern nacht war das nicht so gut . . . professionell gesehen«, sagte sie.

»Ja.«

»Wir haben beide andere Partner!«

»Du hast Tim.«

»Und du deine Frau.«

»Das ist wahr. Aber ich habe sie zwei Jahre nicht gesehen. Sie hält mich für einen Workaholic, der nur seine Polizeikarriere im Kopf hat. Ich bin kein Weiberheld, aber sie war einfach zu dumm, in meiner Beständigkeit meiner Familie und meiner Arbeit gegenüber eine Tugend zu erkennen. Vielleicht sah sie es wirklich nicht.«

»Ich wußte nicht, daß du Kinder hast.«

»Einen Sohn. Er starb mit zwölf nach einem Verkehrsunfall.«

»Oh. Das tut mir leid. Ich wußte das nicht.«

»Warum auch? Damit entfiel jeder Grund, weiterhin einen falschen Anschein aufrechtzuerhalten.«

Er goß heißes Wasser auf den Pulverkaffee in zwei Bechern, ehe er fragte: »Und Tim?«

Sie ließ sich mit der Antwort Zeit. »Ich weiß nicht. Er suchte dringend Arbeit, er ist Seemann, aber irgendwie glaubte ich nicht, daß er fortgehen würde. Er sagte immer, die Handelsmarine ist am Ende, und er sah dort für sich keine Zukunft mehr. Er war bitter. Und ein bißchen links eingestellt, wie Alex Martin nicht ganz freundlich bemerkte.«

»Martin?« Nicholas hob die Brauen.

»Oh, Alex ist wirklich so etwas wie ein guter alter Onkel. Er meinte, ich sollte nicht mit einem arbeitslosen Seemann zusammenleben. Tim ist ein absolut ehrenwerter Offizier, aber«, sie hob die Schultern, »du weißt, wie man so was mißverstehen kann. Tim pflegte zu sagen, die Handelsmarine ist der Abschaum aus den Gefängnissen, den man dem Abschaum der Public Schools übergeben hat.«

»Das klingt in der Tat bitter. Aber warum interessierte sich Martin dann noch für ihn . . .?«

»Ich sagte doch, er hatte was für mich übrig.« Sie trank einen Schluck Kaffee. »Geh duschen, und ich mach uns was zu essen.«

ADVENTURER, SÜDATLANTIK

Lila machte sich Sorgen und stand im Radioraum Stephanos gegenüber. Sie unterhielten sich auf arabisch. Nachdem das Schiff ganz in ihrer Gewalt war, hatte sie jetzt Zeit, auch an anderes zu denken. »Bist du ganz sicher?«

»Ja ... Aber ich weiß nicht, woher sie es wissen konnten.« Für einen solchen Fedajin-Auftrag war Stephanos sehr jung, doch sein Wissen als Elektronikexperte war für den Erfolg ihres Auftrags wichtig. Lila wußte, daß sie sehr auf ihn angewiesen war, seit sie auf der *Adventurer* angemustert hatten. Er hatte viel herausbekommen. Seit er den Funkspruch an alle Schiffe der britischen Funkstation in Portishead aufgefangen hatte, in dem alle britischen Schiffe vor einer möglichen Terrorattacke gewarnt wurden, hatte er sich Sorgen gemacht. Die Entführung der *Adventurer* war die Nabe eines gewaltigen internationalen Vorgehens, das nach einem komplexen, sorgfältig abgestimmten Zeitplan ablief. Der Angriff würde Palästina befreien.

Wenn die Briten davon wußten ... wer hatte sie informiert? Welche Teile des Plans waren schon zerstört, durch Verrat ruiniert, durch Entdeckungen oder durch simples Pech?

Andererseits, wußte sie, hatte das Rendezvous mit der *Libertad* und die Verstärkung durch Fedajin und Guerilleros aus Costa Maya fehlerfrei geklappt. Das Kreuzfahrtschiff war in ihrer Hand. Im Augenblick lag die Initiative ganz oder fast ganz in ihren Händen. Sie lächelte beruhigend.

»Ich denke, wir machen uns unnötige Sorgen. Die Briten haben viel Erfahrung im Einsatz gegen Leute wie uns. Man hat ihnen so heftig zugesetzt, daß dies sicher nichts weiter als eine Routinemaßnahme ist, eine Sicherheitswarnung. Sie warnen ihre Schiffe genauso, wie sie ihre Flughäfen gewarnt haben.«

»Aber sie hätten sie warnen müssen, als ihnen die Gefahr nach unseren ersten Schlägen bewußt wurde. Uns ging's doch darum, Angst vor Terroranschlägen zu schüren, die Bluthunde zu paralysieren, um hier zuzuschlagen ...«

»Ja«, stimmte sie zu. Seine Logik beunruhigte sie. Aber sie mußte seine Furcht besänftigen, damit er seine eigenen Aufgaben weiter erfüllen konnte. Die Last der Verantwortung für diesen Auftrag mußte sie allein tragen. »Aber sie haben die Nachricht vielleicht schon vor Tagen gesendet. So was wiederholt man doch immer wieder, nicht wahr?«

Stephanos nickte endlich. »Ja, ich hoffe, du hast recht.«

»Ich bin ganz sicher«, sagte sie und ließ ihn allein.

Stephanos bereitete sich vor, die übliche Morgenposition des Schiffes durchzugehen. Er kannte die Frequenzen, das Format und die wichtigen Details, einschließlich Gordons Signatur und seine Art zu senden. Der nette Offizier hatte sie ihm schon zu Beginn der Reise mitgeteilt. Die Aufgabe war einfach, doch für ein Täuschungsmanöver stellte sie die entscheidende Grundlage dar.

Die Position um 06.00 morgens wurde den Eignern in Miami und London mit 41° 01,5' Süd und 54° 50' West gemeldet. Niemand kümmerte sich um das Büro in Panama City. An der Tür des einfachen Raumes hingen die Schilder von acht anderen Schiffahrtsgesellschaften. Das Schiff war so falsch positioniert wie die Kontore der Eigner. Die *Adventurer* stand längst viele Meilen süd-süd-östlicher.

Jonathan Aymes wachte mit den üblichen Kopfschmerzen auf. Er tastete mit geübter Hand Magen und Leber ab und hob zustimmend eine Augenbraue. Langsam hob er sich aus der Koje und schlüpfte in die ausgetretenen roten Lederpantoffeln. Schon bei den ersten Bewegungen begann das Zittern, das sich immer wieder zu Zuckungen verstärkte. Er griff nach der Flasche und stützte sich dankbar auf das Waschbassin, als der erste Whisky des Tages seine beruhigende Kraft in seinem Magen verströmte.

Krachend schlug die Kabinentür auf. Er ließ das leere Glas fallen, das im Bassin zersplitterte.

»Was zum Teufel ...«

Der Mann im Eingang trug Tarnung. Über Kopf und Gesicht hatte er die schwarzweiß karierte Kofija der palästinensischen Fedajin gezogen. Er hielt eine fremdartige Maschinenpistole im Arm, und Sehnen und Muskeln seiner Hand verrieten seine Anspannung beim Halten der Waffe.

»Gekapert?« Aymes stellte die Frage und ahnte die Antwort.

Die dunklen Augen des Mannes über der Maske zuckten wie zustimmend. Der Fedajin hob die Mündung.

»Du. Mitkommen.«

Aymes drehte sich um.

»Ich muß was Vernünftiges anziehen.«

»Du. Mitkommen.«

Er wurde in den Gang vor den Offizierskabinen geführt. Er war voll von Männern in Schlafanzügen und Pyjamas und durchsetzt von Gewehrläufen und den Uniformen der PLP.

Melanie Corbett war glücklicherweise angezogen, aber aus der Überraschung, in der Lobby drei bewaffnete Männer zu treffen, wurde ein Schock, als einer sie ergriff, ihr den Arm auf den Rücken drehte und sie weiter zu gehen zwang. Ihr Schmerzensschrei verklang, als ihr klar wurde, daß eine Frau sie vorantrieb. Man schob sie nach vorn in eine ständig wachsende Menge von Leuten. Verängstigte Passagiere, Personal und Mannschaften wurden in den großen Kinosaal getrieben, in dem vor ein paar Tagen Palmer die Reiseroute des

Schiffs erklärt hatte. Ein unterdrücktes angstvolles Murmeln war zu hören. Immer wieder konnte sie über den Köpfen der Geiseln die Läufe der Waffen der Terroristen erkennen. Sie riefen sich gelegentlich etwas zu oder schubsten jemanden weiter. Sie erkannte Aymes und versuchte, sich ihm zu nähern. Er lächelte ihr zaghaft zu, erkannte ihre Absicht und bewegte sich ebenfalls. Vor ihr begann jemand zu argumentieren. Sie erkannte Meredith an seiner Stimme und Worte wie »Ich verlange ...« und »Unmöglich ...« Die Leute bewegten sich langsam um den Staff Captain herum wie ein Strudel um einen Felsen. Melanie war ihm ziemlich nahe gekommen. Er redete auf einen kleinen, dunkelhaarigen maskierten Mann ein, der eine Baskenmütze trug, keine Kofija. Der Mann verstand ihn offensichtlich nicht und schob Meredith immer wieder mit seinem quer gehaltenen Gewehr, einer Kalashnikow, in die Menge zurück.

»Adelante!«

Dann entdeckte Melanie etwas, das ihre Beine zu Pudding werden und sie schwanken ließ. Aymes konnte sie gerade noch auffangen, aber er hatte das gleiche entdeckt, und sie hörte ihn fluchen.

Anna, das Wäschemädchen, stemmte sich mit ihrem fürchterlich entstellten Gesicht stolz gegen die Menge, eine Waffe in den Armen. Melanie hörte Überraschungsrufe und Entsetzensäußerungen, die schnell zu Angstschreien wurden, als sie mit Meredith verhandelte.

Der Staff Captain hatte sie bisher noch nicht erkannt. Ohnmächtig und wütend redete er auf den lethargischen Mann aus Costa Maya ein, der ihn immer wieder mit dem schräg gehaltenen Gewehr zurückdrängte.

»Hey!« Annas Stimme klang wie ein Peitschenhieb.

Meredith drehte sich um. Er erbleichte, vielleicht vor Entsetzen vor dem Gesicht oder weil er die Drohung begriff, die von der Waffe ausging, die diese entstellte Frau hielt.

»Gehen Sie weiter wie alle anderen!«

»Dies ist eine Unverschämtheit ...« Meredith beendete den Satz nie.

Plötzlich fielen Menschen Aymes und Melanie entgegen, denn ein Kolbenhieb von Anna hatte Meredith zurückgeschleudert. Sie wichen zurück, kamen wieder nach vorn und standen um Meredith herum, der auf dem Boden lag wie ein Kind, die Hände vor den verletzten Geschlechtsteilen. Anna stand über ihm, die Mündung der Waffe beschrieb einen langsamen Kreis. Man beeilte sich jetzt, machte einen Bogen um sie.

An der Saaltür erkannte Melanie Lila. Aymes stützte sie immer noch, und sie sah ihn nur an. Ihre Blicke verrieten, daß sie beide an Tim Palmer dachten.

»Diese Hure!« flüsterte Melanie und war bereits überzeugt, daß Lila Palmer nur verführt hatte, um ihre terroristischen Ziele leichter zu erreichen. Wahrscheinlich war Palmer schon tot, war mitten in der Nacht auf der Brücke erschossen worden.

Lila beobachtete jeden einzelnen, der den vollen Kinosaal betrat. Melanie erkannte eine Dame, die aus der Menge geholt wurde. Sie war blaß und zusammengefallen, schaute verängstigt um sich und trug nur einen dünnen Morgenmantel. Es war Margaret Allen, die ein Bewaffneter abführte.

Als Melanie und Aymes sich der Tür näherten, fürchtete sie, daß Lila sich an ihr rächen könnte. Aber Lila maß sie nur mit Blicken und erkannte sie offenbar nicht wieder. Melanie fühlte die Angst wie einen Dolchstich. Die fehlende Reaktion hieß, daß sie nicht zu existieren schien.

Palmer schlief fast, als Lila auf die Brücke zurückkehrte. Triumphierend begrüßte sie Giorgio, der ihn bewachte. Von unten hatte er ein paar Schreie und Rufe gehört. Einmal sah Palmer, daß einer der Passagiere aus der Ersten Klasse, die bei Aymes am Tisch saßen, seinen Bewachern entkommen war. Er rannte in den langen Bug, als könne er sich dort vor dem verbergen, was sich überall sonst abspielte. Zwei Bewaffnete verfolgten ihn, einer trug eine Kofija, der andere eine Baskenmütze. Sie hatten offenbar Spaß daran, mit dem Mann fangen zu spielen. Er rannte um die großen Ankerwinschen herum und um die Festmacherwinschen. Zweimal schossen sie, Querschläger pfiffen übers Deck. Zu Tode erschreckt kauerten sich Passagiere hin, doch es war klar, daß die beiden den Mann nicht töten wollten. Schließlich stolperte der arme Kerl über die Ankerkette, die von der Winsch zur Klüse führte. Ehe er sich aufrappeln konnte, standen beide über ihm. Selbst aus der Ferne sah Palmer, wie der Mann am Boden zitterte.

Während der zu Tode erschrockene Mann dort lag, sank die *Adventurer* in ein tiefes Wellental, und zwei Strahle weißes Wasser rauschten durch die Klüsen, und einer erwischte den Liegenden. Triefend naß wurde er abgeführt.

Lilas Rückkehr gab ihm neuen Schwung. Sie sprach mit Giorgio, der sie nach ein paar Augenblicken verließ. Jetzt waren sie beide allein auf der Brücke.

Unten in der Kapitänskajüte hatte Dr. Galvin die Leiche des Kapitäns versorgt. Zögernd half ihm dabei Blumenthal.

»Ich dachte, Sie seien nicht zimperlich, Mr. Blumenthal. Sie müssen doch Tote gesehen haben, denke ich mir.«

»Ja. Und ich wußte, was zu tun war. Aber dies hier ist etwas anderes.«

»Nein. Es ist das, was Leute wie Sie Leuten wie mir übriglassen.«

Blumenthal drehte sich um und setzte sich in einen der gemütlichen und bequemen Sessel von Smythe.

»Ich habe mein Leben nach unserem heiligen Glauben gelebt, Doktor. Darüber steht Ihnen kein Urteil zu«, sagte Blumenthal langsam.

»Natürlich nicht, nein.« Galvin schloß die letzte Schußwunde und band den Kiefer hoch. »Mich hat nur überrascht, wie Sie vor dieser Aufgabe zurückzuckten.«

Blumenthal schwieg. In ihrer gegenwärtigen Lage hatte er viel zu bedenken. Galvin schien von all dem Schrecken, der sich an Bord verbreitete, unbeeindruckt zu sein.

Galvin trocknete seine Hände nach dem Waschen mit Smythes Handtuch: »Warum sind Sie so verängstigt? Ich meine, ich habe im Time-Magazin gelesen, daß Sie mal zur Stern-Bande gehörten.«

Blumenthal sah auf. »Zur Irgun . . .«, korrigierte er.

»Ach so. So wie man uns hier eingeschlossen hat, wird man uns als besondere Gefangene behandeln.«

»Wir sind Geiseln, Dr. Galvin, Geiseln der Fatah. Die Mossad hat mich vor dieser Möglichkeit gewarnt, aber ein Mann in meiner Situation macht sich keine Sorgen mehr, wann er seinem Schöpfer begegnen wird.«

Ihre Unterhaltung wurde abrupt unterbrochen. Die Tür sprang auf, und Margaret Allen wurde hineingeschubst.

»Margaret . . .« Galvin kam ihr entgegen, als die Tür geschlossen und der Schlüssel gedreht wurde.

»Und was haben Sie getan, meine Dame?« fragte Blumenthal, »um den Unwillen unserer neuen Gastgeber herauszufordern?«

Giorgio ging durch den breiten, mit tiefen Teppichen ausgelegten Gang vor den Luxussuiten des Schiffs. Über dem Bootsdeck hatte das halbe Dutzend Penthouse-Suiten Balkons, von denen aus man den Ozean beobachten konnte. Er war zufrieden mit dem Handel, den er mit Lila abgeschlossen hatte. Giorgio war Lilas rechte Hand, die Gewalt hinter ihren Befehlen, und er wußte, daß sie ihn dringend brauchte mit seiner Erfahrung und seinem Können. Seit seinem achten Lebensjahr war er aktiver Kämpfer. Damals hatte die Ashbal, die jungen Löwen, ihm die erste Waffe gegeben. Seitdem gehörte die Gewalt zu seinem Leben wie das Essen und Trinken. Er war aufgestiegen, war Mitglied der Fatah geworden, arbeitete am Rande des Schwarzen September mit und konzentrierte seine ganze Kraft auf den Antizionismus, dessen Kampagnen seine Heimat befreien sollten. Er war alt genug, um sich noch an das andere Palästina zu erinnern, ehe die Israelis kamen.

Doch er wurde alt, hatte die Vierzig überschritten, war zum alten Kämpfer geworden, der bereits die eigenen Kräfte schwinden fühlte. Seine Reflexe wurden langsamer, seine Zielstrebigkeit ließ nach. Er hatte zu lange von den unerfüllten Versprechungen seiner Führer gelebt. Er wußte auch, daß Operationen wie diese oft genug in Katastrophen und mit dem Tod der Kämpfer endeten. Zelda Rebanowicz war seine Lebensversicherung.

Es war ihm nicht schwergefallen, Lila, die an vieles andere denken mußte, zu überzeugen, daß er die fette kapitalistische Hure zu eigenem Vergnügen aussondern wollte. Sie würde keinen Ärger machen, erfüllte jeden seiner Wünsche. Und dann hatte er in Richtung Palmer genickt und gemeint, Lila habe ja auch jemanden zum eigenen Vergnügen.

»Wir brauchen ihn zum Führen des Schiffs«, hatte sie geantwortet, »für die Navigation.«

»Ich brauche meine fette Hure für mich selbst«, antwortete Giorgio.

Lila hatte nur mit den Schultern gezuckt.

Jetzt hatte Giorgio Mrs. Rebanowiczs Kabine erreicht. Er trat ohne Umstände ein.

Lange hatte Zelda Rebanowicz vor dem gepolsterten Kopfstück ihres Bettes gehockt, hatte angestrengt auf den Weltuntergang gewartet. Sie hatte unterdrückte Schreie gehört, Lärm aus der Kabine nebenan. Doch niemand war zu ihr gekommen. Nach langem Warten war sie schließlich in einem Sessel eingeschlafen. Sie wachte auf, als Giorgio über ihr stand. Erleichtert atmete sie auf, meinte zu träumen.

»Giorgio ...«

Er grinste sie an, zeigte ein wildes Lächeln und legte die Kalashnikow auf den nachgemachten Schemel im Stil Ludwigs XV.

»Oh ...« Sie zog sich in ihren schweren Sessel zurück. Bei aller Verwirrung wurde ihr etwas Schreckliches klar.

»Giorgio?« Sie runzelte die Stirn. »Bist du ...? Du hast dieses Schiff gekapert.«

Immer noch grinste er. »Woher weißt du das? Ach so, das Fenster, du konntest ja das Deck beobachten. Du konntest nicht schlafen, weil Giorgio nicht bei dir war?«

Er lehnte sich über sie. »Jetzt ist Giorgio wieder da. Jetzt bleiben wir zusammen. Du tust, was Giorgio sagt, und dann geschieht dir nichts.«

Sie hörte nicht zu. »Hau ab, du Kommunistenschwein.« Sie trommelte gegen seine Brust.

»Hey. Giorgio ist kein Kommunist, Giorgio ist Palästinenser.«

»O mein Gott!«

Er ergriff ihre Schultern und zog sie hoch. »Komm ins Bett, wir lieben uns. Dann schlafen wir ein bißchen. Wir sind immer noch Freunde. Zwischen uns hat sich nichts geändert.«

»Nein!«

Sie zog ihr Knie hoch, wie man es ihr in dem Kurs für Selbstverteidigung beigebracht hatte. Aber er war schneller als sie, und ihr Kopf schlug zur Seite, als er sie mit offener Hand traf. Sie fiel rückwärts, der Sessel kippte mit ihr um, rutschte gegen die Wand, und von ihr blieb nichts als ein Häufchen Elend. Sie verbarg den Kopf zwischen den Armen und schluchzte mit zitternden Schultern.

Er sah zu ihr nach unten. Jetzt sah sie so alt aus, wie sie wirklich war, ein häßlicher Haufen von zuviel altem Fleisch. Damit war er zufrieden, so was machte die spätere Trennung leichter. Aber er fühlte sich zu ihr hingezogen und öffnete den Reißverschluß seiner Hose.

Die Bewegung ließ sie aufblicken.

»Nein.« Sie kauerte sich zusammen.

»Ich versuche, bei dir nicht an die Amerikanerin zu denken. Du bist eine Frau. Wir sind gut zusammen, wir beide ...«

Er war gespannt vor Erregung, beugte sich nach unten und ergriff sie an den Oberarmen. Sie hätte ihn wieder treten können, aber er zog sie nahe an sich heran und preßte seinen Mund auf ihren. Einen Arm legte er auf ihren Rücken und drückte ihre Brüste schmerzend gegen seinen Körper. Mit der anderen öffnete er ihre Beine, und sein Gewicht drückte sie gegen die gepolsterte Wand. Sie fühlte ihren Widerstand erlahmen. Ihr verräterischer Körper zeigte erste Reaktionen.

»Du Hund ... du verdammter Hund«, stöhnte sie. Über ihr Gesicht strömten Tränen, die ihr Liebhaber küßte und aufleckte.

»Anna meint, wir können dir nicht trauen.«

Müde sah Palmer Lila an. Sie blickte entschiedener als bei ihrem ersten Treffen. Die schwere Jacke, die Patronengürtel, das Koppel und die Waffe hatten sie von einer Frau in ein zwiegeschlechtliches Schreckensinstrument verwandelt.

»Wofür nicht trauen? Ich wußte nicht, daß ihr mir überhaupt traut.«

»Du lebst immerhin noch.«

Palmer sah sie an. Nichts in ihrem Gesicht verriet ihre frühere Intimität. Er erinnerte sich, daß er sich schon einmal so gefühlt hatte wie in diesem Augenblick, einsam, beraubt und grausam und eiskalt vernachlässigt. Damals hatte er, ein paar Monate nach der Scheidung, Rosie auf einer Party getroffen. Sie grüßten sich so kühl, als hätten sie sich nie gekannt. Er zwang sich, klar zu denken. Auch er hatte seine Befehle.

»Was habt ihr vor?«

»Mit dir?«

»Mit mir, mit dem Schiff!«

»Ich brauche dich zum Navigieren und zum Verhandeln, Palmer. Im Maschinenraum habe ich ein paar eigene Leute, aber ich brauche ein paar Ingenieure. Sie machen jetzt mit, aber wenn sie Schwierigkeiten machen sollten . . .«

»Also bin ich eine Geisel.«

»Ja. Irgendwie schon.«

Die Ironie dieser Situation traf ihn härter als eben noch. Er war eine Geisel, aber anders als die Masse der unten im Kino zusammengetriebenen Passagiere, über die man verhandeln konnte.

Wie DeAth und die anderen Männer der *Adventure* war er austauschbar.

Eigentlich war das ganz vernünftig und logisch. Also war er auch bei Lila zu ersetzen. So etwas Ähnliches hatte der Mann in London angedeutet.

»Du wirst hier oben bleiben. Du kannst in der Koje im Kartenraum schlafen.«

»Vielen Dank!«

»Es ist besser als tot zu sein.« Ihre Blicke trafen sich, und Palmer meinte in dem ihren etwas wie Bedauern und vielleicht Reste ihrer einstigen Liebe zu erkennen. »Niemand lebt ewig«, sagte sie.

Das war ein trockenes Bröckchen Trost. Aber immerhin war es mehr als das, was sich zwischen ihm und Rosie abgespielt hatte.

HAUPTQUARTIER, DRITTER CHILENISCHER MARINEBEZIRK, PUNTA ARENAS

Kapitän Henrique Soto legte den Hörer auf die Gabel und sah zufrieden lächelnd aus dem Fenster seines Büros nach draußen. Er beobachtete einen Bell 206A Jetranger Hubschrauber beim Einschweben, wie er sich hielt und dann landete. Er stand auf und griff nach seiner Mütze. Konteradmiral Aguirra war auf einer Konferenz in Talcahuano, er war ein Falke, der die Argentinier haßte, und Sotos abgefangener Funkspruch war ihm sehr willkommen. Es gab argentinische Bewegungen in Ushuaia, gegenüber der chilenischen Marinebasis in Puerto Williams auf Navarino Island. Aguirra, der es immer haßte, seinen Posten in Puntas Arenas zu verlassen, war sehr zufrieden mit Sotos Auftrag. Er würde durch den Beagle-Kanal laufen und dann östlich um Navarino Island herum.

»Diese Hunde gehen auf Lennox und Nueva an Land, um ihre Pißmarken zu hinterlassen wie Hunde an Telegrafenpfählen«, hatte Aguirra gesagt. Die Argentinier erhoben seit langem Anspruch auf die kleinen chilenischen Inseln Nueva, Picton und Lennox nordöstlich von Kap Hoorn. »Laufen Sie aus und vertreiben Sie sie.«

Genau das wollte Soto. Er überquerte die Werft und erwiderte den Gruß junger Matrosen. Die Turbinen des Hubschraubers wurden leiser, und die Rotoren stoppten.

Hinter den Schuppen konnte er die Masten seines Schiffs entdecken. Es würde jetzt aufgetankt sein, und er sah die seltsamen, exzentrischen Umdrehungen des 965 Luftabwehrradars, das die winklige Form eines Stück Käses hatte und ständig den Himmel nach Flugzeugen absuchte. Auf dem achteren Mast drehte sich zum Aufwärmen das große Leitsystem der GWS 22/MRS3 Lenkwaffen. Soto war von seinem Schiff begeistert. Er hielt die Fregatten der Leander-Klasse der chilenischen Marine denen der Royal Navy überlegen. Weil es im Südpazifik eine gewaltige Dünung gab, hatten die Chilenen die Masten erhöht und damit ein paar Extrameilen Radarhorizont gewonnen. Noch wichtiger war, daß sie das 4,5-Zoll-Zwillingsgeschütz nicht wegen der Exocet-Raketen abgebaut hatten. Start und Landung von Helikoptern wurden dadurch etwas schwieriger, aber die Piloten würden verdammt noch mal damit fertig werden müssen.

Dennoch bewunderte Soto die Briten, lobte ihre standhafte Haltung gegenüber den argentinischen Generälen. Die chilenische Marine hatte traditionelle Bindungen an die Royal Navy. Lord Cochrane, der als britischer Admiral in Ungnaden entlassen worden war, hatte die chilenische Marine ins Leben gerufen, und es hieß, er habe auch an der Begründung von Marinetraditionen in Sotos eigener Familie mitgewirkt. Die Marinebrigade in Puntas Arenas trug seinen Namen.

Soto bedauerte ständig, daß der Falkland-Krieg nicht eskaliert war und die Chilenen damit keine Chance gehabt hatten, die Argentinier für immer aus dem Magellan-Archipel zu vertreiben.

Er kam am Fuß der Gangway an und musterte stolz sein langes, graues Schiff. Er bemerkte Unruhe an Deck. Der diensthabende Offizier sammelte die Wache, die den Kommandanten willkommen heißen würde. Sie tauschten Grüße aus, als er an Deck trat.

»Melden Sie weiter, daß wir in einer Stunde ablegen.«

Vier Stunden später lief die *Bernardo O'Higgins* nach Süden. An Steuerbord öffnete sich der Paso Ingles, und sie lief auf die Inselgruppe zu, die vor dem Eingang des langen, schmalen Beagle-Kanals lag. Auf beiden Seiten streckten sich lange Wasserarme blau, grau und silbern in das Hinterland, teilten die dunklen Hänge mit den immergrünen Buchen in Tausende von Inseln mit schmalen Stränden in kleinen Buchten. Das ganze Gebiet wurde ständig von starken Böen heimgesucht, Fallwinde jagten kurz und furchterregend von den steilen Bergspitzen herab, die hoch über den Buchenwäldern aufragten. Über allen beherrschte hoch über den Buchten und Fjorden mit ihren gewaltigen Schultern die schneebedeckten Cordillera Darwin bis in die Wolken reichend die Tierra del Fuego, Feuerland.

Auf der Brücke der schlanken, grauen Fregatte lächelte Kapitän Soto vor sich hin, weil er darauf hoffte, einen Argentinier beim Pissen an einen chilenischen Felsen aufzubringen.

NEW SCOTLAND YARD, LONDON

Kate Meldrum hegte keinerlei Zweifel, daß ihre Beziehung zu Nicholas nicht professionell war, jedenfalls nicht in bezug auf die Ergebnisse ihrer Arbeit. Die Sektion des Commanders, die Anti-Terror-Gruppe der Londoner Polizei, war hauptsächlich für die Verbreitung von Nachrichten und als Verbindungsstelle eingerichtet worden. Eng neben C 13 arbeitend, war Nicholas vor allem dem Polizeichef verantwortlich. Aber er hatte als Koordinator auch gute Verbindungen zur militärischen Abwehr, vor allem was die IRA-Aktivitäten betraf, die sich auf die Hauptstadt auswirken könnten. Und er hielt Kontakt zu verschiedenen Abwehrorganisationen und Geheimdiensten fremder, befreundeter Regierungen. Besonders verfolgte er die Bewegungen von verdächtigen Terroristen.

Seine Sektion war als Teil der Londoner Polizei sehr elastisch. Je nach Terroraktivitäten änderte sich ihre Zusammensetzung und hatte jetzt ihre größte Stärke erreicht. In der Pause, die jeder sogenannten Terroroffensive folgte, wurde sie wieder kleiner, denn die eigens Verpflichteten wurden zur Bearbeitung anderer Vorfälle wieder gebraucht. So schrumpfte die Gruppe auf ihren Kern.

Einzige Ausnahme: Chief Inspector Kate Meldrum.

Ihre weitere ununterbrochene Anwesenheit verriet, wie sehr Nicholas in seinem Urteil durch die Affäre beeinflußt war. Oder doch nicht?

»Ich möchte, daß du noch eine Weile bleibst«, hatte er vor drei Tagen beim Frühstück gesagt. »Laß uns mal deiner nautischen Ahnung nachgehen.«

Das war sicher nur eine Ausrede, dachte sie, zögerte aber

auch, zu dem Routinejob nach Hendon zurückzukehren. Obwohl Alex Martin und seine paar übriggebliebenen Spürhunde reichlich zu tun hatten, einige erkaltete Spuren zu verfolgen, war aus den ursprünglichen Vorfällen, die das riesige Echo gefunden hatten, nichts mehr herauszuholen.

Sie erschrak, als jetzt die Telexmaschine anlief, stand auf und ging hinüber. Die P&O Reederei informierte Scotland Yard, daß *Canberra* und *Oriana* ihre Positionen gemeldet hatten – ohne Verdachtsmomente. Eine Stunde später meldete Cunard die *Elizabeth 2* sicher und ebenso die *Cunard Countess* und die *Cunard Princess*. Meldungen der *Vistafjord* und der *Sagafjord* wurden jeden Augenblick erwartet.

Diese Routineberichte waren so gut wie alles, was Kate zu der ganzen Sache beitragen konnte. Kurzerhand rief sie Adventure Cruises Ltd. in der Berkley Street an.

»O ja, wie jeden Morgen hat die *Adventurer* ihre Position gemeldet. Nein, wir haben keine Probleme.«

Also hatte Tim recht. Sie räumte ihren Tisch auf und fragte sich, wieviel ihrer Anteilnahme versteckte Schuldgefühle seien – und haßte sich wegen dieses Gedankens.

Der Bildschirm signalisierte ihr ständig seine Bereitschaftszeichen, und eher gelangweilt tippte sie ihr höchst geheimes Codewort ein – Garibaldi. Es konnte nicht schaden, die Akten noch einmal durchzugehen.

Sie arbeitete sich ein und vergaß dabei ihre persönlichen Angelegenheiten. Sie versuchte, so schnell zu denken, wie der Computer die Daten lieferte, und mit ihren Schlußfolgerungen schneller zu sein, als er es je könnte.

Nicholas saß in seinem Büro und las den täglichen Sicherheitsbericht. Nur Routinemeldungen, vor allem die Bewegungen von verdächtigen IRA-Leuten in und um London herum.

Die Abreibung, die ihm der Polizeichef verpaßt hatte, schmerzte ihn immer noch. Er wußte, daß Sir Charles die

Probleme seiner Abteilung kannte. Aber natürlich gab es keine Entschuldigung dafür, daß er den einzigen positiven Kontakt in der ganzen fürchterlichen Zerstörung der Gannet-Bohrinseln hatte entwischen lassen. Daß der Mann auch noch hier im Haus gewesen war, war reinste brutale Ironie. Alex Martin hatte gemeint, er habe keinen irgendwie gearteten Verdacht gehabt, der Mann sei kühl wie eine Hundeschnauze gewesen.

Die Ermordung des Piloten im Hurenviertel von Hamburg war das Ende der einzigen Spur, die sie hatten.

Diese Sackgassen und das Zerbröseln des »Terrorangriffs« beunruhigten ihn. In seinem Beruf waren fehlende Nachrichten keineswegs gute Nachrichten.

Die Gegensprechanlage auf seinem Schreibtisch summte.

»Nicholas.«

»Chief Inspector Meldrum, Sir. Kann ich Sie mal sprechen?«

Sie sprach formell. Er hoffte, sie würde aus ihrer Affäre keine Vorzugsbehandlung erwarten. »Ja, natürlich.«

Sie kam, frisch und makellos in ihrer Uniform.

»Setzen Sie sich, Kate.« Er lächelte mit einem Hauch von Vertrautsein. »Was liegt an?«

»Ich habe einiges analysiert, Sir. Und mir sind ein paar ungewöhnliche Stücke aufgefallen. Das kann Zufall sein, aber man sollte sich damit beschäftigen.«

»Fahren Sie fort!« Er schob den Stapel mit Nachrichten und Telexausdrucken zur Seite und sah ihr zu, wie sie ihre Notizen ordnete.

»Einiges scheint keine Bedeutung zu haben, Sir, scheinbar ...«

»Ich werde dran denken. Haben Sie also ein Szenario entwickelt?«

Sie schüttelte den Kopf. »Nein, eigentlich nicht, Sir. Dafür fehlt mir die Vorstellungskraft, aber ich habe das Gefühl, auf einer richtigen Spur zu sein.«

»Sie klingen wie Barlow oder wie immer der Mensch hieß.«

Sie mußte lachen, als er den Detektiv der populären Fernsehserie erwähnte.

»Ich fing mit den ersten Angriffen an – die Hotels, die Flugzeugabstürze, die beiden Ölplattformen, das Schiff in Belfast. Dann habe ich mir die Listen der Toten angesehen. Alle Angriffe richteten sich gegen Staatsangehörige der Länder, in denen Terroristengruppen sich vorgenommen haben, die rechtmäßigen Regierungen zu stürzen. Die FLQ brachte die Algonquin Airlines Maschine runter, die Japaner ...«

»Ich verstehe schon.«

»Die meisten Toten waren Staatsbürger des Landes, das die Hotels, die Flugzeuge oder die Plattformen besaß. Im kanadischen Fall tötete man gleichzeitig auch noch einen Verräter aus den eigenen Reihen.«

»Der die ganze Sache fast verraten hätte.«

»Ja. Das gleiche gilt übrigens für die Hotels. Das Hotel in San Francisco war voller Amerikaner ebenso wie das in New York. In Frankreich traf es eine Versammlung von Geschäftsleuten, vor allem Franzosen. Anders in London. Die Hotels in London waren zufällig vor allem mit Ausländern belegt, und auch die Mitarbeiter sind in der Mehrzahl keine Briten.«

»Was wollen Sie damit sagen?«

»Die Auswertung der Liste der Toten zeigt, daß unter ihnen – verglichen mit den anderen Nationen – verhältnismäßig wenige Briten sind.« Sie hielt ihm einen Computerausdruck entgegen.

»Und der Cathay-Pacific-Flug?«

»Vor allem Japaner und Amerikaner. Die Bombe in Belfast hat sicherlich den modernsten Zerstörer der Royal Navy in seine Teile zerlegt, aber es gab keine Toten. In der Gannet-Katastrophe waren es auch weniger britische Tote, als man annehmen sollte. Die Ölarbeiter sind ein internationaler Haufen. Nur siebenundfünfzig Prozent der Toten waren Briten.«

»Ja, ich erinnere mich an die Bilder im Fernsehen von den Beisetzungen. Der neue Premierminister nahm ja teil. Überall waren holländische und norwegische Flaggen zu sehen. Also, hier haben Sie alle Zahlen . . . und was die prozentualen Anteile angeht, die finden Sie hier ausgeworfen.«

»Ja, Sir!«

»Und was fangen Sie nun mit diesen vielleicht zufälligen Statistiken an?«

Kate wollte antworten, besann sich und sagte dann nur: »Noch gar nichts, Sir, aber vielleicht sollte ich noch tiefer eindringen!«

»Okay.«

»Ich erinnere mich noch an den Kanadier, den wir hier trafen. Die Mounties hatten die beste Spur mit ihrem toten FLQ-Mann – nach uns mit unserem Piloten. Ich bat um weitere Auskünfte. Sie wurden abgelehnt. Nicht etwa, weil es nichts Neues gegeben hätte, sondern nur abgelehnt. Ich ging noch mal durch die Akten mit den Meldungen und fand, daß die Informationen einen Tag nach der Terroroffensive aufhörten. Es versickerten damals nicht nur die Informationen von unseren Vettern im Commonwealth, sondern auch die von den Amerikanern. Das zum Thema besondere Beziehungen. Ganz besonders fiel auf, daß die Routineberichte vom Mossad, die uns immer über das Deuxième Bureau erreichen, um die Zeit ebenfalls ausblieben. Aber gestern schickte das MI 6 uns einen Routinebericht zweier Mossad-Agenten, der nach Israel bestimmt war. Daran ist überhaupt nichts ernst oder ungewöhnlich. Sie ließen uns immer wieder mal mitlesen . . .«

»Das ist in der Tat bemerkenswert. Aber weiter, wie interpretieren Sie das alles, Chief Inspector?«

»Also, Sir, trotz der sichtbaren Zerstörung britischer Hotels, Plattformen und eines militärischen Ziels, sind wir scheinbar noch mal ganz gut davongekommen. Die Reaktionen unserer Freunde und Verbündeten zeigen doch deutlich, daß ihnen das aufgefallen ist.«

»Aber das erklärt doch kaum, warum man uns so isoliert!«

»Stimmt. Aber es erklärt, warum wir nicht vorankommen, vor allen Dingen nicht in der Sache vom April 86.«

Nicholas lächelte trocken. Das hatte Kate allein herausgefunden, und sie erwartete sich daraus sicher viel.

»Ich meine, die Israelis müssen etwas geahnt haben.«

»Wie meinen Sie das?«

»Also, Sir, ich erkläre mir das Ganze so ...«

Nicholas blieb eine ganze Weile allein und ließ sich nicht stören. Er ließ sich noch einmal alles, was sie gesagt hatte, durch den Kopf gehen und war schließlich besorgter als je. Er griff zu seinem abhörsicheren Telefon und rief seinen Kontaktmann im MI 6 an und bat darum, die beiden Mossad-Agenten im Auge zu behalten.

Das reichte bei weitem nicht, aber mehr konnte er im Augenblick nicht tun. Er betete darum, daß die Palästinenser zuschlügen und damit endlich der Vorhang zerreißen würde. Im Augenblick schien London wie abgeschnitten von allen Nachrichten der Geheimdienste. Dafür gab es nur eine Erklärung – die von Kate Meldrum.

GAINESVILLE, GEORGIA RICHTUNG FAYETTEVILLE, NORDCAROLINA

Das heruntergekommene Pontiac Cabriolet fuhr aus Gainesville und überquerte den Chattahoochee River. Um die Mittagszeit hatte es Spartanburg erreicht, fuhr im dichter werdenden Verkehr langsamer, und eine alte Kassette der Beach Boys spielte gegen den Lärm des Verkehrs an.

Der Fahrer mit dem schütteren Haar und den hängenden Schnurrbartspitzen hielt kurz an einem Schnellimbiß. Am frühen Nachmittag überquerte er die zweite Staatsgrenze nach Nordcarolina. Ein paar Meilen weiter bog er rechts ab in Richtung Fayetteville.

TAIWANESISCHER HOCHSEEFÄNGER *NACHT DES HELLEN MONDES*, SÜDATLANTIK

Wang Lee Foo war als Hochseefischer einer der zähesten Seeleute der Welt. Das Leben war immer hart mit ihm umgegangen. Schon als hilfloses Baby war er auf dem Rücken seiner schreienden Mutter explodierenden Bomben entgangen, die japanische Flugzeuge auf sein Dorf warfen. Sein Vater, Soldat der nationalistischen Kuomintang-Armee von Tschiang Kai Tschek, war in irgendeinem unbedeutenden Geplänkel gefallen. Nach langem Umherziehen war seine Mutter ohne einen Pfennig schließlich auf Taiwan gelandet. Foo hatte bei den Fischern von Chi-Lung um Essensreste gebettelt. Als er alt genug war, hatte er auf einer Fischerdschunke angeheuert. Damals fischten sie noch nahe unter Land auf dem Pazifik oder in der Straße von Taiwan, wo kommunistische Flugzeuge sie immer wieder bedrohten.

Vierzig Jahre später hatte er einen eigenen Hochseetrawler und fischte weit weg zum Nutzen der Menschen der überfüllten und belagerten Insel. An diesem Morgen stand er 360 Meilen südöstlich der Mündung des Rio de la Plata, und die *Nacht des hellen Mondes* rollte erbärmlich, so erbärmlich wie die ganzen zwei Monate, in denen sie in diesen Wassern fischte. Er hatte gerade Befehl gegeben, das Netz einzuholen.

Foo lehnte aus dem Brückenfenster und rief mit lauter, knarrender Stimme der Mannschaft seine Befehle zu. Er hatte ein Gesicht, rund wie der Vollmond, und trug eine Baskenmütze, die er tief in die Stirn gezogen hatte. Aus kleinen Schlitzaugen beobachtete er das Deck unter sich sehr genau. Plötzlich verkrampften sich seine Hände mit den zersplitterten, krallenartigen Fingernägeln. Der Netzsack hing jetzt über dem Deck. Die Mannschaft starrte nach oben, die Mützen im Genick. Der Sack war prall mit silbrigen Fischen gefüllt, ein reicher Fang. Doch was noch im Netz hing, war weniger willkommen.

Jemand öffnete den Sack, und wie ein Wasserfall rauschten Fische an Deck, schlugen sterbend noch um sich, und die Mannschaft watete durch sie hindurch über die hölzernen Planken hinweg. Zwischen den Fischen lagen vier tote Menschen.

Foo kannte den Anblick von Toten und Tätowierungen auf Unterarmen. Als er eine britische Flagge auf der Haut der Leiche fand, war er hin- und hergerissen. Er wußte, was sich in diesen Gewässern vor ein paar Jahren abgespielt hatte, und wußte, daß britische Seeleute, die er heute auffischte, nur Probleme machen würden.

TANKER *TIDESTREAM* DER ROYAL NAVY, UNTERWEGS VON ASCENSION NACH PORT STANLEY, SÜDATLANTIK

Robin Bush, Dritter Offizier des Versorgers *Tidestream*, starrte durch das starke Fernglas auf die See voraus. Die *Tidestream*, ein Tanker der Royal Navy, brachte den britischen Truppen auf den Falklands Diesel.

Er hatte die Wache und beobachtete mit dem Glas den Fischer, der elend rollte und stampfte. Er hatte genügend Phantasie und schüttelte sich bei dem Gedanken, auch nur eine Woche lang auf so einem unruhigen Untersatz zu leben. Es waren schon arme Schweine, die auf ihm ihren Lebensunterhalt verdienen mußten.

Taiwan war verdammt weit weg.

Er war völlig überrascht, als ihm von dort Morsezeichen zugeblinkt wurden. Fischer redeten mit vorbeifahrenden Schiffen höchst selten. Dieser hier wiederholte immer wieder den Buchstaben K. Nach dem internationalen Signalbuch hieß das: Ich habe Ihnen etwas Wichtiges mitzuteilen.

Etwa eine Mine im Netz?

»Was den Chinamann wohl plagt?« brummelte Bush und weckte den Kommandanten. Er schob den Maschinentelegrafen auf Stop und nahm über UKW Kontakt mit dem Trawler auf.

Es war eine bizarre Unterhaltung. Foo sprach so gut wie kein Englisch, der Kommandant der *Tidestream* kannte nur ein paar cantonesische Ausdrücke, aber sie hatten einen Mann aus Hongkong an Bord, der sich um die Wäsche kümmerte. Eine Stunde später war die Barkasse zu Wasser gelassen und wieder eingeholt worden, und die Toten befanden sich im Eisschrank der *Tidestream*.

Die beiden Schiffe trennten sich und hatten sich in der Wasserwüste des Südatlantik bald aus den Augen verloren.

ADVENTURER, SÜDLICHER OZEAN

Sie gingen, je zwei nebeneinander, in einer langen Schlange über das Bootsdeck. Über ihnen auf dem Penthouse und den Schornsteinaufbauten standen die allgegenwärtigen bewaffneten Terroristen gut vor dem kalten Wind geschützt, in dem die Geiseln bei ihrem morgendlichen Rundgang heftig froren. Margaret Allen stützte sich auf Galvins Arm. Vor ihnen ging Blumenthal allein für sich – und das war mehr als bezeichnend. Galvin hatte in den letzten paar Tagen erkannt, daß er nur seines Berufes wegen als spezieller Gefangener behandelt wurde. Er hatte die Aufgabe, den alten jüdischen Staatsmann und ehemaligen Terroristen am Leben zu halten. Die Fatah-Leute hatten an alles gedacht. Er fragte sich allerdings, ob sie wußten, daß Blumenthal an Krebs sterben würde.

Margaret zitterte neben ihm. Galvin wußte, daß das Zittern mehr als nur eine Reaktion auf die Kälte war. Er schaute sie von der Seite an. Sie sah müde und erschöpft aus, die Knochen waren unter der Haut erkennbar, ihre Lippen blutleer. Er erinnerte sich aus seiner Studentenzeit, wie ähnlich sich Gesichter und Schädel von Leichen waren. Er wußte immer noch nicht, warum die Kaperer Margaret auch eine Sonderbehandlung angedeihen ließen, doch sie wußte es sicher, nach ihrem Zustand zu urteilen.

Es war nicht schwer zu erraten, warum ein halbes Dutzend Teenager aus der Menge der Schüler an Bord der *Adventurer* aussortiert worden waren. Galvin wußte, daß sie in einem der Penthouses logierten und bewacht wurden, nur ein paar Schritte hinter der Kapitänskajüte, in der er und seine zwei Begleiter einquartiert waren. Sie alle trugen Namen, die man aus der internationalen Politik und Wirtschaft kannte.

Eine Bewegung erregte seine Aufmerksamkeit. Er blickte nach oben. Hoch über den Bewachern hingen an Leinen und in Bootsmannsstühlen Männer der *Adventurer* am gewaltigen Schornstein und wurden langsam nach unten gelassen. Sie hielten Eimer mit weißer Farbe und Farbroller und zogen einen weißen Vorhang aus frischer Farbe über das helle Orange und Blau der Reederei. Das große Schiff legte Tarnung an.

»Ich ahne, wohin man uns bringt«, murmelte er leise.

»Wohin?« Blumenthal fragte, ohne sich umzudrehen.

»Wir laufen nach Süden, Richtung Antarktis.«

Er spürte, wie der Griff um seinen Arm sich verstärkte. Jenseits des Bootsdecks war die See grau-weiß unter einem bleiernen, bedeckten Himmel gestreift. Gelegentlich war kurz die fahle Sonnenscheibe zu sehen. Man konnte sie anschauen, ohne daß die Augen schmerzten.

Galvin ging weiter und änderte die Richtung, wie man ihm befahl. Er atmete die kalte, feuchte Luft ein und versuchte, mit der bedrückenden Last fertig zu werden, in die sich die Reise verwandelt hatte. Die Ausweglosigkeit war das Schlimmste. Sie nahm ihm fast die Luft. Ein Zupfen an seinem Arm lenkte ihn ab. Als sie an einer Tür zu den Kabinen vorbeigingen, stand dort eine erschreckend entstellte junge Frau. Im Gegensatz zu allen anderen Terroristen trug sie keine Maske.

Galvin sah, wie sie Blumenthal mit ihren Blicken verfolgte, doch der nahm sie nicht wahr. Ihr lippenloser Mund verzerrte sich grimmig und zufrieden. Diesmal konnte er einen ahnungsvollen Schauer nicht einfach abschütteln.

Unten wischte sich Jim Barclay zum hundertsten Mal über die schweißnasse Stirn und sah sich im Maschinenkontrollraum um. Sie waren zu zweit als Ingenieure hier unten, zusammen mit zwei Schmierern. Und mit drei Bewaffneten. Einer von denen war sein ehemaliger eigener Schmierer, den sie als Zig gekannt hatten. Wenn ihre Blicke sich jetzt trafen, tat er, als habe er keinen von den Maschinenleuten je gekannt. Er behandelte sie wie Fremde. Jim fluchte vor sich hin. Er war zornig, daß das Schiff sich kampflos ergeben hatte. Daß er selber nichts unternommen hatte, beruhigte ihn nicht, aber was hätte er tun sollen? Vor wer weiß wie langer Zeit war er nach unten gekommen – nach derselben Routine wie bei jedem Wachwechsel. Der Dritte Ingenieur hatte ihn per Telefon kommen lassen, und hier traf er seine Wache, die auf ihn wartete und mit Leichtigkeit die stählernen Leitern hinunter geglitten war.

Sekunden später stoppten die Maschinen, und der Alptraum hatte begonnen. Zig hatte ihn ausgelöst, Zig und ein paar gänzlich Fremde mit Kopftüchern und Baskenmützen. Zuerst hielt er das Ganze für einen schlechten Scherz. Doch lange ließ Zig sie über seine Absichten nicht im Zweifel. Barclays Prellungen bewiesen, daß Widerstand zwecklos war. Jetzt starrte er Zig nur wütend an.

»Ich erwisch' dich noch mal, du verdammter Hund«, murmelte er vor sich hin.

Zig reagierte mit der Geduld eines wachsamen Falken. Nur das Gewehr bewegte sich ein wenig und zeigte, wer hier Herr der Situation war.

»Arschloch.«

Hoch über Barclay sammelten sich die Ablüfter, die Zulüfter und die Sauglüfter in dem Schornstein, dessen Äußeres sich gerade verwandelt hatte. Barclay konnte das natürlich nicht wissen, doch von weitem war das Schiff von einem Eisberg kaum zu unterscheiden.

Palmer entdeckte den ersten Eisberg fünfzehn Meilen entfernt auf dem Racal-Decca Radar. Er rief ein Echo wie eine kleine Insel mit einer Steilklippe in Richtung Beobachter hervor. Eine halbe Stunde später tauchte er keine drei Meilen entfernt aus einem nebligen Vorhang auf, der den Horizont bedeckte. Es war ein gewöhnlicher Tafeleisberg, der von einem Gletscher der Weddell-See stammte. Selbst bei dieser schlechten Sicht sah er nicht gefährlich aus. Sie ließen ihn an Backbord liegen und passierten ihn in sieben Kabellängen Entfernung. Dieser überraschend rechteckige Eisberg schien wie von Menschen gemacht. Mit ihm begrüßte sie die Antarktis. Die *Adventurer* müßte jetzt die Geschwindigkeit verringern, vor allem um die teilweise abgeschmolzenen Eisberge rechtzeitig zu entdecken, die so tief im Wasser lagen, daß sie Radarstrahlen nicht reflektierten. Palmer dachte an die böse Vorhersage des Lotsen in Charleston. Vielleicht waren sie in der Tat die zweite *Titanic*, die nach Kollision mit einem Eisberg untergehen sollte. Er trat an den Kartentisch, der Maskierte folgte ihm, und starrte auf die Karte der Antarktis der britischen Admiralität.

Der Bleistiftstrich ihres geplanten Kurses führte von einer

Position weit östlich der Falklands nach Süden und verschwand in dem Gewimmel kleiner Inseln, die an der Spitze des langen, nach Norden weisenden Fingers lagen, mit denen der antarktische Kontinent sich dem immer noch fernen Kap Hoorn näherte.

Die Bleistiftlinie endete vor einer kleinen Krümmung auf der Karte, eine Krümmung, die einen hohen Felsen bezeichnete, den Tausende von Meilen entfernt in England ein Kartenzeichner der Admiralität sauber schraffiert hatte. Der Fels sah aus wie der Buchstabe »C«, der im Uhrzeigersinn um 90 Grad gedreht worden war.

Destitution Island erhob sich fast tausend Meter über die mittlere Meereshöhe und umschloß eine Lagune als Rest eines Vulkankraters. Die Insel war einst eine Walfangstation gewesen, doch jetzt völlig unbewohnt. Sie lag weit von allen Routen der Schiffe entfernt, die amerikanische und englische Beobachtungsstationen auf der Halbinsel einmal im Sommer mit Vorräten versorgten.

Palmer schüttelte den Kopf. Diese Aktion hatte ein Genie geplant. In dieser unscheinbaren Krümmung aus Eis und schneebedecktem Fels würde die *Adventurer* gänzlich unauffindbar sein.

Und er fragte sich, wie er das, was in London so vernünftig schien, hier ausführen sollte.

9

DOWNING STREET, LONDON

»Sie können hinter mir die Abschüsse der israelischen Artillerie hören und am Horizont Rauch und Staub im libanesischen Hafen Sidon aufsteigen sehen. Hier herrscht Nachrichtensperre, keine Seite erlaubt Korrespondenten in der Nähe der Kampflinien. Man hört hier unter Berichterstattern, daß die Israelis entsetzt sind, weil es ihnen bei dem entschlossenen Widerstand der Verteidiger Sidons nicht gelungen ist, den Hafen schnell einzunehmen – trotz Panzern und Luft-Boden-Raketen der Luftwaffe. Vor dem Hafen ankern einige Handelsschiffe, die der Konflikt überraschte. Er ist die bisher ernsteste Krise in der Palästinafrage. Brian Lord für Nachrichten um Zehn, Sidon.«

»Das kling ernst, David, nicht wahr?«

»Ja, sehr ... Admiral Backhouse ist mit der Sechsten Flotte schon in der Nähe, und der russische Helikopterträger *Borodino* ist mit Spezialtruppen nur noch einen Tag entfernt. Ich sage dir, die Lage ist so ernst wie damals 1962 die Kubakrise.«

»Hast du irgend etwas vom amerikanischen Botschafter gehört?«

»Nein. Seit ein paar Tagen hält er sich sehr zurück.«

MILITÄRHOSPITAL, PORT STANLEY, EAST-FALKLAND-INSEL

»Richtige Arschlöcher!«

Stabsarzt Morrison sah den Krankenwärter verblüfft an.

»Diese Charakterisierung entspricht nicht dem offiziellen Sprachgebrauch, Hunter, was auch immer die sexuellen Vorlieben dieses armen Menschen waren.«

»Aber ich kenne ihn doch, Sir. Er ist Ginger Marshall, Sir. Er war mein Macker auf der alten *Torbay.*«

Morrison sah seinen Assistenten scharf an, und dann wandten sie sich beide wieder der Leiche zu. Sie war weiß nach dem Blutverlust und eingefallen, aber das rote Haar und die Tätowierungen eines Seemanns waren wie Farben auf Papier zu erkennen. Die Leiche lag nackt auf einem Seziertisch in dem Flügel des Krankenhauses von Port Stanley, der für das Militär reserviert war. Flügel war vielleicht nicht das zutreffende Wort für ein Zimmer, das von den leblosen Figuren, die der Versorger *Tidestream* am frühen Morgen abgeliefert hatte, schon gänzlich ausgefüllt war. Die Autopsie, Morrisons Aufgabe, war relativ einfach. Alle waren an Schüssen gestorben. Einem fehlte das Gesicht. Doch die Identifikation kam später. Jetzt ging es erst mal um Pfleger Hunters rüde Bemerkung.

»Sind Sie ganz sicher?«

»Positiv, Sir. Die Tätowierungen . . .«

»Viele Seeleute tragen Union Jacks und ›Ich liebe Mama!‹ auf den Unterarmen«, antwortete Morrison trocken.

»Schauen Sie sich seinen Arsch an, Sir!«

»Und was werde ich da entdecken?«

Diese Leiche war die letzte, die er untersuchte. Abgesehen von dem gesichtslosen Mann hatten alle Schußwunden in der Brust. Die Eintritts- und Austrittslöcher waren trotz fehlenden Bluts deutlich zu erkennen. Dieser Mann war von vorn erschossen worden. Seinen Rücken mußten sie noch untersuchen. Morrison hatte die Frage gestellt, ehe sie die Leiche umdrehten.

»Er hat zwei große Augen auf den ...«

»Du lieber Gott.«

Sie drehten die Leiche um. Von jeder Backe schielte ein Auge, sauber in schwarz, grün und rot ausgearbeitet, auf die Spalte zwischen den Arschbacken des Seemanns.

»Der ist in der Tat Seemann«, sagte Morrison.

»Er ist Ginger Marshall, Sir!«

»Hm. Aber wie kommt es, daß Ihr Macker von einem taiwanesischen Trawler aufgefischt wird?«

»Keine Ahnung, Sir!«

»Ist er noch in der Marine?«

»Nein, Sir. Er stieg 1984 aus.« Hunter runzelte nachdenklich die Stirn. »Er wollte in die Handelsmarine. Und dabei haben wir uns aus den Augen verloren.«

Hunter sah auf den blutleeren Körper. »Es war ein guter Kerl.«

Es fand sich kein Geschoß. Doch er hatte aus den anderen Leichen Neun-Millimeter-Geschosse extrahiert. Die gewaltige Austrittswunde beachtete Morrison kaum noch und streifte sich die Handschuhe ab.

»Das wäre keine schlechte Grabinschrift für den Mann.«

BRITISCHES MARINEHAUPTQUARTIER, PORT STANLEY, EAST-FALKLAND-INSEL

Kapitän Crosby-Milne, Royal Navy, mit dem zeitweisen Rang eines Commodore im Augenblick der ranghöchste Offizier, dem die Einheiten der Royal Navy im Gebiet der Falklands unterstanden, sah auf die Papiere auf seinem Schreibtisch. Neben ihm lagen zwei Neun-Millimeter-Geschosse, vom Einschlag stumpf.

Mit dem ganzen Abscheu eines aktiven Offiziers haßte er

die stumpfsinnige Routinearbeit am Schreibtisch. Nach dem Sieg im Südatlantik hatte sein Kommando, sein letztes Dienstjahr, sich in einen endlosen Papierstrom verwandelt. Näher an eine Front würde er nie mehr versetzt werden. Natürlich war Crosby-Milne zu sehr Berufssoldat, um seine Arbeit nicht ordnungsgemäß zu erledigen. Und weil er wußte, wie ungern er das tat, war er sich auch der Gefahr bewußt, die in diesem System lauerte. Indem man sich mit dem Alltäglichen allzusehr abgab, konnte einem leicht das Ungewöhnliche oder Wichtige entgehen. Aber die Meldungen waren fast gleichzeitig eingegangen, und die beiden Geschosse hatte Morrison als unüberhörbare Aufforderung auf seinen Schreibtisch fallen lassen.

Die erste Nachricht war eine »kooperative Meldung« von Konteradmiral Aguirra der chilenischen Marine. Aguirra war gerade auf sein Kommando in Puntas Arenas zurückgekehrt. Einer seiner besten Kapitäne, Kommandant einer Fregatte, hatte einen argentinischen Funkcode gemeldet, der aufgenommen worden und für beide vielleicht wichtig war. Er besagte, der Empfänger solle eine vorher gegebene Anweisung ausführen. Da die Nachricht auf einer ungewöhnlichen Frequenz gesendet worden war, meinte Aguirra, Crosby-Milne könnte sich für sie interessieren.

Sie kannten sich. Crosby-Milne hatte den Lenkwaffen-Zerstörer *Suffolk* der früheren County-Klasse der Royal Navy der chilenischen Marine übergeben. Sie mochten sich beide, und solche Kontakte übersprangen immer wieder offizielle Kanäle. Crosby-Milne wußte, daß Aguirras Abscheu vor den Nachbarn ihn ebenso motivierte wie die Freundschaft zu ihm.

Aguirra nahm an, daß der Funkspruch irgend etwas mit den Inseln Lenox oder Picton zu tun hatte. Aber es konnte nicht schaden, die Ohren offen zu halten. Crosby-Milnes Ablösung stand unmittelbar bevor. Nun durfte nichts mehr schiefgehen.

Die zweite Nachricht kam von HMS *Stupendous*, einem atomgetriebenen Jagd-U-Boot, dessen Patrouillen die argentinische Marine – gerüchteweise – im Hafen hielt. Der Kommandant des Atom-U-Boots meldete routinemäßige Schiffskontakte, unbedeutende Handelsschiffe und ein russisches U-Boot der Foxtrot-Klasse, das der Sonar auf Südkurs entdeckt hatte. *Stupendous* meinte, es sei für eine russische Mannschaft zu laut. Foxtrot-U-Boote besaßen auch Libyen, Kuba, China und neuerdings, wie Crosby-Milne aus Berichten der Abwehr wußte, auch Costa Maya. Doch diese Nachricht sollte man sicher nach Northwood weiterleiten, ins Hauptquartier der Royal Navy.

Und eigentlich sollte man auch die Nachricht weitergeben, daß die *Tidestream* die Leiche des ehemaligen Vollmatrosen Marshall und andere von Foos Trawler übernommen hatte. Ein seltsamer Vorfall, doch Piraterie auf Handelsschiffe nahm zu. Eine der Leichen, die kopflose, hatte die Epauletten eines Funkoffiziers getragen. Er würde auch die Autopsieberichte weiterleiten. Damit wäre sein Eingangskorb leerer.

Neugierig rollte er die Neun-Millimeter-Geschosse mit der Spitze des rechten Zeigefingers über den Schreibtisch. Wie klein sie waren!

NEW SCOTLAND YARD, LONDON

»Kommen Sie gleich mal zu mir!« Nicholas' Stimme klang zu kühl. Irgend etwas war geschehen.

Als Kate in sein Büro eintrat, schickte er die Sekretärin fort, der er diktiert hatte, und bat sie Platz zu nehmen. Er wartete, bis das Mädchen verschwunden war, und schob Kate einen Aschenbecher über den Tisch. Sie steckte sich eine Zigarette an.

Als sie dabei zögerte, meinte er: »Ist schon in Ordnung.«

Ihr war sofort klar, daß etwas vorgefallen sein mußte. »Was liegt an, Sir?«

»Nichts Gutes, Kate, fürchte ich.« Seine Stimme klang hier persönlicher als am Telefon.

Sie blies Zigarettenrauch aus und versuchte, sich so professionell wie möglich zu geben. »Ich nehme an, es geht um den Hauptschlag!«

»So sieht es aus«, nickte Nicholas.

»Schiff oder Schule?«

»Schiff ... Exakt sieht es, obwohl wir noch keine Bestätigung haben, nach der *Adventurer* aus!«

Sie bewegte sich nicht, ließ die Nachricht wirken und prüfte ihre eigene Reaktion. Endlich war die Unsicherheit vorbei. Und sie gestand sich ein, daß sie schon immer geahnt hatte, die Sache würde sie persönlich treffen. Das konnte sie niemandem erläutern, schon gar nicht jemandem wie Nicholas, aber sie war jetzt ruhiger. Irgendwie hatte man bei Fakten immer ein besseres Gefühl, selbst dann, wenn man auf sie noch nicht reagieren konnte.

»Würden Sie mir bitte alles erklären, Sir?«

»Vor zwei Tagen begann eine ganz normale Untersuchung der militärischen Abwehr in London als Folge einiger Nachrichten, die die Falklands gemeldet hatten. Man forschte nach den Stationen eines ehemaligen britischen Seemanns namens Marshall. Seine Leiche war im Südatlantik aufgefischt worden zusammen mit anderen, die man noch nicht identifiziert hat. Sie waren alle erschossen worden. Marshall hatte 1984 den Dienst bei der Royal Navy quittiert. Eine Zeitlang war er arbeitslos und lebte bei seiner geschiedenen Mutter in Reading. Mitte 1985 schrieb er sich in einem internationalen Seemannspool in Rotterdam ein. Nur aus einer solchen Vereinigung können unsere Leute von der Handelsmarine heute offenbar noch Jobs kriegen. Vor zwei Monaten hatte er Erfolg. Er bekam einen Job auf der *Adventurer*, die in Panama registriert ist.«

»Noch nicht identifiziert« hatte Nicholas gesagt. Hieß das, daß Tims Leiche auf irgendeinem Tisch im fernen Port Stanley lag?

»Noch etwas kam hinzu. MI 6 war sehr mitteilsam, vielleicht weil sie selber keine Informationen hatten«, warf Nicholas spöttelnd ein. »Ich habe ihnen die Information rausgerissen, daß ein U-Boot der Foxtrot-Klasse im Gebiet östlich von den Falklands geortet wurde.«

Diese Feststellung holte Kates wandernde Gedanken an den Schreibtisch zurück.

»Wie kamen Sie denn darauf, danach zu fragen, Sir?«

»Ihre Theorie der Verbindung mit Costa Maya. Ich habe nur gefragt, ob Schiffe aus Costa Maya in der Gegend waren, und da kamen sie mit der Möglichkeit raus, daß das U-Boot Costa Maya gehört. Offensichtlich haben die Russen ihnen nach dem Erfolg ihrer Revolution eins geschenkt.«

»Aber wir sind uns unserer Sache nicht ganz sicher mit Costa Maya? Und wenn die Russen denen eins schenken, dann auch sicher anderen.«

»Ja, oder sie verkaufen sie wie an Indien oder Kuba ... Aber wenn dieses aus Costa Maya stammt ...«

»... dann war es verdammt weit weg von zu Hause«, fuhr Kate mit überraschender Kraft fort. Dann wurde sie wieder leiser. »Aber wir wissen es eben nicht genau!«

»Nein!«

Es war zu hören, daß er etwas zurückhielt.

»Aber, Sir?«

»Aber ich habe mir vom CIA einen Bericht besorgt. Das Unterseeboot *Libertad* ist schon lange nicht mehr in den Heimatgewässern von Costa Maya gesehen worden.«

»Das kann Zufall sein.«

»Ja, in der Tat!«

»Aber es ist immerhin beruhigend zu wissen, daß die Yankees uns wieder informieren.«

»Das tun sie nicht, Kate. Diese Meldung ist uralt.«

Auch das mochte nichts bedeuten. Aber in Wochen könnte ein U-Boot immerhin den Atlantik durchqueren.

»Wie kamen Sie darauf, daß ein Schiff aus Costa Maya in die Sache verwickelt sein könnte?«

»Ihr Szenario ließ Costa Maya als einzigen Brennpunkt ziemlich massiver Unterstützung außerhalb Palästinas wahrscheinlich erscheinen. Ich dachte mir, daß ihre Unterstützung anders aussehen würde als eine rein politische in der UN. Als ich über Ihre Schiffstheorie nachdachte, fiel mir ein, wie leicht so etwas auszuführen ist – aber auch wie schwierig. Okay, man schafft's mit einem Trojanischen Pferd, aber dann braucht man Verstärkung, Ablösungen, Wachmannschaften und so weiter. Immerhin ziemlich viele Leute für ein Boot von der Größe der *Adventurer.*

»Schiff, Sir, nicht Boot.«

»Natürlich. Die einzige Möglichkeit, sich zu treffen und die Tore zu öffnen . . . Diesmal waren es keine Griechen, die in Troja eindrangen, sondern Leute aus Costa Maya auf der *Adventurer.*«

Sie schwiegen beide eine Weile und dachten nach, was dieses komplexe Ratespiel mit seinen Annahmen für Folgen haben könnte. Und dann sagte Kate: »Aber offiziell hat noch niemand zugegeben, daß die *Adventurer* gekapert worden ist oder daß jemand sie gekapert hat.«

»Nein, aber für's erste gibt es eine einfache Erklärung. Die Reederei kriegt täglich ihre Positionsmeldungen. Es ist leicht, die aus der Luft von den Falklands aus zu überprüfen, wenn sie durch die Magellanstraße laufen sollte. Aber ich glaube, die Meldungen leiten komplett in die Irre. Und zum zweiten: Niemand wird die Entführung eingestehen, ehe er nicht ganz und gar am Ziel ist. Ich nehme an, sie werden das Schiff verstecken. Das dürfte zwischen den zahllosen Inseln an der Ostküste Patagoniens kein Problem sein.«

Kate konnte sich darauf nur verlassen. Geographie war

schon auf der Schule nicht ihre Stärke gewesen. Doch Nicholas war noch nicht am Ende.

»Wenn wir vorher wissen, daß es die *Adventurer* ist, ehe man es offiziell weiß, haben wir einen kleinen Vorteil. Die Initiative liegt bei uns.«

»Aber das Ganze ist immer noch eine Vermutung, ein Gefühl, Sir. Daraufhin kann man doch nicht handeln!«

»Wir werden und wir müssen, Kate. Ich habe genug zusammen, um ein paar Leuten Dampf zu machen, damit etwas passiert. Dafür bezahlt man mich ... und dann gibt's noch was ...«

»Sie meinen Tim?«

Sein Gesicht verdunkelte sich. »Nein, tut mir leid, an den dachte ich nicht.«

Sie spürte, daß er sich ärgerte und wohl auch enttäuscht war.

»Also, was ist es dann?«

Jetzt klang seine Begeisterung etwas gedämpfter als früher. »Die Reaktion auf unsere Forderungen wird ganz interessant sein. Entweder wird man Ihre ungewöhnliche Theorie bestätigen oder sie verwerfen.«

»Ja«, sagte Kate, »das ist sehr wahrscheinlich.«

Als Kate das Büro verlassen hatte, telefonierte Nicholas mit dem Polizeichef und berief den Sicherheitsausschuß mit dem Versprechen wieder ein, eine heiße Spur zu haben, die weiterführte. Vertreter vom Innenministerium und vom Außenministerium gehörten dazu. Er fragte sich, ob das Außenministerium wohl zugeben würde, von Nachrichten abgeschnitten zu sein, und ob sie die beiden Mossad-Leute aufgetrieben hatten. Er wollte ein weiteres Telefonat führen, als Chief Superintendent Martin um ein kurzes Gespräch bat. Nicholas ließ ihn kommen und hoffte insgeheim, Martin würde ein weiteres Stück Information liefern, das in das Puzzle paßte, das sich immer mehr füllte.

Doch Martin bat um seine Versetzung.

»Warum das, Alex? Um warum gerade jetzt, um Gottes willen? Ich glaube, wir haben was, was uns bei der Gannet-Plattform weiterbringt.«

Martin schien davon keineswegs überrascht, beharrte nur ziemlich unterwürfig darauf, sein Gesuch schriftlich einzureichen. Doch zuvor wollte er seinen Chef persönlich informieren.

»Alex, verdammt noch mal, was soll das? Sie haben bei uns eine sichere Zukunft, in meiner Abteilung sind Sie eine Schlüsselfigur, und Sie können sich doch in einer Situation wie dieser nicht einfach verkrümeln. Wollen Sie wieder Falschparker aufschreiben und abschleppen lassen?«

»Nein, Sir. Ich möchte ja gar nicht weg.«

»Dann ist ja alles in Ordnung, Sie müssen auch nicht.«

»Sehen Sie, meine Frau. Die Sache wurde ein bißchen viel für sie. Immer diese Überstunden. Ich habe sie und meinen Sohn seit längerem kaum noch gesehen. Sie wissen, wie das ist.«

Nicholas verkniff sich eine Antwort. Natürlich wußte er, wie das war.

»Dann reichen Sie es schriftlich ein, Alex.«

»Danke, Sir!«

Nicholas führte seine restlichen Telefongespräche, nachdem der Chief Superintendent gegangen war. Ein paar Minuten später lag Martins formelles Gesuch auf seinem Schreibtisch. Er hatte es bereits vor dem Gespräch geschrieben. Nicholas sah auf die Uhr. Noch eine Stunde bis zur Konferenz, eine verlorene Stunde für die Initiative. Er fühlte sich gespannt wie eine Uhrfeder. Sein Instinkt sagte ihm, daß Kate recht hatte und die Reaktion auf seinen Vorschlag die Dinge in Bewegung setzen würde. Aber er mußte sich diese eine Stunde davon lösen und seine Gedanken auf etwas ganz anderes konzentrieren. Er drückte die Taste der Gegensprechanlage.

»Sally!«

»Sir?«

»Seien Sie so nett und bringen mir bitte die Personalakte von Chief Superintendent Martin.«

HENDON, NORDWEST-LONDON

Kate wußte nicht, wie lange Nicholas' Konferenz dauerte, denn den Rest des Tages hatte sie ihn nicht mehr gesehen. Langsamer als sonst verstrichen die Stunden an ihrem Schreibtisch, und sie hielt ihre weitere Anwesenheit hier für reine Liebhaberei. Zu welchen Schlüssen das Komitee auch kommen würde, sie war sicherlich aus allem raus. Ziellos wanderte sie durch ihre Wohnung. Ohne nachzudenken, stellte sie Tims Foto wieder auf. Sie mußte an die noch nicht identifizierten Leichen denken. Sie hatten das Schiff sicherlich mitten in der Nacht gekapert. Sie wußte von Tim, daß er immer die Wache von Mitternacht bis vier Uhr morgens ging. So gut wie sicher war er tot.

Sie versuchte zu weinen, wußte nicht, ob aus Liebe oder aus Schuld – doch ihre Augen blieben trocken. Sie sah vorbei an seinem Bild und entdeckte die Hochglanzbroschüre, die er ihr aus Charleston an dem Tag geschickt hatte, als er seinen Dienst an Bord antrat. Der Umschlag zeigte das Schiff, und innen sah sie die jedermann zugänglichen Räume und eine Penthouse-Kabine. Tim hatte auf die Broschüre ein paar Abschiedsworte gekritzelt.

Sicher angekommen, Schiff erinnert an Hochzeitskuchen, schön, wenn Du hier wärst, alles Liebe Liebling, Tim.

Er hatte also die Werbebroschüre der *Adventure Lines* als Postkarte benutzt. Von den Worten *schön, wenn du hier wärst* hatte er einen Pfeil auf das unvorstellbar luxuriöse Bett im Penthouse gezeichnet.

Kate fühlte einen Kloß in der Kehle. Immer wieder las sie

die Zeilen und blätterte in der Broschüre und schaute sich das Schiff auf dem Umschlag an.

Schiff erinnert an Hochzeitskuchen ...

Oder an einen Eisberg, dachte sie.

Um acht Uhr abends rief Nicholas an.

»Kate, hier ist Ian, Ian Nicholas.«

Sein Vorname verblüffte sie, aber er klang wieder so enthusiastisch wie früher.

»Hast du noch Spaghetti bolognaise?«

»Nein«, sagte sie und lächelte ungewollt, »nur zwei Dosen Ravioli.«

»Einverstanden. In fünfundvierzig Minuten bin ich bei dir.«

Sie aßen Toast zu den Ravioli und tranken dazu eine Flasche Saint Emilion, die Nicholas mitgebracht hatte. Sie aßen schweigend und nahmen dann den Wein mit ins Wohnzimmer.

»Also«, fragte sie dann endlich, »hatte ich recht?«

»Das kann man noch nicht sagen, aber warte ab. Ich hatte keine Probleme, sie von den zufälligen Beweisen zu überzeugen, die die *Adventurer*-Theorie stützten. So was akzeptieren entschlossene Admiräle sonst nie, es ist ihnen zu trivial. Doch Admiral Blacklock konnte seinen Befehl nicht schnell genug geben. Anfangs geht es nur darum, das Schiff zu suchen und zu lokalisieren. Er hat absolut recht, jede Initiative, die wir früher als die Terroristen das erwarten, ergreifen, ist unendlich viel wert. Sie hebt den Nachteil auf, mit denen die meisten Regierungen sich abzufinden haben: reagieren zu müssen statt agieren zu können.«

Kate lächelte, weil sie in seinen Worten ihre eigenen aus ihrem Report wiedererkannte.

»Er wollte seine Schiffe und Flugzeuge sofort in Bewegung setzen ...«

»Von oben haben wir also noch keinen Segen?«

»Noch nicht. Der Premierminister hat sich mit dem amerikanischen Botschafter zu Gesprächen zurückgezogen. Es kann also noch was daraus werden. Immerhin meinten die Vertreter, daß vom Innenministerium und vom Außenministerium kein Widerstand erwartet werden dürfte, was immer solche Aussagen auch bedeuten mögen.

»Ich meine auch, daß es keine Widerstände geben wird. Die neue Regierung ist gerade zehn Tage im Amt. Wenn sie die Sache durchzieht, kann sie nur gewinnen, wie damals die Eiserne Lady im Falkland-Krieg – ohne einen Finger krumm zu machen.«

»Wenn . . .«

»Ja, nur wenn . . .« Kate füllte die Gläser nach.

»Ich habe heute noch ein paar Informationen bekommen, die alle bestätigen, daß du recht hast. Hier ist die Passagierliste, die uns die Reederei geschickt hat.« Er gab ihr einen Computerausdruck von mehreren Seiten. »Man muß nicht Polizist sein, um ein paar von den Namen zu kennen.«

Kate pfiff durch die Zähne. »Blumenthal . . . Die anderen überprüfe ich morgen, vor allem die hier. Es sind ja alles Kinder.«

»Das geht einem schon nahe!«

»Und hier ist die Mannschaftsliste.«

Tims Name stand an vierter Stelle. »Ja.«

»Noch was, Kate, ziemlich verrückt, aber ich glaube, es paßt in das Bild.«

Und dann erzählte er ihr, was er in Alex Martins Personalakte entdeckt hatte.

DOWNING STREET, LONDON

»Mein lieber Premierminister. Der Präsident hat mich persönlich, höchstpersönlich angerufen, damit ich dafür sorge, daß Sie mit uns in dieser Sache zusammenarbeiten. Dies ist zwar ein Höflichkeitsbesuch, Premierminister. Aber wenn wir müssen, werden wir unsere Luftbasen nutzen, falls Sie es vorziehen, nicht mitzumachen.«

»Sie sind ganz schön von sich überzeugt, Herr Botschafter. Einen Drink?«

»Die Lage ist sehr ernst, Sir. Ja, einen Scotch bitte, auf Eis. Sehr, sehr ernst. Die Sowjets ...«

»Machen von ihrem Recht Gebrauch, sich frei auf hoher See zu bewegen.«

»Ihr Vorgänger sah die Dinge anders. In dieser Situation müssen Verbündete fest zusammenhalten gegen die Bedrohung durch die Sowjets. Sie sind noch nicht lange im Amt, wenn Sie mir das zu sagen erlauben, Sir. Es handelt sich dabei um pragmatische Entscheidungen, nicht um Parteipolitik.«

»Offen gesagt, Herr Botschafter, interessieren mich die Methoden meines Vorgängers überhaupt nicht mehr. Ich habe meine Meinung dazu schon als Oppositionsführer gesagt. Was die Lage im Libanon angeht, so empfehle ich dem Präsidenten dringend, die Bewohner die Sache selber austragen zu lassen. Wenn die Palästinenser Sidon nehmen, gehört es ihnen mit dem Recht des Siegers, das, soweit ich weiß, so alt wie die Bibel ist und auch den Anspruch der Israelis auf Palästina begründet.«

»Dann teilen Sie die Haltung Israels also nicht.«

»Herr Botschafter, mein wichtigstes aktuelles Anliegen ist, den Norden unseres Landes voranzubringen, damit wir dort soziale Nachteile ausgleichen können. Und was den freien Gebrauch der Luftwaffenstützpunkte in East-Anglia angeht, müssen Sie wissen, daß Sie keineswegs eine Carte blanche haben, zu tun, was Ihnen gerade einfällt.«

»Ihre Antwort ist also ein Nein?«

»Ja, Herr Botschafter, meine Antwort ist ein Nein.«

»Herr Premierminister?«

»Ach, John. Kommen Sie, kommen Sie rein ...«

»Ich habe eben den amerikanischen Botschafter gehen sehen. Er schien ziemlich wütend.«

»Ja, das kann ich mir denken.«

»Die Palästinensersache?«

»Ja. Admiral Backhouse kann mit der *Brandywine* und den Begleitschiffen ganz Sidon von der Erde verschwinden lassen – aber er macht sich Sorgen wegen des Nachschubs. Er möchte dazu die Basen in East-Anglia benutzen. Die Russen sind etwas gewitzter. Sie haben eine kleinere Einheit in Bewegung gesetzt. Sie ist im Vergleich zu Backhouses Flotte winzig, ein Helikopterträger und ein paar Zerstörer, aber groß genug, um an Land kräftig zuschlagen zu können. Reines Säbelrasseln das alles, der Kreml ist David im Vergleich zum Goliath aus Washington.«

»Säbelrasseln und möglicher Gesichtsverlust.«

»Ja. Ziemlich blöd, wie auch immer man es betrachtet.«

»Und Sie haben die Basen zum Einsatz nicht freigegeben?«

»Natürlich nicht. Das überrascht Sie doch wohl nicht?«

»Nein, Herr Premierminister, nein, überrascht bin ich nicht. Aber ich gebe zu, ich mache mir Gedanken. Ich habe gerade mit dem Innenminister und dann mit dem Außenminister gesprochen. Sie wollten Sie sprechen, aber ich sagte Ihnen, es sei im Moment unmöglich. Irgend etwas scheint sich an der anderen Front ergeben zu haben. Es sieht so aus, als würde die Terroroffensive ihrem Höhepunkt zustreben.«

»Berichten Sie mehr!«

»Admiral Blacklog mag ja bekanntlich keine Aufschübe. Also hat er als Chef des Verteidigungsstabs eine Suche mit Flugzeugen von den Falklands aus gestartet. Gesucht wird das Kreuzfahrtschiff *Adventurer*, britische Eigner, panamaische Flagge. Commander Nicholas' Spezialisten aus der Anti-Terror-Sektion haben hervorragende Detektivarbeit geleistet. Es scheint sicher, daß das Kreuzfahrtschiff gekapert worden ist. Im Augenblick liegt die Initiative noch bei uns.«

»Man muß sie nur erst finden.«

»Und dann wird man Ihnen die Sache überantworten.«

»Ja.«

GREENSBORO, NORDCAROLINA

Der Mann mit dem Zapata-Schnurrbart warf sich wieder und wieder gegen das zitternde Gesäß des Mädchens, das vor ihm auf dem Bett kniete. Eine Kette aus Glasperlen schlug gegen seine Brust, und er atmete immer heftiger. Frustriert verzog er seinen Mund, beugte sich weiter über sie und umfing ihre Brüste, japste nach Luft.

»Geht dir endlich einer ab?« fragte sie, sauer auf den Kerl, der für diese Nummer viel zuwenig gezahlt hatte. »Wenn ich gewußt hätte, wie lange du brauchst, hätte ich doppelt soviel verlangt.«

Er warf sie auf die Seite und streckte sich. Sein magerer Körper glänzte bleich im frühen Morgenlicht. Er hob ihr kräftiges Bein über seinen Kopf, so daß sie auf dem Rücken lag. Ihre Brüste waberten hin und her, die dunklen Nippel zitterten, während er seinen Eifer verdoppelte.

Sie stützte sich auf die Ellbogen und sah ihm dabei ins Gesicht. »Nun komm endlich, Mann. Ich bin nicht aus Gummi.« Ihre fehlenden Reaktionen dämpften seine Erregung. Es war ein freudloser mechanischer Akt, schlecht ausgeführt.

»O Gott!«

Zum erstenmal sah sie die blauen Spuren auf der Innenseite seines Arms. In der Dunkelheit der vergangenen Nacht waren sie nicht zu erkennen gewesen.

»Du bist randvoll mit Schit, Mann!«

»Mach weiter . . .«

Sie rollte entsetzt und geübt die Augen und spürte, wie er in ihr schrumpfte.

»O Gott!«

Sie begann einen Orgasmus vorzutäuschen, zog die Bauchmuskeln zusammen. Schweißgebadet brach er über ihr zusammen, wütend und unbefriedigt. Sie hielt sofort an, schob sich unter ihm weg aus dem Bett und tapste über den Fußboden des Hotelzimmers, um sich über das Bidet zu hocken.

»Ich hoffe, du hast mich nicht kaputt gemacht, Mann!‹

Er war zu keiner Antwort fähig und schlief schon fast, als sie ihre Reinigung beendet hatte.

Eine Fliege summte vor dem Fensterglas. Sie zog sich an, ohne ihn aus den Augen zu lassen, suchte nach Anzeichen von Enttäuschung und drohender Gewalt. Er atmete ruhiger, als sie in ihre Schuhe schlüpfte. Sie vergewisserte sich, daß sie die Scheine an sich genommen hatte, suchte nach seiner Brieftasche, besann sich eines Besseren und verließ das Zimmer.

Eine halbe Stunde später kam er wieder zu sich, hatte Schmerzen und war wütend. Er zog sich an, ging nach unten und zahlte für das Zimmer. Mit seinem Pontiac hielt er kurz vor dem Verlassen von Greenboro an einem Briefkasten und warf einen braunen Umschlag ein. Als er einer Bahnlinie nach Südwesten folgte in Richtung Winston Salem, begann es zu regnen.

PORT STANLEY, EAST-FALKLAND-INSEL

Kapitän Crosby-Milne fluchte so deftig, wie es sich für einen Seemann gehörte. Seine in Dartmouth auf dem College geschliffene Sprache gab den Schimpfworten eine ganz spezielle Schärfe.

London spielte wieder mal verrückt. Man hatte ihm gerade in dem Augenblick den Auftrag erteilt, nach einem Kreuzfahrtschiff zu suchen, als er sich auf die wahrscheinlichen Bewegungen argentinischer Kriegsschiffe konzentrieren mußte. Seine Sorge wurde keineswegs durch fehlende Radarbilder gedämpft. Auch nicht nach den Berichten der Phantoms der Royal Air Force, die in der Verteidigungszone nichts Außergewöhnliches entdeckt hatte. Die Situation war reichlich beschissen, und die Kameraden von Heer und Luftwaffe würden sich über seine Besorgnis ins Fäustchen lachen.

»So einen Mist kann ich gerade noch gebrauchen . . .«

Seine Ablösung würde bald eintreffen, und er brauchte einfach Zeit, die Papiere für die Übergabe zu ordnen. Natürlich würde er ausführen, was man ihm aufgetragen hatte. Wie immer, verdammt noch mal. Er hatte seinen Schiffen befohlen, seeklar zu machen. Er wollte gerade seine Operationsbefehle entwerfen, als ihm ein Gedanke kam. Er hielt im Schreiben inne und schaute nach draußen.

Vor ihm lag die Hafenbucht von Port Stanley, ein windzerzaustes Stück Wasser, eingefaßt von graugrünen Heideflächen, die Schafe kurz hielten, und von einzelnen Felsen und Flecken violetter Erika. »Wie Benbecula im Winter«, hatte ein Major bei diesem Anblick enthusiastisch getönt. Dabei war es hier Hochsommer, verdammt noch mal.

Entschlossen hob er den Hörer.

»Verbinden Sie mich mit Konteradmiral Aguirra in Puntas Arenas.«

Zehn Minuten später fühlte er sich sehr viel wohler.

CHILENISCHE FREGATTE *BERNARDO O'HIGGINS*, ESTRECHO DE LE MAIRE

Kapitän Soto gab das Radiotelefon dem Funker Erster Klasse Arturo Hernandez zurück. Der Mann schaltete den Zerhacker ab und fragte sich, warum der Kommandant lächelte. Man hatte ihn ein paar Minuten aus dem Funkraum geschickt, und er hatte also nichts mithören können. Er hockte sich wieder in seinen Sessel und setzte seine Routineüberwachungen fort und war sich bewußt, daß Soto immer noch da war. Als er dessen Fingerspitzen auf seiner Schulter fühlte, drehte er sich um.

»Ja, Herr Kapitän?«

Sotos Augen hatten sich leicht verengt, sie lagen tief neben der großen Nase. Nach seinem Telefonat hatte er offenbar länger nachgedacht und war jetzt zu einem Entschluß gekommen.

»Hernandez, ich möchte gern, daß Sie wieder so viel Initiative entwickeln wie kürzlich. Überwachen Sie so viele Frequenzen wie möglich, achten Sie auf ungewöhnliche Signale, auf vercodete Gruppen. Wahrscheinlich werden Sie die auf den Frequenzen der Handelsschiffahrt oder in der Nähe hören, zwischen ein und zwei Kilohertz. Achten Sie auf alles, Hernandez!«

»Ja, Herr Kapitän!«

»Gut.«

Hernandez grinste zufrieden. Der Kapitän würde jetzt mit dem wachhabenden Funkoffizier sprechen. Wie schön, daß er ausgewählt worden war. Das half gegen die Langeweile.

Soto stieg auf die Brücke und lächelte immer noch. An Backbord endete die blaue Küste der Mitre-Halbinsel im Kap San Diego, dem Zeh von Südamerika, von Feuerland – argentinisches Territorium. Viel näher an Steuerbord lag wie ein Fußball die zerklüftete Isla de los Estados, die Staten-Insel. Soto hatte vor, die Insel zu umrunden, ehe er in chilenische Gewässer zurückkehrte. Er war den beeindrukkenden engen Beagle-Kanal hinabgejagt, um vor Ushuaja Flagge zu zeigen. Eine Flottille Kanonenboote, in Israel gebaut, war von Puerto William aus zu ihnen gestoßen, und sie hatten einen Nachmittag lang schnelle Manöver gefahren bis nach Gable Island hinunter. Klugerweise waren die Argentinier im Hafen geblieben. Nachts hatten sie in der Messe der *Bernardo O'Higgins* zimelich viel Pisco mit den jungen

Leutnants von den Kanonenbooten getrunken. Mehr als einer war blond und arisch, und alle zusammen waren sie schlank und wild wie Wölfe.

Jetzt setzte er seine Runde fort durch Wasser, das die Gauchos für ihr eigenes hielten. Er hörte immer noch Aguirras knurrendes Lächeln durch den Zerhacker: »Sehr gut, mein Freund . . .«

Er war nur enttäuscht, kein einziges argentinisches Schiff gesehen zu haben, ausgenommen die ankernden und festgemachten in Ushuaia – und das, obwohl sie durch die ganze Straße westlich von Picton und Lennox gelaufen waren bis zum einsamen Marineposten auf Kap Hoorn selber. Doch die Enttäuschung dauerte nicht lange. Aguirra befahl ihm, nicht umzukehren, sondern von Kap San Juan aus auf die Malvinas zuzulaufen und dort auf Einheiten der Britischen Royal Navy zu treffen. Sie sollten das große weiße Kreuzfahrtschiff suchen, das in ein paar Tagen östlich der Magellan-Straße auftauchen sollte.

So etwas war ganz nach dem Geschmack eines Mannes, der behauptete, Lord Cochranes Blut in seinen Adern zu haben.

HENDON, NORDWEST-LONDON

»Okay«, sagte Nicholas und strich sich mit der Hand über sein Gesicht. »Jetzt bitte deine Auslegung.«

Sie sah ihn über das beschriebene Blatt hinweg an. Er lag in einen Sessel gelümmelt, ein langes Bein über der Lehne, ein Glas Wein in der Hand. Sie saß ihm gegenüber, informierte ihn nach einem Tag Arbeit mit diesem Stück Papier für die Konferenz von morgen. Morgen würden also ihre Gedanken Sir Charles Oldham vorgetragen, dem Polizeichef, dem Innenminister und dem Außenminister und vielleicht sogar dem Premier.

»Als Muster können wir die Kaperung der *Achille Lauro* nehmen. Man hält sie für einen Fehlschlag, aber auch die Terroristen lernen aus ihren Fehlern genauso wie aus ihren Erfolgen – auch wenn sie schließlich in Italien vor Gericht gestellt wurden. Die Kaperung lohnte sich, obwohl sie keinen Erfolg hatte«, sagte sie.

Damit meine ich, daß sogenannte befreundete Regierungen sich plötzlich zu erkennen gaben in ihrem Wunsch nach Rache für die Gefangenen und Verurteilten. Plötzlich waren die Fronten klar, die Bruchlinien und die Planer konnten sich an die Vorbereitung des großen Schlags machen, die letzte Kaperung.

»Jede Terrororganisation strebt nach Macht, nach politischer Macht. Durch plötzliche und erschreckend brutale Gewalt zwingt der Terror seine Gegner, unter Streß zu handeln, rationale Überlegungen hintanzustellen, etwas zu erdulden, das man den ›Nachteil des Reagierens‹ nennt. Die kleine Terrorzelle behält damit ständig die Initiative. Ihren Gegnern bleibt weitgehend nur das Reagieren und häufig sogar außerhalb eigener Gesetze.

Manchmal hat man damit Erfolg wie beim Sturm der SAS auf die iranische Botschaft in London. Doch die Ironie dieser Erfolge ist hart: Die Initiative geht keineswegs über auf die anderen. Die Terrororganisation wird wieder zuschlagen – am Ort und zum Zeitpunkt ihrer Wahl. Analysten bezeichnen diesen terroristischen Vorteil als Metamacht, denn sie verändert tatsächlich zwischenmenschliches Handeln. Mit einem militärischen Ausdruck spricht man dabei von radikaler Änderung der Kampfregeln durch eine Seite. Es ist die Strategie des totalen Kriegs.«

Kate unterbrach sich, um einen Schluck Wein zu trinken.

Nicholas nickte ihr zu und füllte beide Gläser. »Gute, solide Arbeit. Also, weiter . . .«

Kate steckte eine Zigarette an und fuhr fort.

»Die Weltlage hat sich in den letzten Jahren insofern verschlechtert, als terroristische Aktivitäten zugenommen haben und Terrororganisationen häufiger und deutlicher auftreten. Nur wer Revolutionen vor hatte, erlitt meistens Schiffbruch, weil der Vorteil der Initiative nichts brachte. Bedrohte Regierungen haben sich verbündet, und wir haben erlebt, wie sich Regierungen aus Terrorkampagnen entwikkelten und sich sogar mit früheren Feinden verbündeten. Wir haben bei der *Achille Lauro* gesehen, daß sich Streitkräfte zweier Alliierter gegenüberstanden, die der Vereinigten Staaten und Italiens. Die USA beanspruchten das Recht, den Mörder eines ihrer Staatsbürger vor Gericht zu stellen, die Italiener lehnten ab, weil das Verbrechen nominell auf ihrem Hoheitsgebiet geschehen war, die *Achille Lauro* war nämlich in Italien registriert ...«

»Moment mal, Kate. Wenn wir recht haben, dann schwächen wir unser Anliegen, denn die *Adventurer* ist in Panama registriert, obwohl wir natürlich wissen, daß sie britische Eigner hat, die sie auch fahren lassen ...«

»Ja. Aber du kennst die Passagierliste, und wir wissen beide, wie abgekühlt das Verhältnis zwischen unserem Sicherheitsdienst und dem unserer Freunde ist. Wer die westliche Allianz unter Druck setzt, wer die Zusammenarbeit der Regierungen in der UNO anzweifelt oder die diplomatische und militärische an anderen Stellen, der legt einen Nebelschleier, hinter dem Regierungen handeln können, die das Anliegen der Palästinenser unterstützen. Die Ereignisse von Sidon haben das Gleichgewicht im Nahen Osten gestört. Fatah wird ungeheuer an Macht gewinnen, wenn sie Land mit dem Recht des Eroberers in Besitz nimmt oder durch öffentliche Unterstützung. Israel wird sich zunehmend isoliert sehen und sich wieder eng an den mächtigen Verbündeten, die Vereinigten Staaten, anlehnen.

Ein Schiff wie die *Adventurer* mit seinen Passagieren wird nach einer Entführung die Aufmerksamkeit aller Medien der Welt auf sich ziehen. Und das Ereignis wird auf die beiden Führer der westlichen Welt, unseren Premierminister und den Präsidenten der Vereinigten Staaten, enormen Druck ausüben und ihnen zeigen, wie gering die Möglichkeiten sind, die ihnen militärisch oder diplomatisch offenstehen. Schließlich deutet alles, was wir bisher an Beweisen haben, darauf hin, daß die Kaperung gut geplant und sorgfältig koordiniert wurde und sehr viel mehr darstellt als nur ein mörderisches Drama auf hoher See.«

»Sehr gut, Kate. Du solltest Politikerin werden. Und wie lautet nun deine Prognose?«

»Zwei Prognosen, Sir.«

»Ian.«

»Zwei Prognosen.« Sie lächelte. »Von dem, was wir annehmen, wird man unsere Reaktion schwer vorhersagen können.«

»Wenn wir recht haben«, unterbrach Nicholas sie, »läuft der Prozeß, den du Metamacht nennst, längst.«

»Ja. Und in der nächsten Phase werden wir ohne jeden Zweifel die Forderungen der Entführer hören.«

»Damit habe ich nur noch zwei Fragen.«

»Und zwar?«

»Will man Beute oder Druck ausüben?«

»Du hast nicht zugehört.«

»Doch. Ich werde die Sicherheitsvorkehrungen um unseren Mann erhöhen. Die Jungs von der Mossad sind auf Grund gelaufen.«

CHILENISCHE FREGATTE *BERNARDO O'HIGGINS*, SÜDLICHER OZEAN

Kapitän Soto starrte durch sein Zeiss-Glas nach vorn und hielt dabei die Kimm gerade. Seine lange, schlanke Fregatte lief in die Seen und schaufelte mit ihrem Bug tonnenschwer grünes Wasser, das sich am Wellenbrecher und an der vorderen Geschützhalterung teilte und über die Seiten zurückströmte, während das geplagte Schiff die nächste Welle anging. Der große südliche Ozean benahm sich pervers. Jeder Kadett in Valparaiso wußte, daß ihn die Westwinde beherrschten. Doch jetzt verbiß sich ein Nordost-Sturm in sie.

Soto entdeckte sie als erster. Die beiden grauen Rümpfe glichen dem seiner Fregatte, doch einer trug noch die breite schwarze Identifikation, die sie als britisches Schiff auswies, ein Überbleibsel aus dem Falkland-Krieg, ein Signal für alle befreundeten Flugzeuge und Schiffe, daß dieser Zerstörer vom Typ 42 britisch und nicht unbedachterweise erst kürzlich an die Argentinier verkauft worden war. Er erkannte im Wimpel die Kennung.

»Delta neun eins.« Er rief den Wachhabenden.

»Nor-wich«, antwortete der Offizier.

»Nor-rich«, verbesserte ihn Soto, stolz auf seine große Englandliebe.

»Er ruft uns über UKW, Sir!« Soto drehte sich um.

Der Erste Offizier gab ihm das Handsprechgerät.

»Chilenisches Kriegsschiff an Backbord von mir. Hier ist das britische Kriegsschiff *Norwich*. Bitte melden. Over.«

»*Norwich*, hier ist *Bernardo O'Higgins*«, antwortete Soto in klarem Englisch. »Guten Morgen, ich kann Sie deutlich und gut verstehen. Over.«

»Guten Morgen, *Bernardo O'Higgins*. Ich würde gerne Ihren Kommandanten sprechen. Over.«

»Hier spricht der Kapitän. Ich habe Befehl von meinem Admiral, mit Ihnen zusammenzuarbeiten. Haben Sie die *Adventurer* schon gefunden? Over.«

»Negativ. Ich verstehe, daß Sie Befehl haben zur Zusammenarbeit. Stimmt das?«

»Bestätigt. Ich kann meinen Helikopter einsetzen und mein Schiff in das Gebiet führen, das Sie ausgesucht haben. Over.«

»Gut. Vielen Dank. Ich schlage vor, Sie suchen das Gebiet

östlich bis südöstlich in Richtung South-Orkney-Inseln ab. Wir haben Hinweise, daß das Schiff möglicherweise östlich der Falklands steht. Over.«

»Verstanden. Alles klar. Wir laufen ab. Ende.«

Soto legte das Handgerät ab und griff wieder zum Fernglas. Die *Norwich* lief jetzt genau voraus mit einer achterlichen See und ließ sich von den Wellen heben. Ein Sonnenstrahl beleuchtete sie. Deutlich zu erkennen waren ihre Antennen und ihre Bewaffnung. Ihre gewaltige Radarantenne drehte sich blitzend in drei Sekunden. Auf der Brücke konnte er eine winzige Figur sehen, die mit weißer Uniformmütze winkte. Er erwiderte den Gruß. Dicht hinter der *Norwich* erschien ein kleineres Schiff, das leichter schien und ein niedrigeres Deck hatte. Die Seen machte ihm mehr zu schaffen als dem größeren Begleiter. Sie rollte und stampfte in der achterlichen See.

»Fregatte Typ 21, Foxtrot Eins Neun Fünf.« Er las die Nummer vom Wimpel ab und hörte den jüngsten Offizier melden: »Britische Fregatte *Alert*, Herr Kapitän, neueste ihrer Klasse.«

»Danke, Leutnant. Gehen Sie jetzt auf Kurs eins null fünf.«

Die *Bernardo O'Higgins* drehte ab und überließ den beiden britischen Schiffen die Suche weiter nördlich in der Nähe ihrer verletzlichen Inselgruppe.

ADVENTURER, WEDDELL-MEER

»Ich möchte mal wissen, warum sie keine Maske trägt wie die anderen?« fragte Margaret Allen, als die Tür zur Kapitänskajüte wieder geschlossen wurde. Sie musterte das Essen, das Anna und ein Fedajin gebracht hatten: Käse, Brot und Dosenbier. Das war ein scharfer Kontrast zum bisher in der Ersten Klasse üblichen, sollte sie am Leben halten, mehr nicht. Sie kuschelten sich in der Kälte in Wolldecken, denn das Air-Conditioning war längst ausgeschaltet worden.

»Ich weiß nicht«, sagte Galvin wie nebenbei.

»Sie ist ja entsetzlich entstellt.«

»Verbrannt.«

»Wie schrecklich ...« Margaret schwieg. Sie hatten den Blick nicht von Anna wenden können, und das Bild des Gesichts hatte sich tief in ihr Gedächtnis eingegraben. Irgendwie hatte die schreckliche Entstellung sie fasziniert, hatte ihr Mitleid geweckt und gleichzeitig Abscheu darüber, daß eine so junge Frau an solch einer brutalen Barbarei wie dieser beteiligt war. Margaret erklärte sich Annas Engagement aus ihrer Verbitterung über die Verletzung. Doch sie wußte auch, daß unter den Terroristen an Bord noch mehr Frauen waren. Als sanfte, eher theoretische Feministin fand Margaret diese Zurschaustellung arroganter aggressiver Weiblichkeit zutiefst beängstigend.

»Warum glauben Sie, macht es ihr nichts aus, wenn man sie wiedererkennt? Niemand kann doch ein Gesicht wie ihres je vergessen?«

»Vielleicht glaubt sie nicht, daß sie je gefangen wird«, sagte Blumenthal und sah hoch.

Der alte Mann klang so resigniert, daß Margaret fröstelte.

»Lassen wir's«, sagte Galvin und nahm sanft ihre Hand. In den letzten Tagen ist sie um Jahre gealtert, dachte er. Nun schienen sie alle drei gleich schwach. »Lassen Sie uns Ruhe bewahren.«

Sie sah ihn aus den Augenwinkeln an und beneidete ihn. In Stunden wie diesen konnte er ruhig nachdenken. Das tat er oft, wahrscheinlich gehörte das zu seiner ihr fremden Religiosität.

Keiner rührte das Essen an. Sie hatten keinen Hunger. Die *Adventurer* rollte und stampfte auf ihrem schnellen Weg nach Süden. Sie rollte in der langen westlichen Dünung des südlichen Ozeans, während ein Nordost-Sturm, der achterlich querab blies, ihren schlanken Bug wie einen Korkenzieher gewaltig und krank machend bewegte.

Palmer war jenseits aller physischen Erschöpfung, die dem Mangel an richtigem Schlaf folgte. Er funktionierte nur noch wie ein Automat, nickte gelegentlich auf dem Sofa im Kartenraum ein, trank eine Tasse Kaffee nach der anderen und aß ständig Toast. Den teilte er mit der Wache, die die Brücke kontrollierte. Lila hatte keinen Zweifel daran gelassen, daß der Bewacher beim kleinsten Verdacht sofort schießen würde.

Er trat jetzt in die Steuerbordnock. Der Nordost hatte die Luft gereinigt, und die Sicht war gut. Im Süden sah er verstreut einige Eisberge, doch seit der ersten Sichtung war die See fast überraschend eisfrei. Er spürte, daß ihn jemand beobachtete. Er war daran gewöhnt und reagierte zunächst nicht, sah erst kurz darauf auf. Keine drei Meter entfernt hing bewegungslos fliegend ein gewaltiger Albatros neben der Nock. Die Luft, die der gewaltige Schiffsrumpf nach oben drückte, trug ihn.

Palmer beobachtete den Vogel. Seine Spannweite war mindestens drei Meter, sein Schnabel erinnerte an den eines gigantischen Sturmvogels, und seine Augen waren gelb wie Butterblumen. Der Vogel schien ihn zu beobachten. Plötzlich ließ er seine Flügel sinken und sich in einer langen eleganten Kurve seitwärts und abwärts treiben. Eine halbe Meile weit weg hob er sich wieder in einer großen Drehung und kreuzte dann das Schraubenwasser des Schiffs.

Palmer lächelte trotz aller Müdigkeit und saugte tief Luft durch die Nase ein. Er erinnerte sich an glücklichere Stunden hier auf der Brücke, als er Lila und Anna die milchfarbene See erklärte.

Er sah auf die Kimm nach Süden, richtete sich auf und holte sein Fernglas. Weit voraus an Steuerbord konnte er über einem häsigen Horizont die gezackten Spitzen ferner Berge erkennen, blau-weiß in der klaren Luft leuchtend.

Sehr viel näher lag ein unklares Glänzen über dem ganzen Südbogen der Kimm. Er wußte, was es war.

»Eisblink«, sagte er laut. »Die Grenze vom Packeis.«

Aymes zitterte. Es war ein entwürdigendes Zittern, das man in der stinkenden Kälte des übervollen Kinoraums leicht für ein Zeichen von Furcht halten konnte. Es ist in der Tat Angst, gab er – sich selber verachtend – zu, aber nicht die einer Geisel sondern die eines Süchtigen.

Er sah sich um. Er war nicht der einzige. Männer und Frauen zitterten in der Kälte oder vor Furcht oder vielleicht auch – wie er selber –, weil ihnen etwas fehlte. Man unterhielt sich nur noch wenig miteinander. Zu essen oder zu trinken gab es kaum etwas, und die einzige Wärme strömten sie selber aus, zusammen mit dem süßlichen Geruch von Angst.

Viele schliefen unruhig, zusammengekauert oder mit häßlich zurückgeworfenem Kopf. Melanie bewegte ihren Kopf auf seinem Schoß. Er strich über ihr Haar und hoffte, sie würde sein Zittern nicht bemerken. Als er sie beruhigte, vergaß er fast die eigenen Sorgen. Jetzt schlief sie. Furcht und der brennende Wunsch nach Whisky hielten ihn wach. Er sah die Bewaffneten, Giorgio und Stephanos, die angeblichen Griechen, und fragte sich, wie sie wohl wirklich hießen. Dann Dieter Schmidt, mit dem er sich bei der Äquatortaufe eingelassen hatte. Ein sturer Deutscher, nahm Aymes an, ein Mann ohne Skrupel. Und Anna, Anna, die Zerstörte, wie jemand aus längst vergangenen Zeiten, mit fast messianischer Ausstrahlung ... Doch vielleicht hing das alles nur mit dem fehlenden Whisky zusammen, waren Vorstellungen, die schließlich zu weißen Mäusen führten, was Gott verhindern möge ...

Und dann Lila, nach der Tim Palmer verrückt war. Er blickte auf die schlafende Melanie. Wie konnte er sich ein

Urteil erlauben? La Corbett war ein Flittchen, und doch empfand er dämlicherweise viel für sie. Aber Lila ...

Armer Tim.

Aymes fragte sich, ob er schon tot war. »Das wäre für ihn das Beste«, murmelte er. Es war sicherlich viel, viel besser als hier frierend herumzuhängen und vor Whiskydurst fast umzukommen.

Zelda Rebanowicz ging es besser als allen anderen. Sie fror nicht und aß dieselben warmen Mahlzeiten wie die Fedajin und ihre lateinamerikanischen Verbündeten. Von allen getrennt lebte sie in ihrem abgeschlossenen Penthouse und wurde nur immer wieder von Giorgio besucht. Sie konnte an ihn nur mit diesem Namen denken, obwohl er ihr gesagt hatte, sein richtiger arabischer Name sei Yusuf. Wenn er kam, redeten sie fast nur und aßen. Meistens sprach er und breitete langsam die Geschichte seines Lebens vor ihr aus. Und sie reagierte heftig, wenn sie von fehlenden Chancen, von Schmutz, von Tod und Entbehrungen in den Tälern des Libanon und den Lagern von Shabra und Shatila erfuhr.

Ihr Mitgefühl wanderte, und langsam verstand sie ihn. Sie verstand seine Wünsche und seine Wut über die Behandlung, die man ihm und seinem Volk angedeihen ließ.

»Die Israelis sagen, es gibt viele arabische Staaten, doch nur einen jüdischen. Sie nahmen sich Palästina, so wie einst der russische Zar ihnen ihre Häuser weggenommen hatte oder die Nazis ihnen die Fabriken. Mein Vater war Schäfer, wir lebten, wie meine Leute immer gelebt hatten. Er starb, als die Juden kamen. Die haben ihre Geschichte vom Exodus, aber wir müssen die Schuld der Europäer begleichen.«

Sie argumentierte nicht, konnte nicht argumentieren, weil sie von all dem wenig wußte. Amerika machte Giorgio keine Vorwürfe, wie es schien.

»Amerika? Nein, das ist ein gutes Land. Dahin werden wir bald fahren, ja?«

»Zusammen?«

»Natürlich, ja, zusammen. Dann lieben wir uns in einem Hotel in San Francisco, ja?«

»Ja.«

Giorgio stand auf. Sie hatten auf arabische Art auf dem tiefen Teppich gehockt. Er lächelte jetzt zu ihr hinunter.

Sie wäre sein Kamel zur Durchquerung der Wüste, wenn eine zu durchqueren wäre. Wenn nicht, dann eben nicht.

Palmer zog den Kontrollhebel zurück, und die *Adventurer* wurde langsamer. Er fühlte sich, als schwebe er gewichtslos über allem. Die Luft belebte ihn. Nach den langen Tagen mit fehlendem Schlaf hungerte er nach solch erregenden Augenblicken wie diesen. Unsicherheit über die Zukunft war nichts Neues für ihn, lange genug hatte er mit immer weniger Zuversicht gelebt. Doch dies war etwas anderes. Hier spürte er die Erfüllung wilder Vorstellungen, die er in dem geregelten Leben westlicher Arbeitssklaven nie gekannt hatte. Er erlebte, ohne es zu wissen, Schlachtenwut mit all ihren Höhen. Den Mann in London hatte er vergessen, obwohl ihm irgendwie noch bewußt war, daß der Höhepunkt nicht mehr weit weg war. Jenseits aller moralischen Überlegungen erfüllte ihn etwas wie primitive Lebensfreude.

Die *Adventurer* glitt durch Wasser mit vielen kleinen Eisschollen. Die See war ruhig, ein sanfter schmaler Spiegel über den Tiefen der Straße. Zu beiden Seiten stiegen riesige schwarze Klippen auf, ihre Spitzen verloren sich in schweren Haufenwolken. Die Klippen fielen so steil ab, daß sie weder Schnee noch Eis trugen außer dem wenigen, was sich in schmalen Spalten hielt, die das Gestein wie Adern durchlief.

Auf den flachen Eisschollen bewegten sich Gruppen von Pinguinen mit fast militärischer Präzision. Zahlreiche Weddell-Robben ruhten auf dem Eis oder tauchten neugierig aus dem Wasser auf. In der Luft kreisten Möwen, Seeschwalben, Tölpel und schwarze, marodierende Raubmöwen.

Die *Adventurer* streifte eine Eisscholle, die sich mit einem scharfen mahlenden Geräusch umdrehte. Das Wasser zeigte jetzt weniger Schollen, und Palmer schob die Fahrthebel etwas vor. Das Schiff wurde in der dunklen See schneller.

Eine kleine Böe ließ die See sich kräuseln. Plötzlich hoben sich die Wolken von den Bergspitzen. Wie von Zauberhand änderte sich alles. In der wärmeren Luft lösten die Wolken sich auf, und die Sonne brach durch den Dunst. Sie beleuchtete das Wasser in der Enge wie ein Scheinwerfer eine gigantische Bühne.

Die See verwandelte sich in ein tiefes Dunkelblau und färbte das Eis an ihren Rändern durchsichtig grün. Es begann zu glänzen und spiegelte in tausend winzigen Punkten das Licht wider. Seine steilen Wände und Risse und die Schattenpartien schienen aus ganz anderem Material zu bestehen und glänzten blau. Auch andere Farben wurden sichtbar. Algen wurden an alten Eisschollen erkennbar, und die schwarzen Felsen, jetzt tiefgrau im Sonnenschein, zeigten hellgrüne und ockerfarbene Flechten und dünne Streifen von Vogelkot.

Das Sonnenlicht mußte die Wasseroberfläche durchdrungen haben. An Steuerbord voraus sah Palmer plötzlich Bewegung im Wasser. Eine Walschule tauchte auf, glänzende schwarze Rücken zwischen Eisschollen, keine achthundert Meter entfernt. Die Wale bliesen schmale Fontänen Wasser in die Luft, ihre Rücken schienen sich zu krümmen, und die Schwanzflossen hoben sich, ehe sie wieder abtauchten.

»Wale«, sagte er leise, von ihrem Anblick wie verzaubert. So ganz dem Schiff und den Wundern um ihn herum hingegeben, hörte er den ersten Schuß nicht.

Jim Barclay hatte genug. Sein wildes Glasgower Temperament rebellierte gegen die Unterwerfung, die verdrehte Ordnung in seinem Maschinenraum beleidigte seine beruflichen Gefühle, und dann hatte er ganz einfach die Schnauze voll von diesem Zig, der ihm ständig die Waffe an den Kopf hielt.

Er mußte den Kontrollraum verlassen, um ein Kugellager zu überprüfen, das die Sensoren als heißlaufend meldeten. Das war ein reiner Routinejob, den man lange verschoben hatte. Nichtstun hatte Barclay schon immer unruhig gemacht. Und es war für ihn die reinste Hölle, wenn im Maschinenraum etwas zu tun war und er es nicht durfte.

»Hör mal«, brüllte er den allgegenwärtigen Bewaffneten an, »wenn ich mich um das Scheißding da nicht kümmere, dann könnt ihr eure Scheißreise hier bald vergessen . . .!«

Schließlich verließ er den Maschinenkontrollraum in Richtung auf den Wellentunnel – von Zig begleitet. Er wußte, was er vorfinden würde. Weil die simple Routine der Überwachung der Maschine unterbrochen worden war, war ein Lager der Propellerwelle an Backbord heißgelaufen. Der Spielraum hatte ihm mit seinen exakten Vorstellungen eines Lagers nie gefallen. Und die dauernde Belastung eines Zahnradsystems mit hoher Umdrehung ließ die Kupplung nie erkalten. Ein Stückchen Dreck oder Ölschmutz hatte die Leitung verstopft, und das verdammte Lager glühte. Diese Nachlässigkeit machte ihn noch wütender, als er ohnehin schon war.

»Das ist eure verdammte Schuld . . .«, sagte er Zig. »Ich hol die Ölkanne vom Schmierer.«

Zig trat zur Seite, um ihn passieren zu lassen. Hinter der wasserdichten Tür befand sich ein Regal mit der Ölkanne. Und daneben ein roter Knopf mit einer gedruckten Warnung an der Wand.

Plötzlich kam Barclay eine Idee. Er griff nach der Ölkanne und drückte auf den roten Knopf. Sein Körper verdeckte diese Bewegung, und er drehte sich schnell zu Zig um.

»Das ist euer verfluchter Fehler mit euren Scheißanordnungen. Jeder Idiot weiß, daß ein Motor nicht allein laufen kann, er ist ja nichts als eine Scheißmaschine«, knurrte er und sah Zig an. Er drückte sich an ihm vorbei und ließ das Öl von oben über das Lager laufen, damit der Terrorist nur nicht bemerkte, was hinter ihm nach dem Drücken des Knopfs geschah.

Barclay hatte diese wasserdichte Tür immer gehaßt. Er haßte alles auf der *Adventurer*, das nicht so funktionierte, wie es eigentlich sollte. Auch diese Tür hier gehörte zu dem Scheiß der Werft. Das verdammte Ding lief so langsam, daß man meinen könnte, es funktioniere gar nicht. Der Alarm war jedenfalls nie zu hören gewesen. Erst wenn man zurückging, um die Tür von Hand zu schließen, würde sie sich in Bewegung setzen, der automatisch anspringende Motor reagierte fürchterlich langsam und verzögert. Barclay hatte immer gehofft, daß die See sich Zeit ließe, wenn sie mal ins Schiff strömte, damit er diese Tür schließen könnte. Doch jetzt war er für diese eingeplante Verzögerung dankbar. Gerade als die Tür begann, die schmale Öffnung zu schließen, stand er fast neben Zig.

Er spritzte dem Terroristen Öl ins Gesicht und griff nach der Waffe. Zig konnte noch eine Sekunde feuern, und Barclay spürte den heißen Lauf. Er hatte sich mit voller Wucht gegen den Mann geworfen, der nach rückwärts fiel. Zig krachte mit dem Rücken auf den Handlauf an der Steuerbordseite des Wellentunnels, und Barclay stieß ihm sein Knie mit voller Wucht in den Schritt. Die heiße Luft in dem engen Raum bebte noch einmal unter einer Salve, und kreischend prallten Querschläger von den stählernen Wänden ab. Barclay holte mit der Ölkanne wieder aus und jagte in roter Wut die lange, dünne Tülle in Zigs Auge. Vor rasendem Schmerz fiel Zig zurück und ließ die Waffe los. Barclay packte sie sofort. Sie war ungesichert, und das Magazin war noch nicht leer. Ein kleiner Druck am Abzug reichte. Blutüberströmt brach Zig zusammen und rutschte von den Platten in die Bilge unter der Backbord-Propellerwelle.

Barclay wischte sich übers Gesicht, setzte das Schnellfeuergewehr ab und ölte das Lager, wie es sich gehörte. Als er Öl nachgefüllt hatte, hockte er sich einen Augenblick hin.

Von Zig waren nur noch die Schuhsohlen zu sehen. Barclay begann jetzt zu zittern. Was sollte er tun?

Hinter der wasserdichten Stahltür würde man die Salven nicht gehört haben. Die Geschosse hatten sich am Stahl plattgedrückt. Es waren Anti-Personen-Geschosse mit weichen Spitzen. Sie richteten Schlimmes an, wenn sie in einen Körper eindrangen, aber bei dickem Stahl waren sie harmlos. Barclay war Ingenieur. Binnen zwei Minuten war ihm klar, wie er das Magazin entfernen konnte. Dann fummelte er ein paar Minuten in der Bilge unter der Welle herum und fand Patronen in den Taschen des Toten. Sorgfältig lud er das Magazin nach und steckte den Rest der Patronen in die Taschen seines Overalls.

Jetzt erst wurde ihm bewußt, was er getan hatte. Er schwitzte und zitterte.

»Denk an Jeannie und die Kinder«, murmelte er vor sich hin. Der Schweiß trocknete auf seinem Gesicht, das sich wie fremd anfühlte. Dann dachte er nach. In den Maschinenkontrollraum zurückzukehren, in dem der zweite Bewaffnete Wache hielt, hieß, die Kontrollanlagen zu gefährden. Aber es gab noch einen anderen Weg. Barclay kannte sich wie kaum ein anderer im Maschinenraum aus. Er kannte die Leitern, die zum Fuß des Schornsteins führten und von dort auf das oberste Deck. Er wußte, daß er, ohne vom Maschinenkontrollraum aus gesehen zu werden, dorthin gelangen konnte. Sein Herz klopfte wie rasend, als er den roten Knopf wieder drückte. Nach einer Ewigkeit öffnete sich die Tür. Er bückte sich und schlüpfte nach draußen neben den gewaltigen, hämmernden Sulzer Diesel. Er stieg die erste Leiter empor, die auf einer langen Plattform mündete, die nach vorne führte. Tief gebückt bewegte er sich weiter, die quer liegenden glänzenden Zylinder der beiden großen Heißlüfter verbargen ihn. Eine Batterie von Pumpen und Kompressoren tat das weniger gut, doch er erreichte die zweite Leiter und stieg nach oben. Sie endete neben der Tür vom Maschinenkontrollraum. Wenn niemand die Tür öffnete, würde man ihn nicht entdecken.

Er erstarrte, als er eine Kofija hinter dem Fenster sah. Sie war kaum verschwunden, als er sich nach achtern wandte und so schnell er konnte nach oben kletterte.

An der vierten Leiter hatte er den gefährlichsten Teil hinter sich. Er fühlte sich plötzlich ganz sicher und stieg weiter. Unter ihm öffnete sich jetzt der tiefe Maschinenraum, und die gewaltigen Entlüfter wuchsen neben ihm nach oben in die Öffnung des Schornsteins, während er weiter kletterte. Er spürte jetzt den Zug frischer Luft nach unten, als er an den Ausgleichsgefäßen vorbeikletterte, hinter denen Zig den Augenblick des Angriffs abgewartet hatte.

Ein paar Augenblicke später hatte er den Fuß des Schornsteins der *Adventurer* erreicht. Er hielt inne, um Luft zu schnappen, ehe er an Deck trat. Als er gleichmäßig atmete, prüfte er die Waffe. Im Maschinenkontrollraum müßte man jetzt langsam Verdacht schöpfen. Die Schüsse hätte durch die wasserdichte Tür in der Kakophonie der Motoren niemand hören können. Und außerdem war der Maschinenkontrollraum gut gegen den Lärm isoliert.

Er durfte immer nur kurz schießen und mußte in Deckung bleiben. Je länger er die verdammten Hunde über die wahre Größe seiner Ein-Mann-Revolte täuschen konnte, desto besser.

Er hob die Sperrklinken der kleinen Tür am Fuß des Schornsteins.

»Das tu ich für dich, Jeannie . . .«

10

ADVENTURER, WEDDELL-MEER

Als erstes verwirrte ihn das Licht. Er schob sich durch die kleine Tür nach draußen auf den Schornsteinumbau und erwartete Dunkelheit. Er war tagelang eingesperrt gewesen und hatte keine Ahnung von *Adventurers* Position, doch er glaubte, es müsse später Abend sein. Von Schatten und Dunkelheit hatte er sich einen gewissen Schutz erhofft. Die praktisch ewige Helligkeit der tiefen Antarktis überraschte ihn.

Er fand sich schnell damit ab, schloß die Tür hinter sich und fühlte, wie die kalte Luft seinen Schweiß trocknete. Er schaute nach achtern und nach vorn. Der Umbau war leer, ebenso wie offenbar auch das Bootsdeck unter ihm. Es war lang und endete in einer Leiter zur Brückennock an Backbord. Er sah Teakplanken und geteerte Nähte auch unter den Bögen der Davits für die Rettungsboote. Langsam bewegte er sich nach vorn, hielt die Kalashnikow im Arm und war sich sicher, daß er die Führer der Terroristen auf der Brücke treffen würde.

Über ihm ging der Schornsteinumbau über in die einzelnen, offenen Veranden der Luxussuiten zwischen Brücke und Schornstein. Getrennt waren die Veranden durch undurchsichtige Kunststoffwände, die ihn an Scheuklappen bei Pferden erinnerten. Er drückte sich gegen die Wand und schob sich unter ihnen nach vorn und kroch über das Deck, um zu den Fenstern des Funkraums zu gelangen.

Sein Herz schlug wie eine Trommel. Er hatte den Punkt längst erreicht, an dem er noch umkehren konnte. Er war mit einer Waffe an Deck, er hatte einen Terroristen getötet und wartete, daß jeden Augenblick Alarm zu seiner Verfolgung gegeben wurde. Er hatte keine Zeit mehr zu verlieren.

Barclay wollte gerade die Leiter hochsteigen, als ein Warnruf ihn erreichte. Hinter sich sah er Terroristen. Über eine Tür oberhalb der Offizierskabinen mußten sie das Bootsdeck erreicht haben. Es gab keinen Zweifel, man hatte ihn entdeckt.

Eine harte Kindheit in Greenock hatte Barclay die Anfänge von Guerilla-Taktik gelehrt. Mit diesem Wissen von der Straße kannte er die Vorteile von Schnelligkeit und Deckung. Er war jenseits der ersten Bootswinsch, ehe die Terroristen auf ihn feuern konnten. Er hielt nur einen Augenblick an. Mit wilder Befriedigung stand Barclay genau in dem Augenblick da, als sein Verfolger vorsprang. Er hielt die Salve kurz und sah, wie die Geschosse den Kopf seines Verfolgers zermanschten. Knurrend traf er den zweiten, der jetzt ohne Deckung durch den ersten stand. Die Salve warf ihn zurück, und er hörte Waffen fallen, und zwei Körper lagen jetzt auf den Planken.

»Verdammte Scheiße.« Im Augenblick des Todes sah Barclay, daß er eine junge Frau getötet hatte. Er fluchte vor sich hin, die obszönen Worte hielten seinen Mut hoch, während er fieberhaft nachlud. Ein Feuerstoß ließ ihn sich umdrehen. Querschläger surrten von der Bootswinsch in alle Richtungen. Barclay duckte sich noch tiefer und klickte das volle Magazin wieder ein. Der Bug des ersten Rettungsbootes verbarg ihn vor Blicken von der Brückennock.

Palmer drehte sich nach der zweiten Salve auf dem Bootsdeck um. Sein Bewacher lief gebückt auf die Leiter in der

Backbord-Nock zu, blickte nach achtern und rief etwas. Ein zweiter Bewaffneter tauchte von unten kommend auf der Brücke auf und stellte sich so, daß er die Brücke und Palmer unter Kontrolle hatte. Der erste kletterte die Leiter hinunter.

Das Telefon klingelte, und Palmer hob ab. Er nahm an, daß die Stimme sich aus dem Maschinenkontrollraum meldete – in Arabisch. Die Verbindung brach ab. Kaum hatte er aufgelegt, klingelte es wieder. Wieder nahm er ab. Diesmal meldete sich jemand in einer Sprache, die ihm irgendwie bekannt schien. Es war kein Arabisch. Nach ein paar Sekunden erkannte er Spanisch, aber so verstümmelt, daß er es nicht verstand. Wieder legte er auf und wußte, irgend etwas stimmte nicht mehr.

Auf dem Deck unter ihm hörte er wieder einen Feuerstoß. Palmer konnte von seinem Platz auf der Brücke nichts erkennen, aber der Bewaffnete, der in der Nock stand und Dekkung gab, begann plötzlich zu schießen und feuerte auf das Deck unter ihnen. Palmer fühlte sein Herz wild schlagen und sah, wie der Fedajin plötzlich einknickte, als habe ihn ein unsichtbarer Fuß in den Magen getreten. Palmer sah den Mann fallen, sein Rücken öffnete sich, und blutige Fetzen brachen aus ihm, und dann lag er über der vorderen Reling der Nock.

Eine Sekunde später erschien Barclay oben auf der Leiter. Er war kaum wiederzuerkennen. Er schaute wild um sich, sein Overall war zerrissen, und er blutete, wo ihn Schüsse gestreift hatten.

»Jim!«

Barclay beugte sich vor und griff nach der Waffe, die der tote Fedajin fallengelassen hatte. Mit leichter Hand, wie es die Entwickler der Waffe vorgesehen hatten, klickte er ein neues Magazin ein und streckte sie Palmer entgegen, der schockiert und überrascht in der Tür stand.

»Hier, Tim, nimm die!«

»Faß sie nicht an, Palmer.« Sie sprach leise und drückte ihn mit der Mündung ihrer Waffe nach vorn.

Barclay sah ihn verständnislos an und hielt ihm die Kalashnikow immer noch entgegen. »Geh ganz langsam weiter . . .«

Barclay konnte Lila hinter dem großen Zweiten Offizier nicht erkennen.

»Hier, die Waffe, Tim«, zischte Barclay, »schnell, was ist denn los?«

Barclay spürte Palmers Zögern, hielt es vielleicht für Furcht und versuchte es mit Überreden. »Sie haben weiß der Teufel wie viele umgelegt . . .«

Palmer schüttelte den Kopf. Irgend etwas sprang auf Barclay über. Instinktiv zog er sich zurück. Vielleicht hatte er Lila jetzt entdeckt. Doch aus welchem Grund auch immer bewegte er sich überraschend schnell für so einen stattlichen Mann. Palmer spürte, wie Lila ihn zur Seite schob, und lehnte sich zurück. Lilas Schulter bohrte sich in seine Hüfte, und er fühlte die sengende Hitze aus der Mündung ihrer Waffe an seinem Arm, aber sie hatte wertvolle Sekunden verloren, hatte das Ziel nicht genau erfaßt. Lila sprang aus der Deckung und drängte sich an Palmer vorbei, als er nach ihr griff.

»Nein, Lila, nein.«

Barclay sah Palmers Eingreifen nicht. Er hatte ihn nur zögern sehen. Also war wohl doch etwas an den Gerüchten, die davon sprachen, daß der Zweite mit dem Mädchen schlief, das mit der Waffe in der Hand hinter ihm aufgetaucht war.

»Du feiger Hund«, fluchte er leise vor sich hin, als er über das Bootsdeck hastete und eine Tür nach unten suchte.

Palmer versuchte zu verhindern, daß Lila ihre Waffe wieder hob, aber sie drehte sich um und hieb ihm den Kolben in den Bauch. Er knickte vor rasendem Schmerz ein, und sie fluchte in Arabisch und rannte auf die Leiter zu.

Doch auf dem leeren Bootsdeck sah sie nur die toten Fedajin.

Zwei weitere Männer erschienen auf der Brücke, und sie gab ihnen Befehle. In seinem rasenden Schmerz sah Palmer nur einmal, daß sie kurz zu ihm hinschaute. Er lag zusammengekrümmt wie ein Fötus, versuchte Luft zu holen und schloß die Augen. Als der Schmerz zu verebben begann, öffnete er sie wieder. Er schien allein zu sein. Er zog sich an der Reling hoch und sah, daß das Schiff die ganze Enge nur mit dem Autopiloten durchquert hatte und das Eis hinter sich gelassen hatte. Noch immer war der Morgen schön, doch Palmer bemerkte die Schönheit nicht mehr.

Barclay stieg über Leitern vorn zwei Decks nach unten. Er traf niemanden. Er wußte, daß das ganze Schiff alarmiert war. Aber es war riesig, und die Menschen an Bord waren in Ghettos zusammengetrieben worden, in denen man sie leicht bewachen konnte. Das Schiff war also fast eine leere Hülle. Er bewegte sich instinktiv wie ein Tier. Die Erfahrungen aus Straßenkämpfen seiner Kindheit, schnell zu laufen, sich zu ducken und um Ecken zu rennen, ohne gesehen zu werden, hatten früher nur den einen Zweck gehabt, Schlägern zu entkommen. Jetzt halfen sie ihm in einer viel gefährlicheren Situation. Zwei Gedanken beschäftigten ihn gleichzeitig. Irgend etwas an Palmers Reaktion war falsch gewesen. Er hing offenbar ganz und gar an dem Weib. Lila, diese verdammte Hure, mußte ihn völlig in der Hand haben. Wahrscheinlich war er eine leichte Beute für eine zu allem entschlossene Frau gewesen. Die Brücke war also verloren, darum mußte er in den Maschinenraum zurück. Ohne Maschinen würden die Terroristen nichts erreichen.

Er hielt einen Augenblick an, um sich zu orientieren. Ein Mann überquerte vorne den Gang, und instinktiv drückte sich Barclay flach an die Wand. Der Mann verschwand, Barclay holte Luft. Dann hörte er Geräusche. Sie kamen aus der Kabine hinter ihm, und sofort wußte er, was sie bedeuteten.

Er warf die Tür auf, hob die Waffe und stürmte hinein.

Er konnte die Schmerzen im Gesicht des Mädchens erkennen und sah ihre Hände, die sich in den nackten Hintern des Mannes gruben, der die sich Wehrende unter sich zwang. Er war in den letzten Zuckungen eines Geschlechtsakts.

»Du verdammter Hund!« brüllte Barclay.

Vor Wut keuchend griff Stephanos nach seiner Waffe, rutschte von dem Mädchen, das starr vor Furcht liegen blieb. Barclay sah sie zucken, sah ihren Schmerz und ihren Schock. Er setzte seinen Fuß auf das Schnellfeuergewehr des Terroristen.

»Du Hund«, brüllte er wieder und bewegte seine eigene Waffe so, daß Stephanos sich duckte und von dem Mädchen weg kroch. Wieder dachte Barclay an Jeannie und die Kinder. Das Mädchen hier war kaum älter als seine eigene Tochter, Fiona. Es hatte die geschundenen Beine hochgezogen und krümmte sich hilflos zusammen.

»Hund.« Barclay richtete seine Waffe auf den Terroristen und zog ab. Die ohrenbetäubenden Explosionen füllten die Kabine, die leeren Hülsen schossen aus dem Verschlußstück, das Licht brach sich in ihnen, als sie am Kopf des erstarrten Mädchens vorbei fielen.

Barclay zerschoß Stephanos Lenden und pulverisierte seinen Körper mit einer Salve. Er war schon längst tot, doch noch immer krümmte sich sein Körper im Hagel der Geschosse. Das vergewaltigte Mädchen sah entsetzt zu und krümmte sich zusammen. Auf dem Bett hatte sich eine Pfütze Blut unter ihr gesammelt. Ihr Mund stand offen, und sie schien zu schreien, doch über dem Brüllen seiner Waffe konnte Barclay nichts hören.

Stephanos war zu einem Haufen blutiger Fleischfetzen zerlegt worden.

Anna fand Barclay.

Sie tötete ihn mit einem einzigen Schuß, als er die Kabine verließ. Er feuerte immer noch und wußte nicht, was ihn traf. Als letztes sah er noch das entsetzte Gesicht des Mädchens, und sein letzter Gedanke galt seiner Frau und den Kindern.

Giorgio rauchte ruhig. Irgendwo in der Ferne verklangen die Schüsse. Vor ihm drückten sich über tausend Menschen in die Sitze des Kinos oder auf die Stufen zwischen den Reihen und versuchten, sich warm zu halten. Er fühlte sich als absoluter Herr. Seine Waffe gab ihm diese Sicherheit.

Wie ein Falke die Wüste so suchte er Reihe für Reihe ab. Jede falsche Bewegung, jedes falsche Signal würde sofort in einem Geschoßhagel enden. Das wußte jeder, und alle verhielten sich ruhig. Er widerstand einem Zittern. Die Kälte breitete sich aus, obwohl so viele Leute in einem großen Raum zusammen waren. Furcht senkte die Körpertemperatur. Das war auch gut so, denn frierende und inaktive Leute dachten weniger darüber nach, welchen Unsinn sie anstellen könnten.

Anna kam durch die Schwingtüren.

»Es ist alles vorbei, soll ich dir von Lila ausrichten«, sagte sie.

»Wie viele?«

»Nur eine Handvoll. Ein paar Offiziere, die der Zweite Ingenieur anführte.«

»Barclay?«

»Ja.«

»Und bei uns?«

Er hörte Anna die Luft einziehen. »Ich bin nicht ganz sicher, vielleicht sieben oder acht, meistens Leute aus Costa Maya«, fügte sie schnell hinzu. Sie wußte, wie sehr Giorgio darauf achtete, seine Leute zusammenzuhalten. »Außer Stephanos . . .«

Giorgio fluchte. »Was ist passiert?« Er sah sie an, Wut und Schmerz im Blick.

»Der Narr hat ein Schulmädchen gebumst . . .« Sie sah den Schmerz in Giorgios Gesicht. Die obszönen Worte ließen sie kalt, denn sie wußte, wie sehr der Verlust Giorgio traf.

Stephanos war der Sohn von Giorgios Schwester. Seit dem Tod der Schwester bei einem Luftangriff fühlte er sich für seinen Neffen verantwortlich.

»Wir werden zurückschlagen, ja?« sagte er voller Zorn und bewegte seine Waffe so, daß die Geiseln vor ihm sich vor Angst tiefer in die Sessel drückten. Sie verstanden nicht, warum dieser Mann plötzlich wütend geworden war, doch sie ahnten die möglichen Folgen.

»Lila sagt, noch nicht. Vielleicht überhaupt nicht.«

»Scheiß auf Lila!«

»Behalt einen klaren Kopf«, antwortete Anna mit einiger Schärfe und legte dabei die Hand auf seinen Arm. »Ich löse dich ab. Geh zu deiner Hure nach oben.«

Giorgio sah sie an und fühlte sich etwas besser. Er sicherte seine Waffe und hängte sie sich um. Er war viel zu sehr mit sich selbst beschäftigt, um die Tränen in Annas Augen zu sehen.

Die stummen Geiseln beobachteten, wie ihre Wächter sich abwechselten. Es tauchten immer mal wieder andere im Kinosaal auf, aber entweder waren Anna oder Giorgio oder die ernst blickende Frau mit dem straff zurückgekämmten Haar die Anführer, von denen die anderen Befehle entgegennahmen. Die Geiseln beobachteten alle, doch sie fürchteten die Frau mit dem entstellten Gesicht am meisten. Ihr grauenvolles Gesicht weckte primitive Ängste. Ihre Augen hinter schmalen Schlitzen glänzten manchmal wild und erbarmungslos.

»Warum hast du das gemacht, Palmer, warum?«

Palmer stand Lila gegenüber, nachdem sie auf die Brücke zurückgekehrt war. Ohne zu fragen wußte er, daß Barclays Revolte niedergeschlagen worden war. Lila klang bedrückt, und er wußte, daß die Krise vorbei war.

»Warum hast du versucht, mich zurückzuhalten?«

»Er war mein Freund.«

»Bin ich nicht dein Freund, Palmer?« Unsicher fuhr sie sich mit der Hand durch das Haar, und zum erstenmal klang Hysterie mit.

»Ich hätte nicht zusehen können, wie er starb.«

»Er ist jetzt tot. Wenn er nicht so verrückt gewesen wäre, könnte er noch leben.«

»Aber du hast ihn nicht getötet?«

»Nein.« Sie sah ihn plötzlich mit der alten Entschlossenheit an. »Er ist tot. Er hat Stephanos erschossen. Ich habe jetzt keinen Funker.«

Das war ein Vertrauensbeweis. Diese Erkenntnis traf ihn wie ein Blitz und erinnerte ihn daran, wie verworren ihre Beziehung war. Alle gewohnten Verhaltensweisen galten nichts mehr. Sie schaute bedrückt von Stephanos' Verlust auf den Boden. Dennoch war sie eine Mörderin, verbreitete Terror, war Piratin.

Trotz des Hiebs in seinen Bauch legte er ihr die Hände auf die Schulter. Er spürte sie zittern, als sie seine Umarmung erwiderte, und spürte den harten Druck ihrer Waffe an seinem Oberschenkel. Sie kämpfte auch für die Freiheit, war Guerillero, Patriotin.

Sie nahm sich wieder zusammen und trat einen Schritt zurück. Was machte das aus ihm? Einen großen Liebhaber? Einen Verräter? Oder nur einen Narren?

Sie schob ihn von sich, wischte sich über das Gesicht, um Tränenspuren zu verwischen. Dann hob sie ihre Waffe wieder, ein schwarzer, stählerner Phallus, der zwischen ihnen stand.

»Bring uns zur Destitution-Insel, Palmer, so schnell du kannst.«

ALOUETTE HUBSCHRAUBER DER CHILENISCHEN FREGATTE *BERNARDO O'HIGGINS* UNTERWEGS AUF PATROUILLE

Leutnant Clausen zog den Steuerknüppel zu sich heran und spürte, wie sich die zitternde Alouette vom Deck abhob. Mit einem kurzen Blick nach unten durch die Kanzel des Hubschraubers sah er, wie das rechteckige Hubschrauber-Landedeck auf der *Bernardo O'Higgins* immer kleiner wurde und dann aus seiner Sicht verschwand, als er den Bug senkte und voraus flog. Langsam erreichte er seine Flughöhe von 2000 Fuß.

Die Sicht von hier war atemberaubend. Clausen lächelte. Er flog allein, um Treibstoff zu sparen, startete heute seine dritte Suche, diesmal östlich der Fregatte, nach dem verschwundenen Kreuzfahrtschiff *Adventurer.*

»Wir wissen, was wir suchen, Leutnant«, hatte Kapitän Soto gesagt. »Wir haben sie früher schon gesehen, als sie Puntas Arenas passierte. Ich denke, wir konzentrieren unsere Suche auf das Gebiet östlich der antarktischen Halbinsel. Zwischen hier, Signy, der Bransfield-Straße und bis weit runter westlich bis zur Palmer-Station würde sie sehr auffallen. Schauen Sie sich mal die andere Seite der Insel an, Leutnant.«

Clausen kannte die Gründe für seine Suche nicht, aber die waren ihm auch egal. Sein größtes Glück im Leben war Fliegen, und dafür waren ihm jeder Grund und jeder Anlaß recht.

Leutnant Clausen hatte das gute Aussehen seiner Mutter geerbt, einer Hispano-Indianerin. Nur seine hellblauen Augen hatte er von seinem Vater, einem ehemaligen Luftwaffen-Offizier, der in den fernen Hügeln Patagoniens eine Farm betrieb. Mit sanften Hinweisen, Geschichten und Erinnerungen seines Vaters und angeregt durch halb-geheime Treffen alter Kameraden, bei denen seltsame und romantische Lieder gesungen wurden, hatte er sich für diese Laufbahn entschieden. Zwei Brüder würden einmal die Farm übernehmen. Mit siebzehn Jahren war er als Kadett in die Marine eingetreten, um Flugoffizier zu werden. Es gab nie einen Zweifel daran, daß er dieses Ziel erreichen würde, wenn er die Prüfungen bestand. Für das andere würde sein Vater in der Selbsthilfe-Organisation alter Kameraden sorgen.

Seit drei Jahren flog Leutnant Clausen den Hubschrauber vom Deck der Fregatte – und immer noch nötigten ihm die arktischen Gewässer Respekt ab. Die Schönheiten des chilenischen Archipels waren viel zu oft von Nebel bedeckt, um ihn zu beeindrucken. Zwischen den Fjords und Bergspitzen zu fliegen war spannend, aber auch nicht ungefährlich. Man konnte sich dabei kaum je entspannen, vor allem dann nicht, wenn man, wie häufig, nach Banditen Ausschau halten mußte. Aber jetzt im Hochsommer hatte Kapitän Soto einen Erkundungsflug unter fast perfekten Wetterbedingungen befohlen. Ein Mann war mit leichtem Herzen wie ein Vogel unterwegs.

Aus 2000 Fuß Höhe erkannte man die gleichmäßigen Muster der See, die man an Deck wegen der unterschiedlichen Wellenhöhen nicht wahrnehmen konnte. Hier oben löste sich die mathematische Beziehung zwischen Windgeschwindigkeit und Reaktion des Wassers in eine einfache Gleichung auf, die Bewegung hieß. Ganz klar sah er Delphine und eine Walschule. Von hier aus sah man die gigantischen Meeressäuger in ganzer Größe, nicht wie von Deck nur einen Buckel, aus dem eine Fontäne aufstieg. Er sah die Tiere die Oberfläche durchbrechen, sah sie die Schwanzflossen heben und senken, sah sie sich zur Seite drehen und in den schrägen Strahlen der Mitternachtssonne spielen. Dann entdeckte er auch das Eis, Flecken überall auf dem Wasser. Weit im Süden sah er die Grenze des ewigen Eises und vor sich die schwarzen, gezackten Spitzen der antarktischen

Berge, auf denen sich das Licht der Sonne widerspiegelte, die in dieser Weltgegend zu dieser Zeit im Hochsommer zwar stieg und fiel, aber nie unterging.

Er steuerte nur mit den Fingerspitzen, bewegte den Steuerknüppel kaum, während das kleine Gerät über die See donnerte. Die Rotorblätter blitzten im Sonnenschein. Seine Augen suchten die Kimm ab, und er sah die fernen Berge immer näher kommen.

Leutnant Clausen hätte das Schiff fast übersehen. Er suchte nach einem weißen, schnittig gebauten Passagierschiff mit einem großen orange und blau dekorierten Schornstein. Er hatte schon mehrere Eisberge für Schiffe gehalten und war auf 800 Fuß heruntergegangen, um ihre Umrisse klarer zu erkennen. Damit würde er zwar mehr Treibstoff verbrauchen, doch er hatte ohnehin nur noch genug für zehn Minuten und mußte dann auf die *Bernardo O'Higgins* zurückkehren.

Er sah zuerst das Schraubenwasser, die kilometerlange Doppellinie hinter dem Schiff und entdeckte dann an ihrem Ende auf dem dunklen Ozean eine seltsame, kaum erkennbare Form, die er schnell als *Adventurer* identifizieren konnte.

»Alpha Charlie Eins an Mutter. Habe das verlorengegangene Schiff gesichtet. Hören Sie mich? Ich habe eins null drei seit unserem letzten Kontakt gesteuert, mit 97 Knoten Geschwindigkeit ...«

»Okay, Clausen, vierzehn Minuten seit dem letzten Kontakt, wir können Ihre Position jetzt errechnen.«

Clausen grinste. Die letzte Stimme war die von Kapitän Soto. Enrique konnte man nichts vormachen. Meistens wollte man ja nicht, daß er wußte, wo man gerade war, doch gelegentlich war dieser Kerl, der offenbar nie schlief, schon ein Trost. Clausen fragte sich, wo Soto gewesen war, als er sich zum erstenmal gemeldet hatte. Sicherlich ganz in der Nähe der Funkbude, nahm er an; vielleicht war er dorthin gegangen, als die Zentrale ihn nach dem Überqueren der Berge aus dem Radar verlor. Er flog jetzt niedrig und schnell und grinste, während er sich ausmalte, was sein Erscheinen an Bord der *Adventurer* auslösen würde.

»Lieber Gott!«

Die Ansicht des Schiffes war plötzlich verändert. Weiße Linien kreuzten sein Gesichtsfeld und rasten auf ihn zu, und sein Helikopter zitterte. Das Kunststoffglas explodierte, und Splitter jagten ihm um Kopf und Brust. Er konnte kaum noch atmen, und er spürte plötzlich Wärme, die sich in seinem Unterleib ausbreitete, und arktische Kälte, die durch die zerstörte Kuppel eindrang.

Die Alouette begann zu sinken, immer mehr Geschosse trafen sie und den Piloten. Von unten abgefeuert trafen sie seinen Unterleib, zerstörten seine Wirbelsäule, so daß er kaum noch Schmerzen spürte nach der ersten unerklärlichen Wärme, die sein hellwaches Gehirn noch wahrgenommen hatte. Er sah genau, was geschah, doch er war nicht in der Lage, es abzuwehren oder ihm auszuweichen. Die Pedale konnte er nicht mehr bewegen, und der Geschoßhagel aus den automatischen Waffen hatte den Joystick und den Leistungshebel zerlegt.

Er merkte noch, daß die Alouette auf die See aufschlug, ein paarmal wie ein flach geworfener Stein weiter sprang und dann auf eine Eisscholle krachte, die dicht neben dem Backbordbug der *Adventurer* trieb.

Der Hubschrauber löste sich fast sofort auf, die Tanks explodierten und vollendeten, was mit dem Aufschlag begonnen hatte. Der Schatten des Schiffes glitt über die brennenden und dann schnell versinkenden Überbleibsel der Alouette wie ein Schatten über das Gesicht eines Toten.

CHILENISCHE FREGATTE *BERNARDO O'HIGGINS*, SÜDLICHER OZEAN

»Mein Gott!«

Sotos Lächeln fror auf seinem Gesicht ein. Clausen hatte die Kopfhörer immer noch eingeschaltet, und der Kommandant wußte, daß die Geräusche, die das Kehlkopfmikrofon verzerrt aufnahm und weitergab, das Ende bedeuteten.

»Clausen . . .! Clausen . . .!«

Die Funker wandten sich um. Ihr Kommandant war sonst durch nichts zu erschüttern. Doch jetzt rief er kreidebleich den Namen des Leutnants.

»Mutter Gottes!« Soto riß sich den Kopfhörer vom Kopf und knallte ihn auf den Tisch. Dann sprang er wild entschlossen auf die Tür zu. »Rufen Sie ihn weiter!« befahl er über die Schulter hinweg und kletterte eilig die Leiter zur Brücke empor, um Clausens letzte Position einzutragen und der Maschine mit ihren 30 000 PS volle Kraft voraus zu befehlen, die sie mit 30 Knoten dorthin bringen würde, wo der Helikopter sich zuletzt gemeldet hatte.

Soto zweifelte keinen Augenblick daran, daß der Helikopter abgeschossen worden war.

ADVENTURER, WEDDELL-MEER

Lila sah achtern fettige, schwarze Rauchfetzen aufsteigen, die der Wind schnell auflöste. Um sie herum lagen Unmengen von Patronenhülsen und Magazinen. Sie hatte sich Sorgen gemacht, seit Stephanos die Nachricht von Portishead an alle britischen Schiffe abgefangen hatte, und hatte befürchtet, daß man sie, wie gerade geschehen, entdecken würde. Zwar hatte sie Stephanos' Furcht besänftigt, aber ihr selber blieben Zweifel. Das hier und der Tod des Funkers gefährdeten den Plan. Hatte der Helikopter seine Position noch gemeldet? Woher kam er? Hatte er sie zufällig entdeckt? Fragen über Fragen – doch keine Antwort.

Jetzt mußten sie vor allem schnell Destitution Island erreichen.

HMS *NORWICH*, SÜDLICHER OZEAN

»Meldung, Sir!«

Kapitän Crosby-Milne nahm dem Läufer das gefaltete Blatt ab und öffnete es. Die Meldung war unverschlüsselt. Sotos Fregatte der Leander-Klasse hatte die ungefähre Position des verschollenen Kreuzfahrtschiffes durchgegeben.

Steif erhob er sich aus seinem Sitz, einem für Fahrer von Volvolastern, den die mitfühlende Admiralität den Kommandanten für ihre See-Einsätze eingebaut hatte. Crosby-Milne fand es überaus bezeichnend, daß eine Nation, die noch im Abstieg einen Ruf von Beharrlichkeit pflegte, nicht in der Lage war, für die müden Hintern ihrer Kommandanten auf See einen eigenen Sessel zu entwickeln. Doch in diesem Augenblick dachte er daran kaum noch. Er trat an die Karte und sah auf die Koordinaten, die Soto gemeldet hatte.

Als habe er einen siebten Sinn, der ihm das Auftauchen des Kommandanten an der Karte meldete, war der Navigationsoffizier neben ihm erschienen. Der junge Mann lehnte sich über die Karte, als Crosby-Milne sein sauberes Kreuz gerade eingezeichnet hatte und den 2B-Bleistift zwischen die beiden Schenkel des Parallel-Lineals gelegt hatte.

»Da ist der Verschwundene«, bemerkte der Kommandant.

»Das ist schon die Weddell-See, Sir. Was zum Teufel macht der da?«

»Fragen Sie mich was Leichteres. Laufen wir hin und finden es heraus. Geben Sie mir Kurs und Entfernung.«

Der Kommandant wandte sich ab und starrte nach draußen, als erwarte er dort seine Beute auf der grauen Kimm auftauchen, die sie ringsum umgab. Er begann über Treibstoff und Einsatzdauer nachzudenken und wie lange er eine Abwesenheit von seiner üblichen Station rechtfertigen konnte. Er könnte natürlich die *Alert* aus ihrem Suchgebiet abrufen und von ihr Treibstoff übernehmen und sie dann nach Stanley zum Tanken schicken, wo glücklicherweise die *Tidestream* eingelaufen war. Damit hätte er genügend Reichweite und könnte sich für den Augenblick von seinem Auftrag, der ständigen Präsenz zur eventuellen Verteidigung der Falklands, absetzen. Er könnte aber auch die *Norwich* zu den Falklands zurückführen und die *Alert* in Marsch setzen.

»Wie weit ist es, Navigator?« fragte er ungeduldig.

Der Navigator schwang den Kartenzirkel um Joinville Island an der äußersten nördlichen Spitze der Antarktischen Halbinsel. »Augenblick, Sir. Es ist ziemlich weit, verdammt weit«, murmelte er.

ADVENTURER, WEDDELL-MEER

Palmer döste in Smythes Sessel auf der Brücke, als Lila den Helikopter entdeckte und auf ihn feuerte. Der Lärm der schnell feuernden Kalashnikow riß ihn aus einem flachen, kurzen Schlaf. Er sprang auf die Beine und erreichte die Nock, um gerade noch zu sehen, wie der Hubschrauber auf das Wasser stürzte.

Lila kehrte auf die Brücke zurück und sah ihn nur flüchtig an. Sie war mit völlig anderen Überlegungen beschäftigt. Ihre frühere Schönheit hatte sie fast ganz verloren.

Er ging an den Radarschirm und an die Karte. Sie waren weniger als zwanzig Meilen vom Ziel entfernt. Durch das Glas der Brücke schaute er voraus. Die Ruhe, die dem Nordoststurm so schnell gefolgt war, würde nicht mehr lange anhalten. Die Kimm war nicht mehr klar. Dunst breitete sich im Eisblink aus, und das Wetter wurde mit einem auffrischenden Südwestwind ungemütlicher.

Auf dem Radarschirm glühten immer wieder gelbe Punkte, See-Echos aus der Nähe des Schiffs. Irgend jemand, wahrscheinlich Lila, hatte die Einstellungen verändert und diese Blinken schlecht weggedrückt. Aus langer Erfahrung stellte er nach, und die vielen unnötigen Echos verschwanden. Jetzt waren die Eisschollen deutlicher zu erkennen und warfen beständige Echos zurück. Doch gab es Schwierigkeiten auch mit ihnen, wenn die Oberfläche des Eises die Strahlen nur unzulänglich zur drehenden Antenne zurück lenkte. Ein erfahrener Beobachter konnte Eis sehr schnell von Wellen unterscheiden, selbst in einem Sturm. Doch nicht jede Scholle reflektierte. Einige waren zu ungünstig geformt, andere zu glatt, und wieder andere lagen zu tief im Wasser.

Doch es war kein Eis, auf das Palmer jetzt sah. Vor ihnen quer zur Kurslinie lag ein fixes Echo, krümmte sich ihnen entgegen. Das kleine umgedrehte C von der Seekarte hatte diese Realität angenommen, war zu einem elektronischen Echo auf dem Radarschirm geworden.

Er blickte auf Destitution Island.

DOWNING STREET, LONDON

»Herr Botschafter, dies ist ein frühes und unerwartetes Vergnügen. Sie müssen jetzt eine Tasse Kaffee trinken, ich bestehe darauf!«

»Ich komme nicht zum Vergnügen, Herr Premierminister. Die Dinge haben sich schlimm entwickelt.«

»Ja, ich habe das eben schon von BBC gehört. Die Israelis kommen nicht voran, ziehen sich sogar zurück . . .«

»Das meine ich nicht, Sir. Etwas Neues ist im Spiel aufgetaucht.«

»Ach!«

»Der Chefredakteur der ›Washington Daily Post‹ hat einen Brief erhalten. In dem wird behauptet, eine METO habe den britischen Kreuzfahrer *Adventurer* gekapert.«

»Eine was?«

»METO – Multi-ethnische Terrororganisation. Das ist etwas ziemlich Neues. Wir beschäftigen uns seit einiger Zeit damit. Diese nennt sich April Acht Sechs.«

»Nie gehört.«

»Sie ist palästinensisch ausgerichtet, wird heimlich vom Kreml unterstützt und hat Verbindungen zu anderen Organisationen, zur FLQ in Kanada, zur IRA, zur ETA, zu den Roten Brigaden, zur RAF, zu den Nips, ja auch zu den entsprechenden Leuten in Costa Maya. Das können Sie sich sicher ausmalen, Herr Premierminister. Die haben das Schiff in Besitz genommen, wahrscheinlich irgendwo vor Südamerika gekapert, nehmen wir an. Schlimm daran: Es sind viele Amerikaner an Bord und verdammt viele Kinder aus Castle Drumdhu, dem Internat auf den Hebriden. Die Passagierliste liest sich wie das ›Who is Who?‹ der nächsten Generation. Sie haben auch Blumenthal ... Ich sehe, Sie sind überrascht. Natürlich sind auch britische Staatsbürger betroffen. Sie kennen sicher die Einstellung unseres Präsidenten, vor allem gegenüber Terrorgruppen: Keine Verhandlungen.«

»April Acht Sechs?«

»Ja, wie ich sagte.«

»Das bezieht sich auf Ihre Luftangriffe auf Tripoli und Bengasi, nehme ich an?«

»Es könnte sein ...«

»Und Sie sagten, Sie haben diese Gruppe April 86 seit längerem im Auge?«

»Hm, na ja.«

»Warum zum Teufel haben Sie uns darüber nicht informiert?«

»Oh, ich nehme doch an, man hat Sie informiert, Sir. Ich nehme doch wenigstens an, die britische Regierung wurde routinemäßig entsprechend dem Vertrag der Besonderen Vereinbarungen informiert. Doch Sie sind erst so kurz im Amt, Sir, daß man Sie sicher noch nicht über alles auf dem laufenden hält!«

»Herr Botschafter, ich versichere Ihnen, daß nach meiner Amtsübernahme und den Handküssen die Geheimdienste meine erste Priorität waren. Ich versichere Ihnen, daß meine Geheimdienstchefs die Existenz der Gruppe April 86 nicht von Ihren Leuten erfuhren!«

»Aber Sie kannten sie!«

»Ich habe erst kürzlich, vor recht kurzer Zeit, von ihrer möglichen Existenz erfahren und daß sie eventuell verantwortlich ist für die Zerstörung der Gannet-Öl-Plattformen und daß eine Splittergruppe unter dem Mantel der IRA den Rohbau unseres neuesten Zerstörers in Belfast in die Luft jagte.«

»Und was gedenken Sie dagegen zu unternehmen, Herr Premierminister?«

»Nichts, nichts, bis ich Forderungen höre. Das wird bald der Fall sein. Aber ehe ich die Forderungen nicht kenne, ist es sinnlos, darüber zu spekulieren.«

»Ist es auch sinnlos, den Vereinigten Staaten, Ihren Verbündeten, Ihre Unterstützung zuzusagen?«

»Hat man Ihnen Forderungen gestellt?«

»Ja. Man wird innerhalb der nächsten vierundzwanzig Stunden alle amerikanischen Staatsangehörigen an Bord ermorden, falls die Vereinigten Staaten nicht zusagen, daß sich die Israelis sofort von Sidon zurückziehen, daß die Sicherheit des Libanons garantiert wird und daß das besetzte Sidon und seine Umgebung schließlich einen unabhängigen Staat bilden.«

»Sie meinen, Fatah hat Sidon besetzt?«

»Ja, das dürfen wir annehmen. Jedenfalls wollen sie es haben!«

»Und warum wollen Sie den Wunsch nicht erfüllen?«

»Herr Premierminister!«

»Kürzlich haben Sie mir über Pragmatismus einen Vortrag gehalten. Da Backhouses Flotte mehr Kanonen hat als das russische Geschwader, ist der Präsident nicht unter Druck gesetzt. Seine weise Entscheidung kann ein staatsmännischer Akt sein.«

»Zum Teufel, nein. Diese Hunde haben US-Bürger als Geiseln! Sie haben Blumenthal ...«

»Herr Botschafter, Blumenthal war mit achtzehn Jahren in der Haganah, als er neunzehn war, nahm die Irgun ihn auf. Sterben für Israel ist ihm sicher nicht fremd. Ich meine, ich habe auch irgendwo gelesen, er habe Krebs ... Und was Ihre Staatsbürger betrifft, deren Freisetzung läßt sich doch leicht arrangieren.«

»Das ist eine Kapitulation.«

»Washington hielt das in Yorktown für eine großartige Idee!«

»Das ist doch nicht Ihr Ernst, verdammt noch mal, Herr Premierminister?«

»Darauf können Sie wetten, Herr Botschafter.«

»Den habe ich wütend nach Hause geschickt, Johnnie«, sagte der Premierminister.

»War das klug, David?«

»Du weißt nicht, Sohn, mit wie wenig Weisheit die Welt regiert wird«, sagte John Oxenstiern, der große schwedische Kanzler. »Natürlich war es weise, ob es politisch richtig ist, ist eine andere Frage. Aber ich bin mit dem Versprechen an die Macht gekommen, mich auf interne Probleme zu konzentrieren und aus dem Windschatten von Onkel Sam herauszutreten.«

»Das ist schwierig ...«

»Natürlich ist das schwierig, Johnnie, wie alles, was sich zu tun lohnt. Ich werde gleich Präsident Reilly anrufen. Er wird das nicht mögen, aber ich werde ihm klarmachen, daß ich das Eindringen der Israelis in den Libanon nicht akzeptiere. Das wird uns einige Sympathie auch in Israel bringen. Ich werde mich auch über die mangelnde Information über die Gruppe April 86 beschweren. Wir hätten damit vielleicht die Katastrophe von Gannet verhindert. Das hätten wir natürlich nicht wirklich, aber er kann darüber nachdenken, und ich habe den Vorteil, zu Recht ablehnend zu klingen.«

»Sie lernen schnell, David!«

»Das hat wohl damit zu tun, daß eine Woche in der Politik verdammt lang sein kann. Hat Wilson das nicht mal gesagt?«

»Da ist noch was.«

»An Ihren Blicken erkenne ich, daß Sie etwas im Ärmel haben, was meine Überheblichkeit treffen wird.«

»Nun ja. Man glaubt, die Position der *Adventurer* zu kennen.«

»Was heißt ›man glaubt‹?«

»Die Details sind noch nicht so ganz klar. Aber ein chilenischer Helikopter wurde auf einem ganz normalen Erkundungsflug offensichtlich abgeschossen.«

»Von Argentiniern?«

»Offensichtlich nicht!«

»Und wie paßt das alles zusammen?«

»Ein chilenisches Schiff arbeitet mit uns bei der Suche nach der *Adventurer* zusammen.«

»Verdammt! Verbinden Sie mich mit Admiral Blacklog. Um elf muß ich im Parlament sein. Wann sind wir morgen in der Universität Nottingham?«

»Nicht vor dem Mittagessen.«

»Das möchte ich nicht absagen.«

»Ihre Rede wird in der Presse einige Beachtung finden.«

»Hoffen wir mal, daß es bei unserem Thema bleibt: Wie wir als Nation wieder gemeinsame Ziele erreichen können.«

»Es sei denn, es kommt etwas dazwischen.«

»Ja, natürlich. Verbinden Sie mich mit Blacklog. Ich möchte nicht, daß er glaubt, er habe irgendeinen Auftrag, bei diesem verdammten Schiff einzugreifen.«

»Und was machen wir mit den Chilenen? Die sind bestimmt nicht glücklich, daß man ihnen einen Helikopter abgeschossen hat!«

»Nein. Blacklogs Mann vor Ort wird sie beruhigen müssen. Ich würde gern wissen, wo genau diese *Adventurer* ist.«

Teil III BELAGERUNG

Du weißt nicht, mein Sohn,
mit wie wenig Weisheit
die Welt regiert wird.

Oxenstierna

11

ADVENTURER, DESTITUTION ISLAND

Palmer sah den Gipfel aus dem Nebel auftauchen, als der Sturm abebbte. Er zitterte in der Kälte. Langsam wurden immer mehr Gipfel sichtbar. Der Nebel verschwand und enthüllte eine Landschaft von schrecklicher Schönheit.

Destitution Island: Der Name klang nach Entbehrung, schien der letzte Ort für einen heroischen Entdecker gewesen zu sein und schließlich ein Ort der verlorenen Hoffnungen. Ungebrochen stiegen schwarze Klippen aus der See und umgaben mit ihren Überhängen das stille Schiff fast ganz, das hier ankerte.

Die unregelmäßigen vulkanischen Schründe und Risse, die von den fernen Gipfeln nach unten liefen, füllten weißer Schnee und glänzendes Eis. Manche Höhlen in den glatten Wandpartien glänzten wie blaue Edelsteine. Hier fanden sich Eis und Schnee in den Brüchen und Rissen, die bei den gewaltigen Eruptionen der Erdkruste entstanden waren, und spielten ihr ewiges Spiel von Aufbau und Erosion. Die sanfteren Abhänge, von denen in dieser Jahreszeit Eis und Schnee verschwunden waren, hatten sich unten in Schuttkegel verwandelt. Gebrochene Felsen und Steinbrocken, hier und da von hellem Grün und gelbem Ocker von Flechten bedeckt, reichten bis ins Wasser.

Dieses phantastische Panorama umgab sie fast ganz, umfing sie halb im Schatten, halb in der Sonne.

Innerhalb der Lagune war das Wasser, verglichen mit dem draußen, fast spiegelglatt. Es war fast eisfrei bis auf ein paar dicke Schollen in der Einfahrt, aus der einst das geschmolzene Herz der Erde geflossen und in die dampfende See geströmt war, um den alten Vulkan zu füllen und zu kühlen. Palmer nahm an, daß das Wasser der Lagune verhältnismäßig warm war, weil wahrscheinlich von ganz tief unten immer noch Wärme durch Spalten nach oben drang. Er blickte hoch und sah über der Insel eine hohe Wolke stehen. Manchmal wurde die warme Luft durch plötzliche wilde Fallböen verdrängt, die von den Bergen herunter glitten und fauchend über das Wasser der Bucht jagten und es wie mit wütenden Katzenpfoten aufwühlten. Doch diese Winde wehten sich schnell aus und bewirkten wenig mehr als ein langsames Drehen der *Adventurer* an ihrer Ankerkette.

Auf schmalen Stränden mit schwarzem Lavasand fanden sich zahllose Pinguine und Robben. Die Luft war voller Vögel, Taucher mit schnellem Flügelschlag, weiße Möwen und dunkle Schatten der Raubmöwen.

Staunend beobachtete Palmer das alles, hin- und hergerissen zwischen widerstreitenden Gefühlen. Er hatte die *Adventurer* hier ankern lassen, hatte das einzige Stück flachen Seeboden gefunden, der weit genug vom Ufer weg reichte, um sie sicher liegen zu lassen. Sie ankerten unterhalb einer fast tausend Meter steil abfallenden Klippe, sicher im uralten Krater eines Vulkans, dessen letzter Ausbruch nie aufgezeichnet worden war. Das Manöver hatte höchste Konzentration von ihm verlangt. Sie war nun nicht mehr nötig. Er hätte nach unten gehen können, um zu schlafen, doch er war viel zu aufgedreht und jetzt ganz und gar dem Eindruck der wilden Schönheit um ihn herum hingegeben. Irgend etwas klang in ihm und hatte ihn gefangen genommen. Er spürte, wie etwas sich in ihm änderte. Die Entführung, das Versprechen des Mannes in London, sein Unentschiedensein in der ganzen Angelegenheit – das alles war jetzt bedeutungslos geworden, schien trivial. Er fühlte Erfüllung und Leichtigkeit und schien völlig zufrieden mit dem, was er erreicht hatte.

Das alles kam wie ein Blitz, der häufig einsame Menschen trifft in abgeschiedener, großartiger Umgebung. Es verschwand ebenso schnell, ehe es ihm richtig bewußt geworden war oder sich gar eingegraben hatte.

»Al Fatah, die Befreiungsbewegung Palästinas, ist nicht gegen die Juden als ethnische oder religiöse Gemeinschaft. Sie kämpft gegen Israel als Verkörperung eines rassistischen und kolonialistischen Zionismus. Al Fatah vertritt den Anspruch der Palästinenser, in einem unabhängigen demokratischen Staat zu leben. Der Kampf des palästinensischen Volkes ist – wie der anderer Völker in Asien, Afrika und Lateinamerika – Teil eines historischen Prozesses, in dem sich unterdrückte Völker von Kolonialismus und Imperialismus befreien wollen ...«

Annas Stimme, die die glücklosen Geiseln auf ihrem täglichen Rundgang unter den wachsamen Augen der Bewaffneten aus dem Lautsprecher bearbeitete, holte Palmer in die Gegenwart zurück. Von seinem Standplatz aus konnte er sie nicht sehen, und er unternahm nichts, um von ihnen gesehen zu werden. In den letzten paar Stunden hatte sich seine sorgfältige und nervöse Beobachtung durch die Terroristen etwas gelockert. Die *Adventurer* hatte ihr Ziel erreicht, und jetzt gab es kaum noch etwas, das die gut bewachten, eingeschüchterten, frierenden und halb verhungerten Passagiere und Mannschaften noch tun konnten.

Jetzt spielte Anna ihre Karten. Sie setzte alle Gefühle ein, um auch die hartnäckigsten Opponenten von der Sache der Fedajin zu überzeugen. Als letztes hatte sie mit dem Manifest der Fedajin die Menschen zu beeindrucken versucht. Am Nachmittag war ein Film nach dem anderen gelaufen, die alle das verzweifelte Leben in den Lagern Shabra und

Shatila zeigten und berichteten, wie Araber unterdrückt wurden, Israelis die Herren spielten, wie Christen ermordet worden waren und wie elend das Leben von zwei Millionen Flüchtlingen aussah.

Erste Mitgefühle regten sich bereits. Anna war die große Demagogin der Gruppe April 86, eine Rednerin mit erstaunlicher Begabung. Wohl weil sie eine Frau war, hatte sie die ablehnende Haltung der Leute zu ihrer fürchterlichen Entstellung in Verständnis verwandeln können und auch in so etwas wie stillschweigende Zustimmung zu dem verzweifelten Vorgehen der Gruppe. Die zum Zuhören gezwungene Gruppe verstand langsam die belastende Schuld des Westens und hungernd, frierend und furchtsam vor allem die Nöte eines Volkes, das man falsch behandelte. Wenn sie nur taten, was man ihnen sagte, würden sie mithelfen, Flüchtlinge aus ihrem Elend zu befreien. Anna machte ihnen klar, daß dieser Akt aus Mitleid den besten christlichen Traditionen entsprach.

Palmer hörte, wie das Summen der Stimmen und das Geräusch der Schritte sich langsam entfernte. Die Geiseln kehrten an ihre bewachten Aufenthaltsorte zurück, und Anna beendete ihre lebhafte Indoktrination. Palmer beobachtete, wie eine Weddell-Robbe einen Fisch neben dem Schiff jagte, und versuchte, seine Stimmung wieder zu gewinnen. Er spürte plötzlich Lila neben sich an der Reling. Sie lehnten nebeneinander wie in der Nacht, als sie die schäumende, silbrige See beobachtet hatten. Die vergangenen Tage bedrückten sie und machten sie befangen.

»Du schläfst nicht«, sagte sie.

»Richtig.«

»Hast du Angst?«

Er schüttelte den Kopf. »Nein, jetzt nicht mehr. Ich habe Angst vor den Schmerzen beim Sterben, aber nicht vor dem Tod selber.«

»So soll man sich auch bei einem guten Kampfauftrag

fühlen.« Er spürte, wie die Spannung von ihr wich. Destitution Island war für Lila eine Oase. Sie hatte wieder Zeit für persönliche Angelegenheiten. »Aber du hast keinen Kampfauftrag, Palmer. Warum hast du dann trotzdem das Gefühl?«

Er hob die Schultern. »Ich weiß auch nicht. Das kann man wohl kaum in Worte fassen. Aber wenn ich hier sterben müßte ...« Er deutete mit dem Arm auf den Ankergrund. »Es würde mir nichts ausmachen, Teil von etwas so Großartigem zu werden.«

Er fühlte den leichten Druck ihrer Schulter, als sie sich an ihn lehnte. »Anna sagte immer, du bist ein Poet.«

Ein dumpfes Heulen wurde plötzlich hörbar, und dann sahen sie, wie ein Wolke wirbelnden Schnees ein flaches Tal hinunter glitt. Dunstig breitete sie sich aus, als sie auf das Wasser traf, und raste über die Bucht, riß die dunkle See auf und verwandelte sie in klatschende Wellen, kaum einen Fuß hoch. Das Ganze verschwand ebenso plötzlich in der Mitte der Lagune, und nur das Schiff ruckte an der Ankerkette.

Palmer sprach als erster wieder. »Vor uns liegt nichts mehr«, sagte er langsam mit belegter Stimme und mußte husten, um weiterreden zu können. »Du hast mir den Ehrgeiz genommen, und wir haben vom Leben alles bekommen, was es uns zu bieten hat!«

Ihre Blicke trafen sich. Er sah immer noch verklemmt und verhärtet aus, doch in ihren Augen glänzten Tränen, und als sie sich wegdrehte, klang ihre Stimme schrill. »Ich mußte tun, was ich tat. Wie heißt euer englisches Sprichwort? Grausam zu sein ...«

»... heißt gütig zu sein. Ja, ich begreife dich.«

»Es heißt die Leiden und das Unglück eines rechtlosen Volkes zu beenden auf Kosten derer, die soviel besitzen.«

»Ich urteile nicht über dich, Lila. Du bist anders als ich. Dein Wunsch, für die Zukunft zu kämpfen, ist viel stärker als mein eigener.«

»Und was ist mit deinem Mädchen in London?‹

»Kate?« Er schüttelte den Kopf. London und Kate hatten keine Realität mehr. Sie lagen auf einem anderen Planeten trotz Lilas Versuch, sie aus dieser Ferne herauszuholen. Das waren die falschen Voraussetzungen, die die Politik vorgab. Aber wie sollte Lila das verstehen? Ihre Welt kannte nur schwarz und weiß. Kate hätte das sofort begriffen. »Du vergißt, Lila, daß eure Geiseln nicht nur Gefangene sind. Sie leben auch nicht mehr in ihrem Element. Ich bin dagegen Seemann. Wenn ich überhaupt eine persönliche Bindung habe, dann nur an dich.«

»Du bist ein Narr, Palmer.« Ihre Stimme klang tief, wie nach dem Lieben, doch er bewegte sich nicht auf sie zu, sondern starrte nur auf das Wasser der Destitution-Bucht.

»Ich mache mir in bezug auf dich nichts vor, Lila. Ich weiß, wozu du fähig bist. Die Geiseln sind nur zufällige Instrumente, um deinen Anspruch auf ein eigenes Palästina durchzusetzen. Du würdest sogar gern sterben und das ganze Schiff mit allen Menschen an Bord zur Hölle schikken, wenn damit Palästina zustande käme. Ich weiß das. Und das ist für uns beide das Ende.«

»Hast du deshalb ans Sterben gedacht?«

»Wir sind nicht soweit gereist, um uns was vorzumachen«, sagte er mit einiger Schärfe.

»Und du, Palmer, würdest du für ein Palästina sterben?«

Er hob das Glas und starrte hindurch. Die Gebäude hatte er bisher nicht bemerkt. Ein Sonnenstrahl mußte sie aus dem Dunkel geholt haben. Sie standen am Eingang der Bucht, halb hinter einem schwarzen Felsen verborgen – rostige Blechhütten einer ehemaligen Walfangstation.

»Nein«, sagte er und setzte das Glas ab, »nicht für Palästina, Lila.«

Als er sie küßte, fragte er sich, was wohl der Mann in London, auf dem anderen Planeten, dazu sagen würde.

HELIKOPTER AUF DEM FLUG VON HMS *NORWICH* VOR DESTITUTION ISLAND

Der dunkelblaue Lynx-Hubschrauber mit den Signets der Royal Navy und den weißen Buchstaben NH, die ihn als vorgeschobenen Beobachter von HMS *Norwich* identifizierten, kam bei 2800 Fuß aus den Wolken. Der Pilot war erleichtert. Den hoch aufragenden Spitzen der Insel war er mehr aus Glück als mit Können entkommen. Er senkte die vorspringende Kuppel des Geräts und zog die Maschine steil nach unten. Die einsame Wolke hatte ihn überrascht. Sie schien sich über der Lagune gebildet zu haben und verursachte am Rand der Insel Fallwinde.

Mit einem wilden Schrei entspannte sich der Beobachter neben ihm. Der Chopper flog waagerecht über die rostigen Wellblechhütten der alten Walfangstation, überquerte den längst nicht mehr benutzten Slip und jagte über die dunklen Wasser der Bucht. Ein achterlicher Fallwind machte den Hubschrauber plötzlich noch schneller und jagte Vögel links und rechts davon bei seinem Flug auf die ferne Öffnung zwischen den Bergen in Richtung zurück auf die offene See. Um den Vogelschlag abzumildern, nahm der Pilot die Geschwindigkeit zurück und sah auf seine Instrumente.

»Lieber Gott! Da ist das Schiff.«

Der Pilot sah in die Richtung, in die sein Begleiter wies. Unübersehbar war vor dem dunklen Hintergrund das Schiff zu erkennen. Beide Männer kannten das Ende des chilenischen Hubschraubers, und der Pilot griff zum Leistungshebel. Die Turbinen heulten auf, der Lynx drehte und stieg in einer so steilen Kurve, daß sich die Gesichter der Männer verzogen und der Chopper zu zittern begann. Weder Pilot noch Beobachter sahen die weißen Gesichter des überraschten Paares, das sie von der Brücke des Schiffs her beobachtete.

ADVENTURER, DESTITUTION ISLAND

Palmer sah dem Hubschrauber nicht länger nach. Lila war entsetzt und begann zu fluchen in einer Mischung aus Angst, Enttäuschung und Wut. Er fühlte plötzlich Mitleid mit ihr, spürte unter ihrer Wut tiefe Verzweiflung. Schon der Tod von Stephanos – oder wie immer er heißen mochte – hatte sie aus der Bahn geworfen.

Er war sich nicht sicher, ob sie die Nationalität des Lynx erkannt hatte.

Daß er britisch war, bedeutete ernsthafte Gefahr.

UNTERSEEBOOT *LIBERTAD* AUS COSTA MAYA, WEDDELL-MEER

Kapitän Sergei Korolenko nickte Kommandant Vega dankend zu und blickte durch das Sehrohr der *Libertad*. Er teilte ein paar von Vegas Befürchtungen, das Eis war wirklich überall, und jetzt machte sich die mangelnde Erfahrung der Mannschaft bemerkbar. Korolenko hatte zugeben müssen, daß sie sich bisher gut gehalten hatten, nicht so gut wie Russen, aber besser als erwartet. Er mußte sich daran erinnern, daß vor sechs Monaten noch kein einziger von ihnen ein U-Boot von innen gesehen hatte und sie nur Ahnungen hatten, was ein Eisberg war – von der Fähigkeit ganz zu schweigen, aus ein paar Sonarkontakten Größe und Tiefgang zu erkennen. Vega war ein guter Mann, durch und durch Seemann. Aber die Länge der Patrouille und der Streß seines neuen Kommandos, zu dem dann noch die notwendige, wenn auch belastende Anwesenheit eines russischen Experten an Bord kam, ließen sein Durchhaltevermögen erschlaffen.

Korolenko klappte die Griffe am Periskop hoch und nickte. Vega gab Befehl, es einzufahren, und beide Männer gingen an den Kartentisch. Die Karte zeigte in gnomischer Projektion die antarktische Halbinsel. Vega legte seinen Zeigefinger auf das saubere kleine Kreuz in der Karte, das die Position der *Libertad* angab. Korolenko fiel auf, daß der Fingernagel gänzlich abgekaut war.

Der Finger mit dem abgekauten Nagel fuhr nach unten, durch Milliarden winziger Inselpunkte und Buchten, durch Fjorde und gebrochene Bergketten und hielt auf einem gekrümmten Felsen, der auf der russischen Karte Lazarev-Insel hieß, benannt nach dem Ersten Offizier von Bellinghausens antarktischer Expedition auf Befehl des Zaren aus dem Jahre 1819.

»Auf der britischen Karte«, erklärte Korolenko, »ist das Destitution Island, Manuel.«

Mit leidender Stimme, deren Ton immer kläglicher geworden war, je tiefer sie nach Süden vorstießen, antwortete Vega: »Vielleicht haben die Briten den besseren Namen gewählt.«

Korolenko lachte und musterte seinen Kameraden dabei genau. »Also, weit hast du es nicht mehr. Vielleicht kannst du morgen früh in der Dämmerung schon wieder nach Norden laufen.«

»Ja, aber wann ist in dieser südlichen Hölle Dämmerung, Genosse Berater?«

Das Bild jener schwarzweißen Insel mit der hohen Wolke darüber hatte er noch nicht verdrängt.

»Komm, warten wir ein bißchen ab. Wir werden einen trinken, mein Freund. Aber diesmal kein Tequila. Diesmal trinken wir richtigen Wodka, nicht wahr?«

Vega entspannte sich. »Ja, wir wollen Wodka trinken.«

CHILENISCHE FREGATTE *BERNARDO O'HIGGINS*, WEDDELL-MEER

Kapitän Enrique Soto lehnte sich mit größter Aufmerksamkeit über die Reling. Vor ihm hob und senkte sich der scharfe Bug mit den Aufbauten jenseits des 4,5-Zoll-Zwillingsgeschützes im graugrünen Schwell und schnitt durch die Seen mit ihren vielen niedrigen, sich langsam auflösenden Eisbergen aus dem letzten Jahr, todbringenden Massen, die das Schiff mit der Leichtigkeit eines Dosenöffners aufschlitzen könnten.

»Ruder hart Steuerbord.«

Das Schiff krängte in der plötzlichen Drehung, der Rumpf zitterte, als das Ruder griff und das Heck des Schiffs in einer schnellen Wendung herumwarf, die es für Unterseebootjagden brauchte.

»Ruder mittschiffs. Stütz Ruder.«

Unter anderen Umständen hätte Soto sein Vergnügen daran gehabt, das Schiff bis an seine Grenzen zu belasten und die Gefahr zu genießen, die sein Auftrag mit sich brachte.

»Recht so. Kurs eins sechs drei.«

Aber Soto hatte Clausen und seinen Helikopter verloren, und das drückte ihn schwer, denn er hatte versäumt, an einen feindlichen Akt von seiten des verschollenen Schiffs zu denken. Er hatte Clausen entsprechend unvollständig gebrieft und war jetzt Opfer seiner eigenen Vorwürfe, als Kommandant seine Pflicht nicht erfüllt zu haben.

Er versuchte es wieder gutzumachen, Clausen zu rächen. Er war mit seiner Geschwindigkeit auf achtzehn Knoten heruntergegangen, was unter diesen Bedingungen immer noch zu schnell war. Scharfäugig und wachsam äugte er voraus in den Wind und merkte, wie die Sicht sich verbesserte. Doch seine Gefühle blieben die gleichen.

»Links. Ruder hart links.«

Von unten hörte er Geschirr zerscheppern. Der Steward hatte vergessen, die Leisten an die Tische zu schrauben. Das leichte Stampfen hatte ihn offenbar eingelullt, und die plötzlichen, scharfen Kursänderungen hatten ihn überrascht.

Der niedrige Eisberg mit schlüpfriger Oberfläche und grünen Algen glitt an Steuerbord nach achtern vorbei. Eine Sekunde später nahm er den scharfen Verwesungsgeruch der zahllosen winzigen Organismen auf ihm auf. Er drehte sich wieder nach vorn, der Fahrtwind jagte nach achtern und weckte mit seiner Schärfe in ihm die Instinkte eines Jägers.

Clausens Verlust hatte das Schiff verwandelt, obwohl er Soto immer noch bedrückte. Ihre Reise war plötzlich wichtig geworden, war eine Vergeltungsmaßnahme, die die endlose Routine unterbrach.

Soto war kein Narr. Er wußte, daß die meisten seiner eingezogenen Leute sich nach Hause sehnten oder wenigstens nach Puntas Arenas. Der Verlust des Hubschraubers traf jeden von ihnen persönlich. Clausen war an Bord sehr beliebt gewesen. Jetzt spürte man einen anderen Geist auf dem Schiff, eine fast greifbare Zielstrebigkeit, wenn alle an Bord wie ein einziges Wesen denken und handeln. So erreichen Kriegsschiffe den Zweck, für den man sie entworfen hat. Mit diesem Gefühl schüttelte Soto seine Bedrückung ab und trieb sein Schiff nach Süden auf Destitution Island zu, wo die *Adventurer*, nach Meldung der Lynx von der *Norwich*, sich verbarg. Er fand Trost in dem Gedanken, daß Lord Cochrane, einer seiner Vorfahren, seinen Eifer gutheißen würde.

HMS *NORWICH*, WEDDELL-MEER

Einundvierzig Meilen weiter nördlich und in Kontakt mit der *Bernardo O'Higgins* war Kapitän Crosby-Milne ebenfalls unglücklich. Er hatte die Lynx wiederaufgenommen, hatte den Bericht des Piloten entgegengenommen und wollte gerade eine Meldung verfassen, als ihn ein Befehl aus Northwood erreichte. Er war verblüffend kurz, und er fühlte die ganze Last der Verantwortung auf seinen Schultern. Seine Ausführung wurde erschwert durch Soto und seine *Bernardo O'Higgins*, außer Sicht im Süden in der Nähe von Destitution Island.

Crosby-Milne gab sich einen Augenblick dem leichtsinnigen Gedanken hin, daß der impulsive Chilene voranjagen und ihm die Sache aus der Hand nehmen würde. Aber dann las er als gut ausgebildeter Marineoffizier den Befehl noch einmal. Er enthielt irgendwelche politischen Anspielungen, die er wohl begreifen und berücksichtigen sollte. Was sie genau bedeuteten, war ihm unklar. Er sollte lediglich Wunder bewirken. Ihre Lordschaften waren weniger verschwommen. Er sollte die Angelegenheit zu einer zufriedenstellenden Lösung bringen und dabei äußerste Vorsicht walten lassen. Ihm war ausdrücklich verboten, »so zu handeln, daß es an anderen Orten politische Gegenschläge geben könnte«. Doch gleichzeitig wurde ihm deutlich klargemacht, »er habe alles zu unterlassen, das den Eindruck erwecke, die Regierung Ihrer Majestät lasse sich auf Verhandlungen ein«, wenn auch »eine gewisse Verhandlungsbereitschaft seitens des örtlichen Befehlshabers von taktischem Vorteil sein könnte«.

Das Papier war ein Meisterstück politisch-militärischer Doppelzüngigkeit. Crosby-Milne fluchte auf eine Weise, die ihm mittlerweile zur zweiten Natur geworden war.

»Ich nehme an«, meinte sein Erster Offizier, dem er die Nachricht zurückgab, »das kommt davon, wenn man Wischiwaschi-Radikale in die Angelegenheit hineinzieht, die keinerlei ministerielle Erfahrung haben.« Der Erste maß das Graue draußen mit erfahrenem Blick. Sein hörbarer Seufzer machte deutlich, daß er vor dem Antarktischen Ozean durchaus Respekt hatte.

»Möchten Sie rüberfliegen und mit diesem Soto selber reden, Sir?«

»Daran habe ich auch schon gedacht, Nummer Eins. Ich werde fliegen, wenn wir ein bißchen näher sind.«

Der Erste sah auf den Doppler. Neun Knoten. »Das wird noch ein bißchen dauern.«

»Ja.«

Ganz schön gewitzt, dachte der Erste.

UNTERSEEBOOT *LIBERTAD* AUS COSTA MAYA, WEDDELL-MEER

Korolenko leerte gerade sein drittes Glas Wodka, als der Vorhang zu seiner Kajüte zur Seite geschoben wurde und das erschrockene Gesicht eines Offiziers erschien. Er sprach mit Vega in Patois, einem Dialekt, den Korolenko nicht verstand. Doch er begriff sofort den Alarm, den Vegas Blicke meldeten.

»Geräusche im Sonar«, erklärte Vega kurz, griff nach der Mütze und eilte in das Kontrollzentrum. Diese Leute aus Costa Maya waren die reinsten Amateure. Der Ozean, besonders die sauerstoffreichen Meere seiner geliebten Polargebiete, waren so laut wie der Rote Platz am 1. Mai. Langsam folgte ihm Korolenko.

Vega gab ihm ein Extrapaar Kopfhörer, aber Korolenko brauchte sie nicht. Der Lautsprecher war eingeschaltet, und das Ticken, das man wie von einem Kinderspielzeug aus dem nächsten Raum hörte, war unmißverständlich.

Korolenko spürte plötzlich schmerzhaft sein Herz. Das Geräusch war noch weit genug entfernt, zwanzig Meilen vielleicht, aber er hatte es sofort identifiziert.

»Fregatte der britischen Leander-Klasse«, sagte er. Und er beobachtete die Reaktion in den Gesichtern der unerfahrenen Männer in der Zentrale der *Libertad*.

CHILENISCHE FREGATTE *BERNARDO O'HIGGINS*, WEDDELL-MEER

Instinktiv bückte sich Crosby-Milne, als er aus der dunkelblauen Lynx kletterte. Über ihm wirbelten die Rotorblätter, der Pilot gab Gas und erhob sich über das Deck der *Bernardo O'Higgins*, um auf seinen Kommandanten steuerbord achteraus über der tanzenden Fregatte schwebend zu warten.

Die *Bernardo O'Higgins* war Crosby-Milne vertraut und fremd zugleich, als er durch das Schiff zur Brücke geführt wurde. Sein letztes eigenes Kommando war auch eine Fregatte der Leander-Klasse gewesen. Durch dieselben schmalen Gänge führten die gleichen Rohrleitungen, Kabelschächte und Verdrahtungen. Luken und Durchgänge waren an den gleichen Stellen wie Schottenversteifungen, Hydranten und Feuerlöscher. Alles sah ziemlich so aus wie auf einer britischen Fregatte derselben Klasse.

Männer traten zur Seite oder starrten dem fremden Offizier neugierig hinterher. Der Koch mit seiner Mütze schaute genau so neugierig aus seiner Kombüse wie einer der Royal Navy, und ein verschlafener Wachgänger, den man gerade aus seiner Schweißkuhle aufgeweckt hatte und der halbnackt und mit Handtuch und Rasierzeug den Gang entlang torkelte, sprang zur Seite, als er die vier Balken auf Crosby-Milnes Schulterstücken entdeckte.

Aber die *Bernardo O'Higgins* war ein chilenisches Schiff. Das wurde am deutlichsten mit den Gerüchen, die so ganz anders als die gewohnten waren. Auch Warnungen, Instruktionen, Notizen und Beschriftungen fand er in fremdem Spanisch. In den Gesichtern der Männer mischte sich spanisches und indianisches Erbe. Wie in einem Traum mischten sich in seinem Kopf bekannte mit unbekannten Bildern, während er dem jungen Offizier folgte, der ihn zur Brücke führte.

Er fand sich auf ihr wieder, nachdem er ein paar Leitern

emporgestiegen war. Plötzlich stand er vor den vertrauten Armaturen eines Kelvin Hugh KH 1006 Navigationsradars. Er holte Luft, straffte sich und wandte sich seinem Gastgeber zu, einem großen Mann mit schlankem, zerfurchtem Gesicht, einem Paar harter, dunkler Augen und einer übergroßen Nase.

»Enrique Soto, Kapitän, willkommen an Bord.«

»Peter Crosby-Milne. Kapitän Soto, wie geht es Ihnen?«

Sie schüttelten sich die Hand. Sotos Englisch war gut. »Ich kenne Admiral Aguirra.«

»Ja. Hat er mir gesagt, und jetzt finden wir das Schiff für Sie!«

»Ich bedauere den Verlust Ihres Helikopters.«

»Ja. Clausen war ein sehr guter Offizier. Diese Hunde auf dem Schiff. Es ist gekapert worden, nicht wahr?«

»Ja. Hat Admiral Aguirra Ihnen Befehle gegeben?«

»Ich bin gerade auf einer heißen . . . Wie sagen Sie?«

»Auf einer heißen Spur.«

»Ja, auf einer heißen Spur.« Es schien, als handle Soto aus eigener Initiative. Vielleicht hatten Aguirra und General Pinochet zugestimmt.

»Und . . .?

»Wenn ich das Schiff finde, werde ich entscheiden.«

Crosby-Milne sah sich den chilenischen Offizier genau an und fand an ihm die Zeichen eines ungestümen Mannes. Er mußte an die Vorbehalte denken, die Nordeuropäer gegenüber lateinischem Temperament haben. »Ich bin Nachkomme Ihres Admirals Cochrane«, sagte Soto plötzlich, »und wie er möchte ich meine Männer nicht verlieren.«

»Ich meine, wir sollten nicht zu hastig handeln, nicht so schnell, verstehen Sie?«

»Ich habe einen guten Offizier und einen Helikopter verloren.« Seine Antwort klang scharf.

»Ja, natürlich, Kapitän«, sagte Crosby-Milne, »aber an Bord sind unschuldige Menschen, und meine Regierung möchte keine unnötige Gewalt anwenden. Die ganze Sache hat große internationale Bedeutung.«

»Das ist zweifellos der Fall, Kapitän«, sagte Soto und richtete sich auf, »die Ehre meiner Flagge ist beleidigt worden . . .«

Crosby-Milne stöhnte unhörbar. Die Worte klangen seltsam altmodisch, und doch berührten sie ihn, und plötzlich beneidete er Soto um seine Unabhängigkeit. Doch wenn er daran dachte, was der Chilene anrichten könnte, verkrampfte sich sein Magen.

»Ich werde so schnell ich kann zu Ihnen stoßen, Kapitän Soto. Wir bleiben in Verbindung. An Bord sind englische und amerikanische Staatsbürger. Ich möchte auch nicht gern losballern, weil man meine Flagge beleidigt hat.« Er hatte das als Warnung gemeint, aber Soto zeigte sich unbewegt.

»Ich bin sicher, daß wir zusammenarbeiten werden«, antwortete er kühl.

Crosby-Milne streckte seine Hand aus, aber Soto grüßte und nickte dem jungen Offizier zu, den britischen Kapitän zu seinem Hubschrauber zu begleiten.

ADVENTURER, DESTITUTION ISLAND

Lila hockte auf dem Rand von Palmers Schlafstelle. Sie war allein in seiner Kabine, in der er in seinen Wachmantel gerollt auf dem Sofa des Kartenraums schlief. Sie lehnte sich zurück und wartete geduldig auf das Ende der Frist, die man inzwischen der amerikanischen und der englischen Regierung gesetzt hatte.

Vierundzwanzig Stunden. Keine Verlängerung. Danach begannen die Exekutionen. Blumenthal, der Landräuber, wäre der erste.

Sie wollte schlafen, wünschte sich ein paar Minuten gesegnete Bewußtlosigkeit, aber immer wieder schob sich das

Bild des zerstörten Helikopters vor ihren Blick und machte ihr Sorgen. Die Geiseln waren jetzt gänzlich mutlos, halb verhungert, und mit protestierendem Magen dachte jeder nur noch ans eigene Überleben. Nein, an diesem verdammten Helikopter hing das weitere Schicksal Palästinas. Sie starrte an die Kajütendecke, fragte sich, wie es weitergehen würde, versuchte sich ein Bild von der Zukunft zu machen. Giorgio hatte jetzt Katjuschka-Raketen auf der Brücke geriggt. Sollte der zweite Hubschrauber zurückkehren, würde er auf mehr als nur auf überraschte Zuschauer treffen.

Woher war er gekommen?

Aus ihrem Briefing wußte sie, daß die Eispatrouille *Endurance* und die britischen antarktischen Vermessungsschiffe *Bransfield* und *John Biscoe* ebenso wie die Versorger anderer Nationen ungefähr tausend Meilen entfernt standen. Aber die beiden Hubschrauber, die eine viel geringere Reichweite hatten, waren aus dem Nichts erschienen und hatten sie ohne Schwierigkeiten gefunden.

Wann endlich würde die *Libertad* sie treffen?

Der Knall einer Explosion ließ sie auffahren.

Sie griff nach ihrem Gewehr und einem Reservemagazin und eilte sofort auf die Brücke. Palmer war wach und stand schon hinter Giorgio und Anna. Überall auf den Decks sah sie die schwarzen Gestalten der Kämpfer, die das rollende Echo der Explosion auf ihre Posten gejagt hatte, das immer noch von den Klippen zurückgeworfen wurde. Als der Lärm endlich verstummte und das Schreien von Tausenden von Seevögeln abgeebbt war, breitete sich eine erwartungsvolle Stille auf dem Wasser aus. Um sie herum stiegen die steilen Felsen empor mit eisgefüllten tiefen Furchen in den Wänden. Die Gipfel glitzerten rosig in den niedrigen Strahlen der Mitternachtssonne, die sich im Schnee dort oben brachen.

Eine zweite Explosion ließ sie alle aufschrecken.

UNTERSEEBOOT *LIBERTAD* AUS COSTA MAYA, WEDDELL-MEER

»Was erkennen Sie?

Ohne die Augen vom Angriffsperiskop zu nehmen, antwortete Vega ohne Zögern. Er konnte den schmalen, hohen Rumpf auf sich zukommen sehen. Die Fregatte, die blitzend durch die flache Dünung raste, warf eine cremig-weiße Bugwelle auf.

»Leander-Klasse, britisch, der Typ war als Bewacher vor Belize.«

»Gut. Und die Kennung?«

»Aus diesem Winkel nicht zu entdecken. Kurs und Speed?«

Die letzte Frage sollte nicht von Korolenkos Neugier ablenken. Der tat, was er ohnehin wollte. Aber es ging um seine eigenen Leute. Der Offizier, der hinter den Männern an den Instrumenten stand, beugte sich über die Schulter eines Matrosen.

»Kurs eins neun zwei, 21 Knoten Geschwindigkeit!«

»Sehr gut. Der fühlt sich sicher.«

»Oder er ist ein Narr«, brummte Korolenko.

Die Luft an Bord war geladen, aber nicht, weil Männer auf engstem Raum dicht gedrängt zusammenleben. Die letzten Stunden hatten die Männer hellwach gemacht, hatten an ihren Nerven gezerrt und sie den Zustand erreichen lassen, in dem sie zu allem bereit waren. Die Männer, die ein Teilchen der Welt so herumgewirbelt hatte, daß sie es jetzt als ihr eigenes ansahen, wären nicht mehr in der Lage, mit kühlem Kopf zu handeln, vor allem, weil ihre gegenwärtige Aufgabe ihnen als wichtige Aktion auf dem Weg zur Weltrevolution erklärt worden war.

Die Männer der *Libertad* nahmen ihre Anweisungen von Vega entgegen, aber Vega schielte auf den Ruhm, mit dem Korolenko ihn lockte. Korolenko kannte die Bedeutung seines Auftrags, er durchschaute die internationalen Zusammenhänge viel besser als die Leute aus Costa Maya und konnte die Folgen seiner geplanten Handlungen einschätzen. Doch auch er wurde in die Irre geführt – durch eigene Charaktermängel. Er war für Schlachten ausgebildet worden, die nie geschlagen wurden, und hatte sein ganzes Leben in diesem Katz-und-Maus-Spiel verbracht, das zur Abschreckung gehörte. Jetzt fand seine Vorstellung ein unwiderstehliches Ziel. In der letzten Stunde, in der die Zentrale von den Schraubengeräuschen der rasenden *Bernardo O'Higgins* widerhallte, hatte die Mannschaft der *Libertad* die beiden Torpedorohre im Bug schußbereit gemacht. Das geschah wie in einer Übung unter Korolenkos sorgfältiger Überwachung, denn die *Libertad* hatte nur zwei 21-Zoll-Torpedos an Bord, die weit vorn im Bug gestaut worden waren, um Platz zu schaffen für die Kämpfer.

Jetzt waren sie feuerbereit. Die Mannschaft ahnte noch nicht, daß Vega und Korolenko die *Libertad* auf einen Kurs gelegt hatten, auf dem sie die schnelle Fregatte abfangen konnte.

»Sie haben die Ehre, Genosse Berater.« Vega drehte das Angriffsperiskop zu Korolenko, der erregt die beiden Griffe packte.

Das Bild wurde scharf, als er die Skalen nachstellte. Leicht hob und senkte sich der schmale Bug, der durch das Graugrün der See schnitt. Als die Fregatte einmal tief eintauchte, konnte er Einzelheiten ihrer Brücke erkennen, widespiegelndes Glas, die flache Seite der Halterung der abgewandten 4,5-Zoll-Geschütze und den hohen Fockmast mit seinen Funk- und Feuerleitantennen. Die ungewohnte, wie ein Käselaib geformte Radarantenne, die die Luft absuchte, glänzte rhythmisch im Sonnenlicht – und dann verschwand der Bug in einer tiefen Welle.

Korolenko mußte nichts mehr sehen. Er lag genau in der Spur seines Opfers wie ein perfekter Jäger.

»Feuer frei!«

CHILENISCHE FREGATTE *BERNARDO O'HIGGINS*, WEDDELL-MEER

Kapitän Soto ließ sein Glas sinken und schätzte die Entfernung bis zum nächstgelegenen Punkt der Einfahrt in die Lagune von Destitution Island. Nur einen Augenblick später fand er seine Schätzung durch den Radar-Offizier bestätigt. In genau sechs Minuten würden sie in die Bucht einlaufen.

»Alle Mann auf Station!« befahl er mit vor Spannung heiserer Stimme. Er mußte an Leutnant Clausen denken und an diese Scheißkerle von Kommunistenfreunden auf dem gekaperten Schiff. Er war froh, daß er vor dem Briten Destitution Island erreicht hatte, froh für Clausen und für die Ehre seiner Flagge.

Im nächsten Augenblick bog sich ihm das Deck entgegen, und sein Schiff begann in einer Explosion zu sterben, die von tief innen zu kommen schien.

UNTERSEEBOT *LIBERTAD* AUS COSTA MAYA, WEDDELL-MEER

»Gib ihr auch den zweiten Aal, Manuel«, sagte Korolenko und übergab das Periskop Vega, der mit kaum unterdrückter Spannung neben ihm stand. Als Vega durch das Angriffsglas blickte, hielt er den Atem an.

Die Fregatte hing nach Steuerbord über und krängte bereits deutlich. Ihre Geschwindigkeit trieb sie noch voran, aber Dampfwolken umgaben sie, und ihr klarer Decksprung war gebrochen. Das Torpedo hatte ganze Arbeit geleistet, aber es kam darauf an, daß sie schnell sank, ehe sie der Welt mitteilen konnte, daß sie torpediert worden war.

»Ruder hart Steuerbord. Fahrt voraus. Geschwindigkeit halten.« Manuel Vega begann den Halbkreis, um die *Libertad* auf die Position zu bringen, von der aus sie der Fregatte den Todesschuß geben könnte.

CHILENISCHE FREGATTE *BERNARDO O'HIGGINS*, WEDDELL-MEER

An Bord der *Bernardo O'Higgins* herrschte vollständige Verwirrung. Die Mannschaft war überrascht worden, als jeder gerade auf seine Station rannte. Die plötzliche, alles zerstörende Explosion des russischen Torpedos gerade unterhalb des Maschinenraums hatte nicht nur Turbinen und Kessel vollständig unbrauchbar gemacht, sondern auch die Generatoren zerstört. Dunkelheit herrschte in allen Abteilungen des Schiffes. Nur einmal gab es kurz Licht, als das Notstromaggregat ansprang und dann auch den Geist aufgab. Das ständige Summen der Ventilatoren, der Pumpen und Motoren, die den Herzschlag eines jeden Kriegsschiffes bildeten, verstummte. Das angeschlagene, schrägliegende Schiff verlor Fahrt, sein Kiel war gebrochen, und aus der Dunkelheit hörte man Rufe und Schmerzensschreie und Befehle von Vorgesetzten, die das Unausweichliche zu bekämpfen suchten. Dann waren Angstschreie zu hören, als Flammen zu sehen waren, die diabolisch überall dort blitzten, wo elektrische Kurzschlüsse entflammbares Material in den Mannschaftsdecks in Brand gesetzt hatten.

Soto war auf der Brücke wie betäubt. Er hatte den Verdacht auf Sabotage, der ihn monatelang begleitet hatte. Die Brücke um ihn herum fiel in tödliche Stille, und nur Wind und See klangen in seinen Ohren. Und dann sah er die weißen Gesichter der Männer um ihn herum, die auf irgend etwas von ihm warteten.

UNTERSEEBOT *LIBERTAD* AUS COSTA MAYA, WEDDELL-MEER

»Irgendeinen Funkspruch abgesetzt?« blaffte Korolenko den Funker an, der hinter ihm saß.

»Nein, Genosse Berater.«

Nachdem sie den ersten Torpedo abgefeuert hatten, hatten sie die Antenne ausgefahren. Der Russe hatte dem Funker befohlen, die internationalen Notfrequenzen abzuhören, um herauszufinden, ob ihr Ziel einen Mayday-Ruf abgesetzt hatte.

»Feuer frei!«

Vega stand neben Korolenko und gab den Befehl, der den zweiten Torpedo aus dem Bugrohr der *Libertad* jagte. Der Mann aus Costa Maya konnte den gebrochenen Decksprung der *Leander* deutlich erkennen. Rauch qualmte jetzt über dem Dampf, und Männer liefen auf dem Deck hin und her. Eine Gruppe sammelte sich um ein Motorboot, das mittschiffs noch in den Davits hing, als der zweite Torpedo die Fregatte eben unterhalb der Brücke traf. Fasziniert und erschreckt zugleich beobachtete Vega, was er angerichtet hatte, als die Fregatte in die Luft flog.

»Sie ist kein Brite«, sagte er und registrierte im Kopf etwas, was ihm vor wenigen Sekunden aufgefallen war. »Der Wimpel mit der Kennung ist nicht nach britischer Art.«

Er suchte nach der Kennung, als Korolenko ihn ungeduldig zur Seite schob.

»Chilene«, stellte der Russe mit einem Blick fest und richtete sich mit breitem Grinsen in seinem verschmierten Gesicht auf. »Ein doppelter Schlag für die Freiheit, Genosse Kapitän, nicht wahr? Jetzt haben wir den Genossen Allende gerächt. Los, lassen Sie uns auftauchen und sicherstellen, daß niemand überlebt und die Wahrheit berichtet. Schuld am Verlust ist das Eis.«

CHILENISCHE FREGATTE *BERNARDO O'HIGGINS*, WEDDELL-MEER

Soto war wieder bei vollem Bewußtsein, als der zweite Torpedo traf und ihm klar war, daß sein Schiff angegriffen wurde. Der Druck der Explosion nahm ihm die Luft, aber ließ ihn in der Steuerbord-Brückennock bei Bewußtsein, von wo er – vor hundert Jahren – sein Schiff hatte gerade in die Destitution-Bucht einlaufen lassen wollen. Jetzt lag die schöne tot unter seinen Füßen im Wasser. Das Zischen von Dampf, aufquellender Rauch und die Schreie der Verwundeten erreichten ihn wie durch einen Nebel. Mit der Kraft eines Mannes, der nicht aufgeben will, konzentrierte er sich und tastete sich auf die Brücke zurück, wo er ein tragbares Funksprechgerät fand, das vorn unter dem Fenster auf einem Regal lag. Er ergriff es und stellte die richtige Frequenz ein.

Neben ihm wimmerte der wachhabende Offizier und versuchte, sich hochzuziehen. Als Soto sich über das tragbare Gerät beugte, merkte er, daß der junge Offizier noch nicht begriffen hatte, daß der zweite Torpedotreffer seine Kniegelenke zerstört hatte. Der Mann fiel wieder zusammen. Tränen traten ihm in die Augen, als er tapfer ein weiteres Mal versuchte, sich aufzurichten.

»Mayday, Mayday, Mayday«, rief Soto über Kanal 16.

UNTERSEEBOT *LIBERTAD* AUS COSTA MAYA, WEDDELL-MEER

»Sie senden ein Mayday, Genosse Kapitän, ein sehr schwaches Signal.«

»Ein tragbares Gerät«, stellte Korolenko nach kurzem Überlegen fest. Dann schulterte er die Kalashnikow, schaute die Gruppe der Männer aus Costa Maya an, die sich unter dem Turm an der Leiter versammelt hatte, und grinste. Sie trugen alle automatische Waffen.

»Das werden wir schnell beenden!«

Sie sprangen zurück, als das Wasser nach unten stürzte. Vegas Stiefel verschwanden nach oben, ein Lichtstrahl fiel durch das Luk, und kalte, doch unsagbar frische Luft drang in den tierischen Gestank der *Libertad*.

HMS *NORWICH*, WEDDELL-MEER

»Ich habe einen Mayday-Ruf empfangen, Sir!«

Der überraschende Ruf aus der Zentrale auf die Brücke störte Crosby-Milnes Seelenfrieden nachhaltig.

»Von wem? Peilen Sie ihn sofort ein!«

»Bereits geschehen, Sir . . . eins sieben acht, Sir!

Crosby-Milne wandte sich vom Lautsprecher des Intercoms zum Kartentisch, über den sich schon der Navigator beugte.

»Das ist genau voraus, Sir. Die Peilung der *O'Higgins*.«

»Lieber Gott!«

»Captain, Sir?« meldete das Intercom sich wieder.

»Ja?«

»Das war alles, Sir. Nichts mehr und nichts weiter. Ich bin ziemlich sicher, das war die Stimme des chilenischen Kommandanten, Sir!«

»Ja . . . Danke . . . Beobachten Sie weiter«, antwortete Crosby-Milne tonlos. Er dachte an den stolzen Chilenen und seine Eile, mit der er die Beleidigung der Ehre seiner Flagge rächen wollte.

»Ich fürchte, der arme Hund ist mit Eis kollidiert«, bemerkte er dann und gab seinen Überlegungen neuen Stoff. Statt an eine höchst gefährliche Gruppe internationaler Banditen zu denken, mußte er jetzt eine See-Luft-Rettungsaktion in den eisigen Wassern der Weddell-See organisieren.

»Ja, Sir«, stimmte der Navigationsoffizier über den Radarschirm gebeugt zu. »Sie haben sicher recht. Wir haben verdammt viel Eis vor uns.«

Crobsy-Milne hob sein Fernglas und suchte die Kimm ab. »Ja, verdammt viel«, sagte er.

WEDDELL-MEER

Enrique Soto versuchte in dem eisigen Wasser am Leben zu bleiben. Der Geschoßhagel vom Deck des Unterseebootes hatte ihn verfehlt, aber er wußte, daß er nicht überleben würde. Er war ein tapferer Mann, und nicht ordentlich zu sterben, würde sein gesamtes Leben in Frage stellen. Obwohl die einlullende Wärme des nahenden Todes bereits seine unteren Gliedmaßen durchdrang, kämpfte er gegen das Unvermeidliche mit dem Mut, den er eines Tages zur Verteidigung Chiles einsetzen zu können gehofft hatte.

Um ihn herum schossen Wrackteile und Überbleibsel seines Schiffes hoch. Ein paar Männer trieben in Schwimmwesten und froren langsam zu Tode wie ihr Kommandant. Andere ertranken weit unter ihm, in Luftblasen im Schiff gefangen, wo sie vielleicht mit ihren Freunden um den letzten Sauerstoff kämpften. Die Glücklichen hatten schon die Schüsse getötet. Um ihn herum schwammen seltsame Überbleibsel, ein hölzernes Hackbrett aus der Kombüse, eine leere Schwimmweste, ein großes hölzernes Kruzifix. Ein Floß, dessen Sicherung im Wasser aktiviert wurde, schob nach oben, zerriß seine Umhüllung und blies sich automatisch auf – wie in Bildern eines alten Films. Die Männer, die noch lebten, waren viel zu erschöpft und betäubt, um zu ihm zu schwimmen.

Es sollte *Bernardo O'Higgins* Grabstein werden.

Gestank von Öl lag schwer auf dem Wasser, breitete sich aus und drang in Münder und Nasen der Sterbenden.

Gleich darauf war nur noch das Schreien von Möwen zu hören, die sich auf die blicklosen Augen von Enrique Soto stürzten.

ADVENTURER, DESTITUTION ISLAND

Die Explosionen rissen Palmer aus einem unruhigen traumreichen Schlaf. Plötzlich war die Brücke voller Terroristen. Um Giorgio und Anna und einem unbekannten Fedajin sammelten sich zwei Männer aus Costa Maya und Lila. Die Fedajin sprachen aufgeregt in Arabisch miteinander und blickten immer wieder in den Himmel. Mit Stephanos' Tod war eine wichtige Verbindung zur Außenwelt zusammengebrochen. Zwar gab es unter den Geiseln an Bord noch zwei Funker, aber Palmer wußte, daß Lila niemals den Verlauf ihrer Operation einem Mann überlassen würde, den sie zu seiner Arbeit gezwungen hatte.

Die Explosionen verwirrten die Terroristen sehr – soviel war deutlich. In einer so sorgfältig geplanten Aktion mußte so etwas Unvorhergesehenes alles durcheinanderbringen. Eigentlich sollten sie weitab sein, fern von allen möglichen Eingriffen, während sich das Schicksal Palästinas entschied. Nur weil niemand wußte, wo sie sich aufhielten, könnte man die reaktionären Kräfte, die Israel und seine Ansprüche unterstützten, gewaltig unter Druck setzen.

Soweit die Theorie.

Palmer hörte, wie Giorgio gelegentlich offensichtlich Wichtiges zu sagen versuchte. Er verstand nur ein einziges Wort, das häufiger wiederholt wurde, das spanische Wort für Freiheit, *Libertad.* Palmer nahm an, damit bezog er sich auf die Zusammenarbeit mit den Leuten aus Costa Maya. Um ihn selber kümmerte sich kaum jemand. Er wartete und beobachtete sie. Von allen auf der Brücke war er sicherlich derjenige, den die Quelle der Explosionen am meisten interessierte. Traumfetzen tauchten wieder auf, und er drehte sich um, überquerte die Brücke und starrte nach oben. Die gewaltigen Gipfel der Insel schoben sich vor den mitternächtlichen rosa Himmel.

Er wußte, was er zu tun hatte. Doch was ihn am meisten beunruhigte, war der Grund für sein Handeln.

Im Kinosaal nahm man die explodierenden Torpedos nicht durch die Luft wahr, sondern als gewaltige Hammerschläge, die durch die See verstärkt wurden und mit Macht gegen den hohlen und stillen Rumpf der *Adventurer* knallten.

Man sprang erschrocken auf, und die Welle von ängstlichem Gemurmel wurde nur durch Warnrufe der Wachen und ihr Fuchteln mit den Gewehren unterdrückt.

Nervöse Stille breitete sich aus. Die stehende Luft stank nach Urin und Schweiß und den süßlichen, klebrigen Ausdünstungen, die von Furcht ausgelöst wurden.

Ein paar Augenblicke später kam der Mann, den sie Giorgio nannten, wieder und sagte seinen Männern leise etwas. Die Geiseln meinten, die spürbare Spannung der Terroristen lasse nach. Wie aus Mitgefühl entspannten auch sie sich und wußten dennoch, daß ihnen das Schlimmste noch bevorstand.

Jonathan Aymes fühlte die Schallwellen im Rumpf und über die Luft. Man hatte ihm erlaubt, das Schiffshospital unter Bewachung weiterzuführen. Wie Palmers Know how brauchte man auch sein Können. Er hatte eine verstörte Melanie zurückgelassen, hatte sich zögernd von ihr gelöst, als er sich gerade an den Zustand gewöhnte. Er hatte sie so lange ruhig gestellt, daß sein Wunsch nach einem Drink nicht mehr so dringend war. Doch jetzt, als er das Hospital betrat und sah, wer da in einem der halb Dutzend Betten lag, brauchte er seinen Scotch sehr.

Er kannte sie. Der Nachname des Mädchens war auf das

engste mit der Luftfahrtindustrie verbunden. Sein geschultes Gehirn wußte sofort: Kampfflugzeuge, deren Typenbezeichnung aus der Kombination von Buchstaben ihres Familiennamens abgeleitet waren, hatten oft genug wenn nicht palästinensische Dörfer, dann doch sicher Dörfer in Costa Maya bombardiert.

Sie war gesund und fit, ihr Körper würde sich schnell von dem brutalen Überfall des jungen Arabers erholen. Aber sie blieb steif liegen, starrte ihn an, ihre entsetzten Augen zeigten, daß sie sich immer noch weigerte zu glauben, was sie erlebt hatte. Stephanos hatte sie aus einem normalen Leben gerissen, das immer überaus angenehm gewesen war, und war in sie eingedrungen, hatte ihr Schmerzen zugefügt, sie erniedrigt und beleidigt. Das ekelte sie an, damit kam sie nicht klar. Doch den plötzlichen schrecklichen Tod des verhaßten Mannes als wütende blutige Antwort auf ihre geschrieenen Gebete konnte ein normaler Verstand nicht begreifen.

Aymes saß auf dem Bett und streichelte ihre Hand. Eine andere Therapie hatte er nicht, und auch er selbst fand dabei die Ruhe wieder, die er schon beim Trösten Melanies gespürt hatte.

Das bleiche, abwesende Gesicht des Mädchens schien körperlos. Der Umriß ihres geschändeten Unterleibs schien winzig und unter dem klinisch weißen Bettzeug niemandem zu gehören.

Er sprang auf, als er die Explosion hörte. Betroffen sah er auf seine Patientin und lächelte beruhigend, drückte sanft ihre Hand.

»Es ist alles in Ordnung, meine Liebe.«

Der Bewacher – oder war es eine Bewacherin – setzte sich in Richtung Tür in Bewegung, wollte offenbar genau den Grund der Erschütterungen erfahren. Aymes war die Unruhe egal. Er streichelte weiter die Hand des Mädchens und hoffte, sie möge sich bald wieder erwärmen.

Zelda Rebanowicz schrie bei dem Lärm und drückte sich gegen das gepolsterte Kopfende ihres Bettes. Die Leere ihrer Kabine machte ihr Angst. Wann würde Giorgio endlich wiederkommen? Sie sah jetzt alt aus. Ihre Haltung, ihre Selbstsicherheit waren auf so schwachen Fundamenten gegründet, daß sie einfach zusammenbrachen. Sie quengelte nach ihrem Liebhaber, wollte seine Aufmerksamkeit und fragte sich, was wohl passiert sein mußte, daß er sie zu einem Zeitpunkt wie diesem so schrecklich vernachlässigte.

»Besonderer Sprengstoff.«

»Sie sollten es wissen, Mr. Blumenthal«, sagte Galvin und tätschelte Margaret Allens Hand.

»Die armen Kinder . . .«

Sie konnten Angstschreie von Kindern aus der nächsten Kabine hören. Sie verstummten schnell, als ein Terrorist sie übertönte.

Margaret zitterte, die doppelte Explosion hatte bei ihr eine nicht beherrschbare nervliche Reaktion ausgelöst. Galvin erhob sich und nahm eine weitere Wolldecke von Captain Smythes Bett. Ein dunkler Fleck getrockneten Bluts war noch erkennbar, doch er wickelte sie in die Decke ein. Für einen üblichen zivilisierten Umgang war jetzt nicht die Zeit. Ihm fiel ein, daß man während der Belagerung von Paris Ratten verspeist hatte. Das entsetzte ihn jetzt nicht mehr. Er sah den alten Israeli an.

»Ich entschuldige mich, Mr. Blumenthal.«

»Hä?« Die Augen des alten Mannes waren verquollen.

Galvin war bisher nie aufgefallen, wie blau sie einst gewesen sein mußten.

»Ich bedaure nicht, was ich getan habe, Dr. Galvin. Es mußte getan werden . . . Nach dem, was wir in meinem Leben von den Nazis erduldet haben, mußten wir so handeln.«

»Bereuen Sie nichts?« fragte Margaret plötzlich. »Ich kann ja verstehen, daß die Befreiung des Heiligen Landes und die Rückkehr dahin, wo Milch und Honig fließen, generell gutgeheißen werden könnte. Aber gab es keine einzelnen Aktionen, die Sie bereuen, denn als Kämpfer haben Sie getötet, haben andere Menschen umgebracht?«

Galvin musterte Margaret. Sie schien ihre nervliche Anspannung überkommen zu haben. Doch dann meinte er, es war die Frage, nicht die Decke, die er ihr zusätzlich umgelegt hatte, die sie beruhigte. Sie wartete auf eine Antwort. Er wandte sich Blumenthal zu, als wolle er ihn zwingen, sie nicht zu enttäuschen.

Blumenthal blieb lange in seinen Gedanken, dann drehte er sich um und fuhr sich mit der Zunge über seine trockenen Lippen.

»Ja. Ich bereue dies und das, aber nicht vom Gewissen her. Ich habe Freunde verloren, die den Briten in die Hände fielen, Freunde und jemanden, der mir sehr nahe stand. All das geschah, nachdem wir den Holocaust überlebt hatten. Irgendwie schien alles schlimmer, was die Briten taten, die wir ja als Befreier betrachteten unter einer neuen sozialistischen Regierung. Vielleicht haben wir diese Ironie des Schicksals damals nicht recht verstanden . . . Aber begreifen Sie jetzt unseren Standpunkt.« Blumenthal wischte sich den Mund ab. »Ich habe vergessen, wie viele unserer Leute von den Briten eingesperrt wurden. Bei ihnen waren Waffen gefunden worden. Die Israelis, die Waffen besaßen, wurden nach einer Gerichtsverhandlung gehenkt. Dann kam von unserer Führung der Befehl zu einem Gegenschlag. Wir lagen im Krieg mit denen, die gegen die Gründung Israels waren, und für die standen die Briten in Palästina. Ich bekam den Auftrag, einen Gegenschlag auszuführen. Wir überfielen einen britischen Sergeanten vor seinem Quartier und brachten ihn an einen geheimen Ort. Dort hängten wir ihn kaltblütig. Das war nötig . . .«

Galvin spürte, wie Margarets Hand seine umklammerte. Irgendwie hatte Blumenthal sie enttäuscht.

»Aber Sie haben es später bedauert!« half er ihm weiter.

»Ja, der Sergeant war ein großer Mensch, sehr britisch, bewundernswert, sage ich mal, leider aber ein Feind. Es ging Auge um Auge, und das konnte nicht anders sein. Ich hatte zuviel an Tod erlebt, zu viele Leichen in den deutschen Lagern gesehen.«

Er zog seinen linken Ärmel hoch. Auf der welken Haut mit den braunen Altersflecken war seine blaue Nummer aus dem Konzentrationslager eintätowiert.

»Ich habe dann seine Taschen geleert. Er besaß eine Brieftasche. In ihr fand ich ein Foto seiner Frau und des Sohnes. Ich hatte solch ein Bild erwartet, es war keine Überraschung. Das einzig Überraschende war, daß es so aussah wie eine Fotografie, die ich mit mir herumgetragen habe und die mir ein deutscher Unteroffizier abgenommen hatte. Ich weiß noch, wie ich zu dem Sergeanten hochsah und unsere Blicke sich trafen. Es war schrecklich. Das bedauere ich, ja, das bedauere ich sehr.«

Margaret Allen weinte leise.

Galvin erhob sich, spürte den Drang, sich zu bewegen. Er ging durch die Kabine des Kapitäns und starrte traurig aus dem Fenster. An den Bergen um die Bucht herum spiegelte sich das Licht der niedrigstehenden Sonne wider. Die Schönheit des Anblicks überwältigte ihn ebenso wie sein Gefühl der Verzweiflung. Er hatte England 1939 verlassen, als Kriegsdienstverweigerer, gerade als der Krieg ausgebrochen war. Jetzt schien das Böse ihm bis zu diesem einsamen Ort gefolgt zu sein.

Und dann sah er wie als Beweis seiner Gedanken etwas ganz anderes. Ein schwarzes Unterseeboot lief durch die Bucht auf sie zu.

12

DOWNING STREET, LONDON

»Nein, Herr Präsident, ich werde Sie nicht unterstützen, wenn Sie die Situation in Sidon weiter eskalieren, und ich verweigere Ihnen die Erlaubnis, die Basen in East Anglia zu benutzen. Nein, ich bin auch nicht daran interessiert, die Israelis zu unterstützen ... Was heißt hier besondere Beziehungen, Herr Präsident? Haben Sie die nicht gerade strapaziert, als Sie uns die Berichte Ihrer Geheimdienste vorenthielten? Warum halten Sie mich heute für vertrauenswürdiger? Selbst Politiker ändern nach einer Woche im Amt ihre Meinung nicht. Warum? Ich glaube eben daran! Die Politik meines Vorgängers interessiert mich nicht. Sie wollen wissen, welche Art von Politik ich will. Ich sage es Ihnen: Ich betreibe staatsmännische Politik, ich möchte Probleme beenden statt sie weiter schwelen zu lassen ... mag sein, daß die Wähler nicht mehr patriotisch denken ... Natürlich kenne ich die Liste mit den Namen der Geiseln, und wie Sie, lasse ich mich nicht erpressen. Aber ich möchte, daß dies die letzte Geiselnahme ist, nicht eine von noch vielen. Mehr habe ich nicht zu sagen. Geiseln? Ihnen wird nichts passieren, wenn Sie den Anspruch auf das Land, das mit Waffengewalt in Sidon erobert wurde, akzeptieren. Man macht es uns doch wirklich sehr leicht. Nein, das sieht bestimmt nicht aus, als ob Sie den Schwanz einziehen, immerhin haben Sie ja die sechste Flotte hingeschickt. Natürlich ist das naiv, Herr Präsident, ... aber es ist auch ehrlich. Gute Nacht.«

»Schlimm?«

»Der ist sauwütend, Johnnie.«

»Ich muß zugeben, Sie reagieren sehr kühl, wenn man bedenkt, welchen Schaden Sie gerade der Atlantischen Allianz zugefügt haben.«

»Ich glaube nicht, daß der Kreml das auch so sieht, wenn man es dorthin berichtet.«

NEW SCOTLAND YARD, LONDON

»Alex, ich weiß, es ist reichlich spät. Aber ich wollte Sie unbedingt noch sprechen wegen Ihres Antrags auf Versetzung. Es tut mir leid, daß ich bisher keine Zeit für dieses Gespräch hatte. Bitte, nehmen Sie Platz.«

Chief Supterintendent Martin verschluckte seinen Ärger, um den Pensionsanspruch aus zweiundzwanzig Dienstjahren nicht zu gefährden. Dennoch wagte er einen Blick auf seine Armbanduhr.

»Ich weiß, daß Ihre Frau es Ihnen nicht leicht macht, aber vielleicht ist dies das letzte Mal.« Nicholas' Stimme verlor ihren verbindlichen, leicht entschuldigenden Ton und klang messerscharf.

Martin erschrak. »Sir?«

»Ich habe mir Ihre Akte angesehen ...«

»Sir?« Martin fühlte Schweiß in den Achselhöhlen ausbrechen.

»Es tut mir leid, aber ich muß Ihnen einige Fragen stellen. Das hier ist inoffiziell, ich brauche nur die Informationen.« Nicholas sprach jetzt leise und deutlich drohend.

»Sir?« Martins Kehle war wie zugeschnürt. Er konnte kaum sprechen.

»Sie sollten mir jetzt alles über den Auftrag erzählen, den

Sie bekamen, um Kate Meldrums Freund Palmer zu rekrutieren!«

Martin sah ihn an und spürte, wie sein Atem leichter ging. Das also war es nur. Natürlich wußte er von irgendwoher, daß sich zwischen Kate und Nicholas etwas entwickelt hatte. Kate war sein Schützling, und er hatte die größte berufliche Hochachtung für Nicholas. Der Commander brauchte doch jetzt nicht seine Stellung, um Kates Geliebten kaltzustellen?

»Sie sollten mir alles berichten, Alex. Das hat mit den üblichen Skandalen im Haus überhaupt nichts mehr zu tun.«

Dieser verdammte Kerl, dachte Martin und fragte sich, wieviel er ihm sagen sollte oder durfte.

»Also los, Alex. Über Sie weiß ich alles. Ihre Motive kenne ich, aber über Palmer muß ich erst alles in Erfahrung bringen. Und zwar jetzt, genau jetzt. Morgen kann es schon viel zu spät sein.«

ADVENTURER, DESTITUTION ISLAND

Die Mitglieder der Gruppe April 86 beobachteten, wie der schwarze und drohende Schatten der *Libertad* durch die dunklen Wasser der Destitution-Bucht auf das ankernde Kreuzfahrtschiff zuglitt. Palmer erkannte am runden Turm und dem sanft gerundeten Bug die russische Herkunft. Er erkannte an der Ausbuchtung vorn den passiven Sonar, um den ein paar Mann wartend standen, um das U-Boot am Dampfer festzumachen.

Die Stabilisatoren wurden eingezogen, als die *Libertad* Fahrt verlor. Die weiße Bugwelle verschwand. Vom Turmluk her winkte ein Offizier, Anna winkte zurück.

Zehn Minuten später lag das Unterseeboot aus Costa Maya sicher neben dem Luxusdampfer. Welche Gegensätze, dachte Palmer, und sah auf die Flaggen. Beide signalisierten unmißverständlich, was die jeweiligen Schiffe vorhatten – Herrschaft und Vergnügen.

»Jetzt muß ich Sie wieder einsperren, Palmer.« Er drehte sich um, suchte Lila, damit sie Annas Befehl zurücknahm. Aber ihre Blicke waren wieder hart. Palmers Sonderrolle war zu Ende. Er spürte, wie jetzt alles auf einen Höhepunkt zutrieb.

»Chilenisch? Nicht britisch?«

Korolenko sah die blasse Frau scharf an. Seit seinem Briefing in Moskau wußte er, daß sie die palästinensische Gruppe 86 führte. Das Foto entsprach ihr nicht. Doch während er jetzt ihr Aussehen bewunderte, irritierte ihn ihr Widerspruch.

»Chilenisch, Kamerad, da gibt es keinen Zweifel!«

Die Besprechung zwischen Korolenko, Vega, Lila, Anna und dem Führer der Costa-Maya-Gruppe April 86 fand auf der Brücke der *Adventurer* statt. Ironischerweise sprachen sie Englisch miteinander, und Lilas Erwiderung war das erste Anzeichen dafür, daß ihr gemeinsamer Triumph verfrüht sein könnte.

Lila nickte und fügte hinzu: »Es gab zwei Helikopter.«

»Helikopter? Was für Helikopter?« Korolenko zog die Brauen zusammen.

»Einen haben wir abgeschossen. Eine Alouette«, erklärte Lila.

»Alouette? Ja, verdammt noch mal, die chilenischen Fregatten haben Alouettes. Aber du sprachst von zweien. Jede Fregatte hat nur einen Hubschrauber.«

»Ja. Der andere ist vor ein paar Stunden hier aufgetaucht. Es war ein ganz anderer!«

Korolenko fluchte auf russisch.

»Dann gibt es hier ein zweites Schiff«, schloß er und sah zu Vega hinüber. In diesem sauerstoffreichen lebendigen Meer konnte Korolenko den unerfahrenen Männern aus

Costa Maya keinen Vorwurf machen. Aber jetzt wanderten seine Leute, nein Vegas Leute, über das Luxusschiff und tranken an den Bars sicherlich nicht nur frische Luft. Sie waren mit Sicherheit nicht auf den Stationen, auf die sie gehörten, und der Sonar der *Libertad* ragte nutzlos in die Luft.

»Scheiße«, fluchte Korolenko weiter und redete dann in einem Schwall Spanisch auf Vega ein.

»Manuel, deine Männer müssen sofort an Bord zurück. In dieser verdammten Bucht sollte man uns besser nicht erwischen.«

»Aber wir müssen den Stabilisator an Backbord klar kriegen.«

»Ja, ja. Aber schnell, und kümmere dich selber darum.«

Korolenko sah über die Seite nach unten. Ein Stück Treibeis hatte sich in der Flosse an Backbord verklemmt und machte sie unbrauchbar. Vom Deck des U-Bootes aus konnte man sie nicht entfernen. Der diensthabende Offizier der *Libertad* hatte mit seiner Wache ein Rettungsboot der *Adventurer* zu Wasser gelassen, um von außen her an den Brocken weißblauen Eises heranzukommen. Vega verschwand, um seine Männer anzutreiben, und Korolenko stand jetzt Lila gegenüber. Sie erinnerte ihn an die etwas fülligere Version einer Bolschoi-Tänzerin, mit der er bei einem Stabskurs in Moskau ins Bett gegangen war. Dasselbe scharf zurückgekämmte Haar, dieselbe Entschlossenheit. Verglichen mit ihrer vernarbten Begleiterin war sie sicher eine Schönheit. Wie mochte die je einen Mann finden, der sie ins Bett holte?

»Wann läuft Ihre Frist aus?«

»In fünf Stunden«, sagte Anna.

»Dann wird bis dahin das andere Schiff hier aufgetaucht sein.«

»Ja.« Lila sah ihn unsicher an. »Werden Sie es auch versenken?«

Korolenko zog die Augen zu Schlitzen zusammen. Wieviel Spielraum hatte er? »Vielleicht«, sagte er hinhaltend, »es kommt auf die Nationalität an«.

Er wußte, daß die Antwort Lila nicht befriedigte. Sie hatte keine Nationalität, Flaggen bedeuteten ihr nichts, ihr ging anderes durch den Kopf.

»Genosse Kapitän, ich habe meinen Funker verloren, ich muß wissen, was vorgeht!«

»Ich habe eine verschlüsselte Nachricht von meinem Versorger bekommen.« Korolenko bezog sich auf einen Trawler, der zweihundert Seemeilen nördlich fischte und als Funkbrücke und Treibstoffbunker für die *Libertad* diente. »Die heroischen palästinensischen Freiheitskämpfer haben jeden Versuch der imperialistischen Lakaien abgeschlagen, Sidon zu nehmen. Jeder Angriff der Israelis auf die Stadt wurde zurückgeschlagen. Die sowjetische Marine ist im östlichen Mittelmeer, um ein Eingreifen der Streitkräfte der Vereinigten Staaten zu verhindern. Sie müssen nur noch ein paar Stunden ausharren, Genossin, und der Sieg ist sicher.«

In ihrer Freude über die Nachricht überhörte Lila, wessen Sieg Korolenko meinte.

»Ihre Geiseln sind Ihr bestes Unterpfand, Genossin.«

HMS *NORWICH*, WEDDELL-MEER

Eine verständliche, leider falsche Vorsichtsmaßnahme war schuld daran, daß Crosby-Milne die Echos der beiden Torpedoexplosionen in Sotos Fregatte nicht wahrnahm. HMS *Norwich* hatte die Sonarantennen eingezogen, damit das Eis sie nicht beschädigte. Crosby-Milne hielt bei seiner Verfolgung des Dampfers das Eis für den größten Feind. Mit einem Gegner rechnete er erst beim Erreichen von Destitution Island.

Moderne Kriegsschiffe sind dünnhäutig, ihre stählernen Rümpfe sind zerbrechlich und können leicht beschädigt werden. Als junger Offizier hatte Crosby-Milne auf einer der ersten Fregatten der alten Tribal-Klasse den Atlantik zum Besuch der Vereinigten Staaten überquert. Ihre Konstruktion erwies sich für die Ozeanüberquerung als viel zu leicht. Sie mußte mit eingezogenem Schwanz umkehren, und seitdem konnte Crosby-Milne die Verwundbarkeit dieser Fregatten nicht mehr vergessen. Er nahm an, weil andere Hinweise fehlten, daß Soto ein ähnliches Unglück getroffen hatte. Die *Bernardo O'Higgins* war mit Sicherheit von Eis aufgeschlitzt worden. Dennoch blieb es ein Rätsel, warum er den einzigen Mayday-Ruf nur mit einem schwachen Gerät abgesetzt hatte. Crosby-Milne war sich sicher, daß sein umgestümes Temperament Soto Probleme gebracht hatte, ein Vorurteil, dem man leicht nachgab.

Der Kommandant hob das Fernglas. Im Süden vor ihm reflektierten die Rotoren seines Hubschraubers das Sonnenlicht. Die Lynx war vorausgeflogen, um die angeschlagene chilenische Fregatte zu finden und ihr alle freundschaftliche Hilfe angedeihen zu lassen, derer die Briten fähig waren.

Die sonst grau-grüne See sah jetzt mit den vielen Eisbergen voraus farbig aus. Das seltsame Blau und Grün ihrer Schatten kontrastierte herrlich mit den glitzernden weißen Flächen, die die Sonnenstrahlen reflektierten.

Ganz weit im Süden war der Himmel bewölkt, hing über den Rand des ewigen Eises der Weddell-See. Das bedrükkende Dunkel wurde nur durch den Eisblink aufgehellt, Licht, das das Eis nach oben in den Himmel reflektierte.

Vor diesem Hintergrund wurde Destitution Island über der Kimm sichtbar. Die Bergspitzen glänzten über den schwarzen vulkanischen Felsen, an deren Klippen sich die See rastlos brach. Eine Wolke, die über der Insel stand, war nach Lee ausgeweht. Das alles sah unschuldig schön aus – selbst für einen Mann wie Crosby-Milne, der für Schönheit nichts übrig hatte.

»Nachricht von der Lynx, Sir!«

»Wie?« Crosby-Milne wandte sich an den wachhabenden Offizier.

»Sie haben viele Wrackteile gesichtet, aber das Schiff selber nicht.«

Unter den überhängenden Klippen der Insel sah Crosby-Milne eine Stunde später auf die Ölflecken herunter, die sich über dem Grab der *Bernardo O'Higgins* ausbreiteten. Das Sonar bestätigte, daß viele Meter tiefer auf den unterseeischen Hängen des Vulkans die Fregatte lag – in zwei Teile zerbrochen.

Die *Norwich* rollte in der unfreundlichen Dünung, die von der Insel zurückgeworfen wurde. Das Öl, das aus dem zerstörten Rumpf nach oben quoll und sich träge über dem Wasser ausbreitete, beruhigte die See. In der Luft hing beißender Gestank, Zeichen eines toten Schiffes.

Crosby-Milne konnte nicht mehr tun, als ein Schlauchboot zu Wasser zu lassen und die wenigen Leichen einzusammeln, die von *Bernardo O'Higgins* Mannschaft übriggeblieben waren. Der Kommandant erinnerte sich an die hispano-indianischen Gesichter, die ihn neugierig angestarrt hatten, als er vom Flugdeck achtern nach vorn auf die Brücke ging, um ihren Kapitän zu sprechen.

Jetzt ruhte Sotos Leiche in einem Kunststoff-Sack, den eine weitsichtige Admiralität für solche Zwecke bestimmt hatte. Es war schlimm, daß ein Toter auf diese Weise aussah wie ein Haufen Abfall.

»Sir?«

»Hallo, Doc. Schlimm, nicht? Keine Überlebenden?«

»Nein, Sir, aber was anderes ...« Crosby-Milne sah den jungen Stabsarzt Cornell an. Er schien überaus bedrückt.

»Und was?«

»Die Leichen, die wir an Bord genommen haben, Sir. Die meisten starben an Schüssen, nicht an Unterkühlung ...«

»Das kann doch nicht wahr sein! Sind Sie absolut sicher?«

»Absolut, Sir!«

Crosby-Milne runzelte die Stirn, und dann sah er auf die Insel, die eine Meile entfernt an Steuerbord voraus lag. Bald würde er ungehindert in die Bucht sehen können. Was immer der Grund für die Schüsse gewesen sein mochte, das Kreuzfahrtschiff, das hinter der Bergflanke lag, würde die Antwort geben.

Er wandte sich entschlossen zur Brücke.

»Wachhabender!«

»Ja, Sir?«

»Nehmen Sie die *Zodiac* an Bord, rufen Sie die *Lynx* zum Auftanken zurück und lassen Sie den Ersten und den Leutnant der Seesoldaten zu mir kommen.«

»Aye, aye, Sir!«

AUTOBAHNRASTSTÄTTE NAHE CLARKSVILLE, TENNESSEE

»Amerikaner . . .«

Der Mann, dem man seinen Drogenkonsum an der bleichen Gesichtsfarbe und den umschatteten Augen ansah, blickte in der Autobahnraststätte von seinem fettigen Teller mit Steak und Eiern auf das Bild des Präsidenten seines Landes, das auf dem gewaltigen Fernsehschirm über seinem Kopf erschien.

»Als Familienvater teile ich heute morgen Ihre Bedrükkung. Als Amerikaner teile ich die Besorgnis und die Wut aller Landsleute über den Terroranschlag gegen unschuldige Amerikaner, Männer, Frauen und Kinder. Als Ihr Präsident trage ich die schwere Verantwortung, unser aller Abscheu gegen solch ungezielten Terror deutlich zu machen und Schritte gegen spezifische Ziele zu unternehmen, um den Übeltätern, die solche Einschüchterungen und Zerstörungen planen, klarzumachen, daß ihre Maßnahmen zu nichts führen – außer in den eigenen Zusammenbruch. Ich erinnere an die Worte eines großen irischen Parlamentariers und lasse mich heute von ihnen inspirieren: ›Für den Triumph des Bösen müssen gute Menschen nichts weiter zu tun, als nichts zu tun.‹

Seit heute morgen kämpfen Luft- und Seestreitkräfte der Vereinigten Staaten von Amerika Seite an Seite mit israelischen Truppen, um Gegenangriffe voranzutragen, damit die nationale Unversehrtheit Israels erhalten bleibt, und um gesetzlose Elemente im Libanon zu unterdrücken. Der Einsatz geschieht mit voller Zustimmung der Regierungen Israels und des Libanons.«

»Lösch die Hunde aus«, meinte am Nebentisch ein Lastwagenfahrer.

»Unbedingt.«

»Denen von Ihnen, die Angehörige unter den Geiseln an Bord der *Adventurer* haben, sage ich, daß wir alles, was nur möglich ist, tun werden. Ganz Amerika und die ganze freie Welt warten mit Ihnen ...«

HENDON, NORDWEST-LONDON

»Alles, was nur möglich ist ... Was steckt dahinter?« Kate sah Nicholas fragend über den Rand ihrer Kaffeetasse an.

»Der alte Habicht ist gerissener, als du glaubst«, sagte Nicholas und schaltete das Transistorradio aus. Die Nachrichten aus London meldeten jetzt anderes. »Seine Hilfe ist massiv und beeindruckend, aber nicht unbedingt die wirkungsvollste. Aber er stellt sicher, daß die Israelis mit ihrem Angriff auf Sidon Erfolg haben werden. Damit hat er das gekaperte Schiff als Pfand unbedeutend gemacht, hat der Meinung eines Teils der Öffentlichkeit, auf die Forderungen der Terroristen einzugehen, die Spitze genommen und den Israelis Mut gemacht, was sie dringend brauchten. Gleichzeitig hat er die libanesische Regierung rehabilitiert und das libanesische Volk wieder gesammelt. Ohne Sidon ist die Sache mit der *Adventurer* nichts weiter als eine ganz gewöhnliche Entführung. Wenn die Royal Navy auftaucht, wird man verhandeln und die Geiseln gegen die Entführer austauschen. Routine also, wenn auch in ungewöhnlichem Umfeld. Hast du noch Kaffee für mich?«

»Und was ist mit den Russen, die da so groß auftraten?« fragte Kate und füllte seine Tasse.

»Die zogen sich still zurück, als Admiral Backhouse zeigte, daß er es ernst meinte.«

»Du meinst, die haben die Palästinenser ihrem Schicksal überlassen?«

»Das klingt fast so, als täten sie dir leid, Kate. Aber warten wir ab, das Spiel ist noch nicht zu Ende. Da ist noch eine andere Karte im Spiel.« Er erhob sich.

»Wohin fahren wir heute?«

»Nach Nottingham.«

DOWNING STREET, LONDON

»Seit gestern abend blockieren mehrere Einheiten von Admiral Backhouses Flotte erfolgreich den Hafen von Sidon.« Diese Nachricht traf gerade von Brian Lord ein, dem BBC-Reporter vor Ort.

»Gestern abend näherten sich Zerstörer der Sechsten Amerikanischen Flotte Sidon aus Richtung Kap Saharé und schlossen den Ring um die belagerten Al-Fatah-Truppen in Sidon und schnitten sie damit von jeder Hilfe ab, die der sowjetische Helikopterträger *Borodino* hätte bringen können. Vom Ufer aus, an dem ich den größten Teil der Nacht verbrachte, konnte ich die Lichter dieser Schiffe sehen und ebenso die des Flugzeugträgers *Brandywine*. Keiner versuchte, seine Gegenwart zu verbergen. Ununterbrochen stiegen Maschinen von der *Brandywine* auf, viele drangen in den libanesischen Luftraum ein. Aus Sidon war Flakfeuer zu hören, auch SAM-Raketen wurden eingesetzt, doch Treffer wurden von keiner Seite gemeldet. Die Maschinen setzten Hitzeschilder zur Tarnung und Ablenkung ein.

Die Anzeichen für ein Nachlassen des Al-Fatah-Widerstands mehren sich. Mit einem erneuten Angriff der Israelis ist heute morgen zu rechnen. Völlig klar ist, daß die Vereinigten Staaten nicht aktiv eingreifen, doch Tel Aviv schweigend unterstützen und das Eingreifen anderer Mächte verhindern werden.«

Die Frau des Premierministers drückte die Fernbedienung und wandte sich an ihren Mann.

»Was geschieht jetzt mit den armen Geiseln, David, wie passen die in das neue Bild?«

»Ich weiß nicht, Liebling, aber ich glaube, daß ich meine Rede heute doch noch ändern werde.«

»In der Universität von Newcastle?«

»Nottingham, Liebling.«

ADVENTURER, DESTITUTION ISLAND

»Die lassen uns im Stich ..., dieser verdammte Russe haut ab.«

Wut verzerrte Annas Gesicht noch mehr, Zorn ließ die Narben anschwellen. Ihr blieben die Worte ohnmächtig im Hals stecken.

Lila ergriff ihren Arm und blickte hinter dem Unterseeboot her, das die dunklen Wasser der Bucht durchquerte und auf die Einfahrt und die offene, grau-grüne, eisgesprenkelte See zuhielt.

Hatte Korolenko Befehl bekommen, sich zurückzuziehen? Von wem? Sah Anna alles nur in den dunkelsten Farben und witterte sie Verrat? Vielleicht spürte sie in ihren

Knochen, daß ihr Auftrag in dem Augenblick platzte, als sie über Portishead Radio hörte, daß die Briten mit einer Entführung auf hoher See rechneten. Wie auch immer, Korolenko hatte den Costa-Maya-Flügel der Gruppe April 86 mitgenommen. Ihr blieben jetzt nur noch die eigenen Leute, ihre Fedajin.

»Komm, Anna, alles ist Allahs Wille ...«

Die *Libertad* war bereits verschwunden.

UNTERSEEBOOT *LIBERTAD* AUS COSTA MAYA, WEDDELL-MEER

Aus sieben Meilen Entfernung entdeckte Korolenko die *Norwich*. Vega war mit der *Libertad* getaucht, als sie aus der Deckung der Destitution-Bucht ausliefen. Der britische Zerstörer lag gestoppt, der Lynx kurvte über ihm. Es war klar, daß sie nach Überlebenden der versenkten chilenischen Fregatte suchten. Sie würden verdammt wenig finden, dachte Korolenko. Er hatte seine Befehle, eine einzige vercodete Gruppe aus Severomorsk.

Zurückziehen.

Er hatte keine Veranlassung, Vegas Zustimmung zu gewinnen. Einige seiner Männer waren betrunken. Und er ahnte, was es heißen würde, sich mit einem alarmierten Kriegsschiff mit gut ausgebildeten Leuten einzulassen. Vega konnte nicht schnell genug aus der Bucht auslaufen.

Weit weg von der Insel sank die *Libertad* noch tiefer in die Weiten des eisigen Ozeans und lief nach Norden. Eine Herde Killerwale jagte erschreckt auseinander, als das dunkle U-Boot zwischen ihnen hindurchfuhr.

ADVENTURER, DESTITUTION ISLAND

Die Erregung, die nach dem Auslaufen des U-Bootes die Fedajin erfaßt hatte, legte sich wie ein müder Wind. Die Geiseln merkten es, weil sie jetzt überhaupt nichts mehr zu essen bekamen, denn es fehlten Wächter. Galvin sah das U-Boot verschwinden, und Blumenthal wußte, daß der nächste Al-Fatah-Mann, der in die Kabine käme, ihn abführen würde.

Zelda Rebanowicz begriff nicht viel von dem, was geschah. Ihr reichte, daß Giorgio zu ihr kam, damit sie ihr Versprechen einlösen könnte. Lila mußte ihre ganze Kraft einsetzen, damit Anna nicht sofort alle Geiseln und die Mannschaft erschoß.

Palmer wartete ab und beobachtete einen fernen Einschnitt in den Bergen. Was soll das alles, fragte er sich.

Dabei kannte er die Antwort längst.

Teil IV STURM

Universelle Seelen haben keine Heimat,
außer vielleicht der Antarktis und der Hohen See.

J. M Coetzee
›The Life and Times of Michael K.‹

13

A 1, CAMBRIDGESHIRE

»Der Zeitpunkt der Rede ist entscheidend, Johnnie, haben Sie für die Presse alles arrangiert?«

»Herr Premierminister, dies ist die erste wichtige Rede, seit Sie im Amt sind. Die Presse wird auch ohne all das andere Drumherum ganz Auge und Ohr sein.«

»Natürlich. Eine Geiselnahme und bedeutende diplomatische Reibereien zwischen Downing Street und dem Weißen Haus sind genug Stoff für die Presse. Wissen Sie, daß mich Murchinson vom ›Commentator‹ heute morgen anrief? Er hatte irgendwo meine Privatnummer her und bat mich richtiggehend, einzugreifen. Offensichtlich ist seine Enkelin als Geisel an Bord. Es ist eigentlich unvorstellbar, daß ein Mann, der mich in seinem Blatt grundlos und mit falschen Anschuldigungen überhäuft, dazu die Nerven hat.«

»Vielleicht macht er sich wegen seiner Enkelin wirklich Sorgen, David.«

»Das meine ich nicht, John. Es geht mir um die Art und Weise, wie er verlangte, daß ich etwas tue. Er war noch nicht mal so höflich, sich für den Dreck zu entschuldigen, den er während des Wahlkampfs auf Jill und mich geschleudert hatte.«

»Ich glaube, moralische Prinzipien braucht man nicht, wenn man eine Zeitung besitzt.«

»Weiß Gott. Wieviel Zeit haben wir noch?«

»Drei Stunden. Der Zerstörer *Norwich* wird sich da unten um die Sache kümmern. Was mir Sorge macht ist, daß der Kommandant seine Befehle nicht ganz durchschaut.«

»Ich habe den Befehl nicht gelesen ... Das Ausformulieren habe ich Ihren Lordschaften überlassen.«

»Keine weise Entscheidung, Herr Premierminister. Die haben eine reichlich vieldeutige Nachricht zusammengeschrieben. Offen gesagt glaube ich nicht, daß Ihre Absicht völlig klar wird.«

»Nun ja. Wir können das jetzt nicht mehr umdrehen. Dieser Kommandant hat keine Regeln für die Auseinandersetzung. Er muß um Instruktionen bitten, sobald er den Entführern gegenübersteht.«

»Sie können aus dem Auto heraus mit dem Vodaphone telefonieren!«

»Nein, nicht nötig.«

»Jedenfalls nimmt die Anwesenheit der Presse der Opposition den Wind aus den Segeln, daß Sie nichts unternehmen.«

»Ich frage mich, ob das Weiße Haus schon Bescheid weiß?«

»Und ich frage mich, was unser Mann vor Ort macht ...« Eine Harrier, die vom Militärflughafen Wittering aufstieg und mit ihrem Schatten das Auto überquerte, erstickte mit ihrem Fluglärm alle weiteren Worte.

ADVENTURER, DESTITUTION ISLAND

Palmer war erschöpft. Müdigkeit und die langen Stunden auf der Brücke als Navigator unter den Augen eines Wächters, der jeden Augenblick eine falsche Bewegung mißverstehen konnte, verlangten ihren Zoll. Es hatte eine einzige kurze Pause mit Lila gegeben, die der Lynx beendet hatte.

Nur er allein wußte, daß der Hubschrauber von einem britischen Kriegsschiff kam.

Lieber Gott. Warum tauchte es nicht endlich auf?

Er hatte nicht erwartet, auf eins zu treffen, aber hatte auch nicht erwartet, sich in die Anführerin der Terroristen zu verlieben.

Was würde das Kriegsschiff nach seiner Ankunft tun? Es würde Instruktionen aus London haben, die seinen eigenen nicht widersprächen. Darüber konnte man jetzt kaum nachdenken. Dafür war später noch Zeit genug. In der Zwischenzeit streckte er sich auf der Liege im Kartenraum aus und schloß die Augen.

Er sah Rosie vor sich, als habe er sie gestern zum letztenmal gesehen. Ihr langes, hellbraunes Haar, ihre grauen Augen und ihre schlanken, schönen Beine. Und neben ihr die kleine Suki, die lachend der Mutter Hand hielt und zu ihr nach oben schaute. Sie ließ die Hand der Mutter los und eilte ihrem stolzen Vater entgegen, der wie verliebt in sie war.

Sukis Tod kam nicht plötzlich. Das lange Ende hatte sich angekündigt, als er gerade eine Reise von vier Monaten antrat. Es sei nichts weiter als eine der üblichen Kinderkrankheiten, hatte man ihm beim Abschied leichthin versichert. Rosies quälende Anrufe und ihre langen Briefe voller Selbstvorwürfe hatte ihm jede seiner wachen Stunden zur Qual werden lassen. Er fand sich hilflos, enttäuscht, wenn Rosie ihm vom Fortgang der lähmenden Krankheit berichtete. Ihr Hausarzt hatte sie nicht rechtzeitig erkannt. Und dann gab es keine Mittel, mit denen man das Immunsystem der kleinen Kranken prüfen und seine Verschlechterung feststellen konnte. Als man endlich die richtige Diagnose stellen konnte, bedeuteten die drei Silben mit ihrem griechischen Ursprung, daß jede Hilfe zu spät kam.

Er traf gerade noch rechtzeitig zu Hause ein, um wie betäubt am Totenbett seiner kleinen Tochter zu sitzen. Es wurde die längste Woche seines Lebens. Danach änderte sich zwischen Rosie und ihm alles. Der Tod und seine Karriere, der eine ein Feind, der andere ein verräterischer Verbündeter, zerstörten alle Bindungen zwischen ihnen. So trennten sie sich fast von allein, und als er schließlich auf See zurückkehrte, bestätigte er damit nur körperlich, was er im Geist längst vollzogen hatte.

Palmer würde den Trost, den er auf der nächsten Reise fand, nie vergessen: Sein Leben fand nach dem Tod seiner winzigen Tochter einen neuen Sinn. Rosie erlebte das alles ganz anders. Keiner konnte den Standpunkt des anderen je begreifen.

Die Erinnerung griff nach ihm. Er drehte sich unruhig um. Zuerst erschien Rosie, dann kamen Rosie und Suki, und schließlich tauchte Kate auf. Kate hatte ihm Trost bedeutet. Rosie blieb eine lebende Anklage. Trotz ihrer wachsenden Entfremdung hatte er wiedergutmachen wollen, was Rosie erlebt hatte – die Belastung einer sich lange hinziehenden Erkrankung. Doch er war nicht in der Lage, sie zu trösten. Nach Sukis Tod schien Rosie einen Zustand jenseits aller Träume und Lebenserwartungen erreicht zu haben, den Zustand reiner Existenz. Vielleicht könnte er jetzt gutmachen, was sie einst geleistet hatte.

Palmer trieb in halbe Bewußtlosigkeit. Zusammen mit Rosie und Suki spazierte er unter einem Blätterdach, Sonnenlicht tröpfelte auf die Glockenblumen herab, die den Waldboden bedeckten. Wie bezaubert tanzte Suki in dieser traumhaften Schönheit.

Ein Alarmruf brachte ihn wieder zu sich. In der Backbordnock zeigte Anna auf etwas. Lila erschien, und Palmer starrte über die Köpfe der beiden jungen Frauen hinweg auf den Zerstörer vom Typ 42, der drehte und in die Einfahrt der Bucht einlief. Er erkannte den klaren Decksprung. Ihre Aufbauten mit den Kuppeln ihrer Waffenleitsysteme, die großen Antennen, die an eiserne Bettgestelle erinnerten, und die anderen drehenden Antennen blitzten in der Sonne. An ihrer Gaffel wehte die britische Seekriegsflagge aus. Auf ihre Art sah sie genauso gefährlich aus wie das dunkle, schmale Unterseeboot.

Palmer hob sein Glas. Über dem wirbelnden weißen Wasser am Heck des Zerstörers, das auf rückwärts laufende Schrauben hinwies, las er ihren Namen in sauberen, roten Buchstaben: *Norwich*. Während er sie beobachtete, sah er, wie der Lauf des automatischen 4,5-Zoll-Schnellfeuergeschützes sich verkürzte beim Einschwenken auf die *Adventurer*.

Obwohl Palmer das nie erfuhr, war das Crosby-Milnes fataler Fehler. Gerade als das UKW-Radio neben ihm losquäkte und die *Adventurer* rief, wurde die präzise Stimme durch das Zischen der Katjuscha-Rakete übertönt. Qualm und Gaswolken trieben zurück über die Brücke. Palmer konnte gerade eben Anna erkennen, die neben dem Trägergerät stand, das Giorgio draußen in der äußersten Brückennock montiert hatte.

Der Einschlag war sofort zu hören. Als der Wind die Gaswolke weggetrieben hatte, sah Palmer schwarzen Rauch und flackernde Flammen am Fuß des Fockmasts der *Norwich*. Noch immer vom Schlaf benommen, brauchte er einen Augenblick, bis ihm der Wahnsinn dieser Tat klar wurde. Sein Herz schlug erregt, und plötzlich war er hellwach. Als die *Adventurer* ein zweites Mal in die stinkenden Abschußgase gehüllt wurde, wußte Palmer, daß der Zeitpunkt gekommen war, seine Maske fallen zu lassen.

Keuchend war Giorgio auf der Brücke erschienen, hatte Palmer zur Seite gedrückt und war schreiend in die Nock gelaufen. Man sah ihm an, wie wütend er über die Raketenabschüsse war.

Jetzt zögerte Palmer. Giorgios wütendes Erscheinen fiel mit einem neuen Blick auf die *Norwich* zusammen. Hinter den drei Führern der Gruppe April 86 lag das britische Kriegsschiff. Annas zweite Rakete hatte die Halterung für den Lynx auf dem Flugdeck zerstört. Palmer sah Männer laufen, die mit Schaum die Flammen bekämpften und sie am Ausbreiten hinderten.

Im allgemeinen Durcheinander verschwand er zwischen den Aufbauten um den Schornstein hinter dem Kartenraum, eilte an den Isolatoren der Radioantennen vorbei, bis er die Basis des häßlichen, nach hinten geneigten Schornsteins erreichte, dessen blaue und orangene Hausfarben noch immer durch den dünnen weißen Tarnanstrich schienen.

Die Tür war für seine Größe ebensowenig berechnet wie für die Masse von Barclay, aber als er drinnen war, griff er nach der Leiter, die nach oben führte. Weit unter ihm wummerte der einsame Wechselstrommotor, der das ankernde Schiff mit Energie versorgte. Er kroch die rußigen Sprossen hoch neben den gewaltigen, verkleideten Ablüftern der großen Sulzer, der Hilfsgeneratoren, der Kompressoren und Pumpen, die alle hier zusammentrafen, ehe sie ihre nutzlosen Abgase in die Atmosphäre bliesen. Ölleitungen führten aus einem paar Ausgleichstanks nach unten. Er kletterte über sie hinweg, drehte sich oben um und stieg die letzte Leiter hinauf.

Innen war der Schornstein gewaltig groß. Er war aus gewaltigen Stahlplatten stromlinienförmig zusammengesetzt. Vertikale und horizontale Eisenträger gaben ihm die nötige Stabilität. Der obere Rand war zurückgenommen, ging über in einen ovalen Teller, den ein Gerüst hielt, mit einem Loch für den Blitzableiter. Er griff nach oben und fand, was er hier bei Beginn der Reise verborgen hatte. Er hielt es fest, zog kräftig und spürte, wie Garn riß. Vorsichtig hob er das schmale Paket durch das Loch. Der Ruß hatte es kaum verschmutzt. Er griff nach oben und nach vorn und legte es auf den Teller, kroch hinterher.

Einen Augenblick später stand er zwischen den Ablüftern und war brusthoch vom Rand umgeben. Er bückte sich und hob das Gewehr hoch.

Er hatte es an dem Nachmittag gekauft, als er an Bord kam. Der Mann in London hatte ihm versichert, daß man Waffen in den Vereinigten Staaten leicht erwerben könnte. Niemand fragte ihn, und Munition gab es auch. Er war ganz vertraut mit dem automatischen Gewehr, die vielen Übungsstunden, ehe die *Adventurer* Rio erreicht hatte, machten sich jetzt bezahlt. Er setzte das Magazin ein und schaute über den Rand des Schornsteins. Er hatte instinktiv den richtigen Zeitpunkt für sein Handeln gewählt.

Weit unter ihm in der Backbord-Brückennock hatte Giorgio aufgehört zu toben. Er redete jetzt nur auf die beiden Frauen ein, auf Lila und Anna, und zeigte auf das britische Kriegsschiff, das unter einer Wolke dunklen Rauchs eine Dreiviertelmeile entfernt lag. Palmer sah Lila den Kopf schütteln und Anna nach vorn gehen. Plötzlich trat Giorgio zurück und zielte auf sie. Lila und Anna machten einen Schritt rückwärts. Selbst hier oben konnte Palmer ihren Schock fühlen.

Palmer legte an und sah im Zielfernrohr Giorgios breiten Rücken. Palmer schob den Hebel auf Einzelschuß und merkte plötzlich, daß ein eisiger Wind über seinen ungeschützten Kopf, über Hände und Schultern fuhr. Sanft zog er den Abzug.

Giorgio brach auf den Knien zusammen und fiel langsam nach vorn. Blut stürzte ihm aus dem Mund, seine Augen waren vor Überraschung weit aufgerissen, und dann lag er lang vor den beiden Frauen.

Doch davon sah Palmer schon nichts mehr, eilig kletterte er innen im Schornstein nach unten, seine Gedanken wirbelten durcheinander. Giorgio hatte sich offenbar entschieden, sein Schicksal selber in die Hand zu nehmen. Lilas emphatische Ablehnung von Giorgios Gebärden in Richtung Zerstörer hatten Palmer signalisiert, was der Fedajin wirklich wollte: einen Vergleich, einen Kompromiß mit den Briten. Instinktiv war ihm klar, daß schon dem leisesten Hinweis darauf von Anna und Lila widersprochen wurde. Und während er sich durch die Tür am Fuß des Schornsteins schob, wußte er, daß er den richtigen Augenblick gewählt hatte. Weder Anna noch Lila trugen Waffen, sie hatten sie abgelegt, um die Katjuscha-Raketen auf das Kriegsschiff abzufeuern.

Er ging jetzt um den Schornstein herum. Dies war der gefährlichste Augenblick. Jeder Terrorist, der ihn mit der Waffe in der Hand sah, würde ihn sofort töten.

HMS *NORWICH*, DESTITUTION ISLAND

Captain Crosby-Milne überlegte, ob er die *Alert* zurückrufen sollte, die er weiter nach Norden in Richtung South Georgia geschickt hatte. In ihrer Begleitung würde er sich wohler fühlen.

»Verdammt gute Tarnung ...«, sagte der Erste Offizier neben ihm. Beide sahen über das ziemlich ruhige Wasser der Bucht. Vor den schwarzweißen Klippen war selbst auf zwei Meilen Entfernung das Schiff schwer auszumachen.

»Wenn die Chopper sie nicht gefunden hätten, hätten wir sie sicher verpaßt.«

»Das meine ich auch, Sir. Doch das Feuerradar hat sie schnell genug ausgemacht.«

Crosby-Milne brummelte und ließ dann Ruder legen. Seine Männer waren alle auf Station, und jetzt befahl er dem Ersten, das entführte Schiff über UKW anzusprechen. Als die *Norwich* langsam nach Backbord drehte, um den Abstand zu halten, den die Klugheit bei den kommenden schwierigen Verhandlungen gebot, sah er den Bug herumkommen und sah, wie das Geschütz drehte und den Dampfer weiter automatisch abdeckte. Er kreuzte über die Brücke und trat in die ungeschützte Nock. Der kalte Wind fiel wie mit Messern über ihn her, ließ seine Gesichtsmuskeln zucken.

Eine Sekunde später war er tot.

A 1, GRENZE NACH HERTFORDSHIRE

Der Rover fuhr mit quietschenden Reifen um die Verkehrsinsel an der Apex Corner und wurde auf der äußeren Spur der A 1 immer schneller.

»Ich glaube, Alex hat das alles hochgehen lassen«, sagte Nicholas und legte den Overdrive ein.

Das ist typisch für ihn, dachte Kate, in seinem Wagen eine altmodische Gangschaltung zu behalten. Das Auto überholte leicht alle anderen Fahrzeuge, und Kate war sicher, daß sie erheblich mehr als 90 Meilen pro Stunde fuhren.

»Deine Hypothese stimmte, sie war erstklassig für diesen Fall, doch sie war eben nur eine Hypothese. Sie benötigte den klassischen Beweis durch das Experiment. Doch der Beweis war dann schließlich nicht mehr experimentell. So geheimnisvoll war das ja alles nicht. Alex gab so leicht auf, weil er sicher noch eine andere Leiche irgendwo im Keller hat.«

Nicholas grinste freudig. Er war offensichtlich erregt, wollte handeln. Kate kannte die Symptome. Sie waren Reaktion und Gegenmaßnahmen gegen Streß am Schreibtisch. Sie hoffte, er würde nichts Verrücktes unternehmen. Sie schwieg, wie es ihre Art war. Der Weg war noch lang, Nicholas mußte sein eigenes Tempo finden. Um so mehr wurde sie von seinem nächsten Schritt überrascht.

Sie bewunderte gerade die bewaldeten Flanken des Moat Mount, als sie in die Kurve fuhren und für den Kreisverkehr bei Stirling Corner langsamer wurden. Sie hörte ihn schalten und hielt seine nächste Bewegung für etwas, das mit dem langsamer Werden zu tun hatte.

»Hier! Du weißt doch, wie man damit umgeht ...«

Seine Berührung überraschte sie, und sie sah auf ihren

Schoß. Der häßliche übliche Polizeirevolver lag auf dem Stoff ihres zivilen Rocks. Sie hielt sich fest, als sie im Kreisverkehr waren und wieder Fahrt aufnahmen. Nicholas schaltete heftig, während sie beschleunigten.

»Wozu den?«

»Nur für den Notfall! Wenn all das zusammenkommt, was du in deinen Thesen entwickelt hast.«

»Du meinst, das wird passieren?«

»Es ist bereits passiert, meine ich.«

Eine Pause entstand. Der Verkehr wurde dünner. Sie überquerten die Kreuzung mit der A 25, die vor allem den Schwerverkehr aufnahm und ihnen eine relativ leere Autobahn ließ.

»Erzähl mir von Palmer«, sagte er.

»Ist das wichtig?«

»Ja.«

»Aber es ist persönlich.«

»Berichte über *ihn*. Nicht über *dich und ihn*.«

Sie zuckte mit den Schultern und entschloß sich, als Polizistin zu sprechen, nicht als Geliebte. Ungeduldig, aber auch freundlich half ihr Nicholas auf die Sprünge.

»Ich weiß, er ist groß, blond und gut aussehend. Aber wie steht's mit seinem Charakter, seinen Stimmungen und so weiter?«

»Oh, er ist ein offener Mensch, eher introvertiert als von Stimmungen abhängig. Langes Schweigen und dann weißt du, er ist mit seinen Gedanken ganz woanders.«

»Gibt's dafür Gründe?«

»Nein, eigentlich keine. Ich führe es auf seinen Beruf zurück und auf angeborene Charakterzüge. Lange Nachtwachen, Schweigen auf der Brücke, das ist so seine Welt. Ganz etwas anderes als wir kennen.«

»Man könnte ihn drum beneiden. Weißt du, daß er Reserveoffizier der Royal Navy ist?«

»Nein, aber er hatte keine Veranlassung, mir das zu sagen. Er war keiner von diesen Angebern, jedenfalls nicht, als er ohne Arbeit gestrandet war.«

Nicholas griff in seine Brusttasche und gab Kate ein Foto. »Weißt du, daß er eine Tochter hatte?«

Sie hielt den Atem an. »Woher hast du dieses Foto?«

»Es lag zwischen den Seiten von Dantons ›Seemannschaft‹, die ich aus deinem Bücherregal zog. Du wußtest das nicht?«

»Nein. Ich wußte, er war verheiratet ...« Sie sah sich das kleine Gesicht an, suchte Palmer in ihm. Das Haar und etwas um den Mund schien an ihn zu erinnern. Doch zu ihrer eigenen Verblüffung gelang es ihr nicht mehr, sich Palmer vorzustellen.

»Warum all diese Fragen?« Sie gab ihm das Foto zurück, das er einsteckte.

»Weil Palmer von Alex Martin für eine besondere und ungewöhnliche Aufgabe verpflichtet wurde.«

»Guter Gott«, sagte sie nur. Sie versuchte sich vorzustellen, wie alles zusammenpaßte.

»Paßt es in meine Hypothese?«

»Es ist die zentrale Stelle!«

Kate fühlte, wie ein kühler Schauer sie überrieselte. Das Foto des Kindes regte sie auf. Was hatte die Tochter mit dem außenpolitischen Kartenhaus zu tun, das sie vor einigen Tagen vor Nicholas aufgebaut hatte?

»Martin ist der Schlüssel zu allem, was auf dem Schiff geschieht. Deine Hypothese zeigte mir die Verbindung zum Nahen Osten, deine Affäre mit Palmer gab Martin den geeigneten Mann, und Martins Hintergrund zeigte eine mögliche Verbindung zu deiner Hypothese über den Nahen Osten. Von Martin erfuhr ich, warum Palmer geeignet war: Weil er Reserveoffizier ist und weil er arbeitslos war. Was ich nicht verstehe: Warum hat er den Auftrag angenommen, wenn er nichts von Politik hielt und meinte, die Politiker seien am Verschwinden seines Berufes schuld? Ich wollte wissen, ob es irgendeinen Hinweis aus seiner Vergangenheit gab. Daß er eine Tochter hatte, fand ich mit diesem Foto in deiner Wohnung heraus. Das Kind starb, weißt du das?«

Kate verstand oder glaubte es wenigstens und wußte jetzt, warum sie in den Norden rasten.

»Es lag am Kind, glaube ich. Er hat wegen der Tochter zugestimmt«, sagte sie, »ich bin nicht ganz sicher, aber da er nie von ihr sprach, könnte es stimmen.«

»Das lange Schweigen?«

»Ja, das gab's häufig genug.«

»Zu häufig?«

»Vielleicht.«

ADVENTURER, DESTITUTION ISLAND

»Lila! Lila!«

Er sah an der Art, wie sie mit den Waffen an der Hüfte über die Brücke liefen, daß sie ihn suchten und Verrat witterten. Wer immer Giorgio getötet hatte, hatte Al Fatah angegriffen und war daher ein Feind. Er hörte ihre Antwort.

»Palmer? Wo bist du?«

»Lila! Nicht schießen, nicht schießen. Gib mir Deckung, aber schieß nicht.«

Pause.

»Okay.«

Er erhob sich langsam aus seiner Deckung durch die Kiste mit den Rettungswesten in der Steuerbordnock. Lila, Anna und die Brückenwache mit ihrem Kofija richteten ihre Kalashnikows auf ihn. Sie sahen, daß er eine Waffe in der Hand trug.

»Ich habe ein Gewehr. Es ist alles in Ordnung. Ich habe Giorgio erschossen, er wollte das Schiff übergeben, stimmt's?«

Jetzt zögerte er doch und spürte sein Herz schlagen, und

seine Lungen keuchten nach dem schnellen Abstieg im Schornstein.

Plötzlich heulte es kreischend über ihnen, als zöge eine kräftige Bö über ihre Köpfe, und sie fühlten die Erschütterung durch die Granate, die an der Felswand hinter dem Schiff explodierte. Im Umdrehen sahen sie Felssplitter durch die Luft fliegen. In Scharen erhoben sich Vögel, und das Echo des Schusses und das Schreien der Vögel wehte zwischen den Felswänden hin und her. Immer wieder fuhren Granaten über ihre Köpfe, so dicht über ihre Köpfe, daß die Kofijas der Terroristen flatterten. Die Echos betäubten sie fast.

Die Warnschüsse hörten so abrupt auf, daß Palmer seine nächste Bemerkung schrie: »Ich kann euch helfen.« Er fürchtete plötzlich Schlimmes.

»Wie?« Anna gab ihm die Frage zurück. In ihren schmalen dunklen Augen lauerten Mißtrauen und Verdacht.

Er begann zu reden, als der Zerstörer drehte und kleiner zu werden schien. Jetzt zeigten die Kalashnikows nicht mehr auf seinen Bauch.

HMS *NORWICH*, DESTITUTION ISLAND

»Feuer einstellen! Feuer einstellen!«

Der Erste Offizier sammelte seine Gedanken und strich sich durchs Gesicht. Die Navigationsbrücke der *Norwich* war mit beißendem Rauch gefüllt, durch die er hinter sich gelbrotes Feuer flackern sah. Ein Stückchen heller Himmel zeigte, wo ein Stück Brückenwand verschwunden war. Ein Feuerlöschtrupp unter Leitung eines unermüdlichen Maaten kämpfte sich durch das Loch und zog einen Schlauch hinterher. In Sekunden begann ein Schaumvorhang die Flammen einzudämmen.

Offiziere machten Meldung. Der Zustand des Schiffes

wurde klar. Den Lynx hatte die zweite Katjuscha direkt getroffen und zerstört. Es gab Brandschäden achtern, aber nichts weiter Ernstes.

Die Besorgnis des Ersten um den Kommandanten war beantwortet. Zwei Krankenträger trugen die Leiche des Kapitäns nach unten.

»Ruder hart Steuerbord. Langsam voraus. Melden Sie dem Offizier der Marinesoldaten, daß ich seinen Stoßtrupp in drei Minuten sehen möchte. Geben Sie Handfeuerwaffen an Offiziere und Mannschaften auf dem Oberdeck. Geschützmannschaften wieder auf die Posten. Gefechtsklar machen.«

Die Befehle des Ersten verwandelten das Schiff, als es auf den Dampfer auf der anderen Seite der Bucht zudrehte.

14

UNIVERSITÄT NOTTINGHAM

»Viel zu lange war die Welt solchen Ausbrüchen unterworfen. Seit dem Zweiten Weltkrieg haben wir jede Art von Extremisten erlebt, die unschuldige Menschen in ihrem täglichen Leben angriffen, um ihre politischen Ziele zu erreichen. Das Vereinigte Königreich lag oft genug im Zentrum solcher Angriffe.

Ich habe nicht die Absicht, die jeweiligen Regierungen unseres Landes von Schuld freizusprechen oder sogar zu behaupten, sie trügen keine Schuld an den Ursachen. Aber unser Volk hat – im Gegensatz zu seinen Führern – immer Gerechtigkeit und Freiheit gesucht, wenn es auf dem Weg auch manchmal Fehler machte.« Der Premierminister hielt inne und betrachtete seine studentischen Zuhörer. »Heute sage ich Ihnen, daß uns die alten Rechnungen nicht zurückhalten dürfen. Wir müssen die Probleme mit neuen Augen, aus anderem Blickwinkel angehen. Heute ist der Anfang von morgen. Der Blick zurück war eine Lieblingsbeschäftigung unseres Landes, seit es seine große Rolle in der Welt ausgespielt hat.

Vor vielen Jahren, ehe Sie alle geboren waren, wurde einer hilflosen Minorität in Europa ein großes und fürchterliches Verbrechen angetan. Ein ganzes Volk wurde mit Stumpf und Stiel ausgerottet. In der Reaktion darauf wurde den Überlebenden erlaubt, selber ein anderes Volk zu vertreiben. Und wir wurden gezwungen, das kleinere Übel zu wählen, so der damalige Außenminister: Die Enteignung der Palästinenser zugunsten der Juden ...«

Der Rover rollte auf das Universitätsgelände. Nackte Bäume standen vor einem grauen Himmel. Nicholas fuhr langsamer, um die bremsenden Huckel in der Straße nicht zu spüren. Er wirbelte das Steuer herum und hielt an der Seite neben dem Hauptgebäude mit der Aula. Viele Dienstwagen standen dort, die Fahrer warteten rauchend. Dort sah man auch die Übertragungswagen der BBC und der Central Television mit ihren bekannten Zeichen.

»Hast du deinen Revolver?«

»Ja.«

»Dann los!«

»... viel zu lange haben wir gewartet auf den nächsten Schlag von bewaffneten Leuten, die die Al Fatah animiert hatte. Viele zu lange haben wir nicht eingegriffen, haben es nicht gewagt, diese Leute als Übel zu bezeichnen. Natürlich sind sie ein Übel. Natürlich müssen wir sie verachten. Natürlich werden sie diese barbarischen Überfälle nicht aus eigenen Stücken beenden.«

Nicholas konnte den Premierminister durch die Glastür hören. Er überschaute die volle Aula und sah den Tisch auf der Bühne, an dem der Premier sprach. Ringsherum lief eine Empore. Sie quoll über von Kameras, Kabeln und den langen Mikrofongalgen, hinter denen die nimmermüden Nachrichtenjäger in totaler Stille arbeiteten. Er nickte in Richtung Treppe, Kate nickte zurück.

»Aber sie allein besitzen kein Monopol für das Böse. Die Stern-Gang war böse, die Irgun war böse, doch wir haben uns daran gewöhnt, ihr Tun im Schatten des Holocaust als gerecht zu beurteilen. Ich bin heute hier, um Ihnen zu sagen, daß Auge um Auge und Zahn um Zahn viel zu lange gegolten hat. Wir müssen Falsches richtigstellen. Das Recht der Palästinenser, nicht ihrer Terroristen, muß anerkannt werden. Meine Regierung ...«

Der Schuß fiel, als Nicholas auf der Galerie ankam. Der Premierminister fiel nach hinten hinüber, und einen Augenblick herrschte betäubte Stille, dann sah sich jeder um und schrie. Jemand lief auf die Bühne, um sich über das Opfer des Attentäters zu beugen.

Doch niemand lief weg. Die Medienleute sahen sich erstaunt an, bis ihnen dämmerte, daß sie die größte Nachricht des Jahres hatten, und sie warteten, um das Schicksal des Premierministers zu erfahren.

Als es hieß, er ist tot, rannten sie zu Tür und Treppe. Die Studenten erhoben sich laut.

Kate fand ihr Ziel, dirigierte Nicholas auf einen Kameramann und seinen Tontechniker mit dem Tongalgen. Sie hatten es zu eilig, standen zu nahe an der Tür und kümmerten sich zuwenig um ihre Ausrüstung.

Sie drängelten sich an Kate und dann an Nicholas vorbei. Mit einem geübten Karatehieb schlug er auf die Kamera, die die Betonstufen herunterkollerte. Der Mann drehte sich wütend um und griff nach einer Waffe. Sein Begleiter duckte sich, rannte die Treppen hinunter, um die Kamera einzusammeln.

Nicholas rammte dem Mann sein Knie in den Schritt und schlug ihm die Handkante ins Gesicht. Der Kopf knallte dumpf gegen die Wand.

Der zweite Mann hatte die halbe Treppe hinter sich, drehte sich um und hielt die Kamera so auf Kate gerichtet, daß sie die Mörderwaffe erkannte. Sie drückte den Abzug ihres Revolvers und spürte den Rückschlag. Sie drückte ein zweites Mal ab, und der Mann fiel gegen die Wand und rutschte nach unten. Blut färbte sein Hemd.

Eine ungläubige Gruppe von Nachrichtenleuten sammelte sich um sie.

»Nun meine Herren«, sagte Nicholas, »ich überlasse Ihnen die Spekulationen – sind die beiden hier vom CIA oder vom Mossad?«

Dann lief er die Treppe hinunter und legte seinen Arm um Kate. Sie zitterte.

ADVENTURER, DESTITUTION ISLAND

Palmer holte das transportable UKW-Stornophone und warf sich in seinen schweren Wachmantel, der im Kartenraum hing. Dann hängte er sich den Tragriemen über die Schulter und trat in die Nock. Ein Blick achteraus bestätigte ihm, daß er recht hatte. Der verdammte Zerstörer kam näher, um sie im Sturm zu nehmen. Sie alle wußten, daß die Fedajin hoffnungslos unterlegen sein würden.

Wie Lila war auch er sicher, daß alles schiefgegangen war, aber er könnte immer noch etwas retten, vielleicht alles für Lila und wenigstens ein Massaker an den Passagieren verhindern, das Anna wollte.

Noch einmal sah er auf die Brücke und lief dann zum Bootsdeck.

Die dunklen Wasser der Bucht waren jetzt von kleinen weißen Kämmen durchzogen. Ein beständiger Wind wehte von den fernen Bergspitzen hinter ihnen. Plötzlich wurde es dunkler. Das sich nähernde Kriegsschiff wurde ein grauer Schatten. Die Wolke über der Insel sank nach unten und wurde von Augenblick zu Augenblick dichter. Hinter der Insel bildeten sich Haufenwolken. Der Wind wehte schon kräftiger und nicht mehr in den Fallböen, die sie mittlerweile gewohnt waren. Sie fühlten seine Kälte. Winzige Eispartikel wurden von den Felsen herabgeweht.

Die drei Gefangenen in der Kabine des Kapitäns erstarrten, als sie nebenan Bewegung hörten. Dann waren sie dran. Die

Tür wurde aufgerissen, und die häßliche Frau mit dem vernarbten Gesicht stand vor ihnen, fuhr mit der Mündung ihrer Waffe durch den Raum.

»Raus, raus. Schnell.«

Mit Decken um die Schultern schob man sie aufs Bootsdeck. Ein halbes Dutzend Kinder kamen mit. Galvin nahm an, es waren ausgewählte Geiseln. In einem Kind erkannte er den Sohn eines Zeitungsmagnaten, in einem anderen die Tochter einer bekannten und extravaganten Filmschauspielerin.

Er erkannte Palmer, der die Fedajin deutlich überragte. Er schien entspannt, war unrasiert und sah über dem großen Kragen des Mantels sehr professionell aus. Erst als er sich umdrehte, um verklebte Farbe von einem Rettungsboot abzuklopfen, spürte Galvin herbe Enttäuschung. Über Palmers Schulter hing ein Schnellfeuergewehr.

HMS *NORWICH*, DESTITUTION ISLAND

Ein Bö traf die Brückenfenster und brachte einen Eisschauer mit. Das Heck der *Adventurer* kam näher und wurde Deck um Deck höher. Über das Oberdeck sah der Erste Offizier der *Norwich* eine dunkle Gestalt laufen. Der Wind wehte die Kofija aus, und der Mann verschwand.

Das Heck des Kreuzfahrtschiffes schien plötzlich leichter, als der Blizzard einen Schneevorhang über die Bucht zog. Die Wettersysteme bewegten sich in diesen hohen Breiten mit erstaunlicher Schnelligkeit, stellte der Erste fest, und gab dann den Befehl: »Maschinen stop.«

»Maschinen sind gestoppt, Sir!«

Das Heck der *Adventurer* hing über dem viel niedrigeren Kriegsschiff. Keine einzige Seele war zu erkennen. Die zwei knieenden Scharfschützen der Seesoldaten auf der Brücke mit dem Gewehr im Anschlag schienen gänzlich überflüssig.

Das niedrigste Deck, von dem aus man das Heck des Dampfers festmachte, war fast auf gleicher Höhe wie ihr Vordeck. Er sah nach unten. Eine Gruppe Seesoldaten wartete hinter einem Schlauchboot. Sie waren 90 Meter von der *Adventurer* entfernt. Siebzig.

»Backbord fünf.«

Der Leutnant der Seesoldaten sah ihn und gab ihm das Zeichen – Daumen hoch. Fünfzig.

»Halbe Kraft achteraus.«

»Ich glaube, da oben ist jemand, Sir.« Der Erste wagte nicht, seinen Blick vom Heck des Kreuzfahrtschiffes zu lösen.

Es drehte sich mit dem Wind. Man hatte nur eine Chance und verlor bereits die Kontrolle über das Schiff, weil man die Fahrt voraus verringert hatte. Aus der Steuerbordnock des Zerstörers hörte man plötzlich ein Schnellfeuergewehr. In dem dichten Schnee hatte man nicht gehört, ob von drüben zuerst geschossen worden war.

»Maschinen stop.«

Im nächsten Augenblick rollte die *Norwich* leicht nach Backbord, als sie mit dem Steuerbordbug das Heck der *Adventurer* erreichte.

»Los, los!«

Er stand brüllend in der Nock, als die Seesoldaten auf den Kreuzfahrer hinüberkletterten. Hinter ihm rannte ein halbes Dutzend Seeleute mit einem Tampen, um die beiden Schiffe zusammenzuhalten, wie es seit Jahrhunderten beim Entern üblich war. Über ihm stiegen die Seesoldaten bereits die Leitern empor, Deck für Deck, und stürmten das nicht verteidigte Schiff.

ADVENTURER, DESTITUTION ISLAND

Aymes fuhr aus dem Schlaf hoch, als die Tür aufsprang. Die leere Öffnung machte ihm Angst um seine Patientin. Sie starrte furchtsam auf den Mann in der Tür. Seine Kampfjacke sah nicht anders aus als die der Fedajin. Doch er trug ein grünes Barett.

»Hier alles in Ordnung?« fragte er knurrend.

»Soweit man es erwarten kann«, antwortete Aymes und griff nach der Hand des Mädchens.

»Was ist los?« fragte sie, als der Mann mit einem Nicken verschwand.

»Die Navy ist da, mein Liebes. Jetzt wird alles wieder gut.«

Zelda Rebanowicz wartete geduldig. Sie hatte die Vorhänge vor die Fenster ihrer Luxussuite gezogen und wartete im Dunkeln. Sie wußte nicht mehr, wie lange schon, aber die Zeit hatte für sie keine Bedeutung mehr. Sie versuchte zu beten, aber dann erinnerte sie sich an die stille Blasphemie unter der großen Christusfigur in Rio de Janeiro und fühlte, wie Verzweiflung sie überkam. Sie hörte aus der Ferne Gewehrfeuer und Raketen hinter dem Doppelfenster, aber sie schaute nicht hinaus. Das schien ihr klüger. Was draußen geschah, konnte sie übergehen, solange die Fenstervorhänge geschlossen blieben und sie sich nicht einmischte. Das hatte Giorgio ihr jedenfalls gesagt. Bald würden sie in San Francisco sein, dieses schreckliche Schiff verlassen und nie nie wieder eine Seereise machen.

Plötzlich wurde die Tür aufgeworfen. Sie richtete sich auf, erwartete den Griechen.

Den großen Soldaten in der Kampfjacke, der eine häßliche schwarze Waffe in den Händen hielt, kannte sie nicht. Sie zog sich die Bettdecke um den Hals.

»Ist da jemand, Kev?« hörte sie eine Stimme vom Gang her.

Der Soldat ging zurück. »Nur eine alte Ische«, sagte der Mann, schloß die Tür hinter sich und ließ Zelda Rebanowicz mit ihren Gedanken allein.

Von weit unten hörte man plötzlich Jubeln.

Fünfzehn Minuten später hörte der Leutnant der Seesoldaten die Berichte seiner Unteroffiziere. Sie klangen unsinnig. Stirnrunzelnd drückte er den TX-Knopf auf seinem tragbaren Gerät und rief die *Norwich*.

»Nirgendwo ein Terrorist in Sicht, Sir ... Aber an den Davits fehlt ein Rettungsboot.«

DESTITUTION ISLAND

Das Rettungsboot kämpfte sich stampfend durch das kabbelige Wasser der Bucht. Als sie frei vom gewaltigen Bug der *Adventurer* waren, packte sie der Wind. Zwar waren die Lebensumstände an Bord reichlich primitiv gewesen, aber jetzt waren sie gnadenlos der Natur in ihrer ganzen Härte ausgesetzt. Schaum und Schnee auf ihren Gesichtern kühlten so schnell ab, daß sie im Boot Schmerzen spürten. Palmer stand am Ruder und steuerte das Boot durch den Schneesturm. Der Motor röhrte. Palmer schaute sich nicht um. In den Gesichtern der Geiseln hatte er gesehen, daß der weiße Rumpf der *Adventurer* im Schneetreiben verschwunden war. Auch Galvin, Mrs. Allen und Blumenthal und die zehn Teenager sahen jetzt nicht mehr achteraus. Sie rückten mit ihren Dekken in der Mitte des Boots eng zusammen und blickten nicht hoch auf die Gewehre der Araber.

Palmer spürte, daß sie hier nichts zu suchen hatten. Dieser ärgerliche Gedanke ließ ein altes Vorurteil in ihm wieder wach werden: Die hier waren Landratten. Sie hatten eigentlich auf der See mit einer Kreuzfahrt nichts zu suchen. Der Welt ginge es besser, wenn die Menschen sich solche Wünsche nicht erfüllten – weder exklusive noch allgemeine. Doch der Gedanke nützte jetzt nichts. Er schüttelte ihn ab und fühlte sich auf seltsame Art glücklich.

Dieser Stimmungswechsel geschah so plötzlich, daß er in

den Himmel schaute, um festzustellen, ob er eine Folge plötzlichen Wetterwechsels war. Doch er irrte sich. Der Himmel war bedeckt, versteckte sich hinter niedrigem, schneereichem Gewölk.

Sie landeten auf schwarzen Steinbrocken und Lavasand in einer kleinen Bucht zwischen zwei langen schwarz gerippten Felsbrocken. Ein großer Robbenbulle blickte ihnen aus dem Zentrum seines aufgeregten Harems entgegen und knurrte sie an. Die Geiseln mußten Wasserkanister aus dem Rettungsboot tragen und Munitionskisten, die die Warenzeichen bekannter Nahrungsmittel trugen. Palmer stopfte sich Riegel aus Gerstenzucker in die Taschen seines Mantels, und die Fedajin folgten seinem Beispiel. Dann griff auch er nach zwei Wasserkanistern und stieg das Ufer empor. Nur einmal drehte er sich um, als er kurze Folgen von automatischem Gewehrfeuer hörte.

Anna warf sich ihr Gewehr um und ging als letzte. Palmer konnte jetzt die Löcher im Rettungsboot sehen. Er ging weiter. Sein Gewehr rutschte unbequem auf seiner Schulter hin und her.

Genau vor ihnen tauchten jetzt aus dem heulenden Blizzard die Wellblechhütten der alten Walfangstation auf.

Er hielt an, um Luft zu schnappen, und sah die häßlichen eckigen Hütten und Häuser. Soweit waren sie also erfolgreich. Zwar war Barclay tot, aber die Geiseln lebten noch. Gerade noch. Die nächsten Stunden würden die schwierigsten sein, denn die *Norwich* hatte die Regeln nicht eingehalten, nach denen gespielt werden sollte. Das verwirrte ihn.

Annas Gewehr bohrte sich in seinen Rücken. »Keine Reue jetzt, Palmer. Dafür ist es viel zu spät.«

»Hier spricht die Al-Fatah-Gruppe April 86. Wir wiederholen unsere Forderung nach sofortiger Anerkennung der territorialen Rechte für das enteignete Volk der Palästinenser. Wir geben Ihnen eine Stunde, in der Sie mit Ihrer Regierung

Kontakt aufnehmen können. Nach Ablauf der Frist werden wir unsere Gefangenen erschießen. Es sind Allen, Blumenthal, Galvin.«

Als Lila die Liste vorgelesen hatte, hörte Palmer eine sachliche englische Stimme sie bestätigen.

»Eine Stunde!«

»Verstanden.«

Lila setzte das tragbare Stornophone UKW-Radio ab.

Über ihnen schlugen und knallten die verrosteten und durchlöcherten Wellblechplatten im Wind. Sie hatten sich im Verwaltungsbüro der ehemaligen Walfangstation eingerichtet. Von hier aus konnte man den Slip überblicken und die verrosteten Winschen, mit deren Hilfe die toten Wale zum Felsen hochgehievt worden waren. Im Nebengebäude standen die Kocher und Fässer, in die man den Blubber in großen Stücken zum Auskochen warf und abfüllte. Hinter dem aufgerissenen Slip trieb Schnee über die Bucht. Sie konnten kaum mehr als eine dunkle Wasserfläche sehen, die im Nichts verschwand. Palmer ging ans rückwärtige Fenster des Gebäudes. Der Boden hob sich hier steil. Schotter lag am Fuß der Berge, die den versunkenen Krater umgaben. Er drehte sich. Die Dunkelheit des Raums bedrückte ihn.

Die Geiseln hockten mitten im Raum zusammen – so wie im Rettungsboot. Palmer spürte, wie ihn Mrs. Allen und Galvin mit ihren Blicken verfolgten. Für sie war er ein Verräter, ein Quisling, der mit dem Feind zusammenarbeitete. Die Kinder saßen ruhig da. Palmer hätte gern gewußt, was sie angesichts der erlittenen Unbill dachten und fühlten und ob Annas Propaganda irgendeine Wirkung gehabt hatte. Waren sie Opfer des Stockholm-Syndroms geworden? Er hoffte es. Ihr zukünftiges Leben würde voller Privilegien sein. Vielleicht würden diese Erfahrungen ihnen als Erwachsene nützen. Falls sie überlebten.

Bisher hatte Palmer die Terroristen erfolgreich aus allem herausgezogen, hatte ein Massaker an den Geiseln verhindert und doch das Anliegen dieses Terroraktes bewahrt. Aber der Kommandant der *Norwich* spielte nicht nach den Regeln, indem er die *Adventurer* angriff. Lilas Gruppe hätte die *Norwich* niemals gegen einen Zerstörer und Seesoldaten verteidigen können, ohne viele Geiseln zu opfern.

Er spürte Annas Blicke. Sie traute ihm nicht, verstand seine Motive nicht. Zwischen Lila und Palmer hatte die Liebe die übliche Loyalität verändert.

Für Anna war er ein Schurke, den man nicht einschätzen konnte, der sein eigenes Spiel spielte und nur den einen Nutzen hatte, sie vom Schiff zu bringen. Auf ihn wartete eine Kugel von Anna oder einem Fedajin. Er fragte sich, wie lange die Männer wohl noch Befehle von den beiden Frauen entgegennehmen würden. Alte Vorurteile tauchten gerade in solchen extremen Augenblicken auf. Sie hatten eine Stunde. Mehr nicht.

Eine der Geiseln, ein ernstes, dunkelhaariges Mädchen, das nach Palmers Erinnerung an den wilden und frivolen Spielen ihrer Freunde nie teilgenommen hatte, hielt einen Rosenkranz in den Händen. Er konnte die leisen Worte des Ave Marias hören: ». . . Heilige Maria, Mutter Gottes, bitte für uns Sünder jetzt und in der Stunde unseres Todes . . .«

Galvin hatte seinen Arm um Margaret Allens Schulter gelegt. Jetzt, da sie hier auf dem schmutzigen Betonboden der verfallenen Hütte saßen, war sie viel ruhiger, schien nachdenklich. Er wußte, wie aussichtslos ihre Lage war, und wünschte sich sehr, mit Blumenthal reden zu können. Doch Blumenthal saß etwas entfernt, ein Fedajin bewachte ihn, als stelle er eine größere Bedrohung dar als alle anderen. Galvins lebenslange Abscheu vor jeder Art von Gewalt sah er in diesem Bild. Der alte jüdische Staatsmann, Überlebender aus Hitlers Konzentrationslagern, Gründer des Staates Israel, war Schlüsselfigur in diesem Drama mit britischen Geiseln.

Galvin konzentrierte sich auf das Tageslicht, das durch die zerbrochenen Fensterscheiben sickerte. Sie begannen vor seinen Augen zu verschwimmen, als er Vergessen suchte und sich auf den Frieden konzentrierte, den er sooft im Bethaus der Quäker in Philadelphia gefunden hatte.

Margaret Allen war jetzt ruhig. Ihr Leben schien einem unausweichlichen Muster zu folgen, das hierhin geführt hatte. In diesem elenden, verlassenen Gebäude würde sie sterben. Sie mußte Schuld los werden, die Schuld aus einem Leben voller Luxus auf Kosten anderer. Ihr Mann hatte ihr Reichtum beschert. Erst jetzt sah sie, welch großes Elend er damit in die Welt gebracht hatte. Dafür hatte er nie gezahlt. Es sei denn, daß der plötzliche Herzanfall ihm so viele Schmerzen bereitete, daß er noch bereuen konnte, was er angerichtet hatte. Dann merkte sie, daß ihr Tod hier sie von mancher Schuld befreien könnte. Aber das rechtfertigte doch den Tod dieser jungen Leute nicht. Könnte sie, wenn sie schon stürbe, nichts für das Überleben der Kinder tun?

Und was war mit Palmer los? Er war wohl der Schlimmste von allen. Sie hatte an Bord Gerüchte über ihn und die Stewardess Lila gehört. Daran hatte sie nie recht geglaubt, denn Palmer war so attraktiv, daß er leicht ein Opfer solchen Geredes wurde. Jetzt schien ihr, daß sie nicht die einzige Sünderin war, und sie fühlte sich wohler. Neben ihr betete Galvin. Seine Aufrichtigkeit berührte sie, machte ihr ihre eigenen Verstrickungen wieder deutlich. Sie sah zu Blumenthal, und irgend etwas in seinem Gesicht machte sie hellwach. Sie sah seine Blicke. Er beobachtete alles um sich herum wie ein Falke. Obwohl er sich nicht bewegen durfte, sah er aus wie ein freier Mann.

Blumenthal hatte die Fedajin genau im Blick. Es waren fünfzehn. Viele, aber er hatte schon mehr Gegner auf einmal gehabt. Und man konnte selbst von einem alten Mann erwarten, daß er sich ein Herz faßte und noch einmal alles für sein Vaterland einsetzte.

Ganz langsam drehte er seinen Arm um. Die Armbanduhr zeigte noch 40 Minuten bis zum Auslaufen des Ultimatums. Er begann tief zu atmen und rief unhörbar Israels heiligen Namen.

HMS *NORWICH*, DESTITUTION ISLAND

»Das ist alles ein verdammtes Durcheinander, meine Herren.« Der Erste Offizier kehrte aus dem Funkraum auf die Brücke zurück und sah sich um. Alle Offiziere der *Norwich* hatten sich hier versammelt, und einige der *Adventurer* waren dazu gestoßen. Dienstältester und damit praktisch Kapitän des Kreuzfahrtschiffes war Staff Captain Meredith.

»Wie meinen Sie das?« wollte Meredith wissen.

»London ist glücklich, daß wir die meisten Geiseln befreit und das Schiff wieder in unserer Gewalt haben. Aber die Situation ist komplex. Die Amerikaner unterstützen einen massiven Angriff auf Sidon, und der britische Premierminister ist ermordet worden.«

Ungläubig sah man sich an, redete und verstummte erst langsam.

»Wir sind uns also ziemlich selber überlassen. Und weil die Terroristen immer noch einige Geiseln in ihrer Gewalt haben, stehen wir immer noch ganz am Anfang.«

Er sah auf, als die *Norwich* sich gegen die quietschenden Fender schob. Der böige Wind von den Bergen hatte zugenommen und drückte die beiden Schiffe dichter zusammen.

»Ich sehe da eigentlich kein Problem.«

Alle sahen auf Meredith. Unordentlich, erschöpft und bedrückt von der unrühmlichen Rolle, die er in den letzten Tagen spielen mußte, und bedrückt auch von der Tatsache, daß er das Kommando über die *Adventurer* nur dem Einsatz der

Royal Navy verdankte, der er dafür wohl bis zum Lebensende dankbar sein mußte, suchte er, verlorene Glaubwürdigkeit und Verläßlichkeit wiederzugewinnen.

»Captain Meredith!«

»Sie haben doch ein Funksprechgerät auf ihrer UKW-Anlage. Es ist doch ziemlich klar, daß die Kerle sich in der alten Walfangstation aufhalten. Bringen Sie Ihre Männer während dieses Sturms nach drüben, ehe diese verdammte Frist abläuft, und sagen Sie denen da einfach, daß London zugestimmt hat.«

»Das werden sie nicht glauben«, meinte jemand.

»Warum sollten sie es nicht glauben? Schließlich haben sie es erwartet, und sie können im Augenblick die Sache gar nicht überprüfen. Holen Sie sie raus und setzen Sie sie fest.«

»Rausholen, Sir ... Meine Männer können das aus versteckten Positionen«, schlug der Offizier der Seesoldaten vor, »den Geiseln wird dabei nichts passieren.«

Allgemeine Zustimmung machte sich breit.

»Man wird dir sogar den Verlust des Lynx und der halben Brücke nachsehen, Colin«, meinte sardonisch ein großer Offizier.

Der Erste Offizier fühlte sich erleichtert. Er lächelte dem Waffenoffizier zu. »Das geht wieder mal auf Ihre Kosten. Also gut, meine Herren, wir sind einer Meinung. Jetzt sollten wir uns Klarheit verschaffen, mit wie vielen Gegnern wir es zu tun haben werden.«

»Einer ist dieser Palmer, unser Zweiter Offizier. Der Hund arbeitet mit den Schweinen zusammen ...«

Mit dieser Aussage bekräftigte Meredith den Entschluß der Marineoffiziere. Verrat zu bekämpfen war höchsten Einsatz wert und würde jede Mühe lohnen.

In dem Durcheinander, das in London herrschte, hatte niemand Palmers Namen dem Ersten Offizier der *Norwich* genannt.

Palmer mußte etwas geschlafen haben, als er gegen die Wand lehnte. Jetzt sah er auf das düstere Treiben draußen. Das Piepsen des Stornophons machte ihn sofort wach. Er fühlte, wie sein Herz heftig zu schlagen begann. Ihm wurde leicht zu Mut. Jetzt war der Augenblick der Entscheidung gekommen – in welcher Form auch immer.

Als er wartete, daß Lila den Ruf der *Norwich* beantwortete, erlaubte er sich einen letzten Augenblick der Erinnerung. Dies tat er zur Erinnerung an Suki. Es war die einzige Tat, die ihm als Vater blieb, dessen Ohnmacht angesichts ihres Sterbens die Ehe der Eltern zerstört hatte. Der Premierminister hatte ihm ein Versprechen gegeben. Es war eine persönliche Garantie.

»*Norwich* an April 86. Meine Regierung hat mich instruiert, Ihnen zu melden, daß Ihre Forderungen erfüllt werden. Die territorialen Ansprüche der Palästinenser werden international anerkannt. Ihr Widerstand ist nicht weiter nötig, und Sie können Ihre Geiseln freigeben.«

Anna übersetzte die Worte ins Arabische. Selbst in der bedrückenden Dunkelheit des Raums unter den wirbelnden Schneewolken konnte man ein Aufblitzen in den Augen der Männer nicht übersehen. Er sah den Glanz des Sieges über den Kofijas.

Lila sprach noch, und Palmer versuchte, dem Wortwechsel zu folgen, als die Fedajin sich umarmten und ihre Waffen sinken ließen. Unter den Geiseln verbreitete sich die Erkenntnis langsam. Palmer drehte sich um und hörte genau zu, weil er wußte, daß für ihn jetzt die gefährlichste Stunde begann.

»Was gibt es Neues in Sidon, was ist dort passiert?« wollte Lila wissen.

Stille herrschte. Palmer sah, wie ihre Knöchel weiß wurden, als sie die Fäuste ballte und irgendeine Bestätigung suchte, sicher sein wollte, daß man sie nicht belog. Nach so langer Anstrengung konnte sie immer noch nicht an einen Erfolg glauben.

»Die Israelis haben sich zurückgezogen, und die Knesseth hat zugestimmt . . .«

Palmer sah, wie sie strahlte, wie alle Härte aus ihrem Gesicht verschwand. Sie drehte sich zu ihm um, schön wie je.

»Nein!«

Nur Margaret Allen sah, wie Blumenthal aufstand, jünger zu werden schien, als er tief atmete und an den jungen Kämpfer der Irgun erinnerte. Neben ihrem Ohr schwankte der Lauf eines Schnellfeuergewehrs, als Palmer impulsiv Lila umarmte. Sie kannte die Waffe. Margaret Allens Mann hatte sie wie Bonbons in alle Unruheherde der Welt verkauft, in denen Uncle Sam seine Interessen vertreten ließ. Blitzschnell hatte sie Palmer die Waffe entrissen und warf sie Blumenthal zu. Er sah die Bewegung, fing die Waffe auf und bemerkte Margarets Lächeln.

»Nein!« brüllte er wieder, legte die Waffe an die Hüfte und den Finger an den Abzug.

Die Fedajin standen in jubelnden Gruppen zusammen. Blumenthal deckte sie mit seinem Feuer ein, drehte sich dabei und füllte die Luft mit fliegendem Blei. Der Raum füllte sich mit Lärm, dem Kreischen von Querschlägern, ohrenzerreißenden Echos, Schreien und Blutspritzern. Anna hob als erste ihre eigene Waffe, sprang aus Blumenthals Feuerwinkel mit dem Rücken zum Fenster.

Palmer sah ihre Silhouette. Ihr zerstörtes Gesicht lag wie bei ihrer ersten Begegnung im Dunklen. Sie traf Blumenthal, zerfetzte seinen Bauch, und er stolperte nach hinten. Er verfing sich mit den Füßen zwischen den Teenagern, die sich auf den Boden geworfen hatten, und stürzte rückwärts. Sein Schädel brach, als er auf den Beton schlug.

Doch Annas Triumph währte nicht lange. Der letzte Angriff galt ihr als erster. Ihr Kopf am Fenster hatte die Aufmerksamkeit der britischen Seesoldaten draußen gefunden. Nach den Schüssen drinnen waren alle Waffen der Gelandeten auf die Hütte gerichtet. Anna wurde durch eine konzentrierte Salve getötet. Der Lärm des fortgesetzten Feuers und die Löcher im Wellblech brachte die Fedajin, die dazu noch in der Lage waren, zur letzten Verteidigung.

Das Ganze hatte bisher zehn oder zwölf Sekunden gedauert.

Palmer hatte sich fallen lassen und im Halbdunkel in seinen großen Wachmantel zusammengerollt und dabei Lila mitgenommen. Er spürte, wie sie sich von ihm freizumachen suchte, weil sie an diesem letzten Kampf teilnehmen wollte, der den Zweck ihres Daseins beendete.

Palmer hatte andere Vorstellungen. Er wußte nicht, was stimmte. Blumenthals Reaktion hatte alle Hoffnung zerstört, es jetzt herauszufinden. Sie brauchten dazu mehr Zeit, und die hatten sie nicht.

Als die Schüsse verklangen, hörte man nur noch Husten, Stöhnen und Erbrechen. Die Luft hing voller Rauch, und die wenigen noch lebenden Fedajin schrien sich an. Palmer zog eine entsetzte Lila hinter sich her und verließ die Hütte, indem er eine hintere Tür öffnete, durch die er sie schnell schob.

In der allgemeinen Verwirrung beobachtete sie niemand. Fünfzehn Minuten später hatte Dr. Galvin laut die Bedingungen der Übergabe ausgehandelt. Drei Fedajin ergaben sich, alle Geiseln waren befreit. Alle waren wie betäubt, standen unter Schock, hatten leichte Verletzungen, froren entsetzlich und hatten Hunger. Bis auf Mr. Blumenthal lebten alle.

Palmer und Lila entkamen in den Schuppen, in dem das Walfett ausgekocht wurde. Sie stolperten an großen Fässern vorbei, an rostigen Rohren mit Ventilen für die Ölleitungen und die Feuer. Ein Stück Himmel erschien über ihnen und verschwand krachend. Ein Stück Dach hatte sich gehoben und rutschte gegen andere Bleche, ehe es zur Erde geweht wurde. Palmer sah jetzt über den Slip hinweg, wo Grasbüschel standen und kleine Felsgewächse. Dort entdeckte er die Köpfe der Belagerer.

Schon ihre Zahl zeigte ihm, daß er betrogen worden war. Er wußte nicht, was schiefgegangen war, aber die *Norwich* hatte ihre Rolle nie richtig gespielt.

Nichts paßte zusammen. Doch das war jetzt ohne Bedeutung. Er hatte getan, was er tun konnte, und nun war Suki wenigstens nicht vergeblich gestorben.

Er drehte sich zu Lila um und schubste sie zur Seite, nach oben hinter den Schuppen, wo es steil bergan ging. Er wußte, daß die Soldaten diesen Teil nicht besetzt hatten. Man hätte dort keine Deckung gefunden, um die Walfangstation unter Feuer zu halten, hätte man sich nach oben bewegen müssen und damit viel Aufmerksamkeit erregt. Und dazu gab es keinen Grund. Jeder Soldat wußte schließlich, daß jeder Ausbrecher eine ziemliche Strecke nach oben klettern mußte. War er erst mal aus der Deckung der Hütten, hätte man ihn leicht vom Slip her abschießen können.

Palmer hielt im Schutz eines alten Kochers kurz an. Er sah, daß Lila verwundet war. Ein Schuß von irgendwoher hatte sie an der Schulter erwischt. Er erinnerte sich, daß auch sie sich gegen das dünne Blech gelehnt hatte, durch das plötzlich in kleinen Löchern Tageslicht schien. Blech bot keinen Schutz. Blut quoll aus dem Riß in ihrer Jacke. Er nahm ihr Halstuch und verband die Wunde vorläufig. Lila atmete heftig, zog sich zusammen und war immer noch von dem betäubt, was im Büro geschehen war.

Er beugte sich über sie und küßte sie auf den Mund. Dann deutete er nach oben und nickte zufrieden.

»Jetzt müssen wir uns zehn Minuten zusammenreißen. Also los.«

Sie mußten sich zunächst zum Rand der Gebäude vorarbeiten. Hundert Meter weiter war der Hang weniger steil. Hier fand sich ein Bachbett, das von oben kam und durch sommerliches Schmelzwasser vom Gipfel gebildet worden war. Das Wasser hatte den Fels zerschnitten und ihn unten geglättet. Hier hatten die Menschen die Walfangstation errichtet. Wenn sie beide das Bachbett erreichten und in ihm fünfundzwanzig Meter nach oben kletterten, würden die Wolken sie verbergen.

Palmer führte sie am Arm. Sie liefen gebückt, so schnell die Grasflecken und Flecken von blattlosem Felsgewächs das auf dem Schuttkegel erlaubten. Manchmal rutschten sie in braunem sumpfigen Wasser aus und stolperten atemlos vor Anstrengung. Fast hatten sie das Bachbett erreicht, als ein Geschoß einen Felsen neben ihnen traf und die Luft davon surrte. Ein zweites ließ Steinsplitter durch die Luft fliegen, doch dann rutschten Palmer und Lila nach unten und fühlten sich im Bachbett sicher und von den Felsen geschützt.

Palmer hielt inne und sah zurück, war überrascht, wie hoch sie schon gestiegen waren. Unten auf dem Slip stand fast eine Menschenmenge. Er sah die Kampfanzüge der Soldaten und die hellen Farben der Kleidung der Kinder. Dr. Galvin stand abseits und hielt eine weinende Margaret Allen, die offenbar von den schrecklichen Augenblicken des letzten Kampfes verwirrt war. Ehe Palmer sich Lila wieder zuwandte, sah er unten das Flattern von Kofijas – abseits von der Gruppe und besonders bewacht.

Lilas Gesicht zeigte Schmerzen, als Palmer sie nach oben bugsierte. Rechts neben ihnen war ein grünes, sich windendes Band von Pflanzen und Flechten das Bachbett. Weiter oben wurde es breiter. Glattgeschliffene Steine aus schwarzen Lavafelsen wurden sichtbar, wie Silber erschien ein Pfad nach oben, und im nächsten Augenblick hatte die Wolke sie verschluckt.

Palmer fand so etwas wie einen Ziegenpfad, der nach links hinüber führte, die Schulter des Berges entlang. Ihm schien, als sehe er weit unten Verfolger. Er wußte, daß weder Lila noch er es mit Männern aufnehmen konnten, die geübt im Verfolgen waren. In der Wolke war es bitterkalt. Der

Wind durchdrang ihre Kleider und trocknete ihren Schweiß, doch Palmer hielt nicht an. Erst als er den Wind von oben herabwehen fühlte, wurde er langsamer. Ihm war klar, daß sie nicht unendlich weitergehen konnten.

Sie kamen auf der Flanke des Berges an, und jetzt erwischte der Wind sie mit aller Kraft. Sie lehnten sich gegen ihn. Die Wolke wurde dünner, wirbelte um sie herum, und eine bleiche Sonne schien durch den Dunst. Palmer erinnerte sich an eine gewaltige Felsennase über der Walfangstation. Etwas wie die Erinnerung an die Eindrücke vom Schiff her führten ihn weiter.

Er ahnte es mehr, als daß er es sah. Der Pfad erweiterte sich. Kurzes spärliches Gras breitete sich aus. Vor ihnen öffnete sich ein flacher Platz, von dem einst ein Fels nach unten gestürzt war und auf dem sich eine dünne Erdschicht gebildet hatte, auf der Pflanzen wuchsen. Kratzspuren und Reste von Eierschalen zeigten, daß hier Seevögel genistet hatten. Irgendwo über ihnen stürzte ein weiteres Wasserband nach unten. Er führte Lila weiter nach rechts und fand, was er gesucht hatte – zwei Felsen, die mit den Spitzen gegeneinandergelehnt standen. Sie sahen aus wie zwei betrunkene Seeleute, die sich gegenseitig stützten. Zwischen ihnen fanden sie eine enge Höhle und krochen hinein. Sie drängelten sich aneinander, um sich zu wärmen und zu trösten, und warteten, bis der Puls wieder normal war und ihr Atem regelmäßig.

Sie mußten eingeschlafen sein, denn als Palmer sich umsah, wehte der Wind aus der anderen Richtung. Nichts war von Verfolgern zu hören. Nur das Brausen des Windes füllte eintönig die Luft. Palmer wußte, daß ihre »Befreier« genug zu tun hatten. Wenn der Nebel sich hob, würden sie vielleicht kommen, falls sie die beiden Flüchtigen überhaupt einer Verfolgung für wert hielten. Er wußte auch, daß er bei dem Kommandanten der *Norwich* keine Chance zu einer Erklärung haben würde. Etwas war wirklich völlig schiefgelaufen.

Er spürte, wie Lila sich neben ihm bewegte. Ihr Gesicht

war rot, und sie fieberte. Ihre Wunde schmerzte sehr. Er nahm die Omnopon-Ampulle, die er aus dem Rettungsboot mitgenommen hatte, und lehnte Lila sanft zurück. Noch immer erregte ihn ihre dunkle, sanfte Haut unter ihrer Kampfhose. Er stach ihr die Nadel in das Gesäß und verband dann ihre Schulter ein zweites Mal, so gut er konnte. Als er es ihr so bequem wie möglich gemacht hatte, saßen sie schweigend gegen den Felsen gelehnt und lutschten den Gerstenzucker.

»Blumenthal«, sagte sie plötzlich, »den hätte ich früher töten sollen, das wäre nur gerecht gewesen. Er war der Schlächter von Deir Yasin.«

Palmer wußte nichts von einem Massaker der Irgun an 250 Männern, Frauen und Kindern im Dorf Deir Yasin. Aber er wußte, daß die Saat, die damals gesät wurde, jetzt Früchte trug.

Anna hatte Blumenthal getötet, hatte sich an ihm für ihr zerstörtes Leben gerächt, ehe ein Seesoldat sie als Ziel gefunden hatte in dem, was er für seine Pflicht hielt.

»Wir sind verraten worden«, sagte Palmer, »ich weiß nicht wie oder warum. Aber wir wurden verraten.«

Sie sah ihn an. Ihr neugierigen Augen zeigten zwar, daß die Spritze bereits wirkte, aber sie wollte jetzt alles wissen.

»Wir? Verraten?« Sie hielt inne, um ihre Gedanken zu ordnen und um eine Erklärung zu finden. »Du hast Giorgio getötet, weil er mit eurer Marine verhandeln wollte ... Du hast uns geholfen, Palmer. Warum?«

»Weil ...« Wie sollte er alles erklären? Rosie, Sukis Tod, die gescheiterte Ehe, ein Gefühl von Schuld und Versagen, Arbeitslosigkeit und Enttäuschungen – alles spielte eine Rolle. Aber auch Hoffnung, ein Aufbäumen gegen die Verzweiflung, der Wunsch, etwas zu tun, während andere nur abwarteten und es sich mehr oder weniger gutgehen ließen. Wie sollte er das alles Lila erklären? Er war zu müde. Und alle Gründe kamen aus seiner Umwelt. Für dic hätte Lila vielleicht gar kein Verständnis.

»In England wird unsere neue Regierung von einem Mann geführt, der den internationalen Terrorismus isolieren möchte, indem er die Quelle austrocknet«, begann er langsam. »Er fühlt persönlich mit euch, unterstützt die Forderungen der Al Fatah. Doch das kann er nicht offiziell. Er dachte, daß in den Trümmern des Libanon ein neuer arabischer Staat entstehen könnte. Ich glaube, er wußte von der Einnahme Sidons durch die Palästinenser und von der geplanten Entführung der *Adventurer.* Ich wurde in Bewegung gesetzt, um das alles zu begleiten und dafür zu sorgen, daß man euch nicht austrickst, daß die Verhandlungen, die ihr führen würdet, die besten Ergebnisse bringen.«

»Aber du wolltest nicht, daß Barclay getötet wurde.«

»Stimmt. Als es passierte, wollte ich nicht, daß er getötet wurde. Ich hoffte immer noch, alles ohne Blutvergießen zu erreichen. Ich habe mich geirrt.«

»Was glaubst du, ist wirklich passiert? Hat man uns da unten angelogen?«

Palmer nickte. »Ja, das glaube ich. Die *Norwich* hätte mit London sprechen müssen, ehe sie eingriff.«

»Selbst als wir sie mit den Katjuschas erwischten?«

»Ja, gerade deshalb. Das alles war sehr delikat, und darum ging es wohl schief. Ich ahnte nicht, daß die *Norwich* oder irgendein anderes Schiff überhaupt eingreifen würden. Wahrscheinlich geschah das einfach so, und dann nahmen die Dinge ihren Lauf. Bestimmt hat das niemand vorhergesehen. Ich sollte die Reaktion, das Zurückschlagen von Mannschaften und Offizieren an Bord verhindern, notfalls mit Gewalt.«

»Darum hattest du das Gewehr?«

»Ja.«

Sie schwiegen eine Weile, und dann fragte Lila: »Was wird jetzt mit uns geschehen, was meinst du?«

Er hob die Schultern. »Wir bedrohen niemanden mehr. Vielleicht laufen sie einfach ab und lassen uns hier.«

»Wie Robinson Crusoe?«

»Ja . . . Woher kennst du Robinson Crusoe?«

»Ich habe die amerikanische Universität in Beirut besucht.«

»Davon hatte ich keine Ahnung.« Aber es erklärte vieles, das er sich bisher nicht zusammenreimen konnte.

Wieder schwiegen sie. Hinter ihren schützenden Felsen wehte stöhnend der Wind, die Sonne schlich über den nördlichen Horizont. Palmer spürte Hunger, sagte aber nichts, und auch Lila beschwerte sich nicht.

Er glaubte, sie sei wieder eingedöst, als sie plötzlich fragte: »Warum hast du dich auf die ganze Sache eingelassen, Palmer? Du hast doch mit den Palästinensern überhaupt nichts zu tun.«

Er müßte ihr also wohl doch von Suki erzählen.

»Ich hatte eine Tochter, sie starb an einer schleichenden Krankheit, für deren Erforschung keine Gelder zur Verfügung standen. Aber es gab genügend Geld, um Trident-Raketen zu kaufen und Waffen für diese großartigen Männer da unten. Doch nicht genug, um herauszufinden, warum kleine Mädchen sterben. Man hat mir versprochen, in diese Forschung Geld zu investieren, wenn ich in diesem geheimen Projekt mitmache.«

»Und du hast denen geglaubt?«

»Ja. Der neue Premierminister ist ein ehrlicher Mann. Ich glaube, er hätte sogar die *Norwich* geopfert, damit ihr Erfolg habt.«

Sie lachte ihn aus. Das hatte er nicht erwartet. Es schien ihm die äußerste Grausamkeit zu sein, bis er die Tränen in ihren Augen sah.

»Ich sagte ja immer, du bist ein Träumer . . .«

Sie schliefen wie Liebende und wachten in strahlendem Sonnenschein auf. Der Sturm hatte sich gelegt, und unter ihnen glänzte die See saphirblau, umgeben von den schwarzen

Klippen mit ihren Eiskappen und den hohen Gipfeln der Berge ringsum. Unten in der Bucht war als drittes Schiff neben der *Adventurer* und der *Norwich* die Fregatte *Alert* erschienen. Boote fuhren zwischen den Schiffen hin und her, und eine glänzende Scheibe im Heck der neu angekommenen Fregatte wies darauf hin, daß ein Hubschrauber sich zum Start klar machte. Augenblicke später war er schon in der Luft und flog auf die verborgenen Dächer der alten Walfangstation zu. Seine häßliche Nase schien an den Felsen zu schnuppern, dann bewegte er sich am Bach entlang und verschwand hinter der Bergschulter.

Palmer sah Lila an, sie standen beide auf, fürchteten das Schlimmste und konnten es nicht verhindern.

Plötzlich war das Röhren der Turbinen der Lynx laut zu hören und das Klappern der Rotorblätter, als sie keine zehn Meter entfernt um den Felsvorsprung flog. Sie richtete sich aus, bewegte sich auf sie zu und schwebte vor ihnen in der Luft. Die Sonne brach sich in der Kunststoffkanzel wie in einem glänzenden Auge.

Dann drehte der Pilot den Hubschrauber nach Backbord, das Heck wurde sichtbar und die offene Tür hinter dem Piloten. Ein Seesoldat kniete in der Tür, auf dem Lauf seines automatischen Gewehrs spiegelte sich die Sonne. Palmer fühlte, wie Lila seine Hand preßte, und er umfing sie in einer letzten Umarmung.

»In'sh Allah«, sagte sie, »es ist Gottes Wille.«

Das Licht, das sich auf dem Hubschrauber brach, zersplitterte in tausend kleine Stücke, und er spürte, wie Lila gegen ihn fiel. Sein Schmerz war sehr schnell vorüber, und dann spürte er nur die schwarze Leere eines großen Windes.

Eine Stunde später fuhr die *Alert* vor der *Norwich* und der *Adventurer* her auf die offene See. Über die Lautsprecher des Kreuzfahrtschiffes konnte man Musik hören. Sie verklang langsam, und Destitution Island blieb mit seinen Robben und Seevögeln in der Einsamkeit des antarktischen Windes zurück.